LINDA
WILGUS

Die Tochter der See

ROMAN

Aus dem Englischen von
Andrea Fischer

ATLANTIK

Die Originalausgabe erscheint 2026 unter dem Titel
The Sea Child bei Simon & Schuster.

MIX
Papier | Fördert gute Waldnutzung
FSC® C014496

*Atlantik ist ein Imprint des
Hoffmann und Campe Verlags, Hamburg.*

1. Auflage 2025

Harvestehuder Weg 42, 20149 Hamburg, produktsicherheit@hoca.de
www.hoffmann-und-campe.de
Umschlaggestaltung: © Johannes Wiebel | punchdesign, München
Umschlagabbildung: © stock.adobe.com, shutterstock.com
und Magdalena Russocka / Trevillion Images
Satz: Pinkuin Satz und Datentechnik, Berlin
Gesetzt aus der Adobe Caslon Pro
Druck und Bindung: GGP Media GmbH, Pößneck
Printed in Germany
ISBN 978-3-455-02078-6

HOFFMANN
UND CAMPE

Ein Unternehmen der
GANSKE VERLAGSGRUPPE

Für Brandon, Noortje, Emma
und Sebastian

1.
Kapitel

Ihre Ankunft im Dorf ist ein Geflüster. Es beginnt in dem Moment, da sie die zwei Stufen aus der Kutsche auf die unbefestigte Straße hinuntersteigt. Zwei Frauen, die ihre schwarzen Stricktücher eng um die Schultern gezogen haben, stehen vor einem der reetgedeckten Cottages, die fast in die Klippen hineingebaut sind. Auch wenn sie nicht mit dem Finger auf Isabel zeigen, wird sie von ihren Blicken durchbohrt. Sie kann die Worte nicht verstehen, der Wind weht zu stark, doch sie spürt, dass die beiden über sie reden. Hinter dem Fenster des nächsten Cottages bewegt sich ein schmutziger Vorhang.

Ihre Samtpelisse ist nicht für den kräftigen Wind gemacht, der hier draußen weht, doch die Kühle, die sie empfindet, hat noch eine andere Ursache. *Sie wissen Bescheid*, schießt es ihr durch den Kopf; vielleicht war der Gedanke auch schon die ganze Zeit da, murmelte vor sich hin inmitten all der anderen, die sie heute hatte – Gedanken über die wunderschöne raue Landschaft, über die schreckliche Federung der Kutsche und die Missbilligung im Gesicht des hageren Kutschers, als er in Helston die Pferde wechselte. Obwohl Isabel auf der Fahrt so gut wie nichts getrunken hat, konnte sie dort nicht länger einhalten, und anschließend schimpfte der Kutscher, sie hätte zu lange gebraucht; er hätte Briefe auszuliefern.

Die Kutsche schleppte sich die Klippe hinauf, darin der Kutscher, der Postschaffner der Royal Mail und sie; der Weg immer schmaler, bis sie das Gefühl hatte, durchs Innere des Dorfes gezogen zu werden. Die efeubedeckten hohen Mauern zu beiden Seiten der Straße bedrängten die Kutsche, bis sich unversehens ein Spalt auftat, durch den Isabel einen Blick auf den Fluss erhaschte, funkelnd wie dunkle Diamanten, und die Boote, die in der Dünung auf und ab hüpften. Blumen blühten an den Mauern, Hunderte von ihnen.

Der Fluss ist kein richtiger Fluss, sondern ein Arm des Atlantiks, der sich tief ins Land drückt und an den Ufern von großen Tanghaufen gesäumt wird. Seit Truro sitzen keine anderen Passagiere mehr in der Kutsche. Isabel ist am Ende der Welt angekommen.

Der Kutscher beeilt sich jetzt, löst die Schnallen um ihren Koffer und hievt ihn aus dem Gefährt. Mit einem Brummen stellt er ihn neben ihr ab, während der Schaffner die Kiste mit den Briefen ins Gasthaus bringt. *The Shipwrights Arms* steht auf dem Schild an einer Stange neben der Tür. Die Frauen tuscheln noch immer. Eine dritte kommt die Straße entlang, einige Jahre jünger. Sie trägt einen Korb auf dem Rücken, der mittels eines Ledergurts an ihrer Haube befestigt ist, dazu hat sie einen Säugling in einem Tuch vor der Brust. Die Jüngere grüßt die anderen beiden und starrt dann ebenfalls zu Isabel herüber. Selbst der Säugling, so tief in den Falten des Stricktuchs verstaut, dass Isabel nur Augen und Näschen sehen kann, scheint ihren Koffer und die Kutsche zu mustern. *Sie wissen Bescheid*, denkt sie wieder. *Sie haben es gehört.*

Sie schließt die Augen und atmet tief durch. Das Band ihrer Haube schlägt ihr ins Gesicht, will sich im Wind lösen. Sie spürt, wie die Blicke schwer auf ihren Armen lasten und unter ihr Kleid kriechen, unter den Unterrock und die Korsettstangen. Die Mauern des Gasthauses waren früher einmal weiß. Das

Gebäude kauert vor ihr, die schmale Öffnung an der Seite der einzig sichtbare Zugang. Zu seiner Linken erstreckt sich eine felsige Fläche, dahinter kann sie den Fluss sehen. Sein Anblick trifft Isabel jedes Mal, fast wie ein Schlag. Das Meer ist nur eine Biegung entfernt. Falls sie unterwegs an ihren Gründen herzukommen gezweifelt haben sollte, beruhigt sie der Fluss mit seinem kühlen Glitzern: *Darum bist du hier*. Die Angst verebbt, abgelöst von einem Gefühl der Ruhe. Diese Wirkung hat das Meer auf sie, hatte es immer schon. Der Verlust von George hat nichts daran geändert.

Natürlich ist es Unsinn, was sie denkt. Diese Frauen – was sind es überhaupt, Fischweiber? – können unmöglich wissen, warum sie London verlassen hat. Sie kennen die Gerüchte nicht und werden sie auch nie erfahren. Das alles hat Isabel hinter sich gelassen. Die Frauen gaffen nur, weil sie eine Fremde ist.

Der Kutscher tippt sich noch mal an die Mütze und steigt auf den Bock; der Schaffner nimmt seinen Platz hinten auf dem Gefährt ein. Ein Schnalzen der Zunge, ein Schlagen der Zügel, und die Kutsche dreht mühelos auf engstem Raum. Isabel sieht zu, wie sie den Hang hinunterrollt, und fühlt sich unerklärlich allein. Sie wartet, bis die Hufe nicht mehr zu hören sind, dann wendet sie sich dem Wirtshaus zu.

Mit den Blicken der Frauen im Rücken geht sie zum Eingang. Die dunkelblaue Farbe blättert von der Tür. Bevor Isabel eintreten kann, wird die Tür von innen aufgezogen, und ein Mann mit schütterem Haar duckt sich unter dem Rahmen hindurch. Als er sich wieder aufrichtet, ist er noch größer, als Isabel erwartet hat. Dünn und scharf wie die Klinge eines Brieföffners steht er da und mustert sie mit hellgrünen Augen, in denen dieselbe Neugier steht wie in denen der Frauen.

»Mit dem großen Koffer haben Sie's aber schwer, was?«, sagt er. Die Finger seiner linken Hand nesteln an seiner Schürze herum, ein grob gewebter Stoff in einem überraschenden Pfirsichrosa. Isabel muss sich anstrengen, ihn zu verstehen; die Aussprache der Wörter ist ungewohnt, manche Vokale klingen anders.

»Wie meinen Sie bitte?«

»Sind Sie nicht die Dame, die in der alten Sardinenhütte wohnen will?«

Jetzt ist sie diejenige, die ihn fragend ansieht. »Ich möchte nach Trevernan Cottage. Nicht zu einer … einer Hütte.«

Der Mann lacht. »Das ist das Cottage neben der Hütte. Wir nennen es immer die alte Sardinenhütte – aber was rede ich da? Wo sind nur meine Manieren?« Er lupft seine Mütze, verbeugt sich und sagt: »Erlauben Sie, dass ich mich vorstelle? Tom Holder, Inhaber des Shipwrights Arms.«

Isabel neigt den Kopf. »Mrs. Isabel Henley.«

Er sieht sich um, als rechne er damit, dass George hinter einer niedrigen Grundstücksmauer auftaucht. »Natürlich. Sie sind verheiratet. ›Geborene Farnworth‹ stand in dem Schreiben, hat Mrs. Dowling gesagt. Wir haben schon Nachricht von Ihrem Kommen erhalten. Seit Ihrer Bestätigung, dass Sie das Cottage mieten, hat Mrs. Dowling von nichts anderem mehr geredet.«

Isabel schaut auf ihren Reisekoffer. Sie hätte ihn nicht mitnehmen sollen. Er ist zu unhandlich und viel zu schwer, obwohl er nur einen Bruchteil der Dinge enthält, die sie einpacken wollte. Die Luft will ihr nur schwer durch die Kehle. Sie hat Schwierigkeiten zu schlucken. Das geschieht nicht oft, nicht mehr. »Nicht verheiratet«, sagt sie. »Verwitwet.«

»Das tut mir leid.«

»Wie dem auch sei. Mittlerweile gibt es schon so einige von uns.« Ihr Lachen ist so leicht wie leer. Sie verabscheut das Mitleid, das über Tom Holders Gesicht huscht, die stechenden Augen der Fischweiber in ihrem Rücken.

»Stören Sie sich nicht an denen«, bemerkt Tom Holder. »Die tratschen gern.«

»Weil ich eine Fremde bin, nicht wahr?«, sagt sie.

Er schüttelt den Kopf. »Eben weil Sie keine Fremde sind.« Er schaut auf den Reisekoffer und fragt vorsichtig: »Ist das alles, was Sie mitgebracht haben?«

Sie sieht ihm in die Augen, und das Verständnis darin steigt in ihr hoch wie die Flut. Noch so ein Blick, und das Wasser wird überlaufen. Sie schluckt mehrmals. »Mein Gatte hatte Schulden. Das Prisengeld ... nach seinem Tod ... es ist nicht gekommen. Leider zieht es keine finanzielle Belohnung nach sich, in einer Depesche erwähnt zu werden.«

»Ihr Gatte war Seemann?«, fragt Tom Holder.

»Ja, er war Fähnrich auf der *HMS Neptune*.« Ihre Kehle ist so eng, dass die Worte, die sie hindurchquetscht, piepsig klingen. Tom Holder sieht aus, als hätte er bei dem Wind Schwierigkeiten, sie zu verstehen. Er beugt sich zu ihr vor, und sie kann seinen säuerlichen Atem riechen. Ihre Hand wandert zu ihrer Brust, wo unter dem Samt ihrer Pelisse Georges Trafalgar-Medaille an einem schwarzen Band ruht. Isabel wird sparen müssen, um es zu ersetzen. Nie zuvor hat sie für etwas sparen müssen.

Sie schiebt die Hand zwischen die Knöpfe der Pelisse. Die silberne Medaille ist tröstlich unnachgiebig in ihrer Hand. Zumindest das wird sich niemals ändern. Sie wird immer Georges Medaille haben. Wenn das Silber anläuft, wird sie es polieren, so wie es früher die Hausmädchen taten. Mit einem kurzen Blick auf die Frauen neben dem Haus sagt Tom Holder: »Es wird über nichts anderes mehr geredet, als dass Sie zurückkommen. Das ganze Dorf ist in Aufruhr, seit bekannt wurde, dass die alte Sardinenhütte – also Trevernan Cottage – an eine Isabel, geborene Farnworth, vermietet wird. Aber jetzt, wo Sie hier sind, wird das Gerede sicher bald aufhören.«

Eine der Frauen hat einen Besen geholt, ohne damit zu kehren. Die dunklen Augen auf Isabel gerichtet sagt sie etwas zu ihrer Gefährtin.

»Damit werden Sie nicht weit kommen.« Tom Holder weist auf den Reisekoffer. »Trevernan liegt ungefähr eine Meile außerhalb des Dorfes am Küstenweg. Ich hole meinen Sohn Richard, der zeigt Ihnen den Weg und trägt den Koffer. Ich werde auch Mrs. Dowling Bescheid geben lassen; sie wird Sie kennenlernen wollen.«

»Ich möchte Ihnen keine Umstände machen«, sagt Isabel. »Mir war nicht klar ... Ich habe angenommen, das Cottage sei direkt im Dorf. Für die Hilfe Ihres Sohnes wäre ich sehr dankbar.«

»Das sind keine Umstände, Mrs. Henley. Der Junge ist zwölf und weiß nicht, wohin mit seiner Kraft.«

Isabel ist froh, dass sie die Frauen mit ihren Stricktüchern zurücklassen kann, und folgt Richard am Meeresarm entlang bis zu der Stelle, wo der Küstenpfad von der Straße abbiegt. Der Weg gleicht einem grünen Tunnel. Oben berühren sich die Zweige der Bäume in der Mitte. Sie erinnern Isabel an die gewölbte Decke einer Kirche. Es duftet nach Frühling, süß und waldig. Der Weg verläuft so hoch, dass sie die Algen im Fluss nicht mehr riechen kann, doch sie hört das Wasser, und als sie sich mit der Zunge über die Lippen fährt, schmeckt sie das Salz.

Tom Holders Sohn, der eher sechzehn als zwölf zu sein scheint, trägt ihren Koffer nach Trevernan Cottage, ohne ein Wort von sich zu geben. Schweiß tropft ihm von der Stirn, und nach einer Weile bleibt er stehen und stellt den Koffer ab, um seine Jacke auszuziehen, die Isabel ihm anbietet zu tragen.

Der Küstenpfad verläuft eine Zeit lang aufwärts, dann wird er schmaler und führt abwärts Richtung Wasser. Hier verschluckt der Fluss den Seetang und schwappt gegen die Felsen. Isabel möchte dahin, wo das Land sich abwendet und der Fluss zum

Meer wird. Sie möchte sehen, ob die kieseligen kleinen Wellen dort höher sind. Der Wunsch ist so groß und unmittelbar, dass sie nach Luft ringt und den Atem anhält. Sie möchte das Meer nicht nur sehen; sie will es fühlen, so wie sie sich danach sehnte, Georges Arme um sich herum zu spüren – wie sie es manchmal immer noch tut.

Sie reißt den Blick vom Wasser los. Hier ist niemand außer ihr und dem Sohn des Gastwirts. Der grüne Tunnel scheint immer schmaler zu werden. Wenn sie sich das Cottage fern an der südlichsten Spitze Cornwalls vorstellte, malte sie sich gern aus, dass es abseits und einsam lag, doch nie hätte sie es sich so abgelegen gedacht.

Nach einer guten Viertelstunde stößt der unbefestigte Pfad auf einen breiteren Kiesweg, der auf der einen Seite zu einem gedrungenen Steincottage und auf der anderen hinunter zum Meeresarm führt. Sein Rauschen spült ihre Bedenken hinweg, das Cottage unbesehen gemietet zu haben. Sie muss sich gegen den Drang stemmen, umgehend nach unten zu klettern und ins Wasser zu waten. Das Gefühl hatte sie auch früher, in ihrer Kindheit in Norfolk, und selbst in London spürte sie es schwach, wann immer sie in der Nähe der Themse war. Doch so stark wie hier und heute hat sie den Sog des Meeres noch nie gefühlt.

Richard reißt sie aus ihren Gedanken. »Das hier ist das Cottage.« Überflüssigerweise weist er darauf.

Sie wendet dem Fluss den Rücken zu. Eine kleine Eiche, ein Schössling noch, wächst neben dem Häuschen, unweit der Tür. Das Grau des Schieferdachs ist einen Ton dunkler als die Wände aus grob behauenem Stein. Links vom Cottage steht ein Nebengebäude mit einem Reetdach. Im Mörtel zwischen den Steinen wächst Moos.

»Das ist die Sardinenhütte«, erklärt Richard. »Sie wurde aber nicht mehr genutzt, seit der alte Nance tot ist.«

Der Kiesweg führt zur niedrigen Eingangstür. »Die Steuereintreiber kommen hier öfter vorbei, werden Sie sehen. Sie reiten Patrouille und halten Ausschau nach Schmugglern.«

»Gibt es in dieser Gegend viele Schmuggler?«

Richard antwortet nicht. Er drückt die Tür auf, die geräuschvoll über die Schwelle schrammt. Dahinter kommt eine kleine graue Küche zum Vorschein. Abgesehen von einem Holztisch, zwei Stühlen mit Spindelrücken und tiefen Holzbalken unter der Decke ist dort alles aus Stein: die Platten auf dem Boden, die Arbeitsfläche, die Spüle, der Kamin mit dem geschwärzten Metallrost zum Kochen. Hier gibt es keinen Standherd wie in der Küche in Greenwich. Wie eine Höhle, denkt Isabel. Ebenso kalt und dunkel.

Eine hohe Stufe führt hinein. Das einzige Fenster ist klein und sehr tief in die ungefähr dreißig Zentimeter dicke Mauer gesetzt. Die Scheibe ist von minderer Qualität, taucht alles in ein dämmriges Violettgrau. Richard stellt den Koffer ab, und Isabel gibt ihm einen Shilling, was, nach der unbedachten Freude in seinem Gesicht zu urteilen, eine Menge sein muss. Sie schilt sich innerlich; in solchen Angelegenheiten muss sie besser werden. Sie hat jetzt nichts mehr zu verschenken.

»Mrs. Dowling wird gleich da sein«, sagt Richard. Es klingt, als würde er gerne gehen, hätte aber ein schlechtes Gewissen, sie allein zu lassen. »Kommen Sie so lange zurecht, Mrs. Henley?«

Sein Vater muss ihm ihre Situation geschildert haben. Sie ist kein Kind mehr. Arm, ja, daran wird sie sich gewöhnen müssen, aber sie ist nicht lebensuntüchtig – nicht völlig.

»Danke«, sagt sie. »Ja, das schaffe ich schon. Bitte übermittele deinem Vater meinen Dank für seine Unterstützung.«

Der Junge verspricht es und macht sich sofort auf den Rückweg. Hinter Isabel seufzt die kleine leere Küche. Es riecht feucht und muffig. Sie versucht, das Fenster zu öffnen, doch es klemmt.

Schließlich zieht sie die Tür auf, setzt sich auf den Koffer und schlägt die Hände vors Gesicht. Sie weiß, dass sie aufstehen und sich den Rest des Häuschens ansehen müsste. Sie müsste auspacken und sich darum kümmern, wie man den Haushalt bewerkstelligt, wie man die einfachsten Dinge macht, Feuer und Essen beispielsweise. Doch sie ist so müde von der Reise, dass sie an nichts anderes denken, nur hier sitzen kann. Sie hat das Gefühl, in einem Trancezustand zu sein, als seien die Geschehnisse der letzten Monate nur ein Traum. Als würde George, wenn sie aufschaute, mit ausgestreckten Armen auf sie zukommen, die Jahre dazwischen vom Rauschen des Flusses ausradiert.

Der Wind frischt auf, jetzt gibt es richtige Wellen, Isabel kann sie hören. Das Tosen lässt die Sehnsucht in ihr wieder aufsteigen. Wenn es doch nur ein Traum wäre, wenn sie doch nur aufwachen und einen neuen Tag zu Hause in Greenwich beginnen könnte!

Als sie knirschende Schritte im Kies hört, blickt sie auf. Mrs. Dowling macht einen unbeholfenen Knicks und sagt: »Mr. Holder hat mir Bescheid gegeben. Es ist mir eine Ehre, Mrs. Henley.«

»Es ist mir ein Vergnügen«, erwidert Isabel, obwohl sie das im Moment ganz anders empfindet.

»Ich führe Sie durch das Cottage«, schlägt Mrs. Dowling vor. Sie trägt kein schwarzes Tuch wie die Frauen im Dorf, sondern ein dunkelblaues mit einem zarten Strickmuster. Die Wolle wirkt fein und weich vom Tragen. Mrs. Dowlings graue Locken scheinen sich gegen die Unmengen von Nadeln in ihrem Haar zu sträuben. Sich dessen bewusst, streicht die Hauswirtin sie ständig aus dem Gesicht. Der Wind ist da sicher nicht hilfreich, denkt Isabel.

Mrs. Dowling betrachtet sie – *inspiziert* sie regelrecht. Ob sie das denkt, was die Leute früher sagten, wenn sie hörten, wie Isabel zur Tochter von Admiral und Mrs. Farnworth von Woodbury House wurde? Dass sie mit ihrem Haar in der Farbe nassen Sands, den Augen vom Grau des wintrigen Atlantiks und mit Sommersprossen, die sich im Sommer auf ihren Armen und Beinen sammeln, bis sie ineinander übergehen und eine fast orangefarbene Fläche bilden, wie ein Kind des Meeres aussieht und nicht wie das der hellhäutigen, dunkelhaarigen Mrs. Farnworth?

Isabels Gesichtszüge sind das Gegenteil von denen ihrer verstorbenen Mutter: Ihre Nase und der Mund sind groß, die Augen eher klein, aber immer noch in Proportion zum Rest, sodass sie meistens als hübsch bezeichnet wird, auch wenn die allgemeine Überzeugung herrscht, dass sie nicht annähernd die Schönheit von Alice Farnworth besitzt.

Das alles kann Mrs. Dowling natürlich nicht ahnen. Sie hat Isabels Vater nie gesehen; sie kann Isabel nicht mit ihm vergleichen noch kannte sie ihre Mutter, es sei denn, die beiden begegneten einander damals, vor neunzehn Jahren. Soweit Isabel weiß, hat Mrs. Dowling keine Verbindung nach London. Sie mag Isabel mustern, doch sie kann die Gerüchte nicht gehört haben – kann Isabel kein *mangelhaftes* Zeugnis ausstellen. So wenig wie die Fischweiber im Dorf kann Mrs. Dowling unmöglich den zweiten Grund wissen, warum Isabel nach Cornwall gezogen ist, neben ihrer offensichtlichen Geldknappheit.

Unten hat das Cottage nur zwei Räume: die kleine Küche und die größere Wohnstube mit einem zweiten steinernen Kamin im Farbton der Wände, dazu zwei weitere Spindelstühle. Rechts und links vom Kamin stapeln sich Holzscheite. Die Türen sind so niedrig, dass selbst Isabel den Kopf einziehen muss. Eine schmale offene Holztreppe führt aus der Wohnstube in eine kleine Schlafkammer unterm Dach. »Hier gibt es eine Treppe«, verkündet Mrs. Dowling, als sei es eine besondere Obstsorte in einem

Kuchen. »Die findet man in so einem Cottage nicht häufig. Die meisten haben eine Leiter, wissen Sie, wenn es überhaupt einen oberen Stock gibt. Bettzeug ist in der Truhe. Den Abort finden Sie draußen. Kurz hinter der Gartentür«, erklärt die ältere Frau.

Isabel rechnet mit Spinnenweben, Staub, Schmutz – Mrs. Dowling sagt, seit drei Jahren habe hier niemand gewohnt –, doch die groben Steinflächen sind makellos sauber. Isabel stellt sich vor, nachts zum Abort zu gehen. Sie möchte fragen, ob es einen Nachttopf gibt oder ob sie sich einen zulegen sollte, doch die Frage erscheint ihr zu persönlich, deshalb bittet sie darum, den Garten zu sehen. Mrs. Dowling steigt mit eingezogenem Kopf die Treppe hinunter und geht durch die Hintertür. Dort befindet sich ein kleiner Schuppen, der sich als Abort entpuppt, dazu eine Grasfläche, ein paar Büsche und ein Pfad mitten hindurch. »Wo führt der hin?«, fragt Isabel.

»Das zeige ich Ihnen.«

Mrs. Dowling geht vor. Der hangabwärts verlaufende Weg ist überschattet und zugewuchert. Am Ende treten sie ins Sonnenlicht, das vollkommene Gegenteil zum schlichten, dunklen Cottage – es sieht aus wie im Paradies. Eine weitere Grasfläche reicht bis an eine niedrige Mauer aus vermoosten grauen Steinplatten heran, die scheinbar wahllos übereinandergestapelt sind. Daran ranken Efeu, weiße und rosaviolette Blumen empor. Bienen summen. Andere flache Steine bilden einen kleinen Freisitz mit einer weiß gestrichenen Holzbank und einem viereckigen Holztisch, ebenfalls weiß. Die Farbe ist alt und rissig von der Sonne. An manchen Stellen blättert sie ab, doch irgendwas an dieser Bank, an dem Umstand, dass sich jemand die Zeit genommen hat, sie zu streichen, weckt einen sehnsüchtigen Schmerz in Isabel. Sie wendet sich von Mrs. Dowling ab, damit die Hauswirtin nicht ihre aufsteigenden Tränen sieht.

Vom Freisitz geht der Blick über den Fluss, der in der Sonne ein pudriges Blau angenommen hat. Ein rundlicher Apfelbaum streckt seine Zweige über die Bank. An einem warmen Tag wird er nachmittags Schatten spenden. Der Wind setzt dem Wasser Schaumkronen auf, wie Sahne auf Pudding, schaukelt die vor Anker liegenden Boote, und in der Ferne erstreckt sich die Landzunge in trägem grünen Dunst. Wieder spürt Isabel den Sog, das Wasser zu überqueren und das Land auf der anderen Seite zu sehen; sich aufs offene Meer hinauszuwagen, darin zu schwimmen. Das Gefühl verwirrt sie, und sie ist froh, dass Mrs. Dowling ihr Gesicht nicht sehen kann.

Links von der Wiese, halb versteckt hinter einem struppigen Busch, befindet sich ein steinerner Brunnen. »Dies ist der Brunnen«, erklärt Mrs. Dowling, als sie Isabels Blick folgt. »Er ist so tief, dass das Wasser klar ist. Vielleicht möchten Sie den Weißdorn einmal stutzen.« Es folgt eine kurze Pause, dann, etwas unsicher: »Ich hoffe, alles ist zu Ihrer Zufriedenheit.«

Isabel schaut auf die Boote hinunter. Sie sind schwarz, grün oder weiß gestrichen; manche haben weiße Segel, andere rote. Möwen ziehen kreischend ihre Kreise – es müssen Fischerboote sein, denkt sie. Zwei haben eine schwarze Flagge mit einem weißen Kreuz gehisst. Sie holt tief Luft, schmeckt das Meer, das Salz und das Wasser, den Fisch und den Tang. »Es ist perfekt«, sagt sie.

Mrs. Dowling erwidert, das freue sie zu hören. »Ich bin auch allein«, sagt sie. »Mein Harry ist vor zwei Jahren gestorben.«

Die Art, wie sie »mein Harry«, sagt, findet Isabel irgendwie unangemessen. Sie kann sich nicht vorstellen, »mein George« zu sagen, als würde er ihr gehören. Als könnte ein Mensch überhaupt einem anderen gehören. Mrs. Dowling ist älter, als ihr Vater jetzt wäre, würde er noch leben. Glaubt sie, etwas mit Isabel gemein zu haben, nur weil sie beide Witwen sind?

»Möchten Sie vielleicht irgendwann zu Besuch kommen?«,

fragt die ältere Frau, als sei das die logische Folgerung aus ihrer Erklärung, dass auch sie allein ist. Isabel unterdrückt ein Seufzen – zwischen ihnen gibt es einen Standesunterschied. Dann wird ihr klar: Dieser Unterschied besteht nicht mehr. Sie ist ebenso arm wie Mrs. Dowling. Sogar noch ärmer, denn Mrs. Dowling ist immerhin die Besitzerin von Trevernan Cottage, während Isabel mit ihrer Witwenrente sich nur leisten kann, es zu mieten.

Sie ertappt sich bei der Erwiderung, sie wäre ihr sehr verbunden. Dabei wollte sie das gar nicht sagen. Nicht wegen eines ehemaligen Standesunterschieds zwischen ihnen, sondern weil sie lieber für sich bleiben möchte. Sie ist nicht hergekommen, um Freunde zu finden. Sie ist gekommen, um fern von Greenwich zu sein, von der Schande, ihre gesellschaftliche Stellung verloren zu haben, vom Brodeln der Gerüchteküche. Auch um Abstand zu George aufzubauen – zu den Erinnerungen an ihn. Sie in Schach zu halten, versetzt ihr noch immer täglich hundert Stiche.

Drei Jahre sind seit der großen Seeschlacht von Trafalgar vergangen, und es ist kaum besser geworden. Ihre Ehe dauerte ebenfalls drei Jahre, bis eine Kugel aus einer französischen Muskete ihr ein Ende setzte. Isabel war erst siebzehn und George achtzehn, als sie sich vermählten, und er war fast nur auf See. In den Jahren nach seinem Tod spürte sie seine Abwesenheit umso schmerzhafter, weil sie wusste, dass er nicht zurückkehren würde. Wenn sie in Greenwich im Frühstückszimmer saß und ihren Tee einnahm, fühlte sie sich leer. Immer ging sie ohne ihn durch den Park, saß sonntagsmorgens allein in der Kirche, der Platz auf der Bank neben ihr verwaist. Die Abende waren lang, weil er nicht nach einem Ruf in die Admiralität oder einem Treffen mit einem Freund heimkommen würde; weil sie wusste, dass ihr Bett kalt wäre und sie keine Briefe mehr bekäme. In den drei

Jahren ihrer Ehe verbrachte sie insgesamt nur fünf Wochen und einen Tag mit George. Deshalb tut es immer noch weh, mehr als alles andere, denn George wurde ihr genommen, bevor ihr gemeinsames Leben beginnen konnte.

Mrs. Dowling folgt dem Pfad zurück. In der Wohnstube sagt sie: »Ich habe Feuerholz vorbereitet.« Im Kamin sind mehrere Scheite gestapelt, darunter liegen Zweige. »Ich habe mich gewundert, dass Sie mich nicht angewiesen haben, Dienstboten zu besorgen. Nicht mal eine Köchin oder ein Küchenmädchen. Werden Sie sich nun, da Sie hier sind, nach jemandem umsehen?«

Hitze steigt Isabel in die Wangen. »Leider macht es meine derzeitige Situation erforderlich, dass ich ohne die Hilfe auskomme, die ich gewohnt bin. Ich kann nur hoffen, dass ich schnell lerne, wenn es um den Haushalt geht.«

Sie spürt den Blick der älteren Frau auf sich. Zu ihrer Erleichterung sagt Mrs. Dowling nur: »Normalerweise ist es im April nicht so kalt wie jetzt. Soll ich Ihnen zeigen, wie man den Kamin anfeuert?«

Isabel erwidert, dafür wäre sie sehr dankbar, und Mrs. Dowling nimmt die Zunderbüchse vom Kaminsims und zeigt ihr, wie man den Feuerstahl gegen den Flint schlägt und so den Leinwandzunder zum Glimmen bringt. Damit wird dann der Holzstreifen entzündet, um das Feuer zu entfachen. »Machen Sie die Büchse schnell wieder zu, sonst ist die Hälfte des Zunders weg«, rät Mrs. Dowling. »Hier, versuchen Sie es.«

Isabel zieht ihre Handschuhe aus und nimmt die Büchse in die Hand. Sie braucht fünf Versuche, um das Holz zum Brennen zu bringen. Schließlich fangen die Zweige Feuer, und die Holzscheite beginnen zu schwelen. Isabel legt die Hände um den Mund, pustet vorsichtig nach Mrs. Dowlings Anleitung und schaut zu, wie sich das Glimmen ausbreitet. Sie muss sich zusammenreißen, um nicht triumphierend zu jubeln.

Mrs. Dowling sagt: »Im Vorratsschrank sind ein paar Kerzen, außerdem Butter, Eier, Brot, ein Krug Milch und ein bisschen Tee.« In vielsagendem Ton fügt sie hinzu: »Wir bekommen den Tee hier zu sehr günstigen Preisen. Ich erkläre es Ihnen, wenn Sie Nachschub brauchen und selbst welchen kaufen müssen. Der nächste Laden ist in Manaccan, aber das wissen Sie ja; Sie haben Mr. Griggs angeschrieben.«

Isabel hatte Mr. Griggs' Namen in einer Lokalzeitung entdeckt, die sie sich eigens zu diesem Zweck hatte bringen lassen, und schriftlich bei ihm angefragt, ob er jemanden in der Gegend kenne, der ein Cottage verpachte, vorzugsweise im Dörfchen Helford. Wenn sie schon verschwinden musste, fand sie, könne sie genauso gut an den Ort gehen, wo sie aufgetaucht war, und vielleicht herausfinden, was damals geschah. Mr. Griggs schrieb ihr innerhalb einer Woche zurück; keine zwei Wochen später stieg sie in die Postkutsche.

Mrs. Dowling fährt fort: »Zweimal die Woche ist Markt vor dem Shipwrights Arms, am Dienstag- und Samstagmorgen. Dort gibt es so gut wie alles, was man braucht. Brot bekommen Sie bei John Lanyon, dem Bäcker, wenn Sie nicht selbst backen; Fisch kann man jeden Tag kaufen, wenn der Fang eingebracht wird, und für Fleisch müssten Sie mit Josh Angove von der Elm Farm sprechen.«

»Vielen Dank. Wie viel schulde ich Ihnen für die Lebensmittel und die Kerzen?«

»Gar nichts, Mrs. Henley. Sie werden feststellen, dass die Leute hier füreinander sorgen. Wenn Sie bei irgendwas Hilfe brauchen, wissen Sie, wo Sie mich finden. Klopfen Sie, wann immer Sie wollen.«

»Danke«, wiederholt Isabel. »Ich denke, ich komme zurecht.«

Mrs. Dowling steckt eine Haarnadel fest. Sie verharrt auf der Schwelle, geht nicht, noch nicht. Ihre Augen wandern über Isabels Gesicht, hoch zum Haaransatz und ruhen an einem unbestimmten Punkt über ihrem Scheitel. »Ich habe Sie damals gesehen«, sagt Mrs. Dowling. »Damals, als Sie rauskamen. Ich stand am Fenster und hab gesehen, wie Sie die Straße hochkamen. Sie waren ganz klein und barfuß. Klein für Ihr Alter – das fanden wir hinterher alle; das Mädchen wäre klein für sein Alter. Sie hatten nur ein Hemdchen an, aber die anderen sagten, es wäre aus feinster Baumwolle gewesen. Ihr Haar war dunkler als jetzt.«

Fast ehrfürchtig streckt sie die Hand aus, und Isabel weicht zurück, doch zu spät: Mrs. Dowlings rauer Finger streift ihre Stirn. »Es muss dunkler gewesen sein, weil es nass war. Von da, wo ich stand, konnte ich allerdings nicht sehen, dass Sie nass waren. Zuerst wollte ich zu Ihnen rausgehen, dann habe ich mir gesagt, Ihre Eltern wären bestimmt nicht weit. Kurz darauf müssen Sie bei Hardwick in den Garten gelaufen sein.« Eine Pause. »Wenn ich gewusst hätte, dass Sie nass bis auf die Knochen waren, wäre ich vielleicht zu Ihnen gegangen.«

In den Worten der Frau hört Isabel einen unerklärlichen Unterton. Auf einmal hat sie das Gefühl, dass es nicht der Witwenstand ist, der sie beide in Mrs. Dowlings Vorstellung miteinander verbindet, sondern die Möglichkeit, dass sie vielleicht Mrs. Dowlings Tochter geworden wäre, wenn die an jenem Tag vor neunzehn Jahren zu ihr auf die Straße getreten wäre. Natürlich eine absurde Idee. Isabel kann sich nicht vorstellen, jemand anderes als das Kind ihrer Mutter und ihres Vaters zu sein.

Sie kann sich an nichts erinnern, was vor dem Moment geschah, als ihre Mutter sie auf den Arm nahm, obwohl sie, Isabel, durch und durch kalt und nass war und ihr Gesicht im Seidenkleid ihrer Mutter vergrub. Es ist, als hätte es den Anfang ihres Lebens nie gegeben; als sei sie immer für dieses Paar bestimmt gewesen.

Isabel muss husten, damit sich ihre Zunge löst. »Als ich wo rauskam?«, fragt sie.

»Wie meinen, Mrs. Henley?«

»Sie sagten gerade, Sie hätten mich gesehen, als ich damals rauskam.«

»Na, aus dem Meer natürlich. Auch wenn nicht jeder glaubt, dass der Bucca Sie gebracht hat.«

»Der Bucca?« Isabels Stimme verhält sich seltsam, steigt und fällt innerhalb eines Worts, wie in einem Lied. In ihren Ohren rauscht es. Sie spürt, dass Mrs. Dowling es ernst meint, todernst. Sie muss verrückt sein. »Was …?«

Die alte Frau spürte ihre Verwirrung und tätschelt ihren Arm. »Sie haben kein einziges Wort Englisch gesprochen, stimmt's?«

»Das kann nicht sein. Das hätten meine Eltern irgendwann mal erwähnt.«

»Sie haben gar nicht gesprochen, wurde erzählt«, fährt Mrs. Dowling fort. »Wie auch, mit einem Bucca.« Gereizt fügt sie hinzu: »Sie wissen nichts über den Bucca, oder? Das ist ein Wassergeist, ungefähr so groß«, sie hält die Hand knapp unterhalb ihrer Taille. »Er hat die Haut eines Meeraals und Algen als Haare. Nun, so berichten es manche; ich selbst bevorzuge ein romantischeres Bild.« Ihr Lächeln hat etwas von einem kleinen Mädchen, so wie vorher schon ihr Lachen, doch sie zerstört die Wirkung mit ihren nächsten Worten. Die milchig blauen Augen auf Isabel gerichtet, sagt Mrs. Dowling: »Manche behaupten, Sie wären seine Tochter.«

Kurz angebunden gibt Isabel zurück: »Meine Mutter hat mir erzählt, dass es ein Schiffsunglück gegeben haben muss. Oder vielleicht bin ich weggelaufen; vielleicht hat jemand, der Verantwortung für mich trug, nicht aufgepasst.« In den Worten ihrer Mutter hatte eine Anschuldigung gelegen. Alice Farnworth war überzeugt, dass sie ihre Aufmerksamkeit niemals vom Kind abgewendet hätte, falls der liebe Gott es für richtig gehalten hätte, sie mit eigenem Nachwuchs zu segnen. Sie nannte ihre Tochter so oft ein Geschenk, dass Isabel ihre eigenen Unzulänglichkeiten umso mehr spürte.

»Vielleicht wollte Ihre Mutter Sie vor der Wahrheit schützen«, sagt Mrs. Dowling. »Es geht das Gerücht, dass sie Helford nicht schnell genug verlassen konnte, nachdem sie Sie gefunden hatte.«

Eisig läuft es Isabel über den Rücken. Auch hier haben die Menschen über sie geredet, genauso wie in London, nur aus anderen Gründen. Seit fast zwanzig Jahren spotten und urteilen die Leute über sie. Isabel taumelt ins Cottage zurück. Am liebsten würde sie sagen: *Das ist eine Unverschämtheit* oder *Wie können Sie es wagen, so von meiner Mutter zu sprechen*. Doch am Ende begnügt sie sich mit: »Wenn Sie mich entschuldigen, ich muss jetzt wirklich auspacken.«

»Natürlich. Falls Sie noch irgendwas brauchen, zögern Sie nicht, mir Bescheid zu geben«, sagt Mrs. Dowling in einem völlig normalen Tonfall, als hätten sie gerade nicht über Meergeister gesprochen.

Als Isabel die Tür hinter sich schließt, stellt sie fest, dass auf der einen Seite ein Spalt ist, während das Holz auf der anderen bis auf die Schwelle hinunterreicht, sodass die Tür jedes Mal, wenn sie bewegt wird, über den Boden schrammt. Isabel wartet ein paar Minuten und öffnet die Tür dann erneut. Der Kiesweg ist leer. Die frische Seeluft drückt herein, bemächtigt sich der Zimmer, vertreibt den Geruch aus dem muffigen alten Haus. Sie ist nun allein, und es tut nicht weh – noch nicht. Vielleicht ist es die ungewohnte Situation, die sie aufrecht hält. Vielleicht ist es das Meer. Isabel hört es durch das offene Fenster, nicht das Tosen der sich an den Felsen brechenden Brandung, auch nicht das Krachen der Wellen, sondern ein unablässiges leises Plätschern.

Irgendwie klingt es tröstlich. Und vielleicht ein wenig verheißungsvoll, doch was es verspricht, weiß sie nicht.

In einer Holzkiste auf der Anrichte findet sie ein Messer, in einem der Schränke einen Teller, und damit setzt sie sich an den Kamin und isst eine Scheibe Brot mit Butter als frühes Abendmahl. Das Brot ist grob, aber hat einen guten, kräftigen Geschmack, als hätten beim Backen Kräuter im Ofen gelegen. Die Glut des Feuers breitet sich in ihr aus. Sie hat es selbst entzündet – das ist doch was, oder?

Während des Essens wird ihr klar, dass sie weniger Butter hätte verwenden sollen. Als sie fertig ist, stellt sie den Teller auf die Steinplatte. Sie müsste ihn abwaschen, doch sie ist zu müde, um Wasser aus dem Brunnen zu holen. Stattdessen öffnet sie den Koffer und holt die abgegriffene Ausgabe von *Robinson Crusoe* heraus. Das Buch klappt an der Stelle auf, wo sie den Zeitungsausschnitt aus dem *London Chronicle* vom 20. Oktober 1789 aufbewahrt. Ihre Mutter hatte die ganze Zeitung behalten, die viele Nachrichten aus Frankreich enthielt, wo drei Monate zuvor die Revolution ausgebrochen war, doch Isabel schnitt nur den einen kleinen Artikel aus, in dem stand:

Falmouth, Cornwall. EIN KIND VON UNGEFÄHR VIER JAHREN AUFGEFUNDEN an der wunderschönen wilden Küste Cornwalls Ende letzten Monats, ohne dass sich eine Familienzugehörigkeit feststellen ließ. Der Bevölkerung zufolge ist das Kind nach einem Schiffsunglück aus dem Meer gekommen, obwohl es keine Berichte von einem solchen gibt. Wenn sich kein Verwandter meldet, werden Admiral und Mrs. Farnworth, Woodbury House, Norfolk, das Kind als ihre Tochter annehmen und aufziehen. Sollte jemand Informationen hinsichtlich des Kindes besitzen, so melde er sich bitte bei den Rechtsanwälten Enright & Pickering, Mayfair, London.

Das Unbehagen in ihr wächst wieder, bis es geradezu schreit. Mrs. Dowlings Geschichte über den Wassergeist hat es geschürt, ebenso wie die Erkenntnis, dass selbst hier die Leute über sie geredet haben. Warum interessiert sich Mrs. Dowling so für ihre Vergangenheit? Hat sie irgendeinen Verdacht? *Unmöglich*, sagt sich Isabel.

Ihre Nerven sind anderer Meinung, sie flattern. Mit dem Zeitungsausschnitt in der Hand geht sie zur Tür und zieht sie weit auf. Draußen wird es dunkel. Der Wind drückt gegen die Tür, der junge Baum daneben wiegt sich. Den Kiesweg hinunter tanzt der Fluss im letzten Sonnenlicht. Eine Erinnerung daran, dass sie dem Meer nah ist – so nah. Isabel atmet tief ein und schmeckt es: Salz, Wasser, die Schärfe nassen Seetangs. Allmählich breitet sich Frieden in ihr aus, geboren aus Wellen und Schaum, Ebbe und Flut. Die Strömung bringt sie zur Ruhe. Als sie die Tür schließlich wieder zumacht, empfindet sie ein erneuertes Gefühl von Zielstrebigkeit. Sie wird dieses Cottage zu ihrem Heim machen, komme, was wolle.

2. Kapitel

Nachts im Bett lauscht sie dem Fluss und dem Wind, der ums Cottage herum tobt. Sie ist ganz allein. Das darf sie nicht denken. Sie ist nicht allein – der Wind hat Stimmen. Sie rufen: *Komm heim.* Das Meer ist direkt hinter der Biegung des Flusses. Das ist ein Traum, natürlich. Oder ein Halbtraum im benommenen Zustand zwischen Schlafen und Wachen, in dem ihre Gedanken vom Hundertsten ins Tausendste springen und Verbindungen schmieden, die nicht wahr sein können.

Ein Knarzen weckt sie auf. Das Haus stöhnt an unerwarteten Stellen; es klingt, als liefen Füße übers Dach. Das harte Bett reicht für zwei Personen. Die Matratze ist mit Stroh gefüllt, das ihr in den Rücken sticht, aber die Laken sind sauber. Wer hat hier vor ihr gewohnt? Mrs. Dowling sagte, das Cottage habe drei Jahre leer gestanden. Bestimmt ein alter Mann mit seiner Frau, denkt Isabel. Ob sie in diesem Bett gestorben sind?

Der Meeresarm ist nachts lauter, die Wellen vom frühen Abend haben sich zu mächtigen Brechern entwickelt. Das Geräusch beruhigt Isabel, und schließlich schweifen ihre Gedanken wieder ab, so wie sie es immer tun, wenn sie auf der Schwelle zum Schlaf ist: das Haus in Greenwich, ihre Eltern, George und sie nach der Hochzeit, in den zwei Tagen, bevor er zurück auf See musste. Sie wären zu jung, hatte Georges älterer Bruder gesagt. Nach dem Krieg wäre noch jede Menge Zeit. Nur gab es die nicht.

Der Morgen bringt schweren Regen. Es ist Ebbe; der Meeresarm hat sich in einen breiten Streifen aus Tang und Steinen verwandelt. Der Wind peitscht den Regen gegen die Fenster. Tief hängt der Himmel über dem Fluss. Beide sind grau, das Wasser steingrau, der Himmel vom Grau zu oft gewaschener Baumwolle. Dem Regen trotzend wirft Isabel ihre Pelisse über, stellt sich in ihren Paradiesgarten und sieht zu, wie sich der Fluss im Wind hebt und senkt. Sie weiß nicht genau, was sie jetzt tun soll. *Leben Menschen so?*, fragt sie sich. *Sieht es so aus, wenn man wirklich und wahrhaftig allein ist?*

Wieder im Cottage legt sie Anzündholz in den Kamin. Konzentriert ahmt sie nach, was Mrs. Dowling ihr gezeigt hat: den Flint anschlagen und damit den Leinwandzunder entzünden, doch das Feuer will sich nicht entfachen lassen. Sie hat bereits die Hälfte ihres Zunders verbraucht und weint fast vor Verdruss, da züngelt plötzlich eine Flamme empor. Vor Erleichterung könnte Isabel weinen. Seit sie hier ist, sind zu viele Gefühle in ihr; ständig kämpft sie mit den Tränen.

Gegen Mittag klopft es an der Tür. Ob das schon wieder Mrs. Dowling ist? Isabel kennt sonst niemanden im Dorf, abgesehen vom Gastwirt und dessen Sohn, und die haben keinen Grund, sie zu besuchen. Als sie die Tür öffnet, ist sie überrascht, das rote Hemd und die blauen Beinkleider eines Zöllners vom Steueramt zu sehen. Sein Gesicht über der steifen Baumwollkrawatte erinnert sie an den Mond; es ist blass und rund, und die in den Winkeln herabhängenden Augen haben etwas Trauriges. Er scheint ungefähr zehn Jahre älter als sie zu sein.

Der Mann lupft seinen Hut, verbeugt sich tief und sagt: »Leutnant Arthur Sowerby, berittener Zöllner des Steueramts, zu Ihren Diensten, Madam«, als gäbe es kein armseliges Cottage, als sei es ganz und gar üblich, dass sie persönlich die Tür öffnet.

»Mrs. Henley. Sehr erfreut.« Sie macht einen Knicks, und zu ihrem Entsetzen greift der Mann nach ihrer Hand und drückt seine Lippen darauf. Die Berührung ist kalt. Regen tropft aus seinen rötlich blonden Locken, läuft ihm über die Wangen in den Hemdkragen. Irgendwo draußen schnaubt ein Pferd. »Aber kommen Sie doch herein, Leutnant«, sagt sie und tritt zur Seite.

Er duckt sich unter der Tür hindurch. »Danke, Madam, sehr verbunden.« Seine anmutigen Bewegungen strafen seine Größe Lügen: Er geht, als würde er tanzen. Am Küchentisch dreht er sich um. »Ich bin hier, Madam, um Sie zu warnen.«

»Mich warnen? Wovor denn?« Ihre Stimme klingt seltsam laut, als gehörte sie nicht in dieses Cottage, bräuchte mehr Platz.

»Ich habe vernommen, Sie leben hier allein?«

»Erstaunlich, wie schnell sich das herumspricht.«

»Ich bin in St Keverne stationiert. Das ist nur fünf Meilen entfernt. Wir wurden über Ihr Kommen unterrichtet. Die Gattin meines speziellen Freunds, des stellvertretenden Lordleutnants Sir Hugh Darby, möchte Ihnen auch bald einen Besuch abstatten, habe ich gehört. Lady Darby ist ganz erpicht darauf, Ihre Bekanntschaft zu machen, genau wie ich. Wie Sie bemerkt haben dürften, gibt es in dieser Gegend nicht viele Menschen unseres Stands.«

Sie würde ihm gern einen Tee anbieten, weiß aber nicht genau, wie man ihn zubereitet. Etwas anderes hat sie nicht da. Ihr wird warm, sie greift nach der Medaille um ihren Hals. Das Band, an dem sie hängt, hält das Metall nah an ihrem Herzen. »Wie Sie sehen können, Leutnant, bin ich in meinen Lebensumständen sehr reduziert.«

Leutnant Sowerby besitzt den Anstand, so zu tun, als würde er es erst jetzt bemerken. »Ich verstehe. Gleichwohl. Ich empfinde es als meine Pflicht, Sie zu warnen, Madam, dass es in dieser Gegend vor Schmugglern nur so wimmelt. Als alleinstehende Frau sind Sie besonders gefährdet. Ich würde Ihnen raten, nachts die Türen und Fenster zu verriegeln.«

Isabel wirft einen kurzen Blick auf die Tür hinter sich. Sie hat kein Schloss.

»Oder lassen Sie ein Schloss anbringen«, sagt Leutnant Sowerby. »Für Ihre Sicherheit und die Ihres Besitzes. Sollte jemals etwas fehlen, geben Sie mir bitte umgehend Bescheid. Es wäre mir eine Ehre, Ihnen zur Hilfe zu eilen, sollten Sie mich benötigen.«

Er klingt furchtbar dienstbeflissen. Mit seinen durchgedrückten Schultern und dem hochgereckten Kinn sieht er auch so aus. Die Küche ist zu klein; er überragt sie förmlich. Isabel macht einen Schritt nach hinten, er rückt nach, tänzelt näher. Mit gesenkter Stimme fragt er: »Sie sind doch Witwe, nicht wahr?«

»Ja.« Ihre Hand umklammert die Trafalgar-Medaille. Die Konturen von Admiral Nelsons Profil drücken sich in ihre Finger. Auf der anderen Seite prangt eine Szene der Schlacht, in der George starb, darüber die Losung, die Nelson vorher ausgegeben hatte: *England erwartet, dass jeder Mann seine Pflicht tut.*

»Sie brauchen Schutz«, stellt Leutnant Sowerby fest. »Wenn nicht als vermögende Frau, so doch als Frau von Rang, die allein in einem rauen, gefährlichen Land lebt.«

Sie denkt an die Schönheit des Paradiesgartens, an die Blumen, den Fluss. »Bisher habe ich nur sehr wenig davon gesehen, aber es scheint mir nicht rau zu sein«, erwidert sie. »Ich finde es außerordentlich hübsch.«

»Weil sie eine Frau sind. Sie haben ein romantisches Herz. Aber ich habe gesehen, wie dieses Land wirklich ist. Ich musste auf den Wellen und Klippen gegen seine Söhne kämpfen. Gesetzlos, das sind die Leute hier. Jeder ist am Schmuggel beteiligt – Fischer, Bergarbeiter, Ladenbesitzer, Bauern. Selbst Frauen und Kinder! Alle haben ihre Finger darin.«

Wut steigt in Isabel auf, wie von Sowerby an einem Haken hochgezogen. Sie denkt an Tom Holder und dessen Sohn Richard, an Mrs. Dowling. Isabel ist gerade erst in Cornwall angekommen, doch es erscheint ihr ungerecht, die gesamte Bevölkerung derart zu beschuldigen. Sie hat nichts für Schmuggler übrig, hält sie für gefährlich. Aber die Bauern und Fischer? Sogar deren Kinder? Sie lässt Georges Medaille los und ballt die Hände zu Fäusten. »So schlimm kann es doch nicht sein, oder?«

»Es ist noch schlimmer, Madam. Früher dachte ich, ich würde die Männer, die ich ergreife, einer gerechten Strafe zuführen. Ich ließ sie einsperren und für ihre Verbrechen vor Gericht stellen. Schmugglerei, Seeräuberei. Doch fast alle wurden freigesprochen. Selbst die Geschworenen waren auf ihrer Seite!«

Er überragt sie, sein Mondgesicht ist viel zu nah. Isabel kann seinen Atem riechen, der sonderbar süßlich ist, als hätte er etwas Alkoholisches getrunken; sie spürt die Wut, die hinter seiner höflichen Fassade brodelt. Er hasst es hier, denkt sie. Er hasst Cornwall; hasst die Menschen.

Sie denkt an seine kalten Lippen auf ihren Fingerknöcheln. Zum ersten Mal wünscht sie, es würden noch die Regeln gelten, die vor ihrer Ehe ihren begrenzten Umgang mit Männern bestimmten. Als Witwe hat sie deutlich mehr Freiheiten, aber jetzt würde sie am liebsten darauf verzichten. Wäre sie noch ledig, würde Leutnant Sowerby nicht im Traum einfallen, hier allein mit ihr zu stehen.

»Mittlerweile riskiere ich gar keinen Prozess mehr«, bemerkt er.

»Wie meinen Sie das?«

»Was glauben Sie denn, wie ich das meine, Madam?« Seine Stimme wird schärfer. »Ich stelle sicher, dass der Gerechtigkeit Genüge getan wird. Ich lasse sie hängen, wie es Verrätern gebührt.«

»Verrätern?«, piepst sie und verdrängt das Bild, das vor ihrem inneren Auge aufkommt. Er hängt sie? Jungen wie Richard Holder?

»Halten Sie Schmuggler nicht für Verräter?« In ihm grollt Wut, doch er kontrolliert sie, lässt sie unter der Oberfläche seines höflichen Lächelns sieden. »Die Schmuggelei hilft den Franzosen. Wir befinden uns im Krieg, Madam.« Sowerbys Blick fällt auf Georges Medaille. Seine Stimme, sein ganzes Verhalten wird argwöhnisch. »Woher haben Sie die?«

Verblüfft tastet ihre Hand nach dem Metall. »Mein Ehemann, George Henley, war als Fähnrich vor Trafalgar auf dem Schiff seiner Majestät, der *Neptune*. Er erlag einer Kugel, die vom Mast der *Bucentaure* abgeschossen wurde.« Isabel hat diese Sätze so oft ausgesprochen, dass sie fast bedeutungslos geworden sind. Sie vermitteln nicht, wie die Welt schwarz wurde, als sie die Nachricht von seinem Tod erhielt; wie eingeschränkt ihr Alltag ist, wie sehr sie ihn immer noch vermisst und wie sehr sie sich wünscht, ihn besser gekannt zu haben.

»So, so … ein richtiger Held«, sagt Leutnant Sowerby mit einer Spur Sarkasmus, und Isabel will nur noch, dass er verschwindet, wünscht es sich mit einer Vehemenz, die ihren Wunsch, allein zu sein, als Mrs. Dowling nicht von ihrer Schwelle wich, im Vergleich dazu erblassen lässt. Bevor Isabel die Möglichkeit hat, etwas zu erwidern, legt Leutnant Sowerby wieder seine Dienstbeflissenheit an den Tag, greift zum Heft seines Säbels und sagt: »Hiermit biete ich Ihnen meinen Schutz an, Madam.«

Sie verschluckt ein Seufzen. »Ich bin Ihnen wirklich dankbar, Sir, aber ich glaube nicht, dass ich ihn brauche.«

Wie sein Gesicht in sich zusammenfällt … Hat er wirklich geglaubt, sie würde ihn hier und jetzt als ihren Beschützer akzeptieren, wozu auch immer diese Rolle ihn seiner Ansicht nach berechtigt? »Madam, ich bestehe darauf. Eine Dame wie Sie, von Ihrer …« Er schüttelt den Kopf, als suche er nach Worten. »Von Ihrer Tugend und Reinheit. Haben Sie eine Vorstellung, Madam, was eine Schmugglerbande mit einer Dame wie Ihnen macht, wenn sie Sie hier allein vorfindet?«

Er streckt die Hand nach ihr aus, als wollte er es demonstrieren. Seine Mundwinkel sind feucht geworden. »Was würde Ihr verstorbener Gatte dazu sagen?«

»Mein sehr geehrter Herr!«, stößt Isabel keuchend aus. Sie bewegt sich rückwärts auf die Tür zu und reißt sie auf. »Bitte entschuldigen Sie, aber ich muss … ich muss mich ums Feuer kümmern. Vielen Dank für Ihren Besuch, Sir. Ich werde Ihre Warnung im Hinterkopf behalten.«

Einen unheimlichen Moment lang sieht er sie an, und sein Kiefer malmt, als würde er eine Gegenrede zerkauen und schlucken. Sein Atem kommt stoßweise; die Süßlichkeit des Alkohols darin legt sich wie eine Wolke um sie. Er ist so nah, dass sie fast an die Tür gedrückt wird. Entsetzt verfolgt sie, wie er die Hand hebt und nach ihr greift. Er starrt auf etwas unter ihrem Kinn – auf ihre Brust, wird ihr klar. Ein Schrei entfleucht ihr. Der Leutnant blinzelt. Er tritt zurück, wischt sich die Schweißperlen von der Stirn und verbeugt sich steif. »Nun gut«, sagt er. »Ich habe meine Pflicht getan.«

»Das haben Sie, und dafür danke ich Ihnen.« *Und jetzt geh. Lass mich in Ruhe.*

»Falls es Ihnen nicht ungelegen kommt, werde ich von Zeit zu Zeit vorbeischauen, wenn ich auf Patrouille bin, um mich davon zu überzeugen, dass Sie in Sicherheit sind.«

»Dafür wäre ich Ihnen sehr verbunden, Sir«, entgegnet sie mit bebender Stimme.

Er nickt, als stelle ihn ihre Antwort so gerade zufrieden. Sie wartet in der Tür und sieht zu, wie er auf sein Pferd steigt, eine kräftige braune Stute. Der Regen hat ein wenig nachgelassen. Isabel denkt an die Schmuggler, die er gerne hängt. Auf der Hand spürt sie noch immer seine kalten Lippen. Erst als das Grün des Küstenpfads Leutnant Sowerbys übergroße Gestalt verschluckt und Isabel sich dem wallenden Fluss zuwendet, kann sie wieder richtig atmen. Während der Regen auf die Wasseroberfläche prasselt, lässt das Zittern in ihren Gliedern allmählich nach.

Zurück im Haus setzt sie sich an den Tisch, die Finger um Georges Medaille geschlossen. Vielleicht sollte sie zu Mrs. Dowling gehen und fragen, wie man Tee kocht. *Die Gattin meines Freundes, des stellvertretenden Lordleutnants, möchte Ihnen auch einen Besuch abstatten*, hat Leutnant Sowerby gesagt. Bei der Vorstellung, dass die Ehefrau des stellvertretenden Lordleutnants von Cornwall an die Tür ihres Cottages klopft, würde Isabel am liebsten gleichzeitig lachen und weinen. Sie wüsste gar nicht, was sie der Frau anbieten sollte. Keinen Tee, so viel steht fest. Isabel lebt jetzt in einer anderen Welt.

Die Stunden, die vor ihr liegen, erscheinen ihr so lang wie früher, wenn sie auf einen Brief von George wartete. Sie schielt auf ihren Reisekoffer, der immer noch in der Ecke hinter der Wohnstubentür auf dem Boden liegt. Er sieht aus, als würde er gähnen. In seinem Schlund sind Baumwoll- und Leinenwäsche sowie das seidene Unterkleid, das sie für Georges Rückkehr gekauft hatte. Damals hatte sie sich die Szene immer und immer wieder ausgemalt: wie sie, nur in dem Unterkleid, ins Zimmer kommen würde, sein Gesichtsausdruck; wie es sein würde, wenn sie nicht nervös waren, weil es das erste Mal war oder weil er am nächsten Tag zurück auf See musste. Sie weiß gar nicht, warum sie das Unterkleid mitgenommen hat. Es gehört nicht an so einen Ort. Sie hat es noch nie getragen und wird es auch nie tun. Der vertraute Stich bei diesem Gedanken; das Gefühl, als schnürte sich ihre Kehle zu.

Sie legt das Unterkleid in den Koffer zurück, schließt den Deckel und verdrängt die Erinnerung zugunsten einer glücklicheren: sie und George beim Spazierengehen im Hyde Park, Arm in Arm. Wie er etwas Lustiges sagte und über seinen eigenen Scherz lachte. Sie möchte ihn packen und an sich ziehen, möchte an ihm die Mischung aus Rasierwasser und Verdauungs-Brandy riechen, dazu die Wolle seines Mantels, wenn sie das Gesicht in seine Halsbeuge drückt.

Dann weint sie, als sei es in dieser Woche passiert, als hätte sie die Nachricht gerade erst bekommen. Sie gibt den Tränen nach, verschränkt die Arme auf dem Tisch und legt den Kopf darauf, lässt sich vom Schluchzen erschüttern. Sie hat ihn geliebt, aber manchmal hat sie Angst, es sei nicht genug gewesen.

Nach wenigen Minuten wischt sie sich übers Gesicht. Sie muss nach draußen. Zuerst schaut sie aus der Tür, um sich zu vergewissern, dass Leutnant Sowerby tatsächlich fort ist, dann geht sie zur Hütte. Vor die Tür ist ein Riegel gelegt, doch sie ist nicht versperrt. Licht fällt durch zwei schmale Fenster an der hinteren Wand, daran entlang zieht sich ein Regal, taillenhoch, auf dem ein Holzkasten steht. Bei näherer Prüfung findet sie darin einen Hammer, eine Handvoll Nägel und ein Werkzeug mit einem flachen Ende, das ein Meißel sein könnte. Sie bildet sich ein, dass die Hütte nach Fisch riecht, aber das kann nicht sein. Der Sohn des Gastwirts hat erzählt, dass sie nicht mehr in Gebrauch ist; schon seit Jahren nicht mehr.

Isabel dreht sich zur Tür um und sieht im hereinfallenden Licht etwas an der Wand blitzen. An einem Haken hängt ein Schloss, fast so groß wie ihre Handfläche. Es ist versperrt, ein Schlüssel nirgends zu sehen. Sie fragt sich, wer es dort hingehängt hat. Es ist nicht verrostet.

Als sie die Hütte verlässt, lockt sie der Küstenpfad. Der Regen hat aufgehört, und die Sonne versucht, hinter den Wolken hervorzukommen. Alles riecht frisch. Nach wenigen Metern windet sich der Weg um die Klippe herum. An einigen Stellen ist er so schmal, dass Isabel in das Gras am Hang treten muss, um nicht zu nah an den Rand zu geraten. Weiß Gott, wie die berittenen Zöllner des Steueramts diesen Weg auf dem Pferderücken bewerkstelligen.

Sie kommt an einer kleinen Bucht vorbei, in der der Schaum hochspritzt. Als sie vom Kliff hinabschaut, fühlt es sich an, als würde ein unsichtbares Band vom Wasser zu ihrer Brust reichen und jede an den Felsen brechende Welle würde daran zerren. Das Meer hat sie schon immer angezogen, jedoch nie wie jetzt, mit solcher Beharrlichkeit. Nichts wünscht sie sich mehr, als hineinzuspringen, das Wasser um sich herum zu spüren, doch der Gedanke an Leutnant Sowerby und seine Leute, die auf dem Pfad Patrouille gehen, hält sie davon ab.

Gerade will sie nach Hause zurückkehren, da erblickt sie ein oder zwei Meilen weit draußen ein Schiff. Es ist ein Kutter, vermutet sie und schützt die Augen vor der Sonne, vielleicht auch eine Schaluppe. George hätte es gewusst. Der Rumpf ist schwarz gestrichen, und die sich in den Segeln fangende Sonne blendet so stark, dass Isabel fast nicht hinsehen kann. Das Schiff segelt davon, hinaus aufs Meer, wo die Tiefe kein Ende zu haben scheint.

Sie denkt an ihren Vater, der so viele Jahre auf See war. Fühlte er es auch, dieses Ziehen und Sehnen? Kannte George es? Sie wünscht sich, sie hätte ihm erzählen können, wie sehr sie der Anblick des Meeres bewegt. Fast hätte sie es ihm einmal gestanden, doch der Moment verflog, ehe sie die richtigen Worte gefunden hatte. Was hätte er wohl davon gehalten? In seinen neun Jahren als Fähnrich wuchs ihm die See allmählich ans Herz, doch anders als Isabel spürte er nicht das Bedürfnis, in der Nähe des Wassers zu sein, um frei atmen zu können. Welch Ironie des

Schicksals – verbrachte er doch den Großteil seines kurzen Lebens auf dem Wasser, das es ihm schließlich nahm.

Seit seinem Tod ist Isabels Wunsch, dorthin zu gehen, wo er war, das zu sehen, was er sah, nur stärker geworden. George ist auf See geblieben; sie hat kein Grab, das sie besuchen könnte. Sie hat nur den Atlantik. Nie würde sie George beneiden, doch es ist zutiefst ungerecht, dass sie nie wie er wird segeln können. Das Deck eines Schiffs ist ihr ebenso verwehrt wie die Türen des Parlaments.

Sie schaut dem Schiff nach, bis es nur noch ein weißer Punkt am Horizont ist. Der Rückweg zum Cottage erscheint ihr irgendwie länger.

Die nächsten zwei Tage vergehen so langsam und leer wie der erste. Um sich die Zeit zu vertreiben, erkundet sie den Küstenweg, entdeckt, wohin er führt, wo sie die Felsen hinunterklettern und ihre Füße ins Wasser halten kann. Am Morgen ihres vierten Tags in Helford, einem Freitag, besteht ihr Frühstück aus einer steinharten Brotscheibe. Nach einigem Ringen mit sich selbst sucht sie eine erfreute Mrs. Dowling auf und lernt im Laufe der nächsten Tage, wie man Tee, Brot und Eintopf macht, wie man Fisch ausnimmt und zubereitet. Alles, was sie ausprobiert, dauert viermal so lange, wie es sollte. Als sie die erste Kartoffel schält, ist am Ende kaum noch etwas übrig. Bei der zweiten und dritten ebenso. Mit einem unterdrückten Schrei der Verdrossenheit macht sie sich an die vierte, die noch länger dauert, aber passabler aussieht. Einerlei. Sie wird schneller werden – behauptet Mrs. Dowling jedenfalls. Wer es irgendwann zur Meisterschaft bringt, kann die Schale entfernen, ohne abzusetzen.

Isabel nimmt ein kleines Notizbuch mit und schreibt Mrs. Dowlings säuberlich eingetragene Rezepte ab. Die alte Frau ist ebenso stolz darauf, lesen und schreiben zu können, wie auf die Handvoll Cottages, die sie von ihrem verstorbenen Ehemann geerbt hat und die sie hauptsächlich an Händler und Fischer vermietet.

Eines Nachmittags zeigt Mrs. Dowling ihr, wo man fangfrischen Fisch bekommt und wie man den besten Preis aushandelt. »Der größte ist immer für den Bucca«, erklärt die alte Frau und weist auf die dargebotene Ware.

Der Bootsbesitzer, ein grauhaariger Fischer, hört ihre Erklärung. »Eine Opfergabe für eine glatte See und einen guten Fang«, bestätigt er und nickt. »Ich habe ihn heute rufen gehört, Mrs. Dowling.«

Die alte Frau schaut hoch. »Glauben Sie, es gibt heute noch ein Gewitter, Mr. Penrose?«

»Könnte sein.« Er wendet sich an Isabel. »Wenn es aus Südwesten bläst, dann ruft der Bucca.« Mit gesenkter Stimme fügt er hinzu: »Aber damit kennen Sie sich ja aus, Mrs. Henley, nicht wahr?« Seine Augen sind dunkel, fast schwarz, und sein Blick scheint anzudeuten, dass sie ein gemeinsames Geheimnis haben.

Ein Frösteln kriecht Isabels Rücken hinauf. Sie kann nicht sagen, was sie mehr verunsichert: Mrs. Dowling und der Fischer, die sich völlig sachlich über ein Fabelwesen unterhalten, als ginge es ums Wetter, oder Mr. Penrose' Worte *Damit kennen Sie sich ja aus*. Doch unter ihrer Besorgnis verbirgt sich eine seltsame, beharrliche Ahnung von Vertrautheit. Könnte sie vom Bucca gehört haben, als sie ein Kind war? Sie schaut auf den Fluss, und das Gefühl wird stärker, vermischt sich mit dem Locken des Wassers und lässt Mr. Penrose' Unterhaltung mit Mrs. Dowling in den Hintergrund treten.

Als Isabel deren Worte wieder als solche wahrnimmt, redet Mrs. Dowling über einen Sturm, bei dem eins ihrer Cottages sein Dach verlor. Isabel hat ein schlechtes Gewissen, weil sie das

Freundschaftsangebot der älteren Frau ablehnen wollte. Ohne irgendeine Gegenleistung bringt Mrs. Dowling ihr all das bei, was sie von ihrer Mutter gelernt hätte, wäre die die Tochter eines Kötters gewesen. Isabel fragt sich, ob in Wirklichkeit vielleicht *sie* die Tochter eines Kötters war. Sie mustert die Gesichter der Menschen, denen sie begegnet. Könnte die Frau mit dem Fischkorb ihre Mutter sein? Hat der Mann dort dieselbe Augenfarbe wie sie? Die Menschen von Helford behandeln Isabel, als sei sie heimgekehrt.

Es gibt kein Gewitter, aber der Südwestwind wühlt das Wasser auf. Das Meer ist eine Konstante, stets da, flehend, drängend, tröstend. Wann immer Isabels Verdrossenheit wächst, wann immer die Nacht in dem einsamen Cottage zu lang ist, muss sie nur nach draußen gehen und den Wellen lauschen, um wieder ruhig zu werden.

Manchmal sieht sie, wie die Männer des Steueramts auf Patrouille vorbeikommen, die berittenen Zöllner, allein oder paarweise, gelegentlich auch zu Fuß. Sie sollte froh sein, dass sie so häufig nach dem Rechten sehen, doch sobald sie daran denkt, steht ihr vor Augen, wie Leutnant Sowerby sie überragte, wie sein süßer, alkoholschwerer Atem in ihr Gesicht schlug; sofort sieht sie seinen Blick, als er nach ihr griff. Sie erinnert sich an die Wut in ihm, als er sich dafür aussprach, Schmuggler zu hängen, sie hat vor sich, wie er sich mit der Zunge über die Lippen fuhr, als er sich die Dinge ausmalte, denen sie seiner Behauptung nach ausgesetzt sein würde.

Als sie Mrs. Dowling nach den Patrouillen fragt, erwidert ihre Hauswirtin, das Schmuggeln sei inzwischen so weit verbreitet, dass die Steuereintreiber immer skrupelloser würden. Noch im letzten Monat hätten sie in Coverack einen Bauern gefasst, der Schmuggelware auf seinem Hof lagerte, und ihn erschossen – ohne Untersuchung, ohne Prozess, einfach so. Mrs. Dowlings

Entrüstung ist so glühend heiß wie der Tee, den sie zu einem, wie sie sich ausdrückte, »besonders günstigen Preis« erwirbt.

Am Dienstag geht Isabel auf den Markt und kauft Käse, Mehl, Möhren und ein Stück Schinken. Ebenso Fisch: Makrele, frisch gefangen. Mr. Penrose wirft ihr wieder einen bedeutsamen Blick zu, sagt diesmal aber nichts.

Von Mrs. Dowling weiß Isabel, dass der Markt immer gut besucht ist, aber sie hat nicht damit gerechnet, dass es dermaßen voll sein würde. Als sie sich auf den Rückweg zum Cottage macht, drängen sich Männer, Frauen und Kinder auf der schmalen Straße, schieben sich in Richtung des nahegelegenen Orts Manaccan. Ein aufgeregtes Stimmengewirr schwirrt in der Luft wie Hitze über einem frisch gebackenen Laib Brot. Neugierig geworden verlässt Isabel den Küstenweg und folgt den anderen.

Als die Menge sich der Kreuzung nähert, verstummen alle. Einige weisen nach vorn, doch Isabel sieht nur ein Meer aus Hüten, Hauben, Kappen und Tüchern. Irgendwo links stört eine Amsel das Schweigen mit einem langen, schleppenden Trillern. Es ist kühl an diesem Morgen, doch die Sonne wirft Flecken auf die Straße. Isabel hat eine Suppe zu kochen – ihre erste überhaupt. Sie müsste umkehren und nach Hause gehen, doch die Neugier hält sie fest. Sie drängt sich vor, schlängelt sich zwischen nach Schweiß riechenden Körpern hindurch, vorbei an den weichen und harten Gestalten anderer Frauen. Ein Ellenbogen trifft sie in der Seite, dann sieht sie es.

Zuerst hält sie es für eine Konstruktion, um etwas hochzuhieven, wie man sie auf einer Werft finden könnte. Vielleicht ist es auch ein Schiffsmast, aus dem Rumpf geholt und unpassenderweise hier abgeladen, am Rand der Straße nach Manaccan. Dann jedoch fällt ihr Blick auf die Reihe von Männern des Steueramts, bewaffnet mit Pistolen und Säbeln, und auf den

Gefangenen, der mit auf dem Rücken gefesselten Händen zum niedrigen Schafott gebracht wird.

Und sie sieht den Mann, der den Gefangenen führt. Eine Hand um dessen Arm, die andere am Griff seiner Pistole. Es ist kein Geringerer als Leutnant Sowerby. »Oh!«, stößt Isabel aus und lässt fast ihren Korb fallen.

Als hätte er sie gehört, sieht Leutnant Sowerby hoch. Ein Grinsen erscheint auf seinem geröteten Mondgesicht; keine Spur mehr von der Wut, die sie in ihm sah. Wenn überhaupt, wirkt er zufrieden, so wie ein Mann aussehen könnte, wenn er einen selbst erlegten Hirsch aufschneidet.

Leutnant Sowerby nickt ihr kurz zu, dann schubst er den Gefangenen auf das Schafott, stößt ihn mit solcher Wucht zur wartenden Schlinge, dass der Mann stolpert und auf die Knie fällt. Der Leutnant reißt ihn auf die Füße. »Willst du türmen, Ferries? Dafür ist es ein bisschen zu spät! Der Galgen wartet – und danach die Hölle!«

Seine vor Boshaftigkeit bebende Stimme übertönt das Gemurmel der Schaulustigen. Der Blick des Gefangenen schweift über die Menge, dann wendet er sich wieder seinem Peiniger zu und sagt etwas. Leutnant Sowerby lacht und ruft laut: »Dafür werde *ich* schmoren? Da verwechselst du was, Mann! Das ist ganz allein dein hübsches Schicksal.«

Beim Anblick des Galgens geben die Knie des Gefangenen nach. Der Leutnant fährt den nächsten Steuereintreiber an: »Hilf mir, ihn zu halten.« Dann sagt er zum Gefangenen: »Reiß dich zusammen! Mit Sicherheit guckt deine Frau zu.« Er stößt ein kurzes Lachen aus. »Willst dir doch nicht vor ihr in die Hosen machen, oder?«

Als wäre die Situation nicht schon jämmerlich genug, schaut Leutnant Sowerby erneut herüber, findet Isabel und lächelt ihr zu. Stimmen werden laut, stur und rau. »Er hat einen Prozess verdient, verdammt noch mal!«, ruft ein Mann, »Unmensch!«, kommt von einer Frau neben Isabel, einer schlanken, alterslosen Gestalt in steifer schwarzer Baumwolle, das Haar unter einer dazu passenden schwarzen Haube verborgen. Sie hat die Hände zu Fäusten geballt und drückt sie rechts und links an die Wangen. Erschüttert wendet sie sich an Isabel: »Die arme Agnes! Es ist entsetzlich!«

Links vor den Steuereintreibern wird eine junge Frau von zwei älteren gestützt. Der blaue Stoff ihres Kleides ist fleckig, als hätte sie auf dem Boden gekniet; ihr Haar ist weder zusammengenommen noch bedeckt. Mit leerem Blick sieht sie sich um, bis sie des Gefangenen gewahr wird. Ihr entfährt ein dünner, furchtbarer Klagelaut.

Leutnant Sowerby scheint ihn nicht zu hören, und wenn doch, lässt er es sich nicht anmerken. Er steht neben dem Gefangenen auf dem Schafott und übertönt die Menge: »Jed Ferries, Sie sind wegen Hochverrats in Kriegszeiten zum Tode verurteilt. Sie werden am Halse aufgehängt, bis der Tod eintritt.«

»Er hat doch nur ein bisschen Tee geschmuggelt!«, ruft ein Junge, vielleicht vierzehn Jahre alt. Andere um ihn herum schließen sich an, und Leutnant Sowerby sucht die Masse ab, aber nicht nach dem Jungen, denkt Isabel, sondern nach ihr. Sie weicht zurück und taucht in der Menge unter. Der Geruch von Schweiß und Schmutz vermischt sich mit dem der Makrele, die sie auf dem Markt gekauft hat. Fast muss sie würgen.

Sie macht sich auf den Rückweg nach Helford und wischt sich immer wieder die Hand an ihrem Kleid ab. Dieser Mann war in ihrem Cottage. Er hat ihre Hand geküsst, direkt dort, an den Knöcheln. Die Menschen hinter ihr sind wieder still geworden. Mit einem kurzen Schulterblick sieht sie, dass die Zuschauer ihre Kopfbedeckungen abgenommen haben. Jetzt singt kein Vogel mehr; die Luft ist stumm wie Stein. Dann ein Knacken und ein Brechen, selbst aus der Ferne deutlich zu hören, gefolgt vom Schrei einer Frau so voller Verzweiflung, dass es ihr durch Mark und Bein geht.

Zurück im Cottage bereitet sie mechanisch die Makrele zu und kocht aus ihr und der Möhre eine sämige Suppe. Sie lehnt die Tür an, um die Gerüche herausziehen zu zulassen. Allmählich legt sich ihre Zittrigkeit. Das Geräusch des Flusses schwappt durch die offene Tür herein. Es beruhigt sie nicht wie sonst, denn sie hört trotzdem das Knacken und den darauf folgenden verzweifelten Schrei.

In der Nacht knarrt und stöhnt das Haus um sie herum. Wenn sie schläft, träumt sie von Schritten. Die Dienstboten, die zu jeder Tages- und Nachtzeit auf den Beinen sind. Sie rufen mit gedämpften Stimmen. Ist etwas passiert? Ist jemand krank; brennt es?

Mit einem Ruck setzt sie sich auf. Das ist kein Traum. Die Schritte sind echt. Sie sind unten, dann Stimmen, die ihnen folgen, über sie klettern: tiefe Männerstimmen, verschmolzen mit dem Heulen des Winds.

Isabel schlägt das Herz bis zum Hals. Bestimmt kann man es hören. Sie legt die Hand an die Kehle und fühlt ihren Puls. Unten ein Scharren – ein Stuhl, der bewegt wird, oder die Tür? Sie sieht sich im Zimmer nach etwas um, womit sie sich verteidigen könnte. Der Schürhaken. Er ist aus Schmiedeeisen und hat einen Knauf am Ende. Kalt liegt das Eisen in ihrer Hand, der Haken ist beruhigend schwer. Als sie damit ausholt, zischt er durch die Luft.

Sie stellt sich hinter die Schlafzimmertür, den Schürhaken fest im Griff. Schritte kommen die Treppe hoch, halten inne. »Es ist eng, aber ich denke, wir kriegen ihn hoch«, sagt jemand, und von irgendwo unten kommt ein Stöhnen.

»Da ist ein Bett. Es lohnt sich, Kap'tän.« Wieder die erste Stimme, dann steigen die Füße des Sprechers weiter nach oben.

Andere Schritte folgen. Sie bewegen sich langsamer, als Isabel erwartet. Wieder ein Stöhnen, laut genug, um bei dem Wind gehört zu werden. Ein Mann mit Schmerzen, denkt sie. Ein Mann, der die Treppe hochgeschleppt wird. Ein Glimmen erscheint in der Tür.

Dann ist der Durchgang voll – fünf Männer, doch im Licht der Laterne sieht sie nur ihn. Schweiß klebt eine Strähne schwarzen Haares an seine Stirn, und selbst im schwachen Licht ist sein Gesicht so blass, dass es fast einen grauen Stich hat, wie ein Schleier über seiner Sonnenbräune. Der Mann ist glatt rasiert, sein Hemd aufgeschnürt und eingerissen, sodass man eine blutende Wunde in der Mitte seines Oberkörpers sieht. Das weiße Hemd ist fast vollständig rot. Die Augen des Mannes sind geschlossen, und kurz wähnt sie ihn tot, doch dann öffnet er die Augen und richtet sie auf Isabel. Und außergewöhnlicherweise lächelt er. Er flüstert: »Na, was hat der Wind denn da herangetragen?«

Er wird von drei Männern gestützt; ein vierter folgt ihnen mit einem Ballen blutiger Tücher und einer Laterne aus Blech und Glas, die er hochhält. Alle wenden sich Isabel zu, und der hintere Mann legt die Tücher beiseite und greift nach etwas an seiner Taille – eine Pistole, wird ihr klar. Sie hebt den Schürhaken, doch da sagt der Verwundete scharf: »Oppy!«, und die Muskeln in seinem Gesicht spannen sich an. Als der Mann namens Oppy ihn ansieht, schüttelt der Verwundete den Kopf, dann schließt er wieder die Augen, und die Männer legen ihn aufs Bett.

Als er die Augen erneut öffnet, steht Isabel immer noch wie gelähmt da, der Schürhaken auf halbem Weg zur Schulter. Einer der anderen Männer, ein bärtiger Typ mit Stiernacken und schwarzen Zähnen, sagt: »Sie können das Ding runternehmen, Miss. Wir sind keine Gefahr für Sie, wenn Sie keine für uns sind.«

3. Kapitel

Mit den fünf Männern ist die Kammer überfüllt. Um das Bett herum ist nur sehr wenig Platz. Der Geruch von Blut vermischt sich mit dem modrigen Muff des alten Hauses. »Was ist mit ihm passiert?« Isabel erkennt ihre Stimme kaum wieder, so hoch und bebend.

Der Verwundete antwortet selbst. »Ich wurde angeschossen.« Der Mann namens Oppy reckt seinen spindeldürren Körper übers Bett und stellt die Laterne auf die Fensterbank. Mit beiden Händen drückt er das blutige Tuch auf den Bauch des Verletzten. Der flucht laut, stößt Wörter aus, die Isabel noch nie gehört hat, auch wenn ihr deren Bedeutung klar ist. Oppy verzieht das Gesicht, als spürte er die Schmerzen selbst. Er fährt sich mit der Hand durch den dichten braunen Schopf, an dem das Blut von seinen Fingern kleben bleibt.

»Er braucht einen Arzt«, wendet sie ein, weniger schrill.

»Das wissen wir.« Der Mann, der das sagt, ist fast kahl, wie der Gastwirt des Shipwrights Arms, aber dafür noch jung, nur wenige Jahre älter als sie selbst, denkt Isabel. Auch der Verwundete ist noch nicht alt, vielleicht neunundzwanzig oder dreißig, auch wenn er durch den Schmerz älter wirkt. Die anderen beiden sind ihrer Schätzung nach Mitte dreißig. Der Kleinere von ihnen, drahtig und kräftig, hält in jeder Hand eine Pistole.

Das Herz schlägt ihr immer noch bis zum Hals. Unter der

Baumwolle ihres Unterkleids läuft ihr Schweiß den Rücken hinunter. In ihrem Schlafzimmer befinden sich fünf fremde Männer, und sie ist so gut wie unbekleidet. Das Haar hängt ihr in einem langen geflochtenen Zopf, der sich allmählich auflöst, auf dem Rücken. Sie trägt kein Korsett. *Das wäre mal ein Gerücht, was?* Ihr ist übel, ihre Beine sind wie Pudding.

Ein tiefes Stöhnen des Angeschossenen reißt sie aus ihren Gedanken. Oppy drückt noch immer das Tuch auf die Wunde, doch es hilft nicht viel. Der Stoff ist schon blutgetränkt. Sie denkt daran, wie es George ging, nachdem er an Bord der *HMS Neptune* die Kugel kassiert hatte, dass es kein Bett für ihn gab, in dem er hätte liegen können, keine Frau, die ihn umsorgen half. Isabel geht zur Treppe, und als der größere der zwei älteren Männer sie aufhalten will, fährt sie ihn an: »Ich hole Wasser aus dem Brunnen.«

»Kap'tän?«, fragt er.

»Lass sie gehen, Moyle«, erwidert der Mann auf dem Bett matt.

Wie im Traum steigt sie die Treppe hinunter, die Hand haltsuchend an der Wand. Innerlich bebt sie. Jeden Moment werden ihre Zähne klappern, denkt sie, doch es passiert nicht, und sie tastet sich an der Wand entlang zur Hintertür. Zitternd nimmt sie ihre Pelisse vom Nagel an der Wand und schlüpft hinein. Auch im Garten wirkt alles wie im Traum. Es ist Neumond, und ihr wäre lieb, sie hätte eine Kerze mitgenommen, doch nach einem Moment passen sich ihre Augen der Dunkelheit an. Das Meer scheint ein schwaches Licht abzugeben, als sie den Pfad hinunter zum Paradiesgarten geht.

Der Brunnen ist tief und unergründlich. Zuerst gelingt es ihr nicht, die Kurbel zu greifen, so sehr zittert sie. Als sie schließlich daran dreht, denkt sie, sie sollte es nicht tun. Sie sollte diesen Männern kein Wasser holen. Sie sollte weglaufen. Sie sollte ins Dorf eilen und Hilfe holen. Dies sind Schmuggler, davon ist sie überzeugt – Schmuggler, vielleicht sogar Piraten. Sie würden nicht mitten in der Nacht mit Pistolen auftauchen, wenn sie einem ehrbaren Beruf nachgingen. Eigentlich müsste sie nach St Keverne laufen, das Zollamt aufsuchen und … und zusehen, wie diese Männer gehängt werden, so wie heute Morgen dieser Schmuggler, Jed Ferries? Verurteilt ohne Prozess, nur aufgrund ihrer Aussage, und … für was genau? Dass sie einen Verwundeten in ihr Haus gebracht haben? Isabel hat keine Beweise für den angenommenen Schmuggel, und selbst wenn – bei der Erkenntnis zuckt sie zusammen –, wäre sie nicht geneigt, sie einem Mann wie Leutnant Sowerby zu übergeben.

Der Gedanke gibt ihr Halt. Ebenso der an George, der auf der *Neptune* im Sterben lag. James, ein Kamerad, der einer Geschützmannschaft angehörte, berichtete Isabel später, dass er zugesehen habe, wie George unter Deck gebracht wurde. Er erzählte ihr von Georges letzten Minuten, von seiner Tapferkeit. James sagte, ihr Mann habe dort gelegen und darauf gewartet, dass der Chirurg sein Urteil fällt, James selbst hatte es mit einer Beinverletzung neben George verschlagen. Als George an der Reihe war, sagte der Arzt, er könne nichts mehr für ihn tun, es gebe andere, die er vielleicht retten könne, und George lag mit seinem Loch in der Brust und Schaum vor dem Mund da. »Ich soll dir sagen, dass er dich liebt«, richtete James ihr aus. Sie hatte es sich vorgestellt: George, der am eigenen Blut erstickt und noch ausstößt: *Sag ihr, dass ich sie liebe*. Das Bild ließ sie nie wieder los.

Als sie die Kurbel am Brunnen dreht, laufen ihr Tränen übers Gesicht. Wütend wischt sie sie fort. Ihr Griff verliert an Kraft, der Eimer fällt hinunter. Sie umfasst die Kurbel fest mit beiden Händen und hievt ihn wieder nach oben.

Mit dem Eimer und dem Unterkleid aus dem Koffer, dem

seidenen mit dem Spitzeneinsatz, das sie für Georges Heimkehr gekauft hatte, kehrt sie ins Schlafzimmer zurück. Der Mann namens Moyle und der Kahle wollen gerade gehen. Die anderen beiden mustern Isabel argwöhnisch, als sie sich dem verwundeten Kapitän auf dem Bett nähert, in der einen Hand den Eimer, in der anderen zusammengeknüllt das Seidenkleid. Sie hat überlegt, eins ihrer anderen Unterkleider zu nehmen, um die Seide nicht zu beschmutzen, doch sie hat nur noch drei, allesamt praktische Stücke aus kräftiger Baumwolle, die ihr hier nützlicher sind.

»Da sind Sie ja wieder«, sagt der Kapitän, als hätte er auf sie gewartet. Vielleicht hat er auch angenommen, sie würde davonlaufen und jemandem Bescheid geben. »Ich entschuldige mich für die Störung. Wir dachten, das Cottage sei leer.«

»Nicht sprechen.« Sie trägt immer noch ihre Pelisse. Einen Ärmel hochgeschoben, taucht sie das Seidenkleid ins Brunnenwasser und wischt dem Kapitän den Schweiß von der Stirn. Während sie das tut, richtet er seine dunkelblauen Augen fest auf sie. Nach einer Weile gibt Isabel Oppy den Stoff und sagt: »Das Tuch ist blutgetränkt. Nehmt stattdessen dies.«

Er hält es hoch und befühlt das Material, als stände er in einem Laden und würde es prüfen. »Dieses feine Zeug?«

»Das ist genauso gut geeignet wie Baumwolle.«

Sie nimmt ihm das besudelte Tuch ab und legt es auf den Boden. Man hört Schritte nach unten steigen, dann das Schrammen der Haustür, als Moyle und der Kahle gehen.

Oppy sagt: »Ich hole den Arzt, Kap'tän. Dick bleibt hier. Ich bin so schnell wie möglich zurück.« Als er den Stoff anhebt, rinnt frisches Blut aus der Wunde. Isabel nimmt ihm ihr Seidenkleid aus der Hand und drückt es wieder auf den Bauch des Kapitäns. Die Haut um die Wunde herum ist sonnengebräunt, die Muskeln bilden ein von Rillen durchzogenes viereckiges

Muster. Ein dünner Strich schwarzer Haare links neben der Wunde zieht sich mittig nach unten. Der Anblick bewegt Isabel sonderbar, seine Verletzlichkeit. George war blond und hatte nur wenige Haare auf der Brust, unterhalb des Bauchnabels gar keine.

Es blutet weiterhin. Isabel drückt fester zu, und der Kapitän flucht, dann sagt er zu Oppy: »Nimm Dick mit, falls ihr in Schwierigkeiten geratet.«

Oppy wirkt nicht überzeugt, doch der Kapitän schaut zu ihr hoch, und dann lächelt er wieder, ganz schwach, trotz allem, obwohl sie ihm mit dem Wäschestück wehtut und er auf ihre Matratze blutet und vielleicht stirbt, genau wie George. »Ich glaube, ich bin in guten Händen«, sagt er.

»Ganz sicher, Kap'tän?«, fragt der drahtige Mann namens Dick.

»Geht! Je eher Rowell hier ist, desto besser. Haltet euch abseits des Wegs.«

»Aye.« Dick legt eine der beiden Pistolen neben die schlaff auf der Decke ruhende rechte Hand des Kapitäns.

»Die brauchen Sie nicht«, sagt Isabel zittrig.

»Die ist nicht für Sie.«

Als die Tür hinter den beiden Männern zufällt, macht der Kapitän wieder die Augen zu. Sie sind so lange geschlossen, dass Isabel sich sorgt, er könnte eingeschlafen sein oder vielleicht sogar gestorben. Er hat schrecklich viel Blut verloren, aber redet nicht wie ein Sterbender. Er hat noch zu viel zu sagen. Das heißt nicht, dass es nicht passieren könnte. Sie hofft, dass die beiden Männer, Dick und der andere, bald mit dem Arzt zurück sind. Sie wüsste nicht, was sie tun würde, wenn der Fremde in ihrem Bett stürbe. Die Vorstellung ist zu schrecklich.

Als sie gerade denkt, er werde nicht mehr aufwachen, bevor die Männer zurückkommen, öffnet der Kapitän ein Auge und sagt: »Sie sind das Kind des Bucca. Habe gehört, dass Sie herziehen.«

Sie sieht sich nach einem anderen sauberen Tuch um, und als sie keins findet, taucht sie die Hand in das rosa Wasser und massiert seine Stirn. Seine Haut ist kühl unter ihrer Berührung, und sie denkt, vielleicht macht sie etwas falsch, vielleicht sollte sie dafür sorgen, dass ihm warm wird. Seit sie aufgewacht ist, spürt sie keine Kälte. Sie schaut ihm in die Augen und sagt: »Ich bin kein Kind.«

Sein Blick wandert träge und leicht blinzelnd von ihren Knien aufwärts, als sei sie aus Glas und würde die Sonne reflektieren. Als er ihr ins Gesicht schaut, sagt er: »Das sehe ich.«

Unter seiner Musterung wird ihr warm. Ihr ist bewusst, dass die Pelisse vorn aufklafft und das Unterkleid darunter ihren Körper umschmeichelt und den Umriss ihrer Hüften und Beine abbildet. Schweiß rinnt ihr den Rücken hinunter. Es wäre ihr lieb, wenn sie wenigstens das Korsett tragen würde. Vielleicht sollte sie den Mantel zuknöpfen. Aber dann würde sie die Pelisse mit Blut beschmieren, und es ist ihre einzige, ihre liebste von den vieren, die sie früher hatte, aus schwerem, üppigem grünen Samt, und so, wie die Dinge stehen, wird sie nie mehr eine neue bekommen. Sie lässt den Mantel offen. Der Kapitän sieht sie immer noch an. Um ihre Unsicherheit zu verbergen, sagt sie: »Ist Ihnen noch kalt? Soll ich Feuer machen?«

»Das ist nicht nötig. Mir ist schön warm. Aber vielen Dank.«

»Ich ziehe Ihnen die Stiefel aus.« Isabel geht zum Fuß des Betts und ergreift den linken. Es sind Reitstiefel aus schwarzem Leder, ähnlich denen, die die Männer in London tragen, darüber eine Hirschlederhose, die nichts mit den Beinkleidern aus Strick gemein hat, die in der Stadt in Mode sind. Die Hose hat Blutflecken am oberen Saum. Isabel überlegt, ob man sie abwischen kann, es ist schließlich Leder, oder ob sie für immer bleiben. Die

Stiefel sitzen fest; sie muss heftig daran zerren, um sie auszuziehen. Sie hat Sorge, dem Mann wehzutun, doch falls es so sein sollte, lässt er sich nichts anmerken. »Das ist besser. Danke«, sagt er, als sie die Stiefel auf den Boden stellt.

»Möchten Sie Wasser?«

»Haben Sie nichts Stärkeres?«

Sie mag den Klang seiner Stimme. Auch wenn sie angespannt und wegen der Schmerzen ein wenig rau ist, klingt sie tief und, wie Isabel findet, gefühlvoll. Kopfschüttelnd entgegnet sie: »Ich bin gerade erst hergezogen. Und ich habe kein Geld.«

»Nicht? Ihre Ausdrucksweise sagt etwas anderes.«

Sie taucht das Seidenkleid in den Eimer, wäscht es aus, wringt das Wasser heraus. Die Wunde blutet nicht mehr. Der Rand ist ungleichmäßig eingerissen. Sie drückt den Stoff wieder darauf. »Meine Ausdrucksweise erzählt nichts von den Schulden meines Ehemanns.«

Beim bloßen Gedanken daran fühlt sie es: die Kälte, als sie nach Georges Tod seine verhängnisvollen Investitionen entdeckte, die schlechten und nicht vorhandenen Ernten in Übersee. Seine Uniform: auf Pump gekauft. Einige Jahre konnte sie seine Gläubiger mit dem Versprechen des Prisengelds hinhalten, Geld, das niemals kam. Um das Thema zu wechseln, fragt sie: »Wie heißen Sie?«

»Jack.«

»Jack was?«

Ein Lächeln zupft an seinen Lippen. »Das brauchen Sie nicht zu wissen. Und wie heißen Sie?«

Sie will erwidern, Mrs. Isabel Henley, oder vielleicht nur Mrs. Henley oder vielleicht, dass er das nicht zu wissen bräuchte, doch stattdessen sagt sie: »Isabel.«

Er hebt die Augenbrauen. »Einfach Isabel?«

»Fürs Erste ja.« Für dich, denkt sie, ja, kann ich einfach Isabel sein. Welch seltsamer Gedanke. Sie war nicht mehr *einfach Isabel*, seit sie vor neunzehn Jahren in Helford auftauchte.

»Nun gut, einfach Isabel. Und wo ist Ihr Ehemann jetzt? Dürfen wir ihn in Kürze erwarten? Darf ich auf seine Diskretion ebenso setzen wie auf Ihre?« Jacks Hand schließt sich um den Pistolengriff, seine Finger streifen das Steinschloss.

»Dürfen Sie nicht«, gibt sie zurück. »Mein Ehemann ist tot.« Nach einer Pause fügt sie hinzu: »Er wurde vor Trafalgar von einer Kugel getroffen.«

Jack schweigt eine Weile. Sie fragt sich, ob er an seine eigene Schussverletzung denkt, und würde ihn am liebsten fragen: *Liegen Sie im Sterben?* Sie möchte sagen: *Bitte, sterben Sie nicht. Wagen Sie es nicht.* Sie weiß nicht, ob sie es zu ihm oder zu George sagen würde. Schließlich bemerkt Jack: »Fehlt er Ihnen sehr?«

Sie zögert ein wenig zu lange. »Mir fehlt, was wir zusammen gehabt haben könnten. Ja, er fehlt mir, sehr sogar. Aber in den drei Jahren waren uns nur fünf gemeinsame Wochen vergönnt, deshalb fehlt mir vielleicht mehr das, was hätte sein sollen, aber nie war.« Als sie den Blick auf ihre Hände senkt, fallen ihr die Haare, die sich aus ihrem Zopf lösen, ins Gesicht. Stimmt das, fragt sie sich, oder redet sie es sich nur ein? Vermisst sie wirklich Georges Arme um sich, seine Stimme, die tiefer wurde, wenn er ihren Namen aussprach, vermisst sie die reine, unverfälschte Zuneigung darin? Sie hatte geglaubt, ein Leben lang über all das zu verfügen. Durch ihre schmerzhaft zusammengezogene Kehle presst sie: »Wenn sich das für Sie nicht wie Unsinn anhört.«

»Isabel.« Als sie nicht reagiert, wiederholt er es. »Isabel.« Er will, dass sie hochschaut. Nach einer Weile tut sie ihm den Gefallen. Sie wird nicht weinen – noch nicht. »Das ist kein Unsinn«, sagt er. »Das leuchtet völlig ein. Aus dem Grund weigere ich mich zu heiraten. In meinem Metier sieht man seine Ehefrau nicht oft, man könnte morgen bereits sterben, und viele Dinge blieben unausgesprochen, ungetan.«

Bevor sie sich zusammenreißen kann, wirft sie ein: »Oder heute.«

Unpassenderweise muss er darüber lachen und zuckt sofort zusammen. Als der Schmerz ihn überfällt, hat es den Anschein, als würde er sich in sich selbst zusammenrollen und nicht mehr im Zimmer sein. Dann ist er wieder da und sagt: »Das will ich nicht hoffen. Ich bin erst neunundzwanzig. Aber ich möchte eine Ehefrau nicht solchen Dingen aussetzen … oder, Gott bewahre, etwaige Kinder. Es ist zu gefährlich, so wie bei Ihrem Mann.«

»Vergleichen Sie sich nicht mit meinem Ehemann!«

»Warum nicht? Er war Seemann, genau wie ich.«

»Er hat für sein Land gekämpft. Sie sind ein … ein Schmuggler.« So, wie sie es sagt, ist es eine Beleidigung.

Er leugnet es nicht. Stattdessen sagt er sanft: »Ich bevorzuge die Bezeichnung ›Freihändler‹. Und was Ihren Ehemann angeht, war das Prisengeld nie Teil seiner Gleichung, da bin ich mir sicher. Oder doch? Ich glaube nicht, dass Ihr Mann und ich allzu verschieden sind.«

»Mein Mann war nicht zu feige zu heiraten.« Am liebsten würde sie den Satz zurücknehmen: Jack lacht wieder. »Hören Sie auf!«, sagt sie. »Sie tun sich nur selbst weh.«

»Das war die Kugel der Steuereintreiber. Aber Sie haben mich erwischt, Madam. Dennoch gibt es einen feinen Unterschied zwischen Tapferkeit und Dummheit. Ich muss es wissen – ich habe die beiden auch einmal zu oft verwechselt.«

»Sie sollten nicht so viel reden.« Isabel taucht das Seidenkleid wieder in den Eimer. Rosa strömt das Wasser von ihren Fingern. Der Himmel draußen, hinter dem gelben Laternenlicht, wird an den Rändern grau. »Es wird bald Morgen«, bemerkt sie.

»Gut.« Er schließt die Augen, sein Gesicht fast so weiß wie das Laken. »Den möchte ich nämlich gerne erleben.«

Er schläft eine Weile, vielleicht ruht er auch nur. Seine Augen sind geschlossen, und sie betrachtet ihn genauer, die kleinen Fältchen um seine Augen, die Art und Weise, wie sich seine Haare am Ende locken, die Form seines Munds, der einen perfekten Amorbogen hat und ziemlich klein für sein Gesicht ist, aber dennoch gut dazu passt. Ungefähr alle zehn Minuten schaut sie nach der Wunde. Sie blutet jetzt nicht mehr, aber sieht furchtbar tief und brutal aus. Isabel muss den Blick abwenden. Sie darf sie nicht zu lange betrachten, sonst wird ihr schwummrig.

Die Luft im Zimmer ist stickig geworden. Es riecht nach Blut und dem Laternendocht. Walöl, vermutet sie. Sie würde gern das Fenster öffnen, aber möchte nicht, dass Jack kalt wird, deshalb sitzt sie einfach auf der Bettkante, wäscht das Kleid aus und wartet. Die Zeit vergeht zäh wie Sirup. Wo bleibt der Arzt? Warum haben die Männer ihn noch nicht hergebracht? Der Kapitän muss dasselbe denken. Als er aufwacht, schimpft er: »Wo ist der verfluchte Doktor?« Und dann: »Ich bitte um Verzeihung, Madam.«

»Angenommen«, sagt sie und geht in die Küche, um ihm eine Tasse Milch einzuschenken, von der er drei Schlucke trinkt, bevor er wieder einnickt.

Die Dämmerung steigt aus dem Fluss. Durch die Fensterscheibe im Schlafzimmer, von besserer Qualität als die in der Küche, aber dennoch leicht trüb, beobachtet Isabel, wie der Himmel erst grau und dann blassrosa wird. Sie stellt sich vor, wie das Meer sich hinter der Biegung des Flusses in ein, zwei Stunden, wenn die Sonne ganz aufgegangen ist, in eine weite türkisblaue Fläche verwandelt.

Der Blick auf den Fluss beruhigt sie, doch nur ein wenig. Das Gesicht des Kapitäns ist so blass wie die Milch im Becher auf der Fensterbank. Isabel zögert, dann hält sie ihm die Hand vor den Mund. Er atmet noch.

Die Zeit vergeht noch langsamer. Gerade als sie ernsthaft um das Leben des Kapitäns fürchtet, hört sie Schritte draußen im Kies. Eine späte Eule ruft. Dann schrammt die Haustür auf, und auf der Stelle ist Jack hellwach, Pistole in der Hand, Hahn gespannt, Mündung auf die Schlafzimmertür gerichtet. Zischend zieht Isabel die Luft ein. Ihr Herz pocht zum Zerspringen. Schritte, dann eine Stimme … »Kap'tän, wir sind's. Wir haben Rowell dabei.«

Langsam lässt sie den Atem entweichen. Ihre Beine sind wie Pudding, diesmal vor Erleichterung. Als die Männer hereinkommen, drückt sie sich in die Ecke. Einer nach dem anderen bückt sich unter der Tür hindurch: Oppy, Dick und der Doktor. Letzterer sieht eher wie ein Bauer aus als wie ein Arzt; er hat einen braunen Wollmantel an, darunter ein ungeschnürtes Hemd und eine altmodische Kniebundhose. Er zieht den Mantel aus und legt ihn auf die leere Seite des Bettes. Unter dem Gewicht seiner Ledertasche sackt die Matratze ein.

»*Myttin da*, Jack«, sagt der Arzt und setzt sich vor dem Fenster auf die Bettkante, wo auch Isabel die letzten langen Stunden verbracht hat. Unter seinem Leinenhemd wölben sich die Armmuskeln. »Haben Sie sich wieder Ärger eingehandelt?«

»An Bord der *Swallow* ist jemand, der für meinen Geschmack ein bisschen zu gut zielt«, erwidert Jack.

»Konntet ihr die Fracht anlanden?«

Isabel beobachtet genau, wie der Arzt den Seidenstoff von der Wunde nimmt. Sein Gesichtsausdruck ist nicht geeignet, ihre Ängste zu schmälern.

»Noch nicht«, sagt Jack.

»Die Einfahrt zu Nelly's Cove wird blockiert«, erklärt Oppy. »Als der Kap'tän getroffen wurde, sind wir hier rein, damit wir

Sie so schnell wie möglich holen konnten. Haben nicht damit gerechnet, dass die hier wohnt.« Mit dem Daumen weist er in Isabels Richtung.

Der Arzt schaut hoch. »Sind Sie die Frau des Hauses?«

»Ja.«

»Könnten Sie mir bitte frisches Wasser holen?«

Sie hebt den Eimer hoch und nimmt ihn mit zur Tür. Bevor sie geht, wirft sie noch einen Blick auf den Kapitän. Er schaut ihr nach, während der Arzt seine Wunde untersucht. Sie versucht, ihn ermutigend anzulächeln, doch ihre Lippen wollen ihr nicht gehorchen, die Mundwinkel ziehen sich nach unten, als würde sie jeden Moment weinen, und schnell geht sie durch die Tür und hastet die Treppe hinunter in den Garten.

Das Licht ist von einem ungehemmten Rosa; Violett und frühmorgendliches Grau wetteifern um die Vorherrschaft am Himmel. Der Wind hat sich so gut wie gelegt, der Fluss plätschert am Fuß der Steinmauer. Nach der Beengtheit des Zimmers ist der Geruch von Meer, Gras und Blumen so frisch wie der neue Tag. Mit offenem Mund zieht Isabel die Luft ein, atmet tief durch und schüttet dann das rötlich verfärbte Wasser aus dem Eimer über die Mauer. Das Licht fällt darauf, und alles wird blassrosa: das Wasser, der Himmel, der Fluss. Isabel fühlt sich genauso zart und weich. Als seien ihre Kanten abgeschliffen.

Vielleicht eine Minute verharrt sie so, dann marschiert sie zum Brunnen. Sie dreht so schnell an der Winde, dass ihre Arme schmerzen. Als sie den Eimer über den Brunnenrand hievt, schwappt ein wenig Wasser heraus, sie hat ihn bis zum Rand gefüllt. Beim Hineintragen zieht sie eine Tropfenspur hinter sich her.

Der Arzt sagt zerstreut: »Oh, vielen Dank«, als sie den Eimer neben ihm abstellt. Auf einem sauberen Tuch auf dem Bett ist eine Auswahl metallener Instrumente ausgebreitet. Wenn deren Anblick schon bei ihr Angst auslöst, fragt Isabel sich, wie es dem Kapitän ergehen mag. Er wirkt jedoch unbeeindruckt, vielleicht wegen seiner Männer. In erster Linie scheint er unglaublich matt zu sein.

»Wird er überleben, Doktor?« Die Frage überrascht Isabel selbst. Auch den Arzt; das merkt sie an der leichten Verärgerung in seiner Stimme, als er antwortet: »Ich bin voller Hoffnung, dass er sich vollständig erholt. Es sieht so aus, als sei kein lebenswichtiges Organ getroffen, was bei einer Schussverletzung im Bauch ein riesengroßes Glück ist. Die Kugel ist allerdings noch in der Wunde, ich werde sie entfernen müssen, wahrscheinlich zusammen mit einem Stofffetzen vom Hemd. Haben Sie vielleicht Brandy oder Rum im Haus?«

Ihre Zunge ist trocken geworden. »Leider nicht.«

»Wir haben Unmengen auf dem Schiff«, bemerkt Oppy, und der Kapitän grinst, wieder nur sehr schwach.

»Schade«, sagt der Arzt. »Dann müssen Sie es wohl nüchtern überstehen, Jack.«

»Einerlei«, erwidert Jack. »Ich habe so viel Blut verloren, dass ich ganz beduselt bin.«

Der Arzt wendet sich an Isabel: »Madam, wenn Sie so gut wären, uns zu verlassen. Ich werde jetzt mit der Operation beginnen.«

Sie geht zur Tür, doch der Kapitän ruft sie zurück. »Ich möchte, dass sie bleibt, wenn es nicht stört, Doktor. Ich schätze, in der Gegenwart einer Dame fluche ich nicht so viel.«

Isabel geht zurück, und schon bei seinem Anblick spürt sie alles in sich weich werden, wie schon im Garten. »Sie können fluchen, so viel Sie wollen«, sagt sie, geht zum Bett hinüber und kniet sich daneben. Nun ist sie ihm furchtbar nah; sie kann seinen Schweiß riechen, wischt ihn mit dem Ärmel von seiner Braue. Als sie nach seiner Hand greift, nimmt sie zusätzlich einen anderen Geruch wahr, etwas Scharfes, Metallisches – Schießpulver, denkt sie, obwohl sie damit noch nie in Berührung gekommen ist.

Isabel hebt seine Hand vom Bett. Sie fühlt sich feucht an, doch als der Arzt sich an die Arbeit macht, hängt sie nicht länger schlaff hinunter, sondern umklammert fest die ihre. Während der gesamten Operation gibt Jack nicht den kleinsten Laut von sich. Er wendet den Blick nicht von Isabel ab, schaut nicht einmal zur Seite, sondern sieht ihr unentwegt in die Augen, und manchmal ist sein Griff so fest, dass sie sich zusammenreißen muss, ihm ihren Schmerz nicht zu zeigen. Die einzigen Geräusche im Raum sind ihrer beider Atem in der abgestandenen, süßlichen Luft, dazu das Klirren der Instrumente, wenn der Arzt eins gegen das andere tauscht, und sein gelegentliches Brummen, schließlich das Schnaufen von Dick oder Oppy oder vielleicht von beiden, als der Arzt die Kugel herauszieht und sagt: »Ich hab sie. Gott sei Dank habe ich beides erwischt, die Kugel und den Stoff.«

Erst da wendet Jack den Blick von ihr ab. Seine Hand gleitet aus ihrer, und Isabel glaubt, er würde ohnmächtig werden, so wie er die Augen verdreht und seine Gesichtszüge erschlaffen, doch dann ist er wieder da und seufzt so tief, dass sein gesamter Körper mitzuseufzen scheint. »Danke, Rowell«, sagt er, schaut Isabel an und lächelt. »Ihnen auch. Sehr verbunden.«

»Das war nichts.« Ihre Knie schmerzen vom Hocken auf den nackten Holzbohlen, ihre Hand von seinem kräftigen Griff, und ihr ist bewusst, dass es sehr wohl etwas war. Was sie getan hat, ja, das war nichts; sie wünscht sich nur, dass es jemand für George getan hätte; sie wünscht sich, dass jemand seine Hand gehalten hätte, als er im Sterben lag, und der Gedanke frisst sich tief und tiefer in sie hinein. Aber dieser Mann hier, dieser Schmuggler,

Jack, der lebt, er wird durchkommen, und sie konnte das für ihn tun.

Während der ganzen Operation hat sie nicht ein Mal an George gedacht.

Der Arzt holt Verbandsstoff hervor, Nadel und Faden, und plötzlich streckt Jack die Hand nach Isabel aus, die Hand, die sie gehalten hat, und sagt: »Nicht weinen«, aber er erreicht ihr Gesicht nicht ganz, sodass sie sich selbst über die Wange wischt. »Ich muss nur an meinen Mann denken, mehr nicht.«

Mittlerweile schiebt sich die Sonne über den Horizont. Lichtstrahlen fallen auf das Bett, die Wand und den Arzt, der sich über den Patienten beugt und die Wunde verbindet. »In zwei Tagen komme ich vorbei, sehe nach der Wunde und wechsele den Verband«, sagt er, während er sich die Hände im Eimer wäscht.

»Kann ich zurück auf die *Rapide*?«, fragt Jack.

»Nicht, wenn Sie überleben wollen«, entgegnet der Arzt. »Sie müssen ein paar Tage strikte Bettruhe halten. Zumindest so lange, bis ich noch mal nachgesehen habe. Länger wäre besser, aber ich habe Verständnis dafür, dass Sie hier wegmüssen, bevor der Mond zu rund ist.«

»Ich muss Ihre Gastfreundschaft leider noch etwas länger in Anspruch nehmen, Isabel«, sagt Jack. »Erlauben Sie mir zu bleiben, bis der gute Herr Doktor mich aus Ihrer Obhut entlässt?«

»Ich wüsste nicht, dass ich eine andere Wahl hätte.«

»Ich werde Sie dafür entschädigen, und zwar reichlich.«

»Ich will keine Entschädigung.«

»Warum nicht? Sie können sie gebrauchen, bei den Schulden Ihres Ehemanns.«

»Ich will sie nicht«, erwidert sie aufgebracht. »Und ich will auch keinen Ärger. Sie verschwinden, sobald Sie können. Sie bleiben keine Minute länger.«

Er schließt die Augen. »Gewiss.«

Die beiden Männer, Dick und Oppy, sagen, sie würden zur *Rapide* zurückkehren. Der Kapitän schärft ihnen ein, sobald sie einen neuen Ankerplatz gefunden hätten, müssten sie die Fracht abladen. Dann schließt er die Augen, mehr als erschöpft. Der Arzt spricht im Flüsterton mit Isabel, sagt ihr, auf welche Entzündungszeichen sie achten solle, was sie im Fall von Fieber tun müsse. »Versuchen Sie, ihn zum Essen zu bewegen«, rät er, dann ist er ebenfalls durch die Tür, und sie ist mit dem Schmuggler allein. Er schläft mit offenem Mund, sein Atem ist schwer, er schnarcht beinahe.

Sie setzt sich neben dem Bett auf den Boden, in seine Nähe. Wenn sie die Beine anzieht und die Arme darumschlingt, passt es gerade so. Den Kopf an die Wand gelehnt, sieht sie zu, wie die Morgensonne über die gegenüberliegende Wand wandert, dahingleitet, Muster wirft. Eins gleicht einer Hand, die nach ihr greift, dann sieht sie ein Männergesicht, bärtig und fremd, einen Fischschwanz … Erst wird es angenehm im Zimmer, dann warm. Vielleicht träumt sie.

Später – sehr viel später, nach der Sonne zu urteilen – geht sie nach unten und kehrt mit Brot und Käse zurück, wovon der Kapitän nur wenig isst, dazu Wasser und wieder Milch. Sie bleibt neben dem Bett stehen und wartet darauf, dass er die Tasse zurückgibt. Er trinkt gierig, was sie freut. Seine Augen sind wirklich von einem außergewöhnlichen Blau, bemerkt sie jetzt, da die Sonne voll in die Kammer scheint. Nicht Meerblau oder Himmelblau oder Kornblumenblau, sondern vom reinsten Blau. Sie kann sich nichts Blaueres vorstellen.

»Danke«, sagt er. »Auch weil ich hierbleiben darf. Es war nie meine Absicht.«

»Angeschossen zu werden? Das möchte ich auch hoffen«, entgegnet sie.

»Ihnen Unannehmlichkeiten zu bereiten.«

Ihre Stimmung verdüstert sich, und er liest es in ihrem Gesicht, das merkt sie seinem Blick an. »Deshalb haben Sie London verlassen, nicht wahr? Wegen Unannehmlichkeiten«, sagt er.

Schleichende Angst steigt in ihr auf. Weiß er irgendwas? Doch woher sollte er? Er ist ein Schmuggler, der Kapitän eines Schiffs, das ständig versucht, den Kuttern der Krone bis an die letzte Spitze Englands zu entkommen. Wie soll er etwas von den Gerüchten in London wissen?

»Ich habe es doch schon erklärt«, gibt sie zurück. »Mein Ehemann hat mir hohe Schulden hinterlassen. Er war ein guter Offizier, aber hatte leider keine Hand für Geschäfte. Er wurde schlecht beraten und verlor durch Investitionen in Übersee unser gesamtes Vermögen.« Allein das zu sagen, gibt ihr das Gefühl, George gegenüber illoyal zu sein. »Bei seiner Rückkehr wollte er die Prüfung zum Leutnant ablegen. Sein Kapitän hatte es ihm empfohlen«, fügt sie hinzu.

»Das bezweifele ich nicht«, sagt Jack. »Tragen Sie deshalb seine Medaille um den Hals?«

Ihre Hand fliegt zu dem Band, fühlt das Silber. »Ja.« Dann sagt sie: »Sie glauben das doch nicht wirklich, oder? Dass ich das Kind so eines Wesens bin, von diesem Bucca?«

»Ich weiß es nicht. Zumindest sehen Sie aus, als könnten Sie das Kind eines Wassergeists sein.«

»Mir wurde erzählt, der Bucca hätte die Haut eines Meeraals und Algen als Haare.«

»Sie sind so schön wie die Tochter einer Meerjungfrau«, sagt er. »Sie könnten eine Sirene sein, die für die Seemänner singt und ihr Schiff auf die Felsen lockt.«

Isabel senkt den Blick, um die Röte in ihren Wangen zu verbergen. »Jetzt scherzen Sie.«

Sie schielt zu ihm hoch und erkennt ein schwaches Lächeln.

»Vielleicht. Auf jeden Fall lässt sich die Legende nicht so einfach abtun. Wurden Sie nicht triefnass gefunden, als seien Sie gerade dem Meer entstiegen? Und in so einem jungen Alter? Es ist zumindest sonderbar, das müssen Sie zugeben. Fragen Sie sich nie, woher Sie stammen?«

»Meine Eltern – meine leiblichen – sind entweder tot oder wollten mich nicht. Deshalb: Nein, ich denke nicht darüber nach.«

»Und doch sind Sie ausgerechnet hierhergezogen, nach Helford.«

Darauf hat sie keine Antwort. »Dass ich auf diese Weise gefunden wurde, ist wirklich sonderbar, da stimme ich Ihnen zu«, sagt sie. »Aber das heißt doch nicht, dass daran irgendetwas … *Unnatürliches* war.«

»Am Bucca ist nichts unnatürlich. Er ist die Natur selbst; er ist ein Teil des Meeres.«

Sie weiß nicht, ob er das ernst meint. Verärgert platzt es aus ihr heraus: »Wie kann man nur an so etwas glauben!«

»Ich glaube es nicht unbedingt. Ich versuche nur, für alles offen zu sein. Bevor ich auf Fahrt gehe, lege ich einen Fisch als Opfergabe in die Bucht, und wenn ich zurückkomme, ist er nicht mehr da. Haben ihn die Möwen geholt, oder war es der Bucca, der meine Gabe angenommen und günstige Winde geschickt hat? Wer weiß …? Ich habe zwar schon so manchen Sturm auf See erlebt, aber noch nie ein Schiff verloren.« Es folgt eine unerwartet schwere Pause, dann fährt er fort: »Die Männer glauben, das hätten wir dem Bucca zu verdanken. Wer bin ich, ihnen zu widersprechen und ihnen die Gewissheit zu nehmen?«

»Das klingt sehr berechnend. Als sei Ihnen einerlei, was Sie glauben.«

»Ja? Ich sehe es gerne als eine Art Versicherung.«

Ein Teil der Decke hängt seitlich aus dem Bett. Isabel stößt sie mit dem Fuß an und beobachtet, wie sie hin- und herschwingt. »Warum machen Sie das?«

»Was?«

»Schmuggeln.« Sie denkt an Leutnant Sowerbys Worte, Schmuggler würden den Franzosen helfen, und dass er Jed Ferries wegen Hochverrats gehängt hat. »Es ist nicht nur ein Verstoß gegen das Gesetz; es unterstützt die Franzosen.«

Mit erkennbarer Mühe stützt Jack sich auf die Ellenbogen. »Nein, nicht, das ist nicht gut für die Wunde«, mahnt Isabel. Jack erwidert: »Wissen Sie, wie hoch die Steuer auf Brandy ist?«

»Ist das von Belang? Man kommt sehr gut ohne Brandy aus, wenn man ihn sich nicht leisten kann.«

»Dann auf Tee oder Salz? Allein die Steuer auf Tee liegt bei über hundert Prozent.« Jack mustert sie und fügt hinzu: »Ich wette, das wussten Sie nicht.«

Natürlich nicht – Isabel hat noch nie selbst Tee kaufen müssen. Und wenn darauf hundert Prozent Steuern liegen, wird sie ihn auch nicht so oft kaufen können, wie sie es mit ihrer Witwenrente erhofft hatte. Sie bemüht sich, Jack ihre Enttäuschung nicht zu zeigen. Er ist noch nicht fertig. »Oder die auf Zucker, Tabak, Trockenfrüchte oder sogar Kohle?«

»Sie schmuggeln doch keine Kohle«, bemerkt sie und denkt: *Auch auf Zucker?*

Er lacht, diesmal verhalten, wegen seiner Wunde. »Stimmt. Das lohnt sich nicht.«

»Dann geben Sie auch nicht vor, aus lauter Nächstenliebe zu schmuggeln, damit die Leute günstig an Waren kommen.«

»Nicht günstig – nur erschwinglich«, erwidert Jack. »Und ich gebe überhaupt nichts vor. Natürlich mache ich es wegen des Geldes. Ich habe mir gerade ein neues Schiff bauen lassen. Es fasst fünfzig Tonnen, ich will damit Tausende verdienen.« Er macht eine kurze Pause und verlagert sein Gewicht auf der Matratze. »Seit '99 hatten wir mehrere Missernten nacheinander. So kam ich aufs Schmuggeln. Ich brauchte dringend Geld.«

Sie sieht ihn streng an; sie hatte ihn nicht für einen Bauern gehalten. Doch mit seiner Sonnenbräune – ja, sie kann sich vorstellen, dass er auf dem Feld arbeitet. Jack fährt fort: »Jetzt bin ich auf den Geschmack gekommen. Der Gewinn ist das Wichtigste, aber meine Leute und ich würden ja nicht so viel Gewinn machen, wenn das Steuersystem nicht so ungerecht wäre. So kann ich mit dem Schmuggeln denen helfen, die sich die Ware sonst gar nicht leisten könnten, und nebenbei vergrößere ich meinen Wohlstand.« Er sieht aus, als wollte er noch etwas hinzufügen, belässt es aber dabei.

»Und Sie helfen den Franzosen«, sagt Isabel und tastet nach Georges Medaille.

»Das ist möglich.«

»Und das stört Sie nicht?«

»Nicht besonders. Ich habe das Gefühl, es stört vor allem Sie als Witwe von Nelsons Feldzug gegen die französische Marine.«

»Natürlich! Das sollte jeden stören.«

»Warum? Weil die Franzosen glauben, dass alle Männer gleich sind? Weil sie sich *Liberté, Égalité, Fraternité* auf die Fahnen geschrieben haben?«

Er spricht die französischen Wörter mühelos mit der richtigen Betonung aus. Das hat Isabel nicht erwartet. Sie gibt zurück: »Weil sie ihren Machthabern und denen, die nicht ihre Meinung teilen, die Köpfe abgeschnitten haben.«

»Mir gefällt es auch nicht besonders, wie dort das eine oder andere gehandhabt wurde, das gebe ich zu. Aber das Prinzip selbst stört mich nicht. Obwohl man sich fragen muss, wie die Franzosen ein Schiff manövrieren wollen, wenn alle an Bord gleich sind und keiner das Sagen hat.«

»Das geht nicht.« Isabel denkt an die absolute Autorität ihres

Vaters an Bord seiner Schiffe. »Wenn es so wäre, könnten sie kein Schiff steuern. Oder das ist der Grund, warum sie immer verlieren.«

»Nur zur See. In Austerlitz hat sich Napoleon doch ganz gut geschlagen.«

Wieder stößt sie mit dem Fuß gegen die Decke. »Ich bin mir sicher, dass in jener Schlacht oder in welcher auch immer niemand wirklich geglaubt hat, Napoleon ebenbürtig zu sein.«

»Wahrscheinlich haben Sie recht. Dennoch sind es die Steuern, die zur Finanzierung des Krieges erhoben werden, die den Schmuggel begünstigen. Zeigen Sie mir einen Mann in Cornwall, der die Steuer für gerecht hält, und ich gebe nur zu gerne auf.«

Sie hält seinem Blick stand. »Das würden Sie niemals tun.«

Er lacht wieder, und sie sieht den Schmerz in seinem Gesicht. »Sie haben mich durchschaut, Madam.«

»Nicht Madam«, sagt sie. »Isabel.«

»Isabel«, wiederholt er, nun ernster. »Sind Sie so müde wie ich?«

»Müder.«

»Sollen wir uns ein bisschen ausruhen?«

Sie lehnt sich mit dem Rücken gegen die Wand. Die Muster des Lichts werden zu Schatten. »Ruhen Sie.«

Er hebt den Kopf an und sagt: »Ich war hier schon früher mal … in diesem Cottage. Es hat jahrelang leer gestanden. Ich hatte gehört, dass Sie in diese Gegend gezogen sind, aber mir war nicht klar, dass Sie in der alten Sardinenhütte wohnen.« Kurz schließt er die Augen, als ordne er seine Gedanken. »Ich weiß, dass es hier kein zweites Bett gibt, und es tut mir leid, dass ich im Moment nicht in der Lage bin, dieses zu verlassen. Ich biete Ihnen an, es mit mir zu teilen. Es hat genug Platz für zwei Personen, und auch wenn ich nicht so aussehe, bin ich ein

Gentleman …« Er unterbricht sich und fügt schnell hinzu: »Im Herzen. Ich würde Ihnen kein Haar krümmen, selbst wenn ich könnte.«

Er wirkt erschreckend ernst und klingt auch so. Das Bett ruft Isabel, trotz der harten Matratze und des im Rücken piekenden Strohs. Sie ist so unglaublich müde. »Die Leute würden reden«, bemerkt sie.

»Nicht, wenn sie es nicht wissen.«

Sie denkt nach, die Oberlippe zwischen den Zähnen.

»Ich vertraue Ihnen gerade mein Leben an«, sagt Jack. »Ich denke, Sie können mir in der Sache auch vertrauen.«

Isabel steht auf und glättet ihr Unterkleid, als sei sie voll bekleidet. »Nun gut.«

Er klopft mit der linken Hand neben sich auf die Matratze, und sie geht auf die andere Seite des Betts. Hebt den Unterrock an und steigt hinein. Es ist warm in der Kammer, und nach kurzer Überlegung schält sie sich aus der Pelisse und legt sie ans Fußende. Dann dreht sie sich auf die Seite, um so weit wie möglich vom Schmuggler entfernt zu liegen, und schiebt die Hand unter die Wange.

4. Kapitel

Das Bett ist geschrumpft. Vorher war es klein, doch jetzt, da sie mit Jack darin liegt, das Gesicht ihm zugewandt, ist es nicht mehr so groß, wie ein Bett für zwei Personen sein sollte. Als er den Kopf zu ihr herumdreht, spürt sie seinen Atem auf der Haut. Im Raum riecht es nach Blut und Schweiß. Vielleicht sollte sie woandershin schauen. Andererseits ist es vielleicht besser, ihn im Auge zu behalten.

Was meinte er damit, als er sagte, er sei im Herzen ein Gentleman? Er ist ein Schmuggler. Ein Verbrecher, wenn auch ein verwundeter. Wenn es drauf ankäme, könnte sie ihn überwältigen, oder? Sie ist sich des Mannes neben sich zu bewusst, um einfach einzunicken, doch als sie dem gedämpften Säuseln des Flusses lauscht, schleicht der Schlaf langsam heran, und sie treibt auf den Wellen des Atlantiks davon, eine Fischflosse auf dem Rücken.

Als sie erwacht, sieht Jack sie an. Er liegt noch immer auf dem Rücken, aber ist wach, hat ihr das Gesicht zugedreht und lächelt sie an. Hat er die ganze Zeit gegrinst oder erst, seit sie die Augen aufgeschlagen hat?

»Guten Morgen«, sagt er. »Oder besser gesagt: Guten Abend.«

Es ist dunkel in der Kammer, in den Ecken kauern Schatten. Die Laterne ist schon lange erloschen. »Guten Abend«, sagt Isabel und steht auf, um die Kerze anzuzünden. Als die Flamme zum Leben erwacht, setzt sie sich wieder aufs Bett und zieht die

Beine unter sich. Es ist noch warm im Zimmer. Sie wirft ihre Pelisse nicht wieder über; der Schmuggler hat bereits alles gesehen, was es zu sehen gibt. »Ich habe mich den ganzen Tag nicht angezogen«, stellt sie leicht überrascht fest, und er lächelt wieder und sagt: »Ich war nie ausgezogen.«

»Finden Sie es nicht ungerecht, dass Frauen nicht zur See fahren dürfen?« Seit Isabel im Alter von fünf Jahren erstmals das Schiff ihres Vaters betrat, sehnt sie sich danach, und der Wunsch wird durch das unablässige Zerren des Ozeans noch stärker, hat sich aber seit dem Verlust von George in etwas Unabdingbares gewandelt. Als könne Isabel, wenn sie ein Schiffsdeck unter den Füßen fühlte und auf den fernen Horizont zusegelte, irgendeine Verbindung zu ihm aufbauen und ihn an sich ziehen.

Jack runzelt die Stirn. »Was ist das denn für eine Frage?«

»Ich habe vom Atlantik geträumt.«

»Aha. Verstehe. Und nein, das finde ich nicht ungerecht. Warum? Empfinden Sie das so?«

»George durfte zur See fahren, mein Vater ebenfalls, aber mir wird das nie gestattet sein. Das finde ich ungerecht, mehr nicht.« Diese Ungerechtigkeit hat sie schon immer gespürt. Wenn sie als kleines Mädchen sah, wie ihr Vater ab Portsmouth in See stach, wurde sie tieftraurig, nicht nur weil sie ihn vermisste, sondern weil sie ihn nicht begleiten konnte. Wie sehr er ihr auch jetzt fehlt! Ihn hat nicht die See geholt – das wäre ihm auf jeden Fall lieber gewesen, davon ist sie überzeugt –, sondern eine Krankheit, sechs Jahre nachdem sie ihre Mutter verlor. Seine Erzählungen säten den Samen für ihre Begeisterung für die Schifffahrt – eine Sehnsucht, die ihre Gouvernante als unnatürlich für ein Mädchen abtat. Isabels Sehnen nach dem Meer kam tief aus ihr heraus, nur das nach dem Leben an Bord hatte ihr Vater geweckt. Er hatte diesen Wunsch auf seine Tochter übertragen wie einen Stempel in ein Wachssiegel.

»Ungerecht, ist es das?«, fragte Jack. »Das Meer ist gefährlich. Die Leute berichten gern, wie schön es ist und wie launisch. Beides stimmt in gewisser Hinsicht, aber in erster Linie ist es gefährlich. Es ist nichts für Frauen.«

»Wer sagt denn, dass Frauen nicht mit Gefahr umgehen können? Sehen wir ihr nicht jedes Mal ins Auge, wenn wir ein Kind zur Welt bringen?« Noch ein unnatürlicher Gedanke, wenn sie ihrer Gouvernante glaubte, aber auch wahr. Wie gut erinnert sie sich an die Schreie ihrer Stiefmutter, als ihre Stiefbrüder geboren wurden. Bei der zweiten Geburt starb die zweite Mrs. Farnworth beinahe. Wieso sollte das etwas anderes sein, als sich an Bord eines Schiffes den Waffen des Feindes oder den Launen des Wetters zu stellen?

»Sie haben sehr einzigartige Vorstellungen, Isabel.«

Mit einer gewissen Genugtuung antwortet sie: »Sie auch, Jack.«

Sie prüft ihre Vorräte – die Lebensmittel reichen für zwei Personen ein oder zwei Tage –, dann untersucht sie Jack. Sie sieht keine Hinweise auf eine Entzündung oder Fieber. Isabel macht die Suppe warm, die sie am Vortag gekocht hat, und sieht zu, wie er beinahe genüsslich isst. Am zweiten Tag schmeckt sie immer besser, denkt Isabel, als sie selbst einen Löffel davon probiert.

Sie legt sich wieder ins Bett und unterhält sich mit ihm bis in die tiefe Nacht, als es so dunkel ist, dass man nichts mehr erkennt. Ohne die brennende Kerze kann sie Jack nicht sehen, aber sie hört ihn, seine Atemzüge zwischen den Worten, seine Stimme, tief und dunkel; sie spürt seinen Körper, ganz nah, ohne ihn zu berühren. Als sie wieder einschläft, träumt sie nicht.

Am nächsten Morgen ist sie vor ihm wach. Sie kleidet sich mit demselben Aufwand wie immer an, müht sich mit den Bändern auf dem Rücken – ihr letztes sauberes Kleid. Draußen ist es frisch und kühl; es nieselt, als sie vor die Tür tritt, um Wasser zu holen; die Sonne versteckt sich hinter einer Wolkendecke. Es ist Ebbe, und zum ersten Mal, seit der Schmuggler da ist, sehnt Isabel sich danach, dem Wasser dorthin zu folgen, wo der Fluss zum Meer wird. Der Wunsch ist so stark wie das Bedürfnis, Luft einzuatmen. Erst als sie sich abwendet, lässt das Gefühl nach. Es ist trotzdem ungerecht, denkt sie auf dem Weg hoch zum Cottage; egal, was Jack über die Gefahren auf See sagt.

In der Küche schneidet sie das restliche Brot in dicke Scheiben. Es ist hart geworden, aber nicht so hart, dass man es nicht mehr essen könnte. Sie stellt ein Tablett mit Käse, Brot, zwei Tassen Wasser und, in Ermangelung eines ordentlicheren Angebots, einer in Scheiben geschnittenen Möhre zusammen. Als sie es nach oben bringen will, klopft es an der Tür.

Das Tablett wackelt; das Wasser schwappt in den Tassen, läuft fast über. Schnell stellt Isabel das Tablett hinter der Treppe auf den Boden, geht zur Tür und atmet so tief durch, dass es ihr in der Brust wehtut. Zunächst glättet sie den Rock ihres Kleids, dann ihre Gesichtszüge, schließlich öffnet sie die Tür.

»Leutnant Sowerby!« Zu hoch, zu laut. Sie hätte leiser sprechen sollen. Merkt er es? Sie zwingt sich zu lächeln. Im Ohr hat sie das Knacken, das sie bei der Hinrichtung hörte; den zerrissenen, gequälten Schrei. »Was verschafft mir das Vergnügen?«

Er verbeugt sich. »Mrs. Henley. Darf ich vielleicht hereinkommen? Es regnet wieder.«

Sie schaut an ihm vorbei: Eigentlich ist es nur ein Nieseln. »Natürlich, bitte, kommen Sie herein.«

Sie tritt zur Seite, und er begibt sich zu derselben Stelle wie beim ersten Mal, als er sie besuchte, legt eine Hand auf den Tisch, erfüllt den Raum. Sein Gesicht glänzt; auf dem Weg zu ihr hoch ist er ins Schwitzen gekommen, denkt sie.

»Meine liebe Mrs. Henley«, setzt er an. Sie versucht, ihr

Schaudern zu verbergen. »Ich muss Ihnen noch einmal in Erinnerung rufen, in welcher Gefahr Sie sich befinden könnten, da Sie ganz allein an einem so abgelegenen Ort wie diesem leben.«

Atmen, sagt sie sich. Langsam, normal. »Ich bin Ihnen sehr verbunden für Ihre Sorge, Leutnant, aber ich kann Ihnen versichern, dass es mir hervorragend geht.«

»Eventuell haben Sie gehört, dass es vor zwei Nächten nicht weit von hier entfernt ein Gefecht auf See gab, und zwar zwischen einem Kutter der Krone, der *Swallow*, und dem Schmugglerschiff *Rapide*.«

Was soll sie sagen? Ist es eher verdächtig, wenn sie davon gehört hat oder wenn nicht? »Das habe ich nicht mitbekommen«, versucht sie es. »Waren Sie selbst beteiligt?«

»Nein, aber mein besonderer Freund, der geschätzte Leutnant Sullivan, war dabei, ebenfalls ein berittener Zöllner.«

»Ich hoffe, Ihr Freund ist nicht zu Schaden gekommen?«

»Ich kann Ihnen versichern, dass es ihm hervorragend geht.«

Macht er sich über sie lustig, als er das so sagt, *hervorragend* und *Ich kann Ihnen versichern*? Sie will sich in die Tür zur Wohnstube stellen, um ihm den Blick auf die Treppe zu versperren. Ihre Finger zupfen am Spitzensaum ihrer Ärmelaufschläge.

»Wie dem auch sei«, fährt Leutnant Sowerby fort. »Ich weiß aus gut unterrichteter Quelle, dass einer der Schmuggler bei diesem Zwischenfall verwundet wurde. Und zwar der Kapitän, wenn die Berichte zutreffen.«

Der Schreck fährt so tief in sie, dass sie schwankt. Mit einer Hand hält sie sich an der Wand fest, um nicht umzukippen, und stößt aus: »Hat Ihr Freund … hat Leutnant Sullivan den Mann gesehen?«

Leutnant Sowerby mustert sie mit schräg geneigtem Kopf. »Nicht ganz. Es ist Leutnant Sullivan gelungen, ihn vom Deck der *Swallow* aus zu treffen, aus mehreren hundert Metern Entfernung – er ist ein erstklassiger Schütze an der Muskete –, aber durch den Rauch der Explosionen konnte er das Gesicht nicht richtig erkennen …« Er reibt sich mit dem Zeigefinger an der Nase. »Der fragliche Schmuggler erteilte offensichtlich im Heck des Schiffs Kommandos und trug eine Mütze, wie sie sonst von jungen Offizieren getragen wird. Ich denke, wir können davon ausgehen, dass er tatsächlich der Kapitän des Schiffes war. Anfangs gingen wir davon aus, ihn getötet zu haben. Es wäre mir ein großes Vergnügen gewesen, Ihnen diese Nachricht zu überbringen, wäre das wirklich der Fall gewesen, doch offenbar hat er überlebt und konnte entkommen. Sie haben nicht zufällig von jemandem gehört, der auf der Suche nach einem Versteck ist oder der die Dienste eines Arztes in Anspruch nehmen will?« Seine Augen suchen den kleinen Raum ab.

Das Tablett, denkt Isabel. Es steht mit zwei Tassen Wasser darauf unter der Treppe. Mit betont sanfter Stimme sagt sie: »Ich habe nichts derlei gehört. Aber wenn, werde ich Ihnen auf der Stelle Bescheid geben.«

Welche Strafe steht wohl auf Beihilfe zum Schmuggel?, fragt sie sich. Dieselbe wie auf das Verbrechen des Schmuggelns selbst? Der Tod? Oder etwas, das nur ein bisschen weniger schrecklich ist, Deportation vielleicht? Isabel hat kalte Finger. Sie hat einen Faden gefunden, der von ihrem Ärmel absteht, und zupft daran, immer wieder.

»Nun denn«, sagt Leutnant Sowerby mit geschürzten Lippen. Ein Schweißtropfen rollt ihm über die Wange, den er genervt wegwischt. Eine Fliege prallt gegen das Fenster. Nach einer Weile sagt Sowerby: »Ich habe Sie Dienstag gesehen. Bei der Hinrichtung des Verräters. Sie wirkten … aufgewühlt.« Er legt den Kopf schräg. »Waren Ihnen die Geschehnisse unangenehm, Mrs. Henley?«

Atme, um Himmels willen! »Ich … ich habe noch nie zuvor einer Hinrichtung beigewohnt. Ja, es war unangenehm, aber …« Ein Zittern. Hat er es gehört? Sie spricht schnell weiter: »Ich weiß ja, dass Schmuggel ein schlimmes Verbrechen ist.«

»Fürwahr«, sagt er. »Es ist unerträglich zu sehen, wie diese Verbrecher nach Belieben über das Land herrschen. Deshalb sehe ich mir auch nicht an, wie sie vor Gericht freigesprochen werden. Ich stelle sicher, dass der Gerechtigkeit Genüge getan wird. Das verstehen Sie doch, oder?«

»Aber natürlich.«

»Ich wünsche mir wirklich, dass Sie mein Schutzangebot annehmen, Mrs. Henley. Das sind Halsabschneider, alle miteinander. Ich will mir nicht vorstellen, was sie einer Frau von so edlen Eigenschaften wie Ihnen antun würden.«

Wie bei seinem vorherigen Besuch scheint es, als sei ihm nicht nur der Gedanke daran keineswegs unangenehm, sondern als ergötze er sich geradezu an der Vorstellung. Eine Spur roter Flecken kriecht ihm am Hals hinauf bis ins Gesicht, er läuft rot an, seine Augen werden dunkel, sein Mund steht offen. Isabel weicht nicht bewusst vor ihm zurück; sie merkt erst, dass sie es tut, als sie das grobe Holz der Tür an ihren Schulterblättern spürt.

»Ich stimme Ihnen vollkommen zu«, sagt sie. Als es ein leichtes, dumpfes Geräusch gibt, fährt sie zusammen; auch Leutnant Sowerby hat es gehört. Er lauscht aufmerksam, doch es bleibt still.

»Ein Vogel, nehme ich an«, sagt er. »Ist vielleicht oben gegen das Fenster geflogen, das arme Ding. Wenn Sie mir die Bemerkung gestatten: Ich habe gerade gesehen, wie sehr Sie sich erschrocken haben. Ich lasse mir nicht ausreden, dass Sie sich hier unwohl fühlen, und zwar zu Recht, weil Sie ganz allein an diesem gottvergessenen Ort leben. Ich könnte Sie schützen, Madam, wenn Sie es mir nur gestatten würden!« Er klopft auf das Heft des Säbels an seiner Seite. Als Isabel nicht reagiert, fügt er hinzu: »Ich hoffe, bald wieder das Vergnügen Ihrer Gesellschaft auf dem Dinner zu genießen, das mein ganz besonderer Freund, der stellvertretende Lordleutnant von Cornwall, in Weatherston Hall geben wird.«

»Ein Dinner?«

»Oje, heute Vormittag reden wir aber wirklich aneinander vorbei. Hat Lady Harriet Darby Ihnen noch keinen Besuch abgestattet?«

»Nein.«

»Ich hoffe, Sie vergeben mir«, sagt Leutnant Sowerby, »aber ich habe Lady Darby gegenüber Ihre häusliche Situation geschildert für den Fall, dass es ihren Wunsch beeinflussen könnte, Ihnen ihre Aufwartung zu machen. Sie hat mir glaubhaft versichert, dass dem nicht so sei; ich meine, sie sagte – das waren ihre Worte, sie drückt sich immer sehr prägnant aus –, es kümmere sie keinen Deut, wie sehr Sie in Ihren Lebensverhältnissen reduziert seien, denn sie habe vernünftige Gesellschaft ganz bitter nötig.«

Der Faden löst sich von ihrem Ärmel, sie rollt ihn zwischen den Fingern. »Vielleicht ist ihr irgendwas dazwischengekommen«, bemerkt Isabel, ohne es wirklich zu glauben. Höchstwahrscheinlich hat Lady Darby einen Blick auf die alte Sardinenhütte geworfen und sich schnellstens aus dem Staub gemacht, zurück nach Weatherston Hall.

»Ja, vielleicht.« Wieder schürzt Sowerby die Lippen, was ihm ein lustiges Aussehen verliehe, wenn seine Wangen nicht so seltsam rot glühten. Er wischt sich mit der Hand über die Stirn. Vor zwei Tagen hat dieselbe Hand eine Schlinge um den Hals eines Mannes gelegt. »Nun, in Kürze könnte eine Einladung erfolgen«, bemerkt er. »Das Dinner findet erst in vierzehn Tagen statt.

Ich sehe Ihrem Besuch auf Weatherston Hall mit großer Freude entgegen, wenn es denn dazu kommt.«

»Ich auch«, antwortet sie. »Ihrem Besuch dort.«

»So gern ich auch bleiben würde, ich muss los. Schließlich gibt es Schmuggler aufzuspüren.«

Leutnant Sowerbys Blick ist wieder auf ihre Brust gerichtet, und er kommt näher, bis sie wie schon einmal zwischen seiner massigen Gestalt und der Tür gefangen ist. Sein säuerlicher Schweiß beißt ihr in der Nase. Er beugt sich so weit vor, dass sein Atem ihre Wange streift, und flüstert: »Sie sind eine außergewöhnliche Frau, Mrs. Henley.«

Ihr Herz will ihr aus dem Körper springen. Er hebt den Handrücken, als wollte er ihr über die linke Gesichtshälfte streichen, doch bevor er sie berühren kann, taucht Isabel unter seinem Arm hindurch. Sie schnellt herum. »Ich wünsche Ihnen einen guten Tag, Sir.«

Steif steht Leutnant Sowerby da und atmet heftig. Mit immer noch rotem Gesicht sagt er: »Melden Sie sich jederzeit, sollten Sie Hilfe benötigen, Mrs. Henley. Bei meiner Ehre, es quält mich wirklich, dass Sie entschieden haben, hier so zu leben.«

Das war kaum eine Entscheidung, denkt sie, aber schweigt. »Das werde ich tun, Sir.« *Und jetzt verschwinde! Bitte!* Der Wunsch ist so übermächtig, dass sie sich sorgt, er könnte ihn in ihrem Gesicht erkennen, deshalb senkt sie den Blick, während er die Tür öffnet und über die Schwelle nach draußen tritt. Seine kniehohen Stiefel sind aus braunem Leder. Sie sind zu sauber, als dass er darin den Küstenpfad patrouilliert haben könnte. Offensichtlich lässt er sie oft putzen.

Neben den Schritten des Leutnants hört sie das Rauschen der Wellen. Es verleiht ihr Kraft, wie ein Schluck Wasser bei großem Durst. Wenn der in Cornwall verbreitete Glaube, ein geopferter Fisch würde das Meer besänftigen, einen doch nicht nur vor schlechtem Wetter, sondern auch vor widerlichen Männern schützen könnte, denkt Isabel. Dann würde sie nur zu diesem Zweck jeden Tag einen Fisch kaufen. Wäre sie innerlich nicht so aufgewühlt, würde sie dieser Gedanke zum Lächeln bringen.

Sie verfolgt, wie die Stiefel den Kiesweg nehmen, wie der Leutnant auf sein Pferd steigt. Dann hebt sie den Blick und sieht, wie er die Hand hebt. »Guten Tag, Mrs. Henley!«

Er ist fort. Augenblicklich zittert sie so heftig wie in dem Moment, als Jack mit seinen Leuten in ihre Schlafkammer kam. Sie wartet hinter der Tür, traut sich noch nicht hochzugehen. Im ersten Stock ist alles ruhig. Nach gefühlten Stunden öffnet sie die Eingangstür wieder einen Spaltbreit und späht nach draußen. Der Teil des Küstenpfads, den sie überblicken kann, ist leer. Es regnet nicht mehr, doch die Luft riecht nach Regen, ein feuchter Laubgeruch, der eher zum Herbst als zum Frühling passt. Der Fluss ist mit der Flut angeschwollen. Isabel schiebt die Tür weiter auf und macht einen Schritt nach draußen, würde am liebsten die Finger ins Wasser tauchen und die Wellen über sich hinwegspülen lassen, doch oben wartet Jack. Also tief durchatmen und die Seeluft schmecken – die zweitbeste Hilfe zur Beschwichtigung ihrer Ängste.

»Isabel«, stößt Jack leise aus, als sie zitternd in die Schlafkammer tritt. Er lässt die Pistole sinken. »Wer war das?«

»Leutnant Sowerby.« Sie sinkt aufs Bett, birgt den Kopf in den Händen. »Oh, lieber Gott.«

»Was ist? Was haben Sie ihm gesagt?«

»Nichts! Das ist ja der Punkt. Er ist ein Offizier des Steueramts, und ich lüge ihm ins Gesicht.« *Es war nicht nur, dass sie ihm etwas verschwieg; es war die Art, wie er sie ansah.*

»Ich bin Ihnen schrecklich dankbar«, bemerkt Jack.

»Ach, schweigen Sie!«, entgegnet Isabel. »Sie wussten genau, dass ich nichts verraten würde.« Ein Schluchzen steigt in ihr auf. »Vor zwei Tagen hat er einen Mann hängen lassen.«

»Jed Ferries aus Penzance. Ich hörte davon.« Bevor sie es Jack verbieten kann, stemmt er sich hoch und greift nach ihrer Hand. »Ihre Hand ist sehr kalt.«

»Das ist sie oft.«

Er schlingt seine Finger darum und erwidert sanft: »Ich wusste nicht, dass Sie nichts verraten würden. Ich habe es gehofft ...« Er hält inne, lässt ihre Hand los und fährt fort: »Ich werde verschwinden, sobald es geht. Rowell kommt morgen vorbei. Mir geht es schon besser.«

Tatsächlich sieht er ein wenig erholt aus. Seine Wangen haben wieder etwas Farbe. »Das freut mich«, sagt sie.

»Sind Sie weiterhin fest entschlossen, kein Geld für Ihre Gastfreundschaft zu nehmen? Sie gehen ein beträchtliches Risiko ein, wenn Sie einen Flüchtigen verstecken.«

»Erinnern Sie mich nicht daran. Und ja, mein Entschluss steht fest.«

»Würden Sie denn stattdessen ein Geschäftsangebot in Erwägung ziehen?«

»Was denn für ein Geschäftsangebot?«

»Wir haben die Hütte – Ihre Hütte – früher als Zwischenlager für unsere Ware benutzt, um sie von dort weiter ins Land zu transportieren. Immer nur wenige Tage. Sie liegt günstig: weit außerhalb, nah am Wasser.«

Das erklärt das Schloss, denkt sie. »Wenn Sie es gestatten, würde ich die Hütte gern auch in Zukunft nutzen«, sagt Jack.

»Nein. Auf gar keinen Fall.«

»Es wäre nur ein paarmal im Jahr. Sie würden nichts von uns sehen – wir kämen bei Neumond und wären wieder verschwunden, ehe Sie überhaupt merken, dass auf Ihrem Grundstück Schmuggelware gelagert wird. Ich würde Sie genauso wie alle anderen Helfer bezahlen. Nein, besser, wenn wir mit dem neuen Schiff ein paar gute Fahrten machen.«

Sie will wieder verneinen, doch die Antwort bleibt ihr im Hals stecken. Sie denkt an den Bauern, von dem Mrs. Dowling erzählt hat, der von den Steuereintreibern erschossen wurde, weil er auf seinem Grundstück Schmuggelware lagerte. Es wäre Wahnsinn, sich einverstanden zu erklären.

»Damit könnten Sie Ihr Einkommen aufbessern«, gibt Jack zu bedenken. »Und es wären kein Almosen. Sie würden uns einen Gefallen tun.«

Sie wird es jetzt aussprechen: *Nein.* Kurz und knapp. *Warum* in Gottes Namen ist es so schwierig, das Wort herauszubekommen? »Ich werde es mir überlegen«, sagt sie.

»Wie Sie wünschen.«

»Wie kann ich Sie erreichen, wenn ich mich entschieden habe?«

»Sprechen Sie mit Tom Holder, dem Wirt des Shipwrights Arms. Sagen Sie ihm, Sie hätten eine Nachricht für seinen Freund aus der Bucht – merken Sie sich die Worte, sagen Sie nicht ›für meinen Freund‹ oder ›für einen Freund‹, sondern einfach ›für Ihren Freund aus der Bucht‹. Dann nennen Sie ihm die Nachricht. In diesem Fall reicht ein schlichtes Ja oder Nein.«

»Nun denn.« Sie ist törichterweise froh, hatte sie doch die Sorge, Jack nie wiederzusehen, wenn er einmal verschwunden wäre. Die Erleichterung ärgert sie. Sie sollte ihn nicht wiedersehen. Er ist ein Schmuggler. Sie hat ihre christliche Pflicht erfüllt, hat ihm geholfen, das reicht. Sie kann sich nicht in den Schmuggel hineinziehen lassen. »Wie viel?«, fragt sie und kommt sich noch törichter vor.

»Die Entlohnung? Zwei Prozent des Gewinns. Bei einer guten Fahrt kann sich das leicht auf«, er denkt nach und tippt auf seine Finger, »zehn Pfund belaufen.«

»*Zehn Pfund?*« Ihre Witwenrente beträgt zwei Shilling am Tag. In Gedanken jongliert sie mit den Zahlen. Zehn Pfund, das wären hundert Tage Rente. Für die Arbeit weniger Nächte. Nein, nicht für Arbeit – sie würde nicht einmal etwas tun müssen, sondern nur die Augen davor verschließen, was in ihrer Hütte gelagert wird.

»Ändert das etwas?«, fragt Jack.

»Ich muss darüber nachdenken.«

»Lassen Sie es mich wissen, wenn Sie sich entschieden haben. Ich könnte ein wohlgesonnenes Haus am Fluss gebrauchen.«

»Das werde ich tun.« Sie betrachtet seine Hand auf dem Bett und wünscht sich, sie würde noch immer ihre halten. Es war sehr forsch von ihm, nach ihrer Hand zu greifen, doch sie kann nicht bestreiten, dass es ihr gefallen hat. »Sehe ich Sie wieder, wenn Sie fort sind?«

Sein Lächeln erscheint, wie am Tag zuvor, als sie ihn erstmals erblickte. Er lächelt schnell. Er wirkt zufrieden, obwohl er mit einer Schusswunde in der Seite bettlägerig ist und vor weniger als einer halben Stunde ein berittener Zöllner an die Tür geklopft hat. »Ist das Ihr Wunsch?«

»Ja. Nein. Vielleicht.«

Sein Lächeln wird breiter. »Nun, was gilt jetzt?«

»Auch darüber werde ich nachdenken müssen.«

»Sie wissen ja, wie Sie mich erreichen.«

»Ja«, sagt sie. »Ja, das weiß ich.«

Als der Arzt am nächsten Nachmittag vorbeikommt, erklärt er Jack zum Wunder, weil er sich so schnell erholt habe. »Sie müssen noch mindestens drei Wochen zu Hause Ruhe halten«, rät er. »Und auch danach vier Wochen lang jede Anstrengung meiden. Allerdings ist es wahrscheinlich am besten, wenn Sie heute Nacht im Schutz der Dunkelheit umziehen, bevor der Mond zu hell scheint. Soll ich Dick Pascoe benachrichtigen lassen, dass er Sie mit dem Boot abholt?«

»Da wäre ich Ihnen sehr dankbar«, erwidert Jack.

»Sie hatten keinen Ärger mehr, seit wir uns das letzte Mal gesehen haben … mit dem Gesetz, meine ich?«

»Sowerby war hier, aber Isabel hat ihn abgewimmelt. Sie ist eine feurige Kämpferin.«

»Sie sollten sehen, wie ich die Zunderbüchse schwinge«, sagt sie, und Jack muss lachen.

Der Arzt schaut von ihm zu ihr. »Sie haben keine Anzeichen einer Entzündung gesehen? Kein Fieber?«

Er spricht mit ihr, als sei sie Jacks Krankenschwester. »Nein«, antwortet sie.

»Gut. Hat er etwas gegessen?«

Sie zählt das Brot, den Käse, die Suppe und die Milch auf.

Der Arzt sagt: »Ich habe von der Hinrichtung gehört. Dieser Sowerby ist ein echter Bastard, nicht wahr?«

»Er ist schlimmer als die meisten«, bemerkt Jack.

Der Arzt zieht seinen Mantel wieder an, der Stoff spannt sich über seinen kräftigen Armen. Nachdem er gegangen ist, fragt Isabel: »Er sieht nicht gerade wie ein Arzt aus, oder? Ist er Chirurg?«

»Er ist Tierarzt.«

»Das ist nicht Ihr Ernst!«

»Früher mal war er Schiffsarzt, konnte aber nicht mit ansehen, wie die Presskommandos zu Werke gingen. Angeblich hatte er nicht gern Männer unterm Messer, die sich nie freiwillig für den Dienst in der Marine seiner Majestät entschieden hatten. Er ist sehr gut. Und verschwiegen.«

Die Stunden bis zum Einbruch der Nacht fließen dahin. Ehe Isabel sich's versieht – ehe sie es will –, ruft draußen eine Eule, viermal nacheinander. »Das müsste Dick sein«, sagt Jack und stemmt sich hoch.

»Wie will er Sie tragen?«

»Ich gehe selbst.«

»Das ist schlecht für die Wunde.«

»Ist ja nur runter zum Boot. Kann nicht mehr als fünf, sechs Schritte vom Haus entfernt sein.«

Es gefällt ihr, dass er »Haus« sagt, als sei es mehr als ein Cottage mit zwei Räumen. Die Wortwahl erinnert sie an ihr altes Haus in Greenwich. Abgesehen von Georges Schulden floh sie auch vor den Gerüchten, die sich allmählich um James und sie bildeten. Und jetzt findet sie sich hier mit einem Schmuggler wieder. Wie konnte das in nur einer Woche geschehen?

Jacks Stimme reißt sie aus ihren Gedanken. »Vielen Dank noch mal, Isabel.«

»Dafür nicht«, erwidert sie, verlegen ob ihrer Worte.

Dick und Oppy kommen hoch. Selbst im Licht der Kerze und der Laterne in Oppys Hand erkennt Isabel, dass die beiden blasser als vor zwei Tagen sind. Oppy hat blaue Ringe unter den Augen und rotfleckige Bartstoppeln; Dicks Augen sind rot geärändert, als hätte er seit zwei Tagen nicht geschlafen.

»Alles in Ordnung?«, fragt Jack, und Oppy bestätigt, sie hätten die Fracht abgeladen, sie sei verstaut und würde in zwei Tagen landeinwärts gebracht. Die beiden haben ein sauberes Hemd für Jack dabei. Isabel wendet sich ab, damit er das blutgetränkte Hemd ausziehen kann, das er über dem Verband trägt, doch als er mit dem Kleidungsstück kämpft, sieht sie sein schmerzverzerrtes Gesicht.

»Warten Sie, ich mache das«, erbietet sie sich. Die Hitze in ihrem Gesicht breitet sich auf ihre Arme und bis zu ihrem Bauch aus, und es kommt ihr vor, als würde jeder Zentimeter von ihr erröten, während sie ihm hilft, das Hemd über den Kopf zu ziehen. Er lächelt sie an. Da ist wieder der schmale Strich von schwarzen Haaren, der an seinem Bauch hinunterführt, nur der obere Teil ist sichtbar, der Rest unter dem Verband verborgen. Jacks Brustbehaarung ist ebenso dunkel auf der gebräunten Haut, und er hat breite Schultern, wenn auch nicht so breite wie Dick oder der Arzt; Jack ist schlanker, als sei nicht alles an ihm hart, als würde er etwas Weiches an sich offenbaren, wenn sie ihm die Möglichkeit böte. Bei dem Gedanken errötet Isabel noch stärker, was er merkt, und jetzt lächelt er nicht mehr, sondern grinst breit, während sie mit dem sauberen Hemd hantiert, es ihm schließlich überstreift und die Bänder zuknotet.

Sie hat bisher nur Georges Körper so gesehen. Ihr Erröten lässt nach; es weicht aus ihren Wangen, von ihrem Bauch. Isabel wendet sich ab und sagt: »Es wäre besser, Sie würden nicht laufen.«

Keine Antwort. Er ist zu eigensinnig, denkt sie. Oppy reicht ihr die Laterne, um seinen Kapitän zusammen mit Dick zu tragen, doch Jack befiehlt ihnen, ihn unter den Armen zu stützen. Als sie ihn hochhieven, gräbt sich der Schmerz in seine Züge, und Isabel sagt: »Nein, nein. Das geht nicht«, doch dann ist er auf den Füßen und macht einen zögernden Schritt Richtung Tür. Es ist das erste Mal, dass sie ihn aufrecht sieht, nicht im Bett oder getragen von anderen. Gekrümmt stützt er sich schwer auf seine Freunde, aber Isabel sieht, dass er größer ist, als sie gedacht hat, fast so groß wie Tom Holder, und das ist der größte Mann, den sie kennt.

Sie geht vor, die Laterne in der Hand, um den Weg zu beleuchten, und zählt Jacks Schritte. Jeder einzelne braucht viel Zeit. Zwei zur Tür, weil er an der Seite aufgestanden ist, die näher dran ist, dann zehn Schritte die Treppe hinunter. Es sind die schlimmsten, sie dauern am längsten. Weitere vier durch die Küche. Das Schrammen der Tür, dann sind sie draußen. Der Mond ist eine dünne Sichel am Himmel. Unter den Stiefeln der Männer knirscht der Kies. Am Ende des Gartens, kurz hinter der Mauer, wurde ein kleines Ruderboot auf die Felsen gezogen. Die Nacht ist kohlrabenschwarz, doch der Fluss ist nicht ganz so dunkel, als gäbe das Wasser sein eigenes Licht ab.

Dick und Oppy steigen zuerst ins Boot, dann helfen sie Jack hinein. Als er sicher im Heck sitzt, nimmt Oppy die Laterne wieder an sich und stellt sie neben Jack ab, während Dick aussteigt, um das Boot ins Wasser zu schieben. Beide Männer greifen zu den Rudern. Jack schaut zu Isabel hinüber und verbeugt sich leicht, was im Sitzen schwierig ist und, wie sie befürchtet, seinem Bauch noch mehr wehtun wird. »Günstige Winde, Isabel!«, ruft er leise, und sie hebt die Hand und flüstert beinahe: »Auf Wiedersehen!«, dann tauchen die Ruder ins Wasser, und das Boot entfernt sich lautlos vom Ufer.

Isabel steht da und verfolgt die drei Gestalten, bis die Nacht sie verschluckt. Sie erschaudert in ihrem Kleid; sie hätte ihre Pelisse überziehen sollen. Vielleicht sollte sie lernen, wie man ein Schultertuch strickt, so wie die Frauen in Cornwall es tragen. Es wäre eine weitere Aufgabe, mit der sie sich beschäftigen könnte, nun, da sie keinen verwundeten Schmuggler mehr zu versorgen hat. Es gibt so viele Dinge zu tun. Sie muss lernen, besser zu kochen und sehr viel besser zu putzen, zu waschen und all die anderen Haushaltspflichten zu beherrschen. Ihr Leben ist schon anstrengend genug, sie will keinen Ärger. Vor allem will sie nicht, dass ihr Gerüchte anhängen, so wie in den vergangenen Monaten, bevor sie nach Cornwall kam. Niemand weiß von Jacks zweitägigem Aufenthalt in ihrem Cottage. Die bloße Vorstellung, was die Leute sagen würden, ist ihr unerträglich.

Deshalb haben Sie London verlassen, nicht wahr? Wegen Unannehmlichkeiten, hat Jack gesagt, viel zu scharfsinnig für Isabels Geschmack. Dass er von den Gerüchten über sie und James erfährt, ist für sich genommen verstörend. Warum, weiß sie nicht genau. Jack ist ein Schmuggler; er verstößt gewohnheitsmäßig gegen das Gesetz, doch die Möglichkeit, dass er seine gute Meinung von ihr revidieren könnte, bereitet ihr Bauchgrimmen. Sie beschließt, es ihm niemals zu erzählen – falls sie ihn wiedersehen sollte, was alles andere als sicher ist.

Mühsam steigt sie den Pfad zum Haus hinauf und wirft einen kurzen Blick auf die Hütte. Es ist so dunkel, dass sie nur den Umriss sieht, schwarz vorm Himmel. Sie kann doch nicht Schmugglern erlauben, dort ihre Ware zu lagern. Damit würde sie ein Verbrechen begehen.

Das Fenster ihres Cottages leuchtet gelb. Sie geht hinein, zieht die Tür hinter sich zu und steigt mit der Kerze nach oben. In der Kammer riecht es nach Jack. Und nach Blut. Isabel nimmt sein Hemd vom Bett, wo er es hat fallen lassen. Sie wird alle Decken und Laken waschen müssen und die Matratze regelrecht ausschrubben. Morgen wird sie überlegen, wie sie ihre Kleidung in der Wanne säubern kann. So schwer kann es doch nicht sein, oder? Sie wird Wasser vom Fluss holen, das ist leichter als aus dem Brunnen.

Praktische Dinge. Sie muss ein neues Leben lernen, überhaupt lernen zu leben. Darin ist kein Platz für Schmuggler. Sollte es jedenfalls nicht sein.

Sie zieht die Betten und Laken ab und wirft die Wäsche in die Ecke. Dann holt sie ihren Umhang aus dem Reisekoffer und wickelt sich hinein wie in eine provisorische Decke, um sich damit auf die Matratze zu legen. Ihr Kleid hat sie in der zweiten Nacht, als sie neben Jack schlief, nicht ausgezogen. Auch jetzt behält sie es an. Die Kammer ist kälter ohne ihn. Und dunkler. Sie hätte nicht gedacht, dass sie sich noch einsamer fühlen könnte als in ihrer ersten Nacht im Cottage. Es dauert lange, bis der Schlaf sie findet, bis das Meer sie zu sich zieht.

Als sie endlich schlummert, ist sie zurück im Wasser. Ihr Fischschwanz schlägt hin und her, treibt sie voran, und die See um sie herum bewegt sich wie der Wind. Tief unter ihr sind Umrisse, dunkle Schatten, die sich bewegen. Große Fische – nein, etwas Ähnliches. Ihr Schwanz peitscht. Ihm wohnt eine Kraft inne, eine gewisse Stärke, die durch ihre Adern fließt, ihre Muskeln formt.

Als Isabel erwacht, ist dieses Gefühl von Stärke immer noch da. Wenn Leutnant Sowerby ihr das nächste Mal zu nah kommen sollte, wird sie ihm befehlen, das zu unterlassen. Sie kann mit seinen Aufmerksamkeiten nichts anfangen, und auch wenn er die Autorität des Gesetzes symbolisiert, wenn es um Schmuggler geht, hat er keinerlei Macht über Isabel.

Kurz vor Mittag klopft Richard Holder an ihre Tür. Er hält einen Brief in der Hand, der klein zwischen seinen Fingern wirkt. »Mein Vater hat gesagt, ich soll Ihnen den besser sofort bringen«, richtet er aus.

Im ersten Moment denkt sie, der Brief sei von James, dann erkennt sie die seitlich geneigte, zackige Schrift ihrer Stiefmutter. Natürlich ist er nicht von James. »Ich werde dir schreiben«, hatte sie ihm versprochen, bevor sie verschwand, doch er hatte ihr abgeraten. Er müsse zurück auf See, und wenn sie ihm schrieb, gäbe es nur noch mehr Unannehmlichkeiten.

Als er sie das erste Mal besuchte und ihr von Georges letzten Minuten erzählte, fiel sie fast in Ohnmacht. Vielleicht überbrückte dieser Moment das soziale Gefälle zwischen ihnen – als er sie auffing und zu einem Sessel führte. Vielleicht lag es auch an den Gesprächen über die Seefahrt und Schiffe, über ihren Vater, unter dem James gedient hatte, als der Admiral noch Kapitän Farnworth war, und über George. Er sei ein guter Offizier gewesen, sagte James. Die Männer mochten ihn.

James' Geschichten hielten den scharfen Zahn der Zeit auf Abstand. Deshalb lud Isabel ihn zum Tee ein, deshalb unternahmen sie gemeinsame Spaziergänge entlang der Themse, James humpelnd aufgrund seiner Beinverletzung. Das war nicht die einzige Verletzung, die er im Gefecht erlitten hatte. Hinter seiner Fassade, in über zwei Jahrzehnten auf See geschmiedet, verbarg sich ein geschundener Geist. Er habe Schwierigkeiten zu schlafen, gestand er; das kleinste Geräusch lasse ihn hochfahren. Wenn er dann endlich schlummere, träume er von dem Kanonenschuss, der seine halbe Geschützmannschaft auslöschte.

Auch Isabel kehrte in ihren Nächten in die Vergangenheit zurück. Im leeren dunklen Schlafzimmer flüsterten Erinnerungen ihr ins Ohr, die irgendwann die Farbe des Meeres annahmen und zu einem nebligen Graublau verblassten; tagsüber schienen sie durch James' Stimme ausgelöst zu werden. Ihre Freundin Louisa bezeichnete ihn später als »einfachen Matrosen«, doch das war James nicht. Dennoch war Isabel klar, dass man ihre Freundschaft aufgrund seines niedrigen Rangs mit erhobenen Augenbrauen beobachten würde, und schon bald machten in Greenwich erste Gerüchte die Runde. Nach dem Verlust von George war das nur eine Kleinigkeit, ein Nichts. Und das blieb es, bis Louisa sie vor drei Monaten mit James überraschte.

Nachdem Isabel Georges Trafalgar-Medaille ein Jahr lang in einem Kästchen aufbewahrt hatte, hatte James sie mitgenommen und ein schwarzes Band daran befestigen lassen. Nun erlaubte sie ihm, ihr die Medaille um den Hals zu legen. In dem Moment war ihr, als sei diese silberne Scheibe alles, was ihr noch von George geblieben war. Unter Tränen drehte Isabel sich zu James um und nahm ihn in den Arm. Er erwiderte die Umarmung und versicherte ihr, alles würde gut werden, und in dem Moment führte der Diener Louisa herein. *Ich fand sie in den Armen eines einfachen Matrosen.* Das war die Geschichte, die Louisa, doch keine so gute Freundin, den gemeinsamen Bekannten erzählte. *Mit dem sie immer spazieren geht. Was hätte ihr Gatte nur dazu gesagt?*

Isabels Proteste waren vergeblich. Es war nicht nur der Standesunterschied, der der Geschichte Flügel verlieh, es war auch ihr Witwendasein. Dass James unter George gedient hatte, machte es nur noch schlimmer: Bald hatte es den Anschein, als würde ganz Greenwich über sie tratschen. Im Verlauf der Monate wurden die Blicke und das Geflüster unerträglich. Isabel wusste bereits, dass sie nicht in der Lage sein würde, das Haus zu halten, nicht ohne das Geld. Die Gerüchte brachten das Fass nur zum Überlaufen. Sie hatte genug, von Greenwich, von London, von der ganzen Gesellschaft.

Das Cottage, von dem Mr. Griggs ihr schrieb, klang wie ein Zufluchtsort. Und jetzt, da sie hier ist, ist es das auch, in gewisser Weise. Nie zuvor hat sie sich so einsam gefühlt, doch ebenfalls, das wird ihr klar, als sie den Brief ihrer Stiefmutter öffnet, noch nie so frei.

Es ist eine Einladung nach Woodbury, zum Haus ihres verstorbenen Vaters in Norfolk. Die Bereitschaft ihrer Stiefmutter, ihren guten Ruf aufs Spiel zu setzen, indem sie sich mit Isabel abgibt, überrascht sie, doch sie könnte niemals mit der neuen Mrs. Farnworth unter einem Dach leben. Nicht einmal jetzt. Das Cottage und das Dorf am Meeresarm, die Menschen mitsamt ihrem sonderbaren Aberglauben und ihren Geschichten sind ihr deutlich lieber – Geschichten, die ein Gefühl in ihr auslösen nicht ganz unähnlich den Erinnerungen, die James' Stimme in ihr heraufbeschwor. Als sei sie der Vergangenheit hier näher.

5.
Kapitel

In den darauffolgenden Tagen ist sie von einer hektischen Betriebsamkeit erfüllt. Isabel schrubbt Kleidung, Decken und Laken, bis ihre Hände rau sind, und hängt alles zum Trocknen auf. Sie wäscht auch Jacks Hemd, doch das Blut geht nicht heraus. Die Baumwolle ist sehr fein. Kein Wunder, denkt sie, bei dem Gewinn, den er macht. Mrs. Dowling rät ihr, bei Flecken in weißer Wäsche das Kleidungsstück zum Trocknen in der sengenden Sonne im Gras auszubreiten. »Da bleicht es richtig aus«, sagt sie. Isabel erklärt ihr nicht, woher die Flecken stammen.

Sie beginnt, den Riss im Hemd zu nähen. Das immerhin ist etwas, das sie kann, und zwar gut. Es ist ein langer Riss, der quer über die untere Hälfte verläuft, und ein kleines Stück Stoff fehlt, wo die Kugel ihn durchschlagen hat. Manchmal hat Isabel Kleidung für George ausgebessert. Er konnte es auch selbst, als Fähnrich hatte man es ihm gezeigt, und natürlich hätte es auch die Dienerschaft erledigen können, aber sie übernahm es gern für ihn.

Jeden Nachmittag sitzt sie mit dem Hemd auf der weißen Bank im Garten. Der Fluss breitet sich vor ihr aus wie blauer Seidensatin unter einem leicht bewölkten Himmel. Beim Nähen beobachtet sie, wie die Möwen hinunterschießen und wieder aufsteigen. Sie denkt an die Tiere, die George auf seinen Reisen sah: alle möglichen Hai- und Delphinarten, sonderbare Fische mit stacheligem Körper, riesige weiße Vögel in Südamerika und einmal sogar einen Wal, fast so lang wie das Schiff selbst. Niemand glaubte ihm, doch er versicherte ihr, dass es stimmte. Isabel denkt an den Glauben der Dorfbewohner an ein Meereswesen, das wie ein Wassermann aussieht. Könnte es sein, dass es Dinge im Ozean gibt, von denen niemand etwas ahnt? Fast wie als Antwort darauf erscheint die Sonne und verwandelt das blaue Wasser in strahlendes Funkeln, sodass die Sehnsucht, hineinzuspringen und der Strömung zu folgen, Isabel kurz den Atem raubt.

Die Nächte sind still, außer einer. Es ist der Abend vor dem nächsten Markttag und so spät, dass nur der Mond den Unterschied zwischen dem Schwarz des Flusses und dem des Himmels erkennen lässt. Isabel arbeitet sich durch ein ledergebundenes Buch mit dem Titel *Die erfahrene englische Haushälterin*, das Mrs. Dowling ihr geborgt hat. Sie hat gerade mit dem neunten Kapitel begonnen, *Trocknen und Kandieren*, als sie Schritte auf dem Kiesweg hört. Sie legt das Buch beiseite und lauscht aufmerksam. Wieder knirscht der Kies, jetzt näher am Cottage. Isabel pustet die Kerze aus und tastet sich mit klopfendem Herzen zum Kamin in der Wohnstube.

Den Schürhaken fest umklammernd, schleicht sie zur Haustür und verwünscht sich, kein Schloss angebracht zu haben, verwünscht ebenfalls das Schrammen der Tür über die Steinplatten, als sie sie öffnet. Hoch über dem Fluss ziehen Wolkenfetzen vor dem Mond hinweg. Die Bäume entlang dem Küstenpfad bilden Silhouetten, als seien sie erstarrte Zuschauer. Isabel hat das Gefühl, etwas in den Bäumen richte seine uralten Augen auf sie. Nicht der geringste Wind ist zu hören, auch keine Schritte. Sie hebt den Schürhaken an und will etwas rufen …

»Mrs. Henley! Sie sind ja wach!«

Der Schürhaken fällt in den Kies, sie greift sich an die Brust, ringt nach Luft. »Leutnant Sowerby … Sir. Haben Sie mir einen Schreck eingejagt! Was um Himmels willen tun Sie hier?«

»Verzeihen Sie, Madam, ich wähnte Sie im Bett.« Leutnant Sowerbys Uniform ist in einem unordentlichen Zustand, das rote Hemd teilweise aufgeknöpft, die Krawatte gelockert, die Mütze schief. Er reißt sie sich von den Locken, verbeugt sich und verkündet: »Es gab eine Warnung, Madam. Schmuggler sollen unterwegs sein. Ich wollte mich vergewissern, dass Sie in Sicherheit sind.«

Ihr Atem wird langsamer. Sie fängt einen Hauch Alkohol von ihm auf, vermischt mit Anis oder Kümmel, als hätte er Gewürzkonfekt gekaut. Sie verbirgt ihr Unbehagen, indem sie sich hinunterbeugt und den Schürhaken aufhebt. Irgendwo im Dunkeln hört sie das Pferd des Leutnants rascheln. »Der einzige Mensch, den ich hier herumschleichen sehe, sind Sie, Sir.« Die Worte kommen schärfer heraus als beabsichtigt. Sie erinnert sich an ihren Traum, nachdem Jack gegangen war, an die Kraft des Meeres in ihr. Isabel kann es sich nicht leisten, den Leutnant zu verprellen – er ist nicht nur ein berittener Offizier, sondern auch das einzige Mitglied der höheren Gesellschaft, mit dem sie bekannt ist –, aber sie kann sehr wohl versuchen, dafür zu sorgen, dass er ihr nicht wieder so nah kommt.

»Es geht mir einzig und allein um Ihr Wohl, Madam«, sagt Leutnant Sowerby und zieht seine Krawatte fest. »Da Sie noch wach sind … Könnte ich hereinkommen und eine Weile Wache halten? Das würde meine Sorgen um das Wohlergehen Ihrer Person erheblich beruhigen.«

»Ich wollte gerade ins Bett gehen. Ich habe schon die Kerze ausgemacht.«

»Es wäre auch nicht lange. Ich rechne damit, dass sie in der nächsten Stunde vorbeikommen.« Schon steuert er auf die Tür zu.

Bevor Isabel ihn hereinlässt, wirft sie einen kurzen Blick auf den Fluss und fühlt sich sogleich ein wenig standhafter. Sie muss den Leutnant nur ansehen, schon hört sie das Echo von Agnes Ferries' Schrei, als sie mit ansehen musste, wie Sowerby ihren Ehemann hängte. Er hallt durch die Küche, während der Leutnant sich auf einen Stuhl ans Fenster setzt und nach draußen in die Dunkelheit späht.

Er bleibt eine geschlagene Stunde und noch länger, trinkt eine Tasse Milch, die sie ihm angeboten hat, und verbringt die Zeit hauptsächlich mit einem Monolog über die Übel des Schmuggels und die Notwendigkeit, ihn auszumerzen. Das Ganze verkündet er auf eine irgendwie atemlose Art und Weise, bei der sich Isabel die Haare an den Armen aufstellen. Unterm Tisch behält sie die ganze Zeit den Schürhaken in der Hand. Sie weiß nicht, was sie damit tun würde, aber es fühlt sich gut an, ihn zu halten.

Als der Leutnant sich schließlich erhebt, um zu gehen, tritt sie zur Seite, um nicht wieder von ihm in die Ecke gedrängt zu werden, doch er folgt ihr, bis sie mit dem Rücken an der Arbeitsfläche in der Küche steht und nur noch wenige Zentimeter Platz zwischen ihnen bleiben. Sein Blick ist glasig, sein Gesicht hat rote Flecken, als hätte er Fieber. Wieder will er sich lobend über sie äußern, irgendwas mit ihrer Reinheit, doch sie hört nicht zu, sondern hebt den Schürhaken, bis er entschlossen zwischen ihnen schwebt.

»Ich möchte jetzt, dass Sie gehen, Sir«, sagt sie und denkt an das Gefühl aus dem Traum, das ihr der Fischschwanz verlieh, die Kraft, die sie besaß. »Jetzt«, wiederholt sie und umfasst den Haken fester.

Er lässt den Blick über sie gleiten, dann tritt er zurück. »Ja, in der Tat. Ich wünsche Ihnen eine gute Nacht, Madam.«

Nachdem er verschwunden ist, nimmt sie den Schürhaken mit nach oben in die Schlafkammer. Mit der Hand um den

Griff schläft sie ein und träumt von einem Wal, so groß wie das Cottage, der Leutnant Sowerby in einem Stück verschluckt.

Es wird Frühling. Selbst die Morgen sind jetzt lieblich. Als Isabel sechs Tage nach dem Abschied vom Schmuggler in praller Sonne über den Küstenpfad geht, läuft ihr der Schweiß unter dem engen Korsett und den zahlreichen Stoffschichten von Unterkleid, Röcken und Kleid am Körper hinab. Der Abstieg in die Bucht, die sie für ihre Zwecke ausgewählt hat, führt über steile schwarze Felsen, doch unten kann man vom Pfad aus nicht gesehen werden. Ebenso vom Flussarm aus, wo die Fischerboote vor Anker liegen, ist der Blick auf sie versperrt. Von da, wo sie steht, kann sie kein Wasserfahrzeug sehen. Sie ist des Widerstands müde; von der Gefahr, dass Patrouillen des Steueramts oben vorbeikommen könnten, lässt sie sich nicht mehr aufhalten.

Die Ebbe hat feuchte Rillen in den Sand gezogen, als sei auch er etwas Lebendiges, bewegt wie das Meer. Kurz ist sie unentschlossen, dann drängt sie die Zweifel beiseite und zieht sich, so schnell sie kann, bis auf das Unterkleid aus. Der Wind zerrt am Stoff, streichelt ihre Haut, und sie betrachtet die frische weiße Baumwolle, deren Waschen und Trocknen so lange gedauert hat, und dann zieht sie auch noch das Unterkleid aus, das Korsett ebenfalls. Als sie ins Wasser steigt, beißt der Fluss ihr ins Fleisch, so kalt ist er – als bräche sie durch Eis.

Kräftig schlägt sie mit den Beinen und bewegt die Arme, sie schnaubt vor Anstrengung, dann hat sie das Schlimmste überstanden. Die Kälte weicht in den Hintergrund, und Isabel stößt sich energisch ab, weg von den Felsen, und schwimmt. Ihr wird warm. Das Wasser um sie herum glitzert. Wenn die Sonne darauf scheint, ist es nicht mehr schwarz, sondern hat hundert Schattierungen zwischen Grün und Blau, wie der Türkis, den George ihr aus Neapel mitbrachte. Sie gleitet durchs Wasser, genießt es, dass ihre Arme und Beine nicht mehr von ihrer Kleidung und der Schwerkraft eingeschränkt werden. Sie konnte schon immer gut schwimmen, auch wenn sie sich nicht erinnern kann, wie es ihr beigebracht wurde. Ihre Eltern beteuerten immer, sie hätten es ihr nicht gezeigt; es sei eine Fähigkeit, die sie einfach schon besaß.

Sie schwimmt vielleicht eine halbe Stunde. Sie könnte noch länger, hat aber das Mittagessen vorzubereiten. Am liebsten würde sie den ganzen Tag und auch noch die Nacht hindurch schwimmen, Zug um Zug, hinaus aufs offene Meer und weit über den Ozean. Sie fragt sich, wie sich der Ozean in der Nacht anfühlt, wenn er so dunkel ist, dass man sich kein Ende vorstellen kann. Vielleicht ist es so, wenn man tief genug taucht; vielleicht ist dort unten immer Nacht.

Das Schwimmen ist mehr als nur erfrischend. Zum ersten Mal, seit sie in Helford ist, fühlt sie sich nicht allein. Nein, das stimmt nicht – zum ersten Mal, seit der Schmuggler ihr Cottage verlassen hat. Jedes Mal, wenn sie die Sardinenhütte sieht, fragt sie sich, ob sie zum Gastwirt gehen sollte, zu Tom Holder, und ihm sagen, dass sie eine Nachricht für seinen Freund aus der Bucht hat.

Als sie zurück ans Ufer schwimmt, hört sie eine Stimme. Nein, es ist keine wirkliche Stimme … Es ist der Wind, denkt sie, oder vielleicht sind es die kreischenden Möwen oder das Wasser, das sanft nach ihr greift. *Schwimm*, sagt die Stimme. *Komm heim.* Sie schaut sich zum Fluss um, blinzelt gegen das Licht. Am Rand bewegt sich ein Schatten – ein Fisch? Doch der Umriss ist zu lang, so wie die Gestalten, die sie im Traum sah. Sie beobachtet ihn, bis er außer Sicht ist. Eine Wolke schiebt sich vor die Sonne, lässt Isabel frösteln. Sie denkt an Jacks Worte: *Am Bucca ist nichts unnatürlich. Er ist die Natur selbst; er ist ein Teil des Meeres.* Diese Gegend spielt ihr Streiche; der Glaube der Dorfbewohner an einen Wassergeist sorgt dafür, dass sie Erscheinungen hat.

Sie sucht ihre Sachen zusammen, findet eine Stelle in der Sonne und lässt sich von der Wärme des Tages trocknen. Eine Stunde später geht sie auf dem Kiesweg zurück, den Blick schon auf die Hütte gerichtet, als sie ein lautes Schnauben hört. Vor Schreck stößt sie einen spitzen Schrei aus.

Ein schwarzer Hengst reißt den Kopf hoch und stampft erneut schnaubend mit dem rechten Vorderbein auf. Das Pferd ist an der kleinen Eiche neben ihrer Haustür angebunden. Es ist ein prächtiges Tier mit langen Beinen und dicker, weicher Mähne, dessen schwarzes Fell an manchen Stellen fast silbern in der Sonne glänzt. Neben dem Cottage könnte das Pferd nicht unpassender wirken. Wieder stampfend, schüttelt der Hengst den Kopf, als sei es ihm bewusst.

Isabel vernimmt eine Frauenstimme. »Buttons! Du ungeduldiges Tier! Wir sind doch gerade erst angekommen.« Hektisch dreht sie sich um.

Buttons?, denkt Isabel. Die Frau, die auf dem Weg hinunter zum Fluss steht, passt ebenfalls nicht hierher. Sie ist so jung wie Isabel – vielleicht noch jünger –, hat blonde Locken, die glänzen wie die Mähne des Pferdes, ein herzförmiges Gesicht und Augen, die mit denen von Jack wetteifern könnten. Trotz des Wetters trägt sie die volle Reitermontur aus feinster grüner Schurwolle mit goldenen Stickarbeiten entlang der Passe und ein silbernes Band im aufwendig hochgesteckten Haar. In London sind die Frauen so gekleidet – Isabel war mal eine von ihnen.

Es muss sich um Lady Harriet Darby handeln, denkt sie, deren Besuch Leutnant Sowerby bereits angekündigt hat und die ihre Entscheidung bestimmt schon bereut. Isabel schielt zum Cottage hinüber und vergegenwärtigt sich wieder einmal, wie klein, düster und schlicht es ist. Wie armselig. Ganz davon zu schweigen, dass sie selbst mehr als ein wenig schäbig aussieht. Sicherlich übertreffen selbst ihre Kleider aus der zweiten Garnitur noch die der Frauen aus dem Dorf um Längen, doch ihr Haar ist nass vom Schwimmen, unter ihren Schuhen klebt getrockneter Schlamm, und sie trägt keine Handschuhe.

Die Frau kommt heran und streicht dem Pferd über die Nüstern. Sie hat schlanke Hände, die in Ziegenleder stecken. Weißes, nicht cremefarbenes Leder. Der Kontrast zwischen dem weißen Leder und dem schwarzen Fell des Pferdes ist so aufsehenerregend wie die Gegenwart der Frau vor der alten Sardinenhütte. Isabel will etwas sagen, doch ihr Gast ist schneller. Sich vom Pferd abwendend, setzt sie an: »Mrs. Isabel Henley, darf ich mich vorstellen? Ich bin Lady Harriet Darby von Weatherston Hall. Ich wurde von Ihrer Ankunft in der Gegend unterrichtet, und ich hoffe sehr, dass Sie es nicht zu anmaßend von mir finden, mich selbst vorzustellen.« Die Worte kullern aus ihr heraus wie Murmeln. Lady Darbys Finger huschen hoch zu ihrem Gesicht. Kichernd fügt sie hinzu: »Die Wahrheit ist, dass ich es nicht erwarten konnte, Sie kennenzulernen.«

Isabel macht einen Knicks, und zu ihrer Überraschung erwidert Lady Darby ihn. Isabel sagt: »Es ehrt mich, Ihre Bekanntschaft zu machen, Lady Darby.«

»Ich freue mich so sehr«, zwitschert ihr Gast. »Ich wollte schon früher kommen, wissen Sie, aber eine wirklich hässliche Erkältung hat mich aufgehalten. Meine Nase ist immer noch rot, sehen Sie das?« Sie wendet den Kopf so, dass Isabel ihn im Profil sehen kann.

Sie sagt: »Davon ist nichts zu bemerken, Lady Darby. Sie sehen entzückend aus.«

»Oh, vielen Dank. Das glaube ich zwar nicht, aber es ist lieb von Ihnen, das zu sagen.« Hinter Lady Darby schnaubt das Pferd erneut, und sie dreht sich zu ihm um. »Es geht gleich wieder los. Ich bin gerade zu froh, eine neue Freundin gefunden zu haben.« An Isabel gewandt sagt sie: »Ich hoffe, Sie haben nichts dagegen, wenn ich Sie als Freundin bezeichne. Ich weiß, wir haben uns gerade erst kennengelernt … also, vor wenigen Minuten, aber ich bin mir sicher, dass wir die besten Freundinnen werden. Wissen Sie, dieses Land ist so leer. Ich könnte einen ganzen Tag lang reiten und würde keine Freundin treffen. Aber jetzt sind Sie ja da. Weatherston ist nur drei Meilen von hier entfernt.«

Isabel lächelt. Wenn sie Lady Darby bloß zuhört, fühlt sie sich wieder mehr wie sie selbst. Sie will gerade sagen: *Möchten Sie nicht hereinkommen?*, da fällt ihr das Cottage ein. Sie schaut zur Seite, tastet nach Georges Medaille, richtet die Augen auf das funkelnde Wasser und hat eine Idee. »Möchten Sie vielleicht mit mir einen Tee im Garten genießen, Lady Darby? Zu dieser Jahreszeit ist er ganz besonders herrlich.«

»Oh! Das Angebot würde ich sehr gern annehmen. Und nennen Sie mich doch bitte Harriet. Ich bestehe nicht auf Förmlichkeiten, nicht bei Freunden. Darf ich Sie Isabel nennen, Isabel?« Sie kichert wieder. »Isabel, Isabel. Ich bin wirklich ein Dummerchen, nicht?«

»Kann Ihr Pferd denn hier so stehen bleiben?«

»Buttons? Ja, das kann er. Er ist ein ungeduldiger Bursche, aber es dauert ja bestimmt nicht länger als eine Stunde. Mein Gatte erwartet mich um fünf zu Hause zurück. Ah!« Ihr fällt etwas ein. »Meinen Sie, wegen der Schmuggler? Mein Freund Leutnant Sowerby hat mir erzählt, dass es vor Kurzem ein Gefecht auf See gab, es wurden Schüsse abgegeben und so weiter. Diese Leute scheinen täglich dreister zu werden.«

Isabel wirft einen kurzen Blick zur Hütte hinüber und erwidert: »Es hat ganz den Anschein.«

»Sie glauben doch nicht, dass sie versuchen würden, Buttons zu stehlen?«, fragt Harriet.

»Ich bin mir sicher, dass sie das nicht wagen würden; nicht, wenn Sie hier vor Ort sind. Aber vielleicht ist es am besten, ihn in die Hütte zu stellen. Ich kann sie zwar nicht abschließen, aber dann ist er nicht zu sehen.«

Zehn Minuten später sitzt Harriet auf der weißen Bank im Garten, und die Farbe des Lacks spiegelt sich in ihrem Gesicht, während sie den Anblick des Flusses in sich aufnimmt. Isabel hat sie außen um das Cottage herumgeführt statt hindurch. Es ist kein gepflasterter Weg, eher ein Grasstreifen, der sich nach hinten windet, aber so konnte sie Harriet den Anblick von Küche und Wohnstube ersparen.

»Ist es nicht hübsch hier?«, sagt Harriet. »Immer, wenn ich glaube, ich könnte dieses Land nicht weniger lieben, bietet sich mir eine Aussicht wie diese und stellt mein gesamtes Urteil wieder auf den Kopf.«

»Ich hole den Tee«, sagt Isabel. »Das dauert leider einen kleinen Moment.«

Falls Harriet sich wundert, warum Isabel keinen Dienstboten anweist, sagt sie es nicht. In der Küche spult Isabel die Prozedur ab: Feuer, Teekanne, Teeblätter, die wie Papierbötchen im Wasser treiben, das Teesieb. Sie ist froh, Tee für eventuelle Gäste aufgehoben zu haben.

Die Tassen sind aus Ton, aber sie kann Milch und ein wenig Zucker anbieten. Gott sei Dank war sie am Morgen beim Bäcker; das Brot hatte kaum genug Zeit, um abzukühlen. Isabel schneidet die Scheiben deutlich dicker, als wenn sie allein wäre. Butter hat sie auch da und ein Glas Erdbeermarmelade von Mrs. Winters, die weiter unten an der Straße wohnt, wo der Meeresarm in Schlamm ausläuft, und die kein Geld dafür annehmen wollte.

Nun erscheint es Isabel töricht, dass sie keine Freunde haben wollte, als sie ins Dorf kam. Sie ist erst etwas länger als vierzehn Tage hier, und die Menschen in Helford behandeln sie wie eine von ihnen. Mrs. Dowling sagt das auch zu ihr: *Sie sind eine von uns.* »Weil Sie hier geboren wurden«, erklärt sie, und Isabel ist ihr übermäßig dankbar, dass sie *hier geboren* sagt und nicht *hier gefunden* oder *vom Bucca hergebracht.*

Es ist mühsam, alles auf dem Tablett über den unebenen Gartenweg und durch den grünen Tunnel in den Paradiesgarten zu balancieren. Ein wenig sorgt sie sich, dass sie zu lange gebraucht hat und Harriet schon weg ist. Doch nein: Sie sitzt noch immer auf der Bank und blickt auf den Fluss, die behandschuhten Hände auf dem Schoß gefaltet. Isabel war nicht klar, wie sehr es ihr gefehlt hat, eine Freundin wie Harriet zu haben, bis sie vor ihrem Cottage stand. Ihr war nicht klar, wie sehr es ihr gefehlt hat, wieder ganz sie selbst zu sein.

Als Isabel den Tee bringt, lächelt Harriet. Sie überschlägt sich fast beim Reden, kichert immer wieder. Von Zeit zu Zeit fährt sie sich mit den Fingern über das Gesicht oder den Hals, als würde sie eine Fliege oder Träne wegwischen. Sie erklärt den Tee für köstlich, den Garten für absolut entzückend, das Brot und die Marmelade für das Beste, was sie südlich des Tamar jemals gegessen hat. Sie berichtet Isabel ein wenig von ihrem Leben in Cornwall, von dem Mangel an besserer Gesellschaft, von ihrer großen Sehnsucht nach London und dem Stammsitz ihrer Familie in Kent. Mehr als alles andere interessiert sie sich für das, was sie »den neuesten Klatsch« nennt, und Isabel sagt: »Den neuesten kenne ich auch nicht. Ich bin vor zwei Wochen nach Cornwall gezogen. Und ich habe in Greenwich gewohnt.«

Während sie das ausspricht, rührt sich die Furcht in ihr. Harriet hat Bekannte in London. Und Verwandte. Kann es sein, dass ihr die Gerüchte zu Ohren gekommen sind? Aber wenn, wäre sie doch jetzt nicht hier, oder?

Harriet sagt: »Greenwich ist doch fast London, nicht? Und zwei Wochen liegen immer noch weniger lang zurück als alles, was ich gehört habe. Meine Freundinnen sind zu sehr damit beschäftigt, sich gegenseitig Besuche abzustatten und an Bällen teilzunehmen, um mir öfter als alle paar Wochen ein paar Zeilen zu schicken. Ich habe keine Vorstellung, was mir alles entgeht, und kann mich nur auf meine Phantasie verlassen.« Sie lässt ihre Hand herabhängen und pflückt ein Blümchen von der Mauer – Erigeron oder Berufkraut, erinnert sich Isabel an den offiziellen Namen nach einer Lektion von Mrs. Dowling – und beginnt, ein Blütenblatt nach dem anderen auszureißen.

Die Angst verebbt. Während sie ihren Tee trinken, präsentiert Isabel Harriet Häppchen aus dem Leben, das sie in Greenwich zurückgelassen hat. Harriet fragt nicht nach George. Sie sagt nur: »Sind Sie nicht einsam, so ganz allein hier?«

»Ein bisschen schon«, erwidert Isabel nach einer Weile. »Aber ich denke, man gewöhnt sich daran.« Ihre Stimme schwankt, straft ihre Behauptung Lügen. Sie denkt daran, wie sie früher die Monate mit dem Warten auf George verbrachte. Auch da war sie allein, obwohl sie natürlich Dienstboten hatte. Aber das war etwas anderes, denn sie wusste, dass er zurückkommen würde. Bis er es nicht mehr tat.

Die Tränen steigen so plötzlich in ihr auf, dass sie bei ihrem Versuch, sie zurückzuhalten, ein ersticktes Geräusch von sich gibt. Sie versucht, es mit einem Husten zu tarnen, doch vergeblich: Harriet hat Isabels Kummer bemerkt, sie greift nach ihrer Hand und tätschelt sie leicht. Isabel zwingt sich zu lächeln. »Es ist wirklich nicht so schlimm. Und …« Sie zögert, unsicher, ob sie es Harriet erklären kann.

»Und was, Isabel?«

»Das klingt vielleicht seltsam, aber es hat auch etwas Gutes, allein zu sein. Ich hatte noch nie so recht die Möglichkeit, etwas für mich selbst zu tun oder meine eigenen Entscheidungen zu treffen. Erst war es Vater, dann George, der für mich entschied, und als ich George verlor, war das Haus immer voller Menschen,

Bekannter, Bediensteter und so weiter. Hier ist es still. Ich habe das Gefühl, besser denken zu können. Und auch wenn ich noch viel zu lernen habe und es mir manchmal kaum gelingt, erscheint es mir doch, als sei ich zum ersten Mal überhaupt … nun ja, wirklich unabhängig.«

»Oh.« Harriet stößt es mit gerundeten Lippen aus, wie einen Seufzer.

Isabel schaut in ihre Tasse. »Das muss in Ihren Ohren furchtbar seltsam klingen.«

»Oh, aber nein! Ganz im Gegenteil.« Harriet errötet; sie hebt die Hand und wischt sich unsichtbare Haare aus dem Gesicht. »Ich finde, es klingt himmlisch, meine liebe Isabel. Seine eigenen Entscheidungen fällen zu können, ach, das muss unglaublich befreiend sein. Ich wünschte nur … oh!« Sie schlägt die Hand vor den Mund. »Oh, nein, ich wollte nicht, dass es so klingt, als ob … Ich liebe Sir Hugh von ganzem Herzen und könnte niemals …«

»Natürlich.« Isabel legt die Hand auf Harriets Ziegenlederhandschuh. »Ich verstehe Sie. In der Ehe kann man sich, selbst unter den besten Umständen, schon manchmal eingeengt fühlen, nicht wahr?«

Noch nie zuvor hat sie es in Worte gefasst, nicht mal in ihren eigenen Gedanken, doch jetzt, da sie es ausspricht, spürt sie, dass es stimmt. Ihre neue Unabhängigkeit ist etwas Wertvolles, erkennt sie unversehens – sie mag arm sein, ja, aber sie ist frei. In den vergangenen drei Jahren hat sie keine neue Heirat erwogen, trotz zweier Angebote von angesehenen, wenn auch etwas älteren Herren, weil der Schmerz des Verlusts von George immer noch zu groß war. Ihre Stiefmutter drängte sie, das zweite Angebot anzunehmen, doch Isabel konnte sich nicht vorstellen, die Frau eines anderen Mannes zu sein, wenn das mechanische Abwickeln des Alltags ihr immer noch solche Stiche versetzte. Zu der Zeit glaubte sie natürlich noch, dass das Prisengeld kommen würde; ihr war nicht klar, was Georges Schulden für sie bedeuteten.

Jetzt hat sie das Gefühl, dass es noch einen anderen Grund geben könnte, nicht wieder zu heiraten, falls sich ihr die Möglichkeit böte. Ihre Unabhängigkeit ist vielleicht eine zu wertvolle Mitgift.

Erleichtert sagt Harriet: »Ja, genau das meinte ich. ›Eingeengt‹ ist eine gute Beschreibung dafür. Ich sitze nicht in einem goldenen Käfig, so schlimm ist es bei Weitem nicht, aber vielleicht ist meine Ehe wie ein Garten, der wachsen und gedeihen darf, wie er mag, solange alles innerhalb der Mauern und Hecken bleibt. Ich würde sagen, Sie haben die Hecken überwunden, Isabel. Meine sind leider ziemlich dornig. Sir Hugh kann *sehr* streng sein. Weshalb ich jetzt auch wahrscheinlich …«

Sie schaut auf die kleine Golduhr an ihrem Handgelenk und erschrickt. »So spät ist es schon? Oh, es tut mir leid, aber ich muss jetzt los. Ich bin zu lange geblieben, schon eine Stunde und zehn Minuten – ich muss auf der Stelle aufbrechen.« Harriet springt hoch, der Schock erschüttert sie, steht ihr als gerunzelte Grimasse ins Gesicht geschrieben. »Ich entschuldige mich aufrichtig, Isabel. Ich habe so eine wunderbare Zeit mit Ihnen in Ihrem hübschen Garten verbracht, dass ich die Zeit aus den Augen verloren habe. Sir Hugh kann es nicht ausstehen, wenn ich zu spät komme. Er speist früh zu Mittag, wie es in der Armee üblich ist – nun, Sie als Frau eines Offiziers werden das bestimmt verstehen.«

Isabel erhebt sich ebenfalls, und Harriet umarmt sie, als seien sie Schwestern. Sie duftet nach Sonnenschein und Rosen – ein besonderes Aroma, denkt Isabel. »Ich hoffe, ich sehe Sie bald wieder, Isabel«, sagt Harriet. »Sie sind jederzeit herzlich in Weatherston eingeladen. Oh! Fast hätte ich den Grund für meinen Besuch vergessen – abgesehen davon, Ihre Bekanntschaft zu machen. Ich hoffe inständig, dass Sie es nicht anmaßend von mir fanden, einfach bei Ihnen aufzutauchen. Mir ist niemand eingefallen, den ich hätte bitten können, uns einander vorzustellen, abgesehen von Leutnant Sowerby, doch der ist in letzter Zeit sehr beschäftigt. Außerdem habe ich gehört, dass auch er Ihnen nicht offiziell vorgestellt wurde.«

»Er kam vorbei, um mich zu warnen.« Isabel verdrängt jede Spur von Abscheu aus ihrer Stimme. »Da wird das Unterlassen einer förmlichen Vorstellung wohl verzeihlich sein.«

»Ja, ja, ganz gewiss. Und er ist ein Mann von unbescholtenem Charakter, das kann ich Ihnen versichern.«

»Ist er nicht … Finden Sie ihn nicht … ein wenig skrupellos?«

»Skrupellos?« Harriet reißt die Augen auf. »Meine liebe Isabel, die Schmuggler sind diejenigen, die skrupellos sind!«

»Er hat letztens einen Mann hingerichtet.« Sie lässt nicht locker.

»Das habe ich gehört. Einen abgebrühten Verbrecher, wie es schien. Ich bin dankbar, dass Leutnant Sowerby seine Aufgabe so ernst nimmt; er macht Cornwall sicherer. Wussten Sie, dass er aus London stammt? Dort geboren und aufgewachsen, meine ich.«

»Tatsächlich?« Isabels Herz schlägt dumpf. Sollte Leutnant Sowerby von den Gerüchten über sie und James erfahren … Sie erträgt es nicht, sich das vorzustellen.

»So, nun muss ich mich aber beeilen. Liebe Isabel, ich hoffe, wir sehen uns bald wieder.« Harriet läuft um das Haus herum.

Isabel eilt ihr nach. »Harriet? Den Grund für Ihren Besuch wollten Sie mir verraten?«

»Ach ja, natürlich. Sir Hugh und ich geben am Dienstag nächster Woche eine kleine Dinnerparty. Nur mit ein paar Freunden aus der Gegend. Leutnant Sowerby wird da sein sowie ein anderer Offizier, Leutnant Sullivan. Des Weiteren Mr. und

Mrs. William Tredinnick, der mehrere Minen besitzt, darunter die größte Kupfermine – habe vergessen, wie sie heißt –, dann Mr. John Carlyon, Eigentümer eines Anwesens bei Roskorwell, und nicht zu vergessen Mr. Frederick Pickford von Pickford House. Und hoffentlich Sie, liebe Isabel! Wie Sie sehen, wird nur eine andere Dame anwesend sein, und die ist über fünfzig. Bitte sagen Sie zu!«

Bei dem Gedanken an ein Wiedersehen mit Leutnant Sowerby zieht sich Isabels Magen zusammen. Doch dann denkt sie an das blaue Kleid aus Musselin, das sie auf dem Ball in Blakemore trug, auf dem sie George kennenlernte. Sie hatte nicht damit gerechnet, es je wieder anzuziehen. Außerdem reicht allein die Aussicht auf das Essen – fast kann sie das Fleisch, den Käse, die Puddings schmecken, die dort serviert werden. Auch würde sie Harriet gern wiedersehen. Und die anderen Gäste stellen sich vielleicht als angenehme Gesellschaft heraus. Sicher sind nicht alle so wie Leutnant Sowerby.

Sie schaut zum Cottage hinüber. Es könnte nicht weniger dem gleichen, was die anderen Gäste ihr Zuhause nennen, doch sie ist gerade erst aus Greenwich gekommen, was fast London ist, wie Harriet sich ausdrückte. Das hatte für Harriet offenbar ausreichend Gewicht, um über Isabels reduzierte Lebensverhältnisse hinwegzusehen und ihre Bekanntschaft zu machen. Die meisten Gäste bei dem Dinner werden nicht wissen, wie sie gezwungen ist zu leben – solange Leutnant Sowerby oder Harriet es ihnen nicht erzählen. »Ich komme gerne«, sagt sie. »Danke.«

»Es wird nichts Aufwendiges, wohlgemerkt«, sagt Harriet beim Aufsteigen in den Sattel.

Isabel verkneift sich ein Schmunzeln und denkt: *Es wird aufwendiger sein als ein Abendessen aus Fischsuppe mit Möhren.* Lächelnd erwidert sie: »Das scheint genau das Richtige zu sein.«

Sie winkt Harriet noch einmal nach und geht dann zur Hütte, um die Tür zu schließen. In ihrem Hinterkopf rumort wieder die Frage, ob sie dort Schmuggelware lagern lassen soll. Bis zu zehn Pfund verdiene sie bei einer guten Fahrt, hat Jack gesagt. Es wäre falsch, aber mit zehn Pfund könnte sie sich noch so ein Kleid wie das aus blauem Musselin kaufen. Oder, praktischer gedacht, bessere Laken, eine neue Matratze, einen Sessel. Sie könnte sich alles Mögliche leisten, was das Leben im Cottage angenehmer machen würde.

Auf einmal hält sie es nicht mehr aus. In der vergangenen Woche hat sie sich nur mit praktischen Dingen beschäftigt, hat ihre Tage mit notwendigen, aber oft stumpfsinnigen Aufgaben gefüllt, und das alles nur, um Jack aus ihrem Kopf zu verbannen. Doch jetzt ist er wieder da und nimmt den ganzen Raum ein, und sie vermisst ihn so, wie man jemanden nicht vermissen sollte, den man nur zwei Tage gekannt hat und dem man wahrscheinlich nie wieder begegnen wird. Ihr fehlt es, wie sie miteinander redeten, ihr fehlt der Klang seines Lachens und dass sie in seiner Gegenwart nicht mehr so oft an George dachte.

Beim Lagern der Schmuggelware in der Hütte ging es nie um zehn Pfund, es ging nie darum, sich neue Kleider oder Laken leisten zu können.

Isabel holt ihre kleine Geldbörse aus der Küche – auf dem Heimweg will sie noch frischen Fisch kaufen, eine Makrele oder vielleicht einen Pollack, falls es welchen gibt. Unterwegs wird sie von Menschen gegrüßt, die ihr von Mrs. Dowling vorgestellt wurden, denn die kennt das gesamte Dorf; manche Einwohner kennt Isabel nur von Momenten wie diesem, wenn sie ins Dorf geht und Tag für Tag dieselben Gesichter sieht. Was ist, wenn die Hälfte von ihnen – oder vielleicht sogar alle – glauben, sie sei die Tochter des Bucca? Sie sind freundlich; sie haben sie aufgenommen. Isabel ist sich nicht sicher, ob es in Weatherston Hall genauso sein wird. Doch wenn Harriets Begeisterung irgendein Maßstab sein kann, wird es gutgehen.

Als sie das Shipwrights Arms erreicht, entdeckt sie auf der Schwelle von einem der Cottages zwei Frauen. Die eine hat auch Isabels Ankunft in Helford verfolgt; die andere ist jünger und trägt ein Stricktuch, ähnlich dem ihrer Gefährtin, nur in hellem Grün und Blau statt in Schwarz. Die Frauen verfolgen, wie Isabel auf das Gasthaus zugeht. Sie spürt die Schwere ihrer Blicke, wie damals. Sie können nichts von Greenwich wissen. Glauben sie wie Mrs. Dowling die Geschichte mit dem Bucca?

Isabel dreht sich zu den Frauen um und hebt grüßend die Hand. Für einen Augenblick, so lang, wie das Gasthausschild braucht, um einmal hin- und herzuschwingen, geschieht nichts, dann winken die beiden Frauen zurück. Die ältere schenkt ihr ein löchriges dunkles Lächeln.

Im Shipwrights Arms ist es düster und leer, abgesehen von zwei Männern mit zerfurchten Gesichtern, die sich an einem Fenstertisch einen Krug Ale teilen. Der gesamte Schankraum der Wirtschaft ist in Braun gehalten: die Holzplanken auf dem Boden und die Wandtäfelung, die Tische, die Stühle, die Schränke mit den Spirituosen. Es riecht sogar braun, nach Tabakqualm und Ale. Das Einzige, was nicht braun ist, sind die Kerzenstumpen an den Wänden und die schwarzen Rückstände auf der Vertäfelung, wo der Qualm sich seit hundert Jahren oder länger festsetzt.

Die Fensterscheibe ist besser als die in ihrem Cottage. Dahinter sieht man den Fluss wie eine träge silberne Schlange, und in der Ferne wartet lockend das Meer.

»Mrs. Henley!«, ruft Tom Holder, als er aus dem Hinterzimmer kommt. Er verbeugt sich. »Wem oder was verdanke ich die Ehre?«

»Guten Tag, Mr. Holder.« Sie erkundigt sich nach seiner Familie; Richard gehe es gut, antwortet er, auch seiner Frau Mary und den Kleinen – er hat vier Kinder zwischen drei und acht Jahren, wie die Orgelpfeifen. Dann bietet er ihr ein »Schlückchen« an und sagt, er hätte Ale und verschiedenes Hochprozentiges.

»Nein danke«, erwidert sie. »Ich bin hier, weil ...«

Die zwei Männer am Fenster hören auf zu reden. Isabel senkt die Stimme: »Ich habe eine Mitteilung für Ihren Freund aus der Bucht.« Unzählige Male ist sie es in Gedanken durchgegangen, dennoch verhaspelt sie sich. »Eine Nachricht«, korrigiert sie sich schnell. »Ich habe eine Nachricht für Ihren Freund aus der Bucht.«

»Ach, wirklich, Mrs. Henley?«, sagt Tom Holder mit einem Lächeln, das zu gleichen Teilen belustigt und erstaunt wirkt. »Ich wage festzustellen, dass Sie sehr schnell Bekanntschaft mit meinem Freund gemacht haben. Sie müssen sich hier in Helford schon zu Hause fühlen.« Wie er das sagt – er lässt es sich auf der Zunge zergehen, denkt sie. Er glaubt, es gehöre dazu, wenn man hier lebt. Es sei ein Zeichen dafür, dass sie hergehört. Sie erinnert sich an Leutnant Sowerbys Worte: *Alle haben ihre Finger darin.* Vielleicht stimmt das. Es ist falsch, aber vielleicht ist eine hundertprozentige Steuer auf Tee auch falsch.

Vor nur einem Monat hätte sie sich in ihren kühnsten Träumen nicht ausmalen können, was sie gerade tut. Auch Leutnant Sowerbys zweite Behauptung hallt ihr durch den Kopf: *Sie helfen den Franzosen.* Isabel will den Franzosen nicht helfen, aber sie will Jack unterstützen, und ihr gefällt die Vorstellung, dass die Menschen sich dann vielleicht Zucker und Tee leisten können, Dinge, die sie sonst nicht kaufen könnten. Auch sie selbst nicht.

Vor allem wünscht sie sich, dass der Krieg ein Ende nimmt und mit ihm die hohen Steuern.

George und seine Freunde, seine Kameraden, scherzten immer darüber. Sie fürchteten den Moment, zu dem in ihren Worten »der Frieden ausbrechen« und jede Chance auf Beförderung und Prisengeld vereiteln würde. Jack lag richtig in Bezug auf Letzteres. In der Messe stießen sie auf einen »blutigen Krieg oder ungesunde Zeiten« an. Als George ihr das erzählte, konnte sie dem nichts Lustiges abgewinnen, sondern fröstelte bei dem Gedanken. Sie wünschte sich nichts anderes, als dass der Krieg vorbei war und George bei ihr zu Hause blieb. Es tat weh zu wissen, dass er das Gegenteil wollte.

Vielleicht, denkt sie, ist es richtig, dass Jack nicht heiraten will.

»Und? Wie lautet die Nachricht?«, fragt Tom Holder.

»Nun«, stottert Isabel, »nur das … Ja.« *Ja, Sie dürfen die Hütte für die Lagerung von Schmuggelware nutzen. Ja, Sie haben mich dazu verleitet, Schmugglern wie Ihnen zu helfen, Jack. Ja, ich möchte Sie wiedersehen – ja, ja, ja.*

Tom Holder nickt. »Mein Freund wird wissen, was es bedeutet?«

»Ja.« Sie zögert, dann fügt sie hinzu: »Mr. Holder, erinnern Sie sich an den Tag, als ich nach Helford kam?«

»Aber gewiss. Es liegt nur zwei Wochen zurück, nicht wahr, dass Sie aus der Kutsche stiegen.«

»Ich meinte den Tag, als ich erstmals hierherkam, als kleines Mädchen.«

»Ah, der.«

Einer der beiden Männer am Tisch bittet den Wirt um einen neuen Krug Ale. Tom Holder schenkt die braune Flüssigkeit ein, dann sagt er: »Ja, ich erinnere mich daran. An dem Tag selbst habe ich Sie nicht gesehen, aber die Geschichte verbreitete sich wie ein Lauffeuer im Dorf. Ich habe noch lange darüber nachgedacht – das taten wir alle. Nicht nur darüber, wie Sie gefunden wurden, triefnass, sondern auch über Ihr Glück, an dem Tag

Mrs. Farnworth über den Weg zu laufen. Sie hätten auch die Tochter von jedem anderen werden können.«

Auch sie hat darüber gegrübelt. Wie anders ihr Leben verlaufen wäre, zumindest die ersten dreiundzwanzig Jahre. »Hat sich jemals jemand gemeldet, der behauptet hat, er suche sein Kind? Jahre später, meine ich?«

»Nein, Madam. Wenn es so gewesen wäre, hätten Sie es erfahren.«

»Natürlich.« Sie nickt. »Danke, Mr. Holder.«

»Sie wissen, was über Sie erzählt wird, oder? Dass Sie das Kind des Bucca sind?«

»Ja. Auch wenn ich nicht verstehe, wie jemand so etwas glauben kann.«

Der Wirt kratzt sich am Kinn. »Schwer zu sagen. In diesem Land geschehen seltsame Dinge, Mrs. Henley.«

»Überall geschehen seltsame Dinge. Das bedeutet nicht, dass es Meerjungfrauen gibt.«

»Ich verstehe, warum Sie das sagen, Madam«, erwidert Tom Holder, »aber hier wissen wir es besser. Mein Bruder Gerens ist Fischer, der könnte Ihnen Geschichten erzählen. Und Jori Penrose' Boot wäre vor zwei Jahren in einem schlimmen Sturm gesunken, wenn der Bucca es nicht gerettet hätte, kurz bevor es an den Klippen zerschellte.«

»Hat Mr. Penrose den Bucca gesehen?«, fragt sie.

Tom Holder hält ihrem Blick stand. »Es war zu dunkel«, sagt er schließlich. »Aber das Boot wurde hochgehoben, obwohl der Wind und die Tide *dagegendrückten*. Jori schuldet sein Leben dem Bucca, und das weiß er auch.«

Sie schaut ihn an, sagt aber nichts. Hätte sie ihm geglaubt, wenn er geantwortet hätte: *Ja, Mr. Penrose hat den Bucca gesehen*? Höchstwahrscheinlich nicht, schließt sie. Trotzdem. Es könnte andere Erklärungen für so eine glückliche Wendung geben, vernünftige Erklärungen, aber irgendwas an der Geschichte berührt sie, als suche es in ihr nach Erinnerungen, an die es sich heften kann. Natürlich ist sie nicht die Tochter des Bucca. Wie soll das gehen, wenn es den gar nicht gibt? Es wäre bloß eine Erklärung dafür, wie das Meer nach ihr ruft. Und für ihre Träume.

»Nun«, sagt Tom Holder. »Ich werde Ihre Nachricht an meinen Freund aus der Bucht weitergeben. Seien Sie vorsichtig, Mrs. Henley! Es gibt Menschen, die meinen Freund nicht mögen und auch etwas gegen seine Freunde haben.«

»Das bin ich. Danke, Mr. Holder.«

Vor dem Gasthaus ersteht sie einen Fisch, einen kleinen Pollack, der für zwei Mahlzeiten reicht. Sie schaut sich nach Jori Penrose um, der vom Bucca gerettet wurde, aber kann ihn nicht entdecken. Auf dem Heimweg fragt sie sich, wie lange es dauern wird, bis sie etwas wegen der Hütte hört. Ob Jack selbst sich melden wird? Er wird sich noch ausruhen, sich von seiner Verletzung erholen. Drei Wochen Ruhe, hat der Arzt gesagt. Trotzdem könnte er ihr eine Nachricht zukommen lassen. Oder werden ohne Vorankündigung nachts Schmuggler auftauchen, wenn sie schläft, und sie wird gar nicht bemerken, dass sie da waren? Sie hofft, dass es nicht lange dauert.

6. Kapitel

Einige Tage geschieht nichts; nichts, was nicht alltäglich wäre, und vor allem nichts, was mit Schmuggel zu tun hätte. Sie kocht, sie putzt, sie wäscht. Täglich macht sie einen Spaziergang; sie sehnt sich danach, zu schwimmen, und an manchen Tagen traut sie es sich. Bei einer dieser Gelegenheiten sieht sie wieder einen seltsamen Schatten am Rand ihres Blickfelds entlanghuschen. Ihre Träume sind voller Wellen und Strömungen; wenn sie aus ihnen erwacht, spürt sie eine sonderbare Sehnsucht, so als hätte sie von George geträumt. Am Sonntagmorgen geht sie zusammen mit dem Großteil des Dorfs zum Gottesdienst in die kleine Kirche am Ende des Meeresarms.

Das Berufkraut an der Gartenmauer explodiert zu einem wahren Blütenteppich. Das Wetter wechselt zwischen schwerem Regen mit drückendem Wind und sanften warmen Sommertagen. Bei milder Witterung ist der Garten der wohltuendste Ort, den sie je erlebt hat.

Die Winde am Brunnen bricht, und Isabel muss warten, bis ihre Witwenrente mit der Post eintrifft, ehe sie jemanden bestellen kann, der sie instand setzt. Wenn sie den Eimer ohne den Mechanismus hochzieht, brennen ihre Muskeln so sehr, dass sie anschließend die kleinste Bewegung spürt, schon wenn sie eine Nähnadel durch Stoff schiebt. Sie wird mit dem Ausbessern von Jacks Hemd fertig und legt es gefaltet auf den Küchentisch. Nun, da sie mit Tom Holder gesprochen hat, kann sie es vielleicht seinem Besitzer zurückgeben.

Gerade will sie wieder in den Garten, da klopft es an der Tür. Ein drahtiger Junge mit einem dichten Schopf schwarzer Haare, vielleicht neun oder zehn Jahre alt, überreicht ihr einen Zettel. Leutnant Sowerbys Schrift ist so überladen mit Schnörkeln, dass die Wörter fast ineinander übergehen. »Meine liebe Mrs. Henley«, schreibt er. »Gewähren Sie mir bitte die Ehre, Sie am Dienstag um drei Uhr zum Dinner von Sir Hugh und Lady Darby zu begleiten? Es gibt eine Angelegenheit von gewisser Dringlichkeit, über die ich gerne mit Ihnen sprechen würde. In sehnsüchtigster Erwartung Ihrer Antwort verbleibe ich Ihr gehorsamster, demütigster Diener, Leutnant A. W. Sowerby.«

Isabel ballt die Hände zu Fäusten und zerknüllt das Papier, dann streicht sie es wieder glatt, um ihre Rückmeldung darauf zu notieren. *NEIN! Nicht in einer Million Jahren* – würde sie am liebsten erwidern. Doch Leutnant Sowerby ist Harriets Freund, und die Korsette von Anstand und Sitte diktieren ihr eine höfliche Annahme seines Angebots. *Ich wäre sehr erfreut*, schreibt sie und zögert, weil sie das Gefühl hat, ausführlicher antworten zu müssen, doch ihr fällt nichts ein, und so faltet sie den Zettel zusammen und reicht ihn dem Jungen zusammen mit zwei Penny für seine Mühe.

Dann steht sie im Garten, die Hände auf dem Rücken, und schaut auf den Fluss, auf den Punkt, wo er ins Meer übergeht. Sie betrachtet die kabbeligen Wellen, die weiß aufblitzenden Möwen, die die Boote umkreisen, und bewahrt alles in sich, so wie man die Luft anhält. Schließlich atmet sie aus und verdrängt alle Gedanken an Leutnant Sowerby und das, was er mit ihr besprechen will.

Der Morgen von Harriets Dinnerparty lässt eine plötzliche Nervosität in ihr aufkommen. Sie hat jedes Recht, in Weatherston Hall zu sein, sagt sie sich selbst, während sie mit den Haken auf dem Rücken des Musselinkleids kämpft. Einer löst sich schon zum zweiten Mal. Isabel stöhnt. Wem macht sie etwas vor? Sie gehört nicht an einen solchen Ort, nicht mehr.

Wenige Minuten vor drei Uhr taucht Leutnant Sowerby auf, und sie machen sich gemeinsam auf den Weg, er mit dem Pferd an den Zügeln, sie in dem Bemühen, sich ihre zum Zerreißen gespannten Nerven und ihre Abneigung nicht anmerken zu lassen. »Ich bin so außerordentlich froh, Sie begleiten zu dürfen«, sagt er nach einer Weile. »Seit unserer letzten Begegnung habe ich viel über Ihre Situation nachgedacht.«

Als Sie nachts um mein Haus herumgeschlichen sind, denkt sie und sagt: »Ach ja?«

»Allerdings. Es betrübt mich, dass Sie gezwungen sind, so zu leben. Ich frage Sie, Madam, wäre ihr verstorbener Gatte nicht froh und dankbar, Sie beschützt zu sehen ... versorgt, ja auch umsorgt von jemandem, der in der Lage ist, Ihre Person zu verteidigen?« Der Leutnant hält inne, um sich mit dem Ärmel den Schweiß vom Gesicht zu wischen, dann fügt er leidenschaftlich hinzu: »Und von jemandem, der höchste Bewunderung für Ihren Charakter, Ihre Tugendhaftigkeit und Ihren Stand hegt?«

Isabels Blick fällt auf seine Hand mit den Zügeln; dieselbe Hand, die die Schlinge um Jed Ferries' Hals legte. Sie sagt: »Verzeihen Sie, aber ich kann nicht ... Ich könnte nicht in Betracht ziehen ...«

»Bitte entschuldigen Sie, meine Liebe. Ich verstehe, dass Sie immer noch voll der Trauer um Ihren Ehemann sind, einen Helden von Trafalgar; in der Tat einer von Lord Nelsons Häuflein von Brüdern, wenn ich so sagen darf. Ich werde Sie heute nicht mit einem förmlichen Angebot bedrängen – würde mir das niemals anmaßen ... – aber wenn ich Sie öfter sehe, werde ich bestimmt ...«

»Da, ein Schiff!«, stößt sie aus. Sie sind an der Stelle angelangt, wo das Land zurückweicht und die weite blaugraue Fläche des Ozeans sich bis zum Horizont erstreckt. In der Ferne kreuzt ein kleines Fischerboot mit nur einem Segel zurück in die Flussmündung. Bei seinem Anblick wächst wieder die Sehnsucht in Isabel und bemächtigt sich ihrer – wenn sie doch auf dem Boot davonsegeln könnte, oder auf irgendeinem anderen, wenn sie doch schwimmen und spüren könnte, wie sich die Gelassenheit des Wassers in ihr ausbreitet, während sie flieht.

Sie reißt den Blick von dem Boot los und plaudert aufgeregt – nur damit Leutnant Sowerby nicht noch mal auf sein bereits angeschnittenes Anliegen zu sprechen kommen kann. Erst als sie das Tor von Weatherston erreichen, verstummt Isabel. Die Mauer rund um das Anwesen ist aus altem Stein, aber in gutem Zustand, kaum vermoost. Das zweistöckige Wärterhäuschen steht leer. Sie gehen eine lange Auffahrt hoch, die sich um einen terrassenförmig angelegten Rosengarten windet und vor der Fassade des Hauses ausläuft.

Vier Etagen blinder Fenster und mahnender Schornsteine aus demselben grauen Stein wie ihr Cottage starren Isabel an, aber alles ist so perfekt angeordnet, dass das Anwesen eher eine lichte als eine dunkle Wirkung ausübt. Das Herrenhaus ist so groß wie Woodbury. Die hohen Fenster sind im elisabethanischen Stil gehalten. Hinter einem bewegt sich etwas, blitzt auf, vielleicht ein Spiegel oder ein Silberbesteck, das das Licht reflektiert.

Eine schwarze Kutsche steht vor den Stufen, die zum zweiflügeligen Portal hinaufführen. Ein Diener im Livree öffnet die Tür des Gefährts und hilft zuerst einer untersetzten grauhaarigen Dame in einem kastanienbrauen Samtkleid heraus, das viel zu schwer für das Wetter ist, dann einem schnauzbärtigen Herrn mit einer Holzkiste unter dem Arm, der von Leutnant

Sowerby begeistert begrüßt wird. Isabel lässt sich zurückfallen. Sie kämpft gegen den Drang, auf dem Absatz kehrtzumachen und nach Hause zu laufen.

Doch da kommt eine strahlende Harriet in pfirsichfarbener Seide aus dem Haus. »Ich habe mir schon gedacht, dass Sie das sind, Isabel. Ich freue mich so, dass Sie hier sind«, sagt sie. »Warten Sie, ich stelle Sie unseren Freunden vor.« Sie legt Isabel den Arm um die Schultern und führt sie durch das Portal ins Haus.

Dort nimmt einer der Lakaien Isabel die Haube und die Seidenhandschuhe ab, die behalten zu haben sie schon öfter froh war. Hin und her geht es mit den Vorstellungen; zuerst in der riesigen schwarz-weiß gefliesten Eingangshalle mit Mr. und Mrs. William Tredinnick von der Lanart-Mine, dann im hellen, offenen Raum des Salons mit Mr. Frederick Pickford, einem korpulenten Herrn von Anfang vierzig, der aussieht, als würde er unter seiner Weste Zwillinge austragen.

»Mr. Pickford gehört die Tregowran-Mine, sechs Meilen entfernt von hier«, erklärt Harriet. Sie fasst Isabel am Arm und eilt zusammen mit ihr durch einen Raum, den sie »grünes Zimmer« nennt, was klingt, als gäbe es Salons in allen Regenbogenfarben im Haus.

Harriets Gatte, Sir Hugh Darby, entpuppt sich als kleiner Schock. Isabel hat einen jungen Mann erwartet, höchstens ein paar Jahre älter als Harriet und so gut aussehend, wie Harriet hübsch ist, doch Sir Hugh ist mindestens dreißig Jahre älter als seine Frau und hat ein derart runzliges Gesicht wie ein Regal aus Eschenholz, dazu eine Ausstrahlung so streng wie sein schmuckloser schwarzer Rock. Er könnte ihr Vater sein. Beinahe gar ihr Großvater.

Isabel sieht kurz zu Harriet hinüber, und ihre neue Freundin lächelt ihr schwach zu, als wollte sie sagen: *Jetzt wissen Sie, warum ich nicht zu spät zum Essen kommen wollte.* Sie erinnert sich an Harriets Vergleich ihrer Ehe mit einer dornigen Gartenhecke und fühlt das bittere Glück ihrer eigenen Freiheit.

In der späten, durch die Fenster fallenden Nachmittagssonne glänzt die Seidentapete. Sie ist von einem strahlenden Grasgrün, die Möbel sind darauf abgestimmt: die Stühle bespannt mit grünem Seidenbrokat, eine Polsterbank aus grünem und cremefarbenem Satin. Eine Seite des Raums wird von einem Marmorkamin dominiert, an der anderen Wand hängt eine Auswahl an Gemälden, sorgfältig verteilt wie Butter auf einem Brot – Vorfahren von Sir Hugh in unterschiedlichen Aufzügen: mit Wams und Schamkapsel, in Uniform, langem Mantel und hoher gepuderter Perücke. Man riecht die Tulpen, die in großen Vasen auf mehreren Tischen und Anrichten stehen, außerdem den schweißigen Eigengeruch der Gäste. Die Dienstboten in ihren dunkelblauen Livreen weisen so große Ähnlichkeit mit der Tracht auf, die das Personal bei Isabel zu Hause in Greenwich trug, dass sie beim Servieren und Nachfüllen der Weingläser fast erwartet, in ein vertrautes Gesicht zu sehen. Aber nein, es ist ein fremder Dienstbote mit einem fremden Lächeln, höflich, unverbindlich. Sie fühlt sich mit ihrem Glas wie eine Betrügerin; es ist keine vier Stunden her, dass sie die Arme bis zu den Ellenbogen in schmutziger Wäsche hatte.

Das flaue Gefühl in ihrem Magen wird noch unangenehmer, als sie entdeckt, dass Leutnant Sowerby mit einem anderen Offizier des Steueramts an seiner Seite quer durch den Raum auf sie zusteuert. Beide halten ein kleines Kristallglas mit einem goldfarbenen Getränk in der Hand. Isabel sucht einen Ausweg – vielleicht könnte sie sich ans Fenster stellen und den Garten bewundern, doch bevor sie sich in Bewegung setzen kann, fasst Harriet sie am Ellenbogen und dreht sie zu den beiden Männern um. »Darf ich Ihnen Leutnant Charles Sullivan vorstellen?«, sagt sie. »Leutnant Sullivan, das ist Mrs. Isabel Henley, die extra aus London angereist ist, um uns mit ihrer Anwesenheit zu beehren.«

»Es freut mich, Ihre Bekanntschaft zu machen, Sir«, murmelt sie, knickst und sieht sich dabei im Raum um.

»Leutnant Arthur Sowerby kennen Sie bereits, Isabel, nicht wahr?«, sagt Harriet.

Leutnant Sowerby steckt sich ein Konfekt in den Mund und kaut darauf herum. An seinem Haaransatz sammeln sich Schweißtropfen. »Mrs. Henley und ich sind gemeinsam hergekommen, meine liebe Lady Darby.«

»Tatsächlich?« Harriet hebt die Augenbrauen.

»Sie sehen heute Abend ungeheuer vorteilhaft aus, Mrs. Henley«, bemerkt er und kaut weiter. »Sagen Sie, ist das echter indischer Musselin?«

»Ich … ja. Danke.«

Halb wendet sie sich ab, hält Ausschau nach irgendetwas, irgendwem, und Harriet fährt fort: »Das sind alle, meine liebe Isabel, abgesehen von … ah, da sind Sie ja, Mr. Carlyon. Darf ich Ihnen meine liebe Freundin vorstellen, Mrs. Isabel Henley? Isabel, das ist Mr. John Carlyon.«

Vor ihr steht Jack und sagt: »Mrs. Henley, es ist mir eine Ehre.«

Isabel schwankt, macht einen Schritt zur Seite, taumelt.

Er hält sie an der Schulter fest, aber lässt sofort los, als sie ihr Gleichgewicht zurückgewonnen hat. Sie sucht sein Gesicht ab – er ist ebenso überrascht wie sie, denkt sie, doch er fängt sich schneller. Sie sieht ein Aufflackern von Schmerz, als er sich aufrichtet, doch er überspielt es schnell.

Was macht er hier? Darf er überhaupt schon aufstehen? Drei Wochen Ruhe, hat der Arzt gesagt. Es ist erst zwei Wochen her. Seine Augen sind blauer, als sie in Erinnerung hat, sein Gesicht sowohl kantiger als auch gebräunter, und wie er so vor ihr steht, ist er auch größer. Es ist, als wäre im hellen Licht der durch die Fenster hereinfallenden nachmittäglichen Sonne alles an ihm verstärkt – auch die Art und Weise, wie er sie anschaut. Isabel spürt es im Magen, ein tiefes, fast flüssiges Flattern. Der Raum dreht sich. Zwei Welten stoßen aufeinander, und die Wucht des Zusammenpralls lässt sie schwanken.

Ihr Verstand hält sich an dem Namen fest – seinem vollen Namen, wird ihr mit einem zweiten Schock klar. Sie wusste, dass er John heißen muss, da »Jack« die übliche Kurzform ist, aber es gibt so viele Johns, sie hätte nie damit gerechnet, dass …

»Mr. Carlyon«, sagt sie und knickst. »Es freut mich, Ihre Bekanntschaft zu machen. Ich …« Wieder sucht ihr Kopf nach einem Anknüpfungspunkt. »Hatten Sie schon öfter das Vergnügen, Weatherston Hall zu besuchen, Sir?«

Mit fragendem Blick erwidert Jack: »Ja, das Vergnügen hatte ich schon zu zahlreichen Gelegenheiten.«

Sie ist lächerlich froh, ihr bestes Kleid zu tragen. Dann fällt ihr ein, dass Jack sie schon im Unterrock gesehen hat. Zwischen ihren Schultern steigt Hitze auf, wandert ihren Hals hoch. »In dem Fall könnten Sie vielleicht dazu bewegt werden, mit mir eine kleine Runde durch den Garten zu gehen, Sir? Ich würde ihn mir sehr gerne ansehen. »

Jetzt begreift er, und ein Lächeln breitet sich auf seinem Gesicht aus. »Das wäre mir eine große Freude. Das heißt, falls vor dem Dinner noch ein wenig Zeit dafür ist. Lady Darby?«

Harriet scheint verwirrt, doch die dröhnende Stimme ihres Ehemanns lenkt sie ab. »Harriet! Komm mal her und sieh dir Tredinnicks Exemplare an! Er hat eine ganz Kiste voll mitgebracht.«

Mit einem knappen Kopfschütteln sagt Harriet: »Die Pflicht ruft, leider. Zeigen Sie ihr doch bitte den Garten, Mr. Carlyon; nach dem Dinner wird es dunkel sein. Ich denke, in einer halben

Stunde geht es zu Tisch, das müsste doch für einen kleinen Spaziergang reichen, oder? Vielleicht hinüber bis zum Lustbau?«

Isabels Kleid raschelt über das Parkett. In der Eingangshalle sagt sie: »Ich kann es nicht glauben …«

»Warten Sie, bis wir draußen sind.«

Ein Lakai öffnet ihnen die Tür, dann sind sie von Rosenbüschen umgeben. In der Luft liegt der zarte Duft einiger früher Blüten. Der Weg verläuft durch die Blumenbeete, und Jack nimmt ihren Arm, als seien sie ein Paar. Er führt Isabel zur Rückseite des Hauses. »Auf dieser Seite kann man uns nicht sehen.«

Sein brauner Wollmantel ist trotz des Wetters bis oben hin zugeknöpft und verdeckt den oberen Teil seiner schwarzen Kaschmirhosen und den Verband, den er darunter immer noch tragen wird. Der Mantelstoff ist von hervorragender Qualität und so oft gekämmt, dass er weich wie ein Fuchspelz ist. Isabel stellt sich sein Hemd vor, aus feinster Baumwolle oder vielleicht sogar Seide, und zuckt bei dem Gedanken an das geflickte Hemd zusammen, das in ihrer Küche auf dem Tisch liegt. Was hat sie sich nur dabei gedacht, als sie annahm, er hätte eine Stellung inne, in der er ein verfärbtes, ausgebessertes Hemd bräuchte?

Der Garten von Weatherston ist mit Blumenbeeten nah am Herrenhaus und einer natürlicheren Landschaft dahinter parkähnlich angelegt. Der Weg folgt parallel einem Wald auf der rechten Seite und einem kleinen See auf der linken. Dahinter steigen Felder langsam zu einem Punkt in der Ferne an, wo ein weiß gestrichener Lustbau im palladianischen Stil die Aussicht dominiert. Kaum sind sie um die Hausecke herum, wird Jack langsamer.

»Sie müssen sich setzen«, sagt Isabel. »Der Arzt hat gesagt, Sie sollen sich drei Wochen auskurieren.« Langsam atmet sie ein. »Sie hätten nicht kommen dürfen.«

»Dieses Dinner ist zu wichtig.«

Sie sieht ihn an – er wirkt ernst. Unwillkürlich muss sie spöttisch lachen. Gewiss kann nicht einmal der Schmuggel wichtig genug sein, um dafür die eigene Gesundheit aufs Spiel zu setzen, aber eine Dinnerparty? »Wenn ich eins gelernt habe, seit ich hergekommen bin, dann ist es, dass es sehr viele Dinge gibt, die dringlicher sind als eine Dinnerparty, egal wie angenehm die Gesellschaft oder das Essen sind.«

»Zum Beispiel?« Er klingt belustigt.

Isabel tritt gegen einen Kieselstein und sieht zu, wie er in einem Büschel Narzissen landet. »Den Teig lange genug gehen zu lassen, bevor das Brot gebacken wird. Das Feuer so anzuzünden, dass man dabei nicht die Hälfte des Zunders verschwendet. Nicht auf die Augen zu achten, wenn man Fisch in die Suppe tut …« Sie hält kurz inne und fügt dann hinzu: »Ich weiß, es klingt albern, aber ich habe die Köchin immer gebeten, sie herauszunehmen.«

»Was noch?«

Ihr war nicht bewusst gewesen, dass selbst seine Stimme ihr gefehlt hatte. »Die Wäsche zur richtigen Tageszeit zu machen, damit sie Zeit zum Trocknen hat. Wissen, wie der Himmel aussieht, wenn es bald regnet.« Ihre Hand tastet nach Georges Medaille. Ihre Stimme wird leiser. »Nicht allein zu sein.«

Es wirkt, als wollte er nach ihrer Hand greifen, doch er sagt nur: »Sind Sie sicher, dass Sie nicht selbst zu einer kleinen Revolutionärin werden?«

»Ich bin zu einem armen Menschen geworden, *das* bin ich«, gibt sie zurück. »Aber seltsamerweise habe ich festgestellt, dass ich all diese Tätigkeiten nicht halb so sehr verachte, wie ich gedacht hatte. Dennoch freue ich mich sehr auf das heutige Abendessen. Es wird sicherlich reichhaltig, oder?«

»Sir Hugh lässt es an nichts fehlen.«

»Dennoch gibt es etwas, das weitaus wichtiger als dieses Dinner ist, und aus dem Grund hätten Sie nicht kommen dürfen.«

»Und was sollte das sein?«

»Ihre Gesundheit, Sir.« Sie weiß nicht, warum sie das so sagt. *Sir.* Die ganze Zeit war er in ihrem Kopf Jack, doch es kommt ganz von selbst so distanziert aus ihr heraus.

»Jetzt bin ich wieder ›Sir‹, Isabel?«, fragt er milde. »Sie wissen doch, dass ich Jack für diejenigen bin, die mich gut kennen.«

Gehört sie dazu?, fragt sie sich. »Ich möchte mich in Gesellschaft nicht vertun«, sagt sie.

»Verständlich.«

»Also, warum …«

Doch sie kann ihn nicht mehr fragen, warum das Dinner so wichtig ist, oder ihm sagen, dass sie mit Tom Holder über das Verstecken von Schmuggelware in ihrer Hütte gesprochen hat. Noch sagt sie ihm, dass er sie gerne auslachen möge und sie auch nicht bestreite, dass es unsinnig sei, aber sie habe ihn vermisst – nein, das würde sie ihm niemals gestehen, das tut sie nur in ihrer Phantasie, denn von hinten unterbricht eine Stimme ihr Gespräch: »Mrs. Henley! Mr. Carlyon, Sir!«

Leutnant Sowerby kommt mit rotem Gesicht den Weg hinunter auf sie zugelaufen. Er keucht, als wäre er den gesamten Küstenpfad entlanggerannt. Schnaufend wendet er sich an Isabel. »Lady Darby hat mir gesagt, Mr. Carlyon würde Ihnen den Garten zeigen. Da ich schon oft die Ehre hatte, Weatherston zu besuchen, würde ich Sie gerne begleiten. Die Perspektiven von der Rückseite des Hauses gehören meiner Meinung nach zu den besten, die ich je gesehen habe – obwohl ich natürlich nicht so viele Herrenhäuser wie Sie besucht haben kann, Mrs. Henley. Ich habe gehört, Ihr Vater war Admiral John Farnworth von Woodbury Hall?«

»Oh, das haben Sie ganz bestimmt, Sir. Aber ja, Admiral

Farnworth war mein Vater.« Das also ist sein Antrieb, denkt sie; sie muss ihn entmutigen. »Nach dem Tode meines Vaters ging das gesamte Vermögen an meinen ältesten Stiefbruder.« Mit zusammengebissenen Zähnen fügt sie hinzu: »Sie dürfen uns natürlich gern auf unserem Spaziergang begleiten, auch wenn ich glaube, dass wir gleich zu Tisch gerufen werden.«

Sie wirft Jack einen kurzen Blick zu, doch zu ihrer Überraschung scheint er sich nicht über die Störung zu ärgern, sondern verwickelt Leutnant Sowerby sofort in ein Gespräch. Ein paar Minuten lang fühlt sie nur den Stich der Kränkung und hört den beiden Männern kaum zu, dann bekommt sie mit, dass Jack sagt: »Haben Sie denn irgendeine Vermutung, mein lieber Sir, wo diese niederträchtigen Verbrecher ihre Fracht als Nächstes abladen werden?«

»Gegenwärtig nicht, aber wir patrouillieren die gesamte östliche Seite des Lizard sehr engmaschig, besonders in der Neumondnacht, wenn die Schmuggler am ehesten versuchen anzulanden. Wir hoffen, sie auf frischer Tat zu ertappen, aber das ist schwierig, wie Sie sich gewiss vorstellen können.«

Jack verschränkt die Hände auf dem Rücken. Er sagt es beiläufig, doch Isabel hört das Interesse in seiner Stimme. »Es muss Ihnen große Befriedigung verschaffen, deren Bestrebungen zu vereiteln. Wenn ich das fragen darf, was sind die Schwierigkeiten, auf die Sie bei Ihrem bewundernswerten Streben stoßen?«

Leutnant Sowerby glüht ebenso vor Stolz wie vor Hitze. Er schiebt die Finger in den Knoten seiner Krawatte und lockert sie. »Nun, Sir, da wären zunächst ihre Schiffe, die sind nämlich schnell, und es stört sie nicht, tagelang auf See auszuharren, während unsere Männer in ihre Betten wollen und keine Lust haben, lange an Bord eines kleinen Schiffs zu bleiben. Wissen Sie, dass die Schmuggler ihre Ware manchmal am Meeresgrund lagern, befestigt an langen Leinen, und sie später hochziehen?

Das macht es zu einem schwierigen Unterfangen, sie zu überführen, und wie Sie vielleicht wissen, fordert das Gesetz, dass wir Schmuggler auf frischer Tat ertappen, sonst kann das Verbrechen vor Gericht nicht nachgewiesen werden. Das alles natürlich nur, wenn es überhaupt zu einem Prozess kommt – aber ich habe meine eigenen Mittel und Wege, um zu verhindern, dass eine solche Farce stattfindet.«

»Ach ja, haben Sie die?« Jack spricht immer noch beiläufig, aber er ist angespannt, sichtbar an der Art, wie er die Schultern nach hinten drückt.

»Allerdings, Sir. Vor Gericht würden diese Kerle freigesprochen, deshalb lasse ich sie wegen Hochverrats hängen. Sie unterstützen schließlich die Franzosen. Tatsächlich ist das das größte Problem, mit dem wir konfrontiert sind – das Ausmaß an Mittäterschaft.«

Jack wirft Isabel einen kurzen Blick zu, keine Sekunde lang, doch er reicht: Tom Holder hat ihm von ihrer Hütte erzählt. »Mittäterschaft?«, hakt Jack nach, damit Leutnant Sowerby beim Gegenstand des Gesprächs bleibt.

»Aber ja! Die gesamte Bevölkerung ist daran beteiligt, Sir!« Seine Stimme wird lauter. Er zieht ein spitzengesäumtes Taschentuch aus der Tasche, betupft sich die Stirn und stößt ein trockenes Lachen aus. »Wir vom Steueramt sagen, um das Verbrechen der Schmuggelei gänzlich zu unterbinden, müssten wir die Hälfte der Bewohner dafür bezahlen, dass sie die andere Hälfte im Auge behält!«

Isabels Nerven sind so straff gespannt wie die Haut einer Trommel. Wenn der Leutnant Jacks geheime Identität aufdecken würde, ließe er ihn hängen. Sie denkt an die Frau im befleckten Kleid an der Kreuzung nach Manaccan; an das Knacken, den Schrei. *Du spielst mit dem Feuer*, möchte sie zu Jack sagen. *Sei bitte, bitte vorsichtig.*

Sie haben die Stelle erreicht, wo der Weg endet und das Feld beginnt. Jack tritt auf die Wiese, und sein Fuß sackt in die Senke zwischen zwei Grasbüscheln. Sie sieht den Schmerz in seinem Gesicht aufblühen, doch er fängt sich, und der Ausdruck verschwindet mit einem Wischen seiner Hand über die Stirn.

Auch Leutnant Sowerby hat es gesehen. Die Lippe zwischen den Zähnen, fragt er: »Sind Sie krank, Sir?«

»Ich habe mir bei der Jagd auf ein Reh einen Muskel gezerrt«, erwidert Jack. »Hab's aber erwischt.«

Isabels Hände werden zu Fäusten, eng um den Musselin ihres Festkleids geballt, dessen Saum sie über ein Grasbüschel hebt – so eng, wie es sich plötzlich in ihrer Brust anfühlt.

»Vielleicht könnten wir einmal gemeinsam auf Jagd gehen«, sagt Leutnant Sowerby schließlich.

Langsam stößt sie den Atem aus. »Ja, das würde mir gefallen«, erwidert Jack.

Als der Leutnant seine Taschenuhr herausholt, wendet Isabel den Blick ab, um ihre Erleichterung zu verbergen, und richtet ihn in die tiefstehende Sonne, die die Silhouette des Lustbaus hervortreten lässt. »Ist es schon so spät? Wir werden zu Tisch erwartet, meine Freunde«, sagt Sowerby.

Das Essen besteht aus einer großartigen Auswahl von Köstlichkeiten. Es wird *à la française* serviert, das heißt, alle Speisen stehen zusammen auf dem Tisch, nicht weniger als dreißig verschiedene Gerichte. Eine Zeit lang ist Isabel nur mit dem Essen beschäftigt – es ist zu lange her, dass sie so schmausen konnte. Die Gespräche wehen um sie herum wie leichter Nieselregen. Jack sitzt am anderen Ende des Tischs, wo er weiter versucht, Informationen aus Leutnant Sowerby und Sullivan herauszukitzeln. Sir William Tredinnick ist nicht nur Minenbesitzer, sondern auch Naturforscher und ergeht sich in Beschreibungen seiner Sammlung, bis Sir Hugh das Thema wieder auf die steigenden Preise für Kupfer und deren Auswirkungen auf die Märkte lenkt; ein Schachzug, der es dem stillen, offenbar schüchternen Mr. Pickford erlaubt, sich zu beteiligen.

Harriet sitzt diagonal gegenüber von Isabel, weit genug entfernt, um eine Unterhaltung schwierig zu machen, was Isabel aber nicht stört. Da beginnt Harriet, sich über Mr. Pickfords Schultern hinweg mit Mrs. Tredinnick über die örtlichen Läden und die magere Auswahl an Stoffen in Cornwall, verglichen mit der in London, auszutauschen – oder etwas in der Art. Isabel bekommt die Konversation nur in Teilen mit, bis Mrs. Tredinnicks Stimme schrill zu ihr herüberdringt, so gewaltig wie ihr Busen: »Mrs. Henley, ich habe ein fürwahr frappierendes Gerücht über Sie gehört! Sie müssen uns verraten, ob daran etwas Wahres ist.«

Isabels Löffel fällt auf den Teller. Alle Gespräche verstummen; nur Mr. Pickford beendet noch seinen Satz: »… abhängig davon, wie die Lage in Bodmin ist«, dann schweigt auch er.

Sie hört das Meer in den Ohren, das Rauschen der Wellen; sie wünscht sich, unter Wasser zu sein, unerreichbar, frei. Sie möchte Jack ansehen, aber weiß, dass das nicht geht. Sie darf sich nicht anmerken lassen, dass er ihr dummerweise viel bedeutet; und wie es sie schmerzt zu wissen, dass er seine gute Meinung von ihr verlieren wird. Ebenso wie Harriet – sie ist eine Freundin, aber nicht mehr lange, wenn Mrs. Tredinnick verkündet hat, was über Isabel in London geredet wird.

Das Essen auf ihrem Teller sah eben noch so appetitlich aus. Jetzt ist es eine Pampe aus Fleisch, Soße, Gemüse, Pudding, Kartoffeln – von der Köchin perfekt geschält, denkt sie, und dann: Welch seltsamer Gedanke, wenn gerade zum zweiten Mal im Leben alles zerstört wird, was man hat, gerade in dem Augenblick, wo man wieder in die Gesellschaft zurückkehrt. »Ich … ich weiß wirklich nicht, was Sie meinen«, stammelt Isabel. Schweiß sammelt sich unter ihrem Kleid. Ihre Oberschenkel kleben zusammen.

»Oh, das glaube ich aber ganz gewiss nicht, Mrs. Henley. Alle reden darüber.«

Es fällt ihr schwer, Mrs. Tredinnick trotz der krachenden Wellen zu verstehen. Die Frau lacht, ihr in rotem Samt gewandeter Körper schüttelt sich. »Ich …«

Harriet fragt: »Um was geht es denn, Isabel?«

»Ich werde es Ihnen erzählen, wenn Mrs. Henley das unangenehm ist«, sagt Mrs. Tredinnick. »Glauben Sie mir, meine lieben Freunde, es ist eine Geschichte im Umlauf, nach der unsere Mrs. Henley ein Findelkind ist, und zwar niemand Geringeres als die *Tochter* eines *Wassergeists*.« Sie betont die Wörter *Tochter* und *Wassergeist* wie Zuckerwerk, das sie sich munden lassen möchte.

Alle lachen. Sir Hugh verliert ein wenig von seiner Strenge, als er mit der Hand auf den Tisch schlägt und ruft: »Wird das wirklich behauptet?«

Das Krachen der Wellen in Isabels Ohren lässt nicht nach. *Tochter. Wassergeist.* Allmählich dringen die Worte zu ihr durch. Mrs. Tredinnicks Gerücht handelt nicht von James und ihr. Die Pampe auf ihrem Teller nimmt wieder die Form von Speisen an. Sie hört Jack sagen: »Ah, *die* Geschichte. Ja, davon habe ich auch gehört. Es wird erzählt, Mrs. Henley sei die Tochter des Bucca.«

»Des Bucca?«, wiederholt Harriet. »Was ist das denn bitte?«

»Ein Fabelwesen, ein Wassergeist, der manchmal auch als Wassermann bezeichnet wird. Er ist ungefähr sechzig Zentimeter groß, hat die Haut eines Meeraals und Algen als Haare – der Legende nach.«

»Und meine liebe Freundin soll die Tochter einer solchen Kreatur sein? Was für ein Unsinn!«, sagt Harriet.

Isabel lächelt sie dankbar an.

»Herrje, Ihr Gesichtsausdruck, Mrs. Henley«, sagt Mr. Tredinnick. »Man hätte fast glauben können, es sei etwas dran, und meine Frau hätte Ihr großes Geheimnis verraten.«

Leutnant Sowerby trinkt einen großen Schluck Wein. »Welch lächerliche Vorstellungen die Bewohner dieser Gegend haben. Kein Wunder, dass Mrs. Henley bestürzt wirkt. Die Haut eines Meeraals? Das ist doch eine Beleidigung! Wenn ich den Mann kennen würde, der dieses absurde Gerücht in die Welt gesetzt hat, dann …«

»Das war nicht ein einzelner Mann«, sagt Jack. »Das ist eine hiesige Legende. Ein Mythos, wenn man so will.«

Aber du glaubst daran, denkt Isabel. *Möglicherweise.*

»Wie kommen die Leute bloß auf so eine verrückte Idee?«, fragt Sir Hugh und weist mit seinem Weinglas auf Isabel. »Wissen Sie das, Mrs. Henley?«

»Nun ja, weil meine Geschichte durchaus seltsam anmutet.« Sie zwingt sich, einen nach dem anderen anzusehen. Als sie Jacks Blick auffängt, nickt er ihr zu. »Ein wenig jedenfalls. Ich war tatsächlich ein Findelkind. Vor neunzehn Jahren wurde ich im Ort Helford gefunden, wo ich jetzt wieder wohne, und von meinen Eltern, Admiral und Mrs. Farnworth von Woodbury House, adoptiert.«

Mr. Tredinnick sagt: »Aber das ist ja bemerkenswert! Wurden Ihre wahren Eltern nie gefunden?«

»Nein. Soweit es mich betrifft, waren Admiral und Mrs. Farnworth meine Eltern.«

»Haben Sie beide bereits verloren?«, fragt Harriet. »Das tut mir sehr leid zu hören.«

Die Preiselbeeren in ihrem Pudding sehen sonderbar aus. Wieso fällt ihr das erst jetzt auf? Leise sagt sie: »Es ist schon viele Jahre her.«

Sir Hugh meldet sich zu Wort. »Das mag sein, aber es ist ungemein schwierig, die eigenen Eltern zu verlieren. Ich weiß das ebenso wie meine erwachsenen Söhne, die ihre Mutter verloren haben, meine erste Frau, als sie noch klein waren. Doch ich hatte das große Glück, mich noch einmal vermählen zu können, und zwar mit einer Frau von Schönheit und Verstand: meiner lieben Harriet.« In seinen Worten liegt unerwartet viel Gefühl, und als Isabel hochschaut, sieht sie, dass er seiner Frau ein warmes Lächeln schenkt, das sie ihm nicht zugetraut hätte.

Mit sanfter Stimme, die dennoch über den ganzen Tisch trägt, erwidert Harriet: »Danke, Sir Hugh. Ich schätze mich auch sehr glücklich.«

Danach werden die Gespräche wieder aufgenommen. Jack setzt seine Angriffe auf Leutnant Sowerbys Verteidigungslinien fort und entlockt ihm so viele Informationen wie möglich. Isabel isst schweigend, verliert nur hier und dort ein Wort. Draußen wird die Nacht dunkler. Als die Frauen sich erheben, um in den Salon zu gehen und die Männer ihrem Portwein und Schnupftabak zu überlassen, ist es nach zehn Uhr. Isabel sieht sich über die Schulter um und fängt einen Blick von Jack auf. Lautlos artikuliert er etwas, sie meint, es sei »bald«, aber ist sich nicht sicher.

Im Salon quält sich die Unterhaltung voran wie ein rostiges Rad. Harriet und Isabel haben vieles, worüber sie reden könnten, doch es ist nicht leicht, ein Thema zu finden, in das sie Mrs. Tredinnick einbeziehen können. Dennoch wird Isabel im Verlauf des Abends immer gelassener. Das Herrenhaus, die Gesellschaft der beiden Frauen in Seide und Samt, die Lakaien im Livree, die Brandy und Portwein anbieten; all das zusammen stellt ein so genaues Abbild des Lebens dar, das noch vor wenigen Wochen auch ihres war, dass sie allmählich das Gefühl bekommt, ihre Zeit im Cottage sei ein Traum gewesen und sie sei erst jetzt wieder in der Realität erwacht.

Die Männer scheinen keine Probleme mit den Gesprächen zu haben; sie bleiben noch über eine Stunde im Speisezimmer sitzen und gesellen sich nur gute zwanzig Minuten zu den Frauen, bevor das Zusammensein endet. Isabel hatte keine Möglichkeit mehr, allein mit Jack zu sprechen.

Die Tredinnicks brechen mit ihrer Kutsche auf, ebenso Mr. Pickford. Die beiden Leutnants haben nur einen kurzen Ritt zum Zollhaus in St Keverne zurückzulegen, und auch Jack ist mit dem Pferd da. Als Isabel ihre Handschuhe überzieht, um nach draußen zu treten, schiebt sich Jack neben sie, beugt sich vor und flüstert: »Nun, da Sie wissen, wer ich bin, darf ich mich immer noch auf Ihre Diskretion verlassen?«

Bevor Isabel die Möglichkeit hat, auch nur zu nicken, packt Harriet sie am Arm. »Oh, Isabel, Sie können doch in so einer Nacht nicht nach draußen gehen! Gewiss nicht allein. Sie müssen hierbleiben.«

»Ich begleite Mrs. Henley gerne zurück zu ihrem Haus«, bietet sich Jack an.

Ihr Herz macht einen Sprung, doch Leutnant Sowerby sagt: »Ich ebenfalls. Ich weiß, wo Mrs. Henley wohnt; ich hatte die Ehre, sie dort schon mehrmals besuchen zu dürfen, und anders als Sie, Sir, bin ich gut vorbereitet, sollten wir unterwegs jeglichen Banditen begegnen.«

Harriet sieht Isabels Betroffenheit. »Isabel? Ich muss leider darauf bestehen, dass Sie die Nacht bei uns verbringen. Es ist sehr freundlich von den beiden Gentlemen, Ihnen ihre Dienste anzubieten, aber ich würde mich sehr über Ihre Gesellschaft freuen. Außerdem ist es furchtbar spät und dunkel auf dem Weg.«

»Ich würde mich freuen, hier übernachten zu dürfen, liebe Harriet«, sagt Isabel. Ihr Bedauern ist groß; nichts ersehnt sie mehr als die Möglichkeit, mit Jack zurück nach Helford zu reiten.

»Sie bekommen das beste Zimmer im ganzen Haus«, verkündet Harriet.

»Dann ist es beschlossen«, sagt Leutnant Sowerby und rückt sein Halstuch zurecht. »Ich verspreche Ihnen, bei Ihnen vorbeizusehen, bevor die Woche herum ist, meine liebe Mrs. Henley. Ich freue mich darauf, mich ausgiebig mit Ihnen zu unterhalten, und hoffe aufrichtig, dass die profaneren Aspekte Ihrer derzeitigen Situation mir nicht ein paar Stunden Ihrer entzückenden Gesellschaft vorenthalten werden.«

Profanere Aspekte?, denkt sie. Redet er vom täglichen Waschen, Putzen, Backen und Kochen, das jetzt die Grundlage ihrer Existenz bildet? Isabel bemüht sich, nicht mit den Zähnen zu knirschen, als sie antwortet: »Das wäre reizend, Leutnant, danke sehr.«

7. Kapitel

Ihr Bett in der Nacht entschädigt sie beinahe für die Enttäuschung, nicht von Jack zurück zur alten Sardinenhütte begleitet zu werden. Eins der Dienstmädchen, Sally, hilft ihr beim Ausziehen, so wie es Mary früher zu Hause tat. Isabel genießt das Lösen von Bändern, Häkchen und Schnüren.

Das Bett ist eine Wolke aus Seide und Federn, trotzdem liegt sie noch lange wach. Immer wieder geht sie die Ereignisse des Abends durch und erinnert sich an die tiefe Freude wie auch an den Schrecken, Jack wiederzusehen. *John Carlyon*, sagt sie in Gedanken, immer wieder, versucht sich an diesen Namen zu gewöhnen, doch es nützt nichts, er bleibt für sie einfach *Jack*.

Am Vormittag klopft Harriet an die Tür, um Isabel eins ihrer Kleider anzubieten. Sie ist gerührt, aber lehnt mit der Begründung ab, es würde sie nicht stören, den blauen Musselin noch einen Tag länger anzuziehen, und ob Harriet nicht auch der Auffassung sei, dass einer der Vorteile von Baumwollmusselin darin bestände, dass der Stoff leichterdings Tag wie Nacht zu tragen sei? Bei einem späten Frühstück aus Honig und Pflaumenkuchen, Erdbeeren und Sahne, Brioche mit Marmelade, Kaffee, Tee und heißer Schokolade fragt Isabel ihre Freundin: »Verraten Sie mir bitte, wo befindet sich Mr. Carlyons Anwesen? Ich glaube, er hat es gestern Abend nicht erwähnt.«

Nachdem sie eine halbe Stunde lang gegessen hat, fühlt sich

ihr Magen an wie mit Wolle gestopft, dennoch nimmt sie sich noch eine Scheibe Honigkuchen und knabbert daran. Nun, da die Realität des Cottages wieder am Horizont erscheint, ist Isabel entschlossen, das Essen in Weatherston bestmöglich auszukosten. Wenn sie genug frühstückt, könnte es bis zum nächsten Morgen reichen. Sie muss sich der Versuchung widersetzen, eine fünfte Scheibe Honigkuchen in den Falten ihres Kleids zu verstecken.

»Hat er das nicht?«, gibt Harriet zurück. Sie trinkt einen kleinen Schluck Kaffee. »Er hat Sie gestern Abend oft angesehen, Isabel.«

»Wirklich?« Sie versucht, sich unbeeindruckt zu geben. Der Kaffee schmeckt, als sei er für die Götter des Olymps gebrüht: heiß, bitter und stark. »Das habe ich nicht gemerkt.«

»Wissen Sie, dass er noch Junggeselle ist?«

»Ach ja? Und wo bitte befindet sich sein Anwesen?«

Harriet lacht. »Sie brauchen sich bei mir nicht zu verstellen, meine Liebe. Ich habe gemerkt, dass er Ihnen ins Auge gefallen ist, sobald ich Sie einander vorgestellt habe. Sein Anwesen liegt in Roskorwell, drei Meilen entfernt von hier an der Küste. Man gelangt über den Küstenpfad dorthin, aber in die entgegengesetzte Richtung von Helford. Er besitzt hauptsächlich Ackerland, das er verpachtet hat, aber das Haus ist von stattlicher Größe, und sein Familienname ist in dieser Gegend altbekannt. Ich wage zu behaupten, Sie könnten es schlechter treffen. Andererseits spricht auch Leutnant Sowerby nur in den höchsten Tönen von Ihnen.«

Roskorwell. An der Küste. Sie prägt sich den Namen ein. »Ich bitte um Verzeihung, was ist mit Leutnant Sowerby?«

»Er spricht in den höchsten Tönen von Ihnen und hat mich um meine Meinung gebeten. Ich habe sie ihm natürlich ganz offen gesagt, und ich kann Ihnen versichern, dass auch ich voll des Lobes war. Es sollte mich nicht wundern, wenn er sehr ernste Absichten hätte.« Harriet nippt an ihrer heißen Schokolade.

Klirrend stellt Isabel die Tasse auf der Untertasse ab. Sie hatte gehofft – vergeblich, wie ihr jetzt klar wird –, dass sie die Absichten des Leutnants falsch eingeschätzt hat.

»Ich hoffe, ich habe Sie durch mein Gespräch mit Leutnant Sowerby nicht beleidigt, Isabel.«

»Oh nein, ganz und gar nicht«, sagt sie, und der Honigkuchen liegt ihr schwer im Magen.

Als sie mit dem Frühstücken fertig sind, schlägt Harriet vor, einen Spaziergang durch den Garten zu machen, aber Isabel sagt, sie müsse jetzt wirklich nach Hause, sie habe viel zu tun, worauf Harriet ihr anbietet, die Kutsche zu nehmen.

»Ich möchte Ihnen keine Umstände bereiten«, sagt Isabel. »Der Fußweg wird mir guttun.« Sie umarmt die Freundin und macht sich sofort auf den Weg. Nachdem sie das Pförtnerhaus hinter sich gelassen hat, schlägt sie jedoch den Küstenpfad in entgegengesetzter Richtung von Helford ein. Das Meer liegt ruhig unter der höher steigenden Sonne, und nur wenig Schaum kränzt die Wellen, die in die Buchten hinein- und hinausrollen. Wenn sie sie beobachtet, ist ihr, als würden die Wogen durch sie hindurchrauschen.

Nach ungefähr zweieinhalb Meilen trifft sie auf ein Holzschild, das den Weg nach Roskorwell weist. Sie ist froh, ein so leichtes Kleid zu tragen; es ist warm für einen Spaziergang. Isabel zieht ihre Handschuhe aus und verstaut sie sorgfältig in ihrer Handtasche. Sie weiß nicht, was sie zu Jack sagen soll; sie weiß nur, dass sie ihn sehen muss.

Nochmals geht der Weg nach Roskorwell ab; Isabel überquert einen Bach, der die Klippe hinunterstürzt, dahinter öffnet sich ein Waldgebiet zu einem Feld, hinter dem ein Haus liegt. Es ist deutlich kleiner als Weatherston; mit seinen Anbauten sieht das nur zwei Stockwerke hohe eigentliche Gebäude eher wie ein zu groß geratenes Bauernhaus aus. Mit weiß getünchtem

Lehm verputzt ist es von derselben Ungleichmäßigkeit wie viele Cottages in Helford. An einer Seite klettert Efeu an der Mauer empor; entlang der Fassade wachsen Büschel blauer Hasenglöckchen und kleiner weißer Blumen. Gruppen von Stockrosen, noch nicht in Blüte, lehnen sich gegen die vielen kleinen Fenster, zusammen mit Rosenbüschen, die zurückgeschnitten werden müssten. Der Duft der Blumen vermischt sich mit der Meeresluft. Die Vorderseite des Hauses blickt auf die Felder, die Rückseite aufs Meer.

Ein kurzer Kiesweg führt zu einer Tür mit einem alten Eisenklopfer. Isabel lässt ihn gegen das Holz fallen und lauscht dem Echo im Haus. Ihr Herz stolpert. Sie weiß nicht, was sie erwartet – ob Jack selbst an die Tür kommen oder ein Dienstbote sie zu ihm bringen wird. Sie weiß auch nicht, was sie sagen will. Einige Minuten vergehen, ohne dass jemand erscheint. Von der Stufe vor dem Haus kann sie einige Nebengebäude an der Seite erkennen; einen Stall, vermutet sie, und etwas, das ein großer Schuppen zu sein scheint, doch es ist niemand da. Noch einmal betätigt sie den Türklopfer und wartet. In der Ferne schreien Möwen. Das Meer spielt seine endlose Melodie, braust und kracht, braust und kracht gegen die Felsen.

Als sie gerade gehen will, schwingt die Tür auf. Ein Mann mit einem eindrucksvollen schwarzen Schnurrbart mustert sie von oben bis unten, und bevor sie irgendetwas sagen kann, teilt er ihr mit, dass der Hausherr nicht zugegen sei. Isabel schluckt die frisch aufsteigende Enttäuschung hinunter und fragt: »Wann wird Mr. Carlyon denn zurückerwartet?«

»Woher soll ich das wissen?«

»Aber doch heute? Oder ist er hinaus auf See gefahren?«

Der Mann sieht sie mit zusammengekniffenen Augen an. »Schon noch heute.« Er klingt misstrauisch.

»Könnte ich in dem Fall bitte auf ihn warten? Ich muss ihn

sprechen. Es ist wichtig, ich habe einen langen Weg hinter mir.«

»Von wo?«

»Von Helford«, ergänzt sie, obwohl sie nur von Weatherston herübergekommen ist. Als der Dienstbote nicht reagiert, fügt sie hinzu: »Zu Fuß.«

»Zu Fuß?« Sein Blick wandert an ihrem Kleid hinauf und hinunter. Er sagt nichts weiter, aber sie kann seine Gedanken lesen: *In einem so guten Kleid?*

»Darf ich hier bitte auf Mr. Carlyon warten?«

»Das könnte Stunden dauern.«

»Das stört mich nicht im Geringsten.«

Der Mann tritt zur Seite, um sie hereinzulassen, und führt sie ohne ein weiteres Wort in einen Raum, der so mit Büchern vollgestopft ist, dass die Stapel auf den Fensterbänken den unteren Teil der drei Fenster verdecken. Ein großer Schreibtisch mit Intarsienarbeiten im Holz steht in der Mitte des Zimmers, auch auf ihm drängen sich Papiere, ein Tintenfass und weitere Bücher. Der Raum ist halb Studierzimmer, halb Bibliothek und riecht nach Holz, Leder, Erinnerungen. Isabel wird nicht in die Papiere sehen, doch sobald der Mann mit dem Schnurrbart verschwunden ist, inspiziert sie die Bücher in den Regalen: Milton, Shakespeare, Hume, Voltaire, Rousseau. Sie findet mehrere Bände über die Flora und Fauna der Westküste sowie über Seefahrt und Navigation. Manche Bücher sind auf Französisch verfasst. An den Wänden hängen Karten von der Küste, den Riffen, Fahrrinnen und Untiefen.

Der Mann mit dem Schnurrbart bringt ihr ein Glas Wasser, das sie im Stehen am Fenster trinkt, derweil sie über die Bücher auf der Fensterbank hinweg nach draußen schaut. Der blaue Horizont zittert in der Sonne. Möwen taumeln durch die Lüfte, stürzen wie Sternschnuppen ins Wasser, und in der Ferne erkennt sie zwei Sätze Segel, die ihr auf den Wellen tanzend zuzwinkern. Isabel beobachtet die Schiffe, bis sie nicht mehr zu sehen sind, und auf einmal weiß sie genau, was sie zu Jack sagen wird.

Mehrere Stunden später kommt er in einem Wust von Hitze, Schweiß und Pferdegeruch herein; seine Stiefel und der untere Teil seiner Hirschlederhose sind staubüberzogen. »Da sind Sie ja!«, ruft er, sobald er den Raum betritt. Der Satz zerrt an etwas in ihrer Brust. Es sind dieselben Worte, die er zu ihr sagte, als er blutend in ihrem Bett lag und sie das Wasser vom Brunnen hereinbrachte. Wie kann das nur zwei Wochen her sein?

Ein Hund begleitet ihn – braunes Fell, staksige Beine, lange Zunge. Er springt und hüpft um den Samtsessel herum, in dem Isabel nun seit einer Stunde sitzt.

»Jib! Platz!«, ruft Jack. Der Hund wedelt so heftig, dass sich sein gesamter Körper mitbewegt. »Platz!«, wiederholt Jack. Dann packt er den Hund am Halsband und bringt ihn aus dem Zimmer.

Als er wieder hereinkommt, hört man ein leises Jammern hinter der Tür. »Entschuldigen Sie! Meine Hündin ist noch nicht ausgewachsen.«

Isabel erhebt sich und legt das Buch, in dem sie herumgeblättert hat, verstohlen auf die Sitzfläche hinter sich. »Guten Morgen«, sagt sie zögernd, sieht sich nach einer Uhr um, schaut dann zum Fenster hinaus. Die Sonne steht hoch an einem so blassen Himmel, dass er fast weiß sein könnte. »Guten Tag, meine ich.«

Jack wirft seinen Hut auf die Bücher auf dem Schreibtisch und überbrückt die Distanz zwischen der Tür und dem Sessel in vier Schritten, dann verbeugt er sich und hält Isabel die Hand hin. Sie legt ihre hinein, als wäre sie das letzte Stück zur Vervollständigung eines Puzzles. Er drückt die Lippen auf ihren Handrücken, dort, wo ihre Finger auf die Knöchel treffen, und verharrt einige Sekunden so. Sie spürt jede Sekunde tief in ihrem Bauch. Als er loslässt, sieht sie ihn ein wenig benommen an, und er lächelt und hält ihrem Blick stand, lange genug, dass sie das Gefühl hat, sich wieder setzen zu müssen.

»Wir hatten dieselbe Idee«, sagt er. »Ich war an der alten Sardinenhütte und habe dort auf Sie gewartet. Ich wollte mit Ihnen sprechen. Nach ein paar Stunden wurde mir klar, dass es vergebliche Mühe war … Ich habe mir gedacht, Lady Darby hat Sie vielleicht eingeladen, noch einen Tag länger zu bleiben, oder Sie haben sich entschieden, so lange zu bleiben, dass Sie sich noch ein zweites Abendessen sichern können.«

Bei seiner Anspielung wird sie rot; ja, sie hat das Essen enorm genossen, denn zu Hause hat sie nur schlecht geschälte Kartoffeln, Fisch voller Gräten und Suppe mit nicht aufeinander abgestimmten Zutaten.

Den Blick auf Isabel gerichtet sagt Jack liebevoll: »Ich verstehe, dass die Kost, an die Sie gewöhnt sind, nicht die ist, die Sie in ihrer jetzigen Situation bekommen. Dafür muss man sich nicht schämen.« Er wischt sich über die Stirn. »Bei Gott, ist das warm für Mai. Jedenfalls bin ich zurückgeritten, und Tom hat mir gesagt, eine Dame würde auf mich warten. Ich wusste, dass Sie es sind. Sie sind also direkt von Weatherston hergekommen?«

»Das bin ich«, bestätigt sie. »Es freut mich, dass wir beide die Absicht hatten, einander zu treffen. Darf ich Sie jetzt wieder Jack nennen?«

»So dürfen Sie mich immer nennen. Obwohl es gestern Abend richtig war, vorsichtig zu sein. Dieser Leutnant Sowerby ist scharfsinniger, als man denken könnte.«

»Sie haben ziemlich viele Informationen aus dem Gespräch mit ihm gewonnen.«

Jack lächelt kleinlaut. »Da sehen Sie, warum das Dinner so

wichtig war.« Er greift hinter Isabels Rücken und nimmt das Buch von der Sitzfläche des Sessels. *Voyage de La Pérouse autour du monde, publié conformément au décret du 22 Avril 1791* steht auf dem Deckblatt. »Sie lesen Französisch?«

»Ich versuche es.«

»Er ist auf der ganzen Welt gewesen, La Pérouse. Eine interessante Geschichte.« Jack klingt wehmütig.

»Würden Sie das auch gern tun?«, fragt Isabel. »Die Welt umsegeln?«

»Das können nur Männer, die von der Marine Seiner Majestät finanziert werden, wenn sie nicht jahrelang irgendeinen Hafen blockieren müssen. Oder Männer, die das Kapital haben, so eine Seereise zu bezahlen.«

»Sind Sie deswegen Schmuggler? Damit Sie das Geld für solch eine Forschungsreise zusammenbekommen?«

Er lacht. »Sie haben ein zu romantisches Bild von mir, Isabel. Ich schmuggele, damit ich das Dach meines Hauses reparieren lassen kann und damit meine Pächter ihren Kindern Brot kaufen können. Viele von ihnen gehören zu meiner Besatzung, sie können das zusätzliche Einkommen gut gebrauchen, besonders wenn uns die nächste Missernte trifft.« Erneut lachend reicht er ihr das Buch zurück. »Sie können es sich ausleihen, wenn Sie noch mehr über La Pérouse' Abenteuer lesen wollen.«

»Danke. Das wäre sehr nett.« Sie fährt mit den Fingern über den Ledereinband und sieht Jack wieder an. »Sie sollten wirklich nicht durch das Land reiten. Sie sollten sich ausruhen.«

»Es geht mir gut. In fünf Tagen segele ich nach Frankreich.«

»So bald schon?«, sagt sie und verdrängt ihr Nervenflattern. Sie wird ihn fragen müssen. Nein, denkt sie, nicht fragen – *fordern*. Geheimnisse haben ihren Preis.

»Wir müssen rechtzeitig zu Neumond zurück sein, um die Fracht abzuladen. Doch bevor wir weiter Geschäftsangelegenheiten besprechen, eine kurze Frage: Hat Tom Ihnen eine Erfrischung angeboten?«

»Ja, danke.«

Als Isabel das nicht weiter ausführt, hakt Jack nach: »Und? Was haben Sie bekommen? Tee? Kaffee? Brandy? Ich denke, es ist nicht zu früh am Tag. Wir haben jede Menge davon, auch wenn der Großteil unserer letzten Fracht noch nicht verdünnt und verkauft wurde.« Als er ihren Blick bemerkt, fügt er schnell hinzu: »Es ist nicht so, wie es sich anhört. Wir verschiffen ihn sehr hochprozentig, damit wir pro Passage möglichst viel mitnehmen können. Er ist zu stark zum Trinken – würde Ihnen den Hals verbrennen. Also, was hat Tom Ihnen gebracht, und möchten Sie vielleicht noch mehr?«

»Ich habe ein Glas Wasser genossen.«

»Genossen haben Sie das, ja? Dieser Halunke. Möchten Sie vielleicht ein Glas Kaffee oder Portwein? Wir haben einiges zu besprechen. Zuvorderst die Tatsache, dass Sie nun einer der wenigen nicht aktiv an unserer Operation beteiligten Menschen sind, die wissen, dass ich der Kapitän der *Rapide* bin.«

Zehn Minuten später sitzen sie in zwei Brokatsesseln vor dem leeren Kamin im Salon, von denen man wie in Jacks Studierzimmer aufs Meer blickt. Jib, die Hündin, liegt zu Jacks Füßen. Der Wind weht durchs Fenster herein, begleitet vom Rauschen der Wellen. Der Kaffee riecht leicht angebrannt. Das Wetter ist fast zu heiß dafür.

»Dies ist mein Vorschlag«, beginnt Jack.

Die Art, wie sein Blick auf ihr ruht, lenkt sie ab, ebenso sein Gesichtsausdruck und was er bei ihr auslöst. Jack hat etwas Ursprüngliches, als würde irgendwas an ihr ihn hungrig machen.

»Isabel?«

»Ich bitte um Verzeihung. Was haben Sie gesagt?«

»Ich schlage einen Anteil von noch mal zwei Prozent am Gewinn vor, zusätzlich zu den zwei Prozent, die Sie bekommen, wenn wir die Hütte als Lager nutzen dürfen. Das sind zwei Prozent fürs Stillschweigen über meinen Namen und zwei für die Nutzung der Hütte. Tom Holder hat mir erzählt, dass Sie damit einverstanden sind.«

Isabel schüttelt den Kopf. Sie atmet tief ein. Mit der Seeluft auf der Zunge sagt sie: »Ich möchte keine weiteren zwei Prozent Anteil.«

»Sie verhandeln sehr hart. Dann drei Prozent für Ihr Schweigen und zwei für die Hütte. Das könnte sich pro Fahrt auf bis zu fünfundzwanzig Pfund belaufen.«

»Ich will kein Geld. Ich möchte etwas, das Sie viel weniger kosten wird.«

Er beugt sich vor, die Ellenbogen auf die Knie gestützt. Neugier blitzt in seinem Gesicht auf. »Ach ja? Und was wäre das?«

»Ich möchte, dass Sie mich mitnehmen, wenn Sie das nächste Mal in See stechen.« Das ist es, was sie will, was sie *braucht* – dorthin gelangen, wo George und ihr Vater waren, um endlich das störrische Sehnen in ihr nach einem Ort zu befriedigen, der so weit vom Ufer entfernt ist, dass der Horizont ringsherum nur aus Wasser besteht.

Ungefähr zehn Sekunden lang sieht Jack sie an, die eine Hälfte seiner Unterlippe zwischen seinen Zähnen gefangen. In diesem kurzen Zeitraum glaubt sie, er sei einverstanden. Die Faszination in seinem Gesicht; die – darf sie es denken? – Zuneigung. Und der Hunger. Dann schüttelt er den Kopf und sagt: »Nein.«

»Nein?«, wiederholt sie dümmlich.

»Unter keinen Umständen werde ich so etwas tun.« Seine Finger tanzen auf seinen Knien. »Welch absurder Vorschlag.«

Sie zuckt zusammen, als hätte sie eine Ohrfeige bekommen. »Aber, Jack …«

»Haben Sie irgendeine Vorstellung, wie gefährlich das ist? Wie viele Schiffe jedes Jahr verloren gehen, in Stürmen sinken oder in Untiefen auf Grund laufen? Und das ist nichts im Vergleich zu dem Risiko, in ein Gefecht mit einem Schiff der Krone zu geraten.« Er springt auf und läuft im Raum auf und ab. »Ich kann es nicht fassen, dass Sie so etwas von mir verlangen, Isabel!«

Irgendetwas in ihr fühlt sich angegriffen. »Sie tun es doch auch! Sie fahren die ganze Zeit zur See! George und mein Vater haben es getan. Warum sollte ich es nicht können? Wieso nehmen Sie an, ich sei aus so schwachem Holz geschnitzt, dass ich den Gefahren nicht ebenso trotzen könnte wie Sie?«

Er bleibt stehen und dreht sich zu ihr um. »Als ob ein Mann den Tod einer Frau auf See auf dem Gewissen haben wollte. Oder sonst wo.«

Er klingt so verbittert, dass sie tiefer in ihren Sessel sinkt.

»Was ist mit Frauen, die ins Ausland reisen, nach Amerika, nach Indien?«, fragt sie. »Gehen die nicht auf ein Schiff?«

»Solche Art von Reisen kann nicht vermieden werden. Sie sind verrückt, wenn Sie glauben, dass ich Sie mit auf eine Schmuggelfahrt nach Frankreich nehme.« Als er ihren Gesichtsausdruck sieht, setzt er sich wieder und fügt ruhiger hinzu: »Das sage ich zu Ihrem eigenen Wohl. Warum wollen Sie überhaupt auf See?«

Sie schaut auf ihre Hände, eng um das Kaffeeglas auf ihrem Schoß geschlungen, und sagt: »Was wollen Sie dort?«

»Geld verdienen. Selbstredend.«

Ihr Glas ist leicht verschmiert, wo ihre Lippen es berührt haben. Sie wischt darüber. »Ich bin mir sicher, dass das nicht der einzige Grund ist.«

»Bei mir ist das etwas anderes. Sie sind eine Frau. Warum sollten Sie segeln gehen wollen?«

Mit einem vorsichtigen Blick zu ihm sagt sie leise: »Vielleicht weil ich die Tochter des Bucca bin.« Das meint sie natürlich nicht ernst, sie versucht nur, die Stimmung zu lockern. Tatsächlich? Beim Geräusch der in der Ferne brechenden Wellen ist der Wunsch so stark, so unabweisbar, dass sie nicht lockerlassen darf. Sie muss Jack zur Einsicht bringen – koste es, was es wolle.

»Sie meinen, das Meer ruft Sie.« Er lächelt andeutungsweise, und seine Verbitterung verebbt ein wenig. »Wie eine Sirene einen Seemann ruft.«

Sie denkt an das erste Mal, als sie im Fluss schwamm, an die Stimme, die sie in den Schreien der Möwen und im Sausen des Windes hörte. »Ja, so fühlt es sich an.« Sie sagt das sehr ernst, und Jack erwidert lächelnd: »Aber wenn die See eine gefährliche Geliebte ist, können Sie sich vorstellen, was für eine Mutter sie abgibt?«

Seine bildhafte Antwort macht ihr Mut. »Es wäre nur das eine Mal. Bitte, Jack! Ich wollte schon immer zur See fahren.«

Er tippt an sein Kaffeeglas. »Das mag überraschend für Sie sein, aber es kümmert mich nicht, was Sie wollen.«

Sie drückt die Hände auf dem Schoß aneinander. Sie verabscheut sich für das, was sie jetzt sagen wird. Allein der Gedanke an Leutnant Sowerby lässt sie unter der Bürde ihres Schuldgefühls den Kopf einziehen – allein schon die Aussage; die Andeutung, sie könnte ihn verraten. Das würde sie niemals tun. Dennoch muss Jack glauben, dass es möglich wäre. Nur so kann sie ihn zur Zustimmung bewegen. Sie sagt: »Es ist durchaus in Ihrem Interesse, sich um das zu kümmern, was ich will, wenn Sie nämlich verhindern wollen, dass ich mit dem Steueramt spreche.«

Stille, abgesehen von den Wellen. Dann sagt Jack wohlüberlegt: »Seien Sie vorsichtig, Isabel. Es gibt Mittel und Wege, mit denen ich das verhindern könnte.«

Sie denkt an die Pistole in seiner Hand, als er verwundet in ihrem Bett lag, und wie schnell er beim leisesten Geräusch wach war und auf die Tür zielte. Zum ersten Mal sieht sie einen gefährlichen Mann in ihm. Auch das verabscheut sie. Sie schluckt und entgegnet: »Das würden Sie nicht tun.«

Er hält ihrem Blick stand. Ihr Herz rast, stolpert. Die Reiseuhr auf dem Kaminsims tickt eine halbe Minute lang, dann noch eine halbe. »Nein«, sagt er schließlich. »Würde ich nicht.«

Mit einem Schaudern atmet Isabel ein. »Also nehmen Sie mich mit?«

»So scheint es zu sein. Gott stehe mir bei!« Er blickt ihr in die Augen, und sie sieht darin noch etwas anderes als Resignation. Sorge, tiefgehende Sorge, und dieselbe Zuneigung, die sie schon zuvor erkannte. »Was ist mit Ihrer Weigerung, die Franzosen zu unterstützen?«

Die Sonne sticht durch die Fenster in ihre Haut, ihre Adern. Ihr Kopf pocht. Sie wird zur See fahren. *Sie fährt zur See. Sie fährt!* »Oh, danke, Jack! Die Franzosen sind mir völlig einerlei!« Das stimmt nicht ganz, aber es stimmt in diesem Moment, jetzt. Sie würde ihn am liebsten umarmen, ihn küssen. Doch sie bleibt in ihrem Sessel und umklammert das Glas so fest, dass sie beinahe damit rechnet, dass es zerspringt.

»Wahrscheinlich lohnt es sich allein für Ihren Gesichtsausdruck«, sagt er. »Auch wenn ich Sie warnen muss: Ich mag es nicht, wenn man mir sagt, was ich zu tun habe.«

Lächelnd erwidert sie: »Und ich mag es nicht, wenn man mir sagt, was ich nicht tun darf.«

Er zuckt mit den Schultern. »Das ist Ihr Schicksal als Frau. Aber keine Sorge, ich werde Ihnen nicht sagen, was Sie nicht dürfen. Sie werden Folgendes tun: Sie melden sich nicht später als um sechs Uhr am Sonntagabend hier im Haus. Ich nehme Sie mit zur *Rapide*; ich werde Ihnen nicht verraten, wo sie vor Anker liegt. Wir laden die restliche Fracht auf, und bei Einbruch der Nacht segeln wir los. Sie dürfen ein kleines Bündel mit Habseligkeiten mitnehmen, mehr nicht. Der gesamte Platz an Bord ist für die Ware vorgesehen, die wir in Frankreich abholen. Verstanden?«

»Ja«, sagt sie.

»An Bord heißt das: ›Aye, Kap'tän‹.« Ein Lächeln zupft an seinen Mundwinkeln. »Ich erwarte, dass Sie arbeiten. Das ist keine Vergnügungsfahrt.«

»Natürlich.« Sie wird alles tun, denkt sie, jede Aufgabe übernehmen, die er ihr zuteilt. Die *Rapide* – könnte es einen besseren Namen für ein Schiff geben?

»Ich muss Ihnen das sicherlich nicht sagen, aber kein Wort zu irgendjemandem. Nicht zu Lady Darby oder sonst wem. Legen Sie sich eine Geschichte zurecht, falls Leutnant Sowerby bei Ihnen vorbeikommt. Ich habe gehört, dass er das angedroht hat. Vielleicht ein Besuch bei Verwandten in einiger Entfernung.«

»Sehr gut.« Isabel lächelt wieder, immer noch.

»Wie ich gesagt habe, es ist gefährlich«, bemerkt Jack nüchtern. »Die *Swallow* lauert an der Küste, und Sie haben hautnah miterlebt, was eine Muskete der Gegenseite einem Menschen antun kann. Von den Gewehren ganz zu schweigen. Ich hoffe, Sie wissen, worauf Sie sich einlassen.« Eine kurze Pause, dann fügt er hinzu: »Und ich auch.«

Isabel schaut über ihren Glasrand hinweg. »Versprechen Sie es mir? Dass Sie es sich nicht anders überlegen?«

»Auf meine Ehre. Ich nehme Sie mit, aber nur auf diese eine Fahrt.«

»Mehr verlange ich gar nicht.« Ein kurzer Schluck, dann sagt sie: »Ich hätte Sie niemals ans Steueramt verraten.«

»Das weiß ich. Aber ich erkläre Ihnen, warum ich Gefallen an Ihrer Idee gefunden habe, nachdem ich einen Moment darüber nachgedacht habe. Sehen Sie, Sie hätten mich nicht verraten, aber abgesehen von Ihrem Charakter, der durchaus zuverlässig zu sein scheint, hatte ich keine Garantie dafür. Jetzt schon. Von nun an kann ich mir sicher sein, dass Sie nicht den Mund aufmachen werden, denn jetzt sind Sie eine von uns. Wenn sie anfangen, Schmuggler aufzuknüpfen, gehören Sie dazu.«

Wieder klopft er gegen sein Glas. Der Klang erinnert Isabel an eine Glocke. Obwohl die Sonne ins Zimmer scheint, ist ihr kalt geworden. Daran hat sie nicht gedacht. *Von nun an sind Sie eine von uns.* Sie wird eine Verbrecherin sein. Was hätte George dazu gesagt? Gewiss, er liebte das Meer; er liebte die Marine. Er hätte es verstanden, oder?

»Sind Sie sicher, dass Sie das wirklich wollen?«, fragt Jack noch mal.

»Ja«, sagt sie. »Nicht das Schmuggeln, sondern das Segeln – absolut. Ich habe es mir schon immer gewünscht. Und da die Marine Seiner Majestät mich nicht nimmt, scheint mir eine Fahrt auf einem Schmugglerschiff genau das Richtige zu sein.«

»Sie sind eine seltsame Frau, Isabel Henley«, sagt Jack, aber er grinst wieder, und sie denkt: *Es stört ihn nicht.*

Als sie den Kaffee getrunken haben, schweigen sie so lange, dass Isabel, nur um etwas zu sagen, bemerkt: »Ich gehe jetzt besser nach Hause. Ich wollte noch eine Makrele kaufen, wenn der Fang eingebracht wird.«

»Ich begleite Sie nach Helford«, sagt Jack. »Ich habe ohnehin ein Treffen mit Tom Holder geplant, um ein paar Dinge abzusprechen.«

»Was für Dinge?«, fragt sie.

»Ist es Ihr Ziel, mein Geschäft zu Ihrem zu machen?«

»Ich denke, es waren Sie, der es zu meinem gemacht hat, als Sie entschieden haben, dass Ihre Leute Sie in mein Cottage tragen, damit Sie blutend in meinem Bett liegen konnten.«

»Und welch gute Entscheidung das war«, sagt er anerkennend. »Ich hätte mir keine bessere Krankenschwester wünschen können.« Mit tiefer Stimme fügt er hinzu: »Ich dachte, ich traue meinen Augen nicht, als ich Sie gestern in Weatherston sah. Sie erweckten den Eindruck, als hätten Sie nie woanders hingehört.«

»Ich war einmal Teil dieser Gesellschaft«, sagt Isabel und stellt ihr Glas auf den kleinen runden Tisch neben ihrem Sessel. »Jetzt nicht mehr. Wenn es so aussah, ist das nur ein Beleg für mein Talent, mich zu verstellen.«

»In der Hinsicht sind wir uns ähnlich«, sagt Jack. »Auch ich bin früher in Salons mit Seidentapeten verkehrt und kann mich verstellen, wenn ich muss.«

»Und wo ist jetzt Ihr Platz?«, fragt sie.

»Im Hinterzimmer von Kneipen. Nachts in einer Bucht, wo ich Fracht ablade und in Höhlen verstaue.« Er schmunzelt. »Mit dem Hals in einer Schlinge, wenn Sie Leutnant Sowerby fragen.«

»Machen Sie keine Scherze darüber. Ich kann die Vorstellung nicht ertragen.«

»Er hat noch keinen von uns erwischt. Auch wenn das Schwein den armen Jed Ferries gehängt hat.« Jack trinkt seinen Kaffee aus und stellt das Glas ab. »Ich schätze, vor allem gehöre ich aufs Deck der *Rapide.*«

»Da würde ich auch gern hingehören«, sagt Isabel leise.

Jack zieht die Augenbrauen hoch. »Es gibt einen feinen Grat zwischen Sturheit und Wahnsinn. Ich würde sagen, Sie befinden sich genau darauf.«

»Genauso ein Grat wie zwischen Mut und Dummheit?«

»Schauen wir erst mal, was Ihr Magen zu den Wellen im Kanal sagt, ja?« Jack erhebt sich vom Sessel. »Das Pferd ist für den nächsten Einsatz bereit. Darf ich Ihnen einen Ritt zur alten Sardinenhütte anbieten, Isabel?«

Ungewollt muss sie kichern. »Das ist ein Widerspruch in sich: ein so galantes Angebot und ein so profanes Ziel. Nicht nur zur

Sardinenhütte, sondern zur *alten* Sardinenhütte. Wann kommen die Sardinen eigentlich? Ich habe schon viel darüber gehört, bin aber noch auf keine einzige gestoßen.«

»Man stößt auch nicht auf eine einzige«, sagt Jack und bietet ihr den Arm, als sie aus der Haustür treten. »Man stößt auf Tausende. Manchmal Millionen. Sie werden merken, wenn es so weit ist – dann ist das ganze Dorf auf den Beinen und hilft, den Fang einzuholen.«

Jack schließt den Hund im Haus ein und sagt: »Sie ist heute schon genug gelaufen; sie ist zu jung für einen zweiten Ausflug nach Helford und zurück.« Der Stallbursche, ein Junge von ungefähr sechzehn Jahren, führt Jack sein Pferd zu. Es ist eine große graue Stute namens Myra, eins der vier Pferde in seinem Besitz. Sie scheint kräftig genug zu sein, um zwei Personen zu tragen. »Ich habe keinen Sattel für zwei«, erklärt Jack. »Auch keinen Damensattel. Können Sie ohne einen reiten?«

»Denke schon. Ich habe es noch nicht probiert.«

»Ich halte Sie fest«, sagt er.

Es ist, als würde sich ihre gesamte Körperwärme in ihrem Unterbauch sammeln. »Das ist gut«, murmelt sie, und er hilft ihr auf den Rücken des Pferdes, um anschließend hinter ihr aufzusteigen. Es ist so warm, dass er keine Jacke angezogen hat, und sie spürt durch die Baumwolle seines Hemds, wie sich seine Brust an ihrem Rücken hebt und senkt, wie seine Oberschenkel die Rückseite ihrer Beine berühren und sein Atem ihr Haar streift. Sie bildet sich ein, das Klopfen seines Herzens zu hören.

»Sitzen Sie bequem?«, fragt er und schnalzt mit der Zunge.

Sie fragt sich, ob er sie neckt. »Ja«, erwidert sie, doch durch ein Stocken ihrer Stimme kommt es gebrochen heraus, sodass sie es noch mal versucht. »Ja, danke.«

Er lacht leise, und los geht es im Trab über die Straße nach Manaccan, die eine Zeit lang landeinwärts verläuft, bevor sie wieder zum Meer abbiegt. Eine Weile spricht keiner von beiden. Isabel fragt sich, was Jack wohl denkt. Ärgert er sich, weil sie ihn dazu gebracht hat, sie mit auf See zu nehmen? Oder ist er mit ihrer körperlichen Nähe beschäftigt, so wie sie mit seiner; verwirrt sie ihn ebenso?

Sie malt sich aus, was ihre Mutter gesagt hätte, hätte sie Isabel so reiten sehen, einem Mann derart nah, ohne Damensattel. Die Zwänge, die unverheirateten Frauen auferlegt werden, gelten nicht für sie als Witwe, doch so mit Jack zu reiten, ist jenseits der Grenzen des Schicklichen, wie ihre Mutter zweifellos angemerkt hätte.

Nach einer Weile nehmen sie die Abzweigung nach Helford, und Jack sagt: »Und? Wie gefällt Ihnen Ihr neues Leben hier? Es muss sich stark von dem unterscheiden, das Sie gewohnt waren.«

»Das stimmt. Ich gebe zu, dass ich es anfangs gehasst habe. Die Schwierigkeiten, die ich mit den einfachsten Verrichtungen hatte – sie haben mich zur Weißglut gebracht. Aber dann habe ich festgestellt, dass man eine gewisse Befriedigung daraus ziehen kann, Dinge selbst zu machen. Jetzt stört es mich nicht mehr besonders, es sei denn, irgendetwas geht gehörig schief. Außerdem ist Helford ein reizendes Dorf. Die Menschen sind sehr freundlich.«

»Ist irgendwas schiefgegangen?« Jack klingt besorgt.

»Nicht viel«, beeilt sie sich zu sagen. »Ausgenommen Leutnant Sowerby, der mir schon mehrere Besuche abgestattet hat. Ein abscheulicher Mensch. Aber abgesehen davon ist nur die Winde am Brunnen abgerissen. Sie muss wieder am Balken befestigt werden, aber ich komme nicht dran, ohne einen Sturz zu riskieren. Im Moment traue ich mich nicht, die Kurbel zu benutzen, weil ich Angst habe, das ganze Ding fällt hinunter.«

»Ich sehe es mir mal an«, sagt Jack, als sei es das Normalste der Welt. Sie genießt dieses Gefühl von Normalität, so wie sie das Heben und Senken seines Oberkörpers in ihrem Rücken genießt. Das Korsett klebt an ihrer verschwitzten Haut, ihr Kleid an den Oberschenkeln, außerdem ist es an einer Seite unziemlich hochgerutscht, weil sie rittlings auf dem Pferd sitzt, doch das alles ist unwichtig: Wichtig ist allein das Heben und Senken, Heben und Senken.

»Oh, ich wollte nicht …«, setzt sie an, doch Jack unterbricht sie: »Das weiß ich, aber es klingt nach einer einfachen Reparatur, und da Sie jetzt zu meiner Besatzung gehören, kann ich nicht zulassen, dass Sie einen Sturz in den Brunnen riskieren.«

Isabel fühlt sich sonderbar leicht, als würde die Luft sie tragen. Sie beißt sich auf die Lippe, um nicht zu viel zu lächeln. »Ich gehöre dazu, nicht? Zu Ihrer Besatzung.«

»Für diese eine Fahrt«, gibt er zurück. »Erzählen Sie mir von Ihrer Familie. Ihr Ehemann – wie war er? Würde er Ihren Wunsch, zur See zu fahren, gutheißen?«

Ihren Wunsch, zur See zu fahren. Auch das bringt sie zum Lächeln, trotz der stechenden Schmerzen in ihr bei der Erinnerung an George. »Ich glaube, vielleicht schon«, sagt sie. Der Rest der Zeit vergeht schnell mit ihren Schilderungen von George, ihren Eltern, Greenwich und Woodbury House. Erst als das Cottage zwischen hohem Gras und Blumenteppichen in Sicht kommt, wird ihr klar, dass sie sich gar nicht nach Jack erkundigt hat. Er hat ihr nur erzählt, dass seine Familie seit vielen Generationen in Roskorwell lebt, dass seine Mutter an einem Fieber starb, als er erst sechs Jahre alt war, und sein Vater, der nicht erneut heiratete, als Jack sechzehn war. Er hat drei Schwestern, alle verheiratet, die in anderen Winkeln von Cornwall leben. Gewiss gibt es noch mehr über Jack Carlyon zu wissen als diesen Ausschnitt seines Stammbaums.

8. Kapitel

»Könnten Sie mir Hammer und Nägel geben?« Jack beugt sich über den Brunnen und inspiziert die Winde. »Müsste alles in der Hütte sein.«

»Seien Sie vorsichtig!«, mahnt Isabel angesichts seiner Verletzung. »Was ist mit …« Sie stutzt, als seine Worte bei ihr ankommen. »Woher wissen Sie, dass da ein Hammer ist?«

Er grinst. »Was glauben Sie wohl?«

Nach dem Bruchteil einer Sekunde lacht sie. »Sie haben ihn dort liegen lassen.«

»Wir haben ihn für die eingelagerten Kisten gebraucht.« Er drückt gegen die Winde.

Als sie ihm wenige Minuten später den Hammer reicht, fragt sie: »Wo haben Sie das gelernt?«

»Ob ich keine Dienstboten habe, die so etwas für mich erledigen, meinen Sie?« Stöhnend dreht er sich zur Seite, um einen Nagel in den Balken zu schlagen. »Geben Sie mir bitte noch einen Nagel? Auf dem Schiff müssen wir alles selbst reparieren. Ist nicht so, dass ich es mir leisten könnte, einen Zimmermann an Bord zu haben. Außerdem repariere ich gern Sachen auf meinem Anwesen, wenn ich nicht gerade Handel treibe oder segele. Ich ertrage keinen Müßiggang.«

Zehn Minuten später dreht Isabel an der Kurbel: Die Winde hält. »Danke, Jack.«

»Keine Ursache.« Er reicht ihr den Hammer zurück und wischt sich die Hände an der Kniebundhose ab.

»Darf ich Ihnen eine Erfrischung anbieten? Ich könnte Tee machen. Ich weiß ja nicht, ob Sie noch Zeit haben, bevor Sie sich mit Mr. Holder treffen?« Bevor er antworten kann, wird ihr etwas klar. »Moment. Wenn Sie heute Nachmittag mit Mr. Holder verabredet sind und den ganzen Vormittag hier auf mich gewartet haben, warum sind Sie dann noch mal zurück nach Roskorwell geritten?«

Fast schüchtern erwidert er: »Ich wurde gestern Abend um die Gelegenheit betrogen, Sie nach Hause zu begleiten. Diese Ehre wollte ich heute in Anspruch nehmen.«

»Treffen Sie sich nicht mit Mr. Holder?«

»Doch, aber erst heute Abend um sieben Uhr.« Ein Lächeln – nein, denkt sie, ein Feixen. »Erwischt.«

»Nun, was wollten Sie denn in der Zwischenzeit tun? Der gesamte Nachmittag liegt noch vor Ihnen.«

»Außer Ihren Brunnen zu reparieren? So weit hatte ich nicht gedacht. Ich könnte wahrscheinlich nachsehen, ob Tom jetzt schon Zeit hat.«

Isabel zupft an dem Moos, das zwischen den Steinen des Brunnens wächst. Es löst sich und zerfällt in ihrer Hand.

»Isabel …«

Wie er das sagt, tief und bedeutungsschwer … Es verleiht ihr den Mut zu erwidern: »Möchten Sie den Nachmittag mit mir verbringen? Wir könnten einen Spaziergang machen.«

Sein Lächeln erfüllt ihren Körper. »Ein Spaziergang wäre prächtig. Wenn Sie nichts gegen eine längere Strecke haben, könnte ich Ihnen einen meiner Lieblingsplätze an der Küste zeigen.«

»Das fände ich sehr schön«, sagt sie. »Aber was ist mit Myra?«

»Die stelle ich in die Hütte. Vielleicht haben Sie einen Eimer Wasser für sie?«

»Natürlich. Aber die Hütte kann nicht abgesperrt werden. Also, es gibt schon ein Schloss, aber das gehört nicht mir, und ich habe keinen Schlüssel.«

Er lacht. »Was glauben Sie wohl, wer den hat?«

Isabel sieht ihn fragend an, dann muss sie ebenfalls lachen. »Ah!«

Sie geht ihm voran ins Haus, holt eine runde Dose aus dem Küchenregal und sagt: »Soll ich Haferplätzchen mitnehmen? Die habe ich erst vor zwei Tagen gebacken. Dann könnten wir ein Picknick machen.«

»Ist das mein Hemd?«, fragt Jack hinter ihr.

Mit fliegendem Rock und flatternden Händen wirbelt sie herum. »Nein. Ich meine …« Sie hatte das Hemd vergessen. Warum musste er es entdecken? Sie versucht, es ihm abzunehmen, doch er reckt es für sie unerreichbar in die Höhe.

»Nun, ich glaube, doch.« Jack schlägt es aus, hält es sich an und untersucht es. »Sie haben es ausgebessert.«

»Ich … das war töricht. Ich dachte, Sie bräuchten es vielleicht, aber das war, bevor … Mir war nicht klar, dass Sie ein Mann mit Vermögen sind und … und das hätte ich natürlich merken müssen, Sie haben mir ja von dem Gewinn erzählt, den Ihnen der Schmuggel einbringt, aber auch abgesehen davon ist Ihr Anwesen …« Sie fährt sich mit der Hand über die Wange. »Sagen wir einfach, ich habe mich geirrt. Ich habe die Flecken nicht richtig herausbekommen, wie Sie sehen, und der Riss war sehr lang. Man kann es nicht mehr anziehen.« Sie zwingt sich zu lächeln. »Es hat mich eine Weile beschäftigt. Wie Sie mag ich es nicht, untätig zu sein.«

»Ich kann mir kaum vorstellen, dass Ihnen hier Zeit für Müßiggang bleibt«, sagt Jack unerwartet schroff. Er legt das Hemd wieder zusammen, und sie glaubt, er würde es ihr zurückgeben, doch das tut er nicht. »Danke für Ihre Mühe. Es ist sehr ordentlich gearbeitet.«

Als er nach draußen geht, nimmt sie schnell zwei Haferplätzchen und wickelt sie in ein Mulltuch, dann holt sie einen Eimer Wasser und bringt ihn in die Hütte. Jack bindet das Pferd locker an einem der Regale hinten fest. »Vergessen Sie das nicht!« Er holt das Buch über La Pérouse' Reise aus seiner Satteltasche und reicht es Isabel.

Die Sonne steht noch hoch am Himmel, als sie aufbrechen. Sie folgen dem Küstenpfad ins Dorf, am Wasser entlang und um die sich in die Klippen drückenden Häuser herum, vorbei am Shipwrights Arms. Zu Isabels Überraschung bleiben sie nicht auf dem Pfad, warten auch nicht auf die Fähre, sondern schlagen sich in den dichten Uferwald. Jack trägt das Bündel mit den Haferplätzchen sowie eine Flasche – Wein, vermutet Isabel –, die er ebenfalls aus Roskorwell in der Satteltasche mitgenommen hat. »Sie war für Tom gedacht«, erklärt er, »aber ich würde sagen, wir haben gute Verwendung dafür.«

Sie laufen hintereinander, und auf der ersten halben Meile kann Isabel keinerlei Weg erkennen, doch Jack scheint zu wissen, wohin er geht. Nach einer Weile weicht das Gras zurück und lässt einen Trampelpfad durch das Gestrüpp erkennen. Er ist so schmal, dass es sich um einen Wildwechsel handeln könnte. Von Zeit zu Zeit ruft Jack etwas über die Schulter, eine Bemerkung über das Land oder die Pflanzenwelt, aber meistens schweigen sie. Als Isabel sich allmählich fragt, wo er sie nur hinführen mag, biegt der Pfad ab, und sie sieht es. Vor ihnen liegt ein Flussarm mit hohen felsigen Ufern, dicht bewachsen mit Blumen und großen Bäumen, die ihre Wurzeln ins Wasser tauchen, das unglaublich blau unter dem verblassten, sonnenüberstrahlten Himmel ist. »Gütiger Gott!«, ruft sie und nimmt die schlichte Schönheit der Umgebung in sich auf.

Jack dreht sich zu ihr um und lächelt. Während sie dem Pfad am Ufer dieses Seitenarms entlang folgen, der tief ins Land schneidet, schützt sie das Blätterdach. »Dies ist der Frenchman's Creek«, erklärt Jack. »Wir ankern hier manchmal.«

Nach einer weiteren halben Meile bleibt Jack stehen. Unter ihnen fällt ein schroffer Hang in eine kleine Bucht mit einem Kiesstreifen als Ufer ab. Das Wasser umplätschert die Steine. »Meinen Sie, Sie schaffen es da hinunter?«

»Ich glaube schon«, sagt Isabel. »Wenn Sie vorgehen.«

»Mit dem Boot kommt man leichter hierher.«

Der schwarze Felsen ist warm unter ihren Händen; der Weg nach unten steiler, als sie dachte. Einmal rutscht sie ab und kann sich gerade noch an einem Vorsprung festhalten; im selben Augenblick greift Jack nach ihrem Knöchel und setzt ihren Fuß auf eine Stelle mit besserem Halt. Noch als sie unten angekommen ist, spürt sie den Druck seiner Finger auf der Haut.

Jack legt die Haferplätzchen und die Flasche auf einem flachen Felsen ab und wischt sich erst über die Stirn, dann durch den Nacken. »Verrücktes Wetter für diese Jahreszeit.«

»Danke, dass Sie mich hergebracht haben«, sagt Isabel.

»Ist eine hübsche kleine Bucht, nicht wahr?« Ein Grinsen, halb verborgen unter seinen Fingern. »So hübsch wie Sie.«

»Nicht, Jack.« Sie muss lachen und wird rot, und ihr Herz schwingt sich auf, so wie es das immer in Georges Nähe tat, als sie sich kennenlernten. Das sollte es nicht, doch es ist so. Wie anders Jack nun ist, denkt sie, verglichen mit der Zeit, als er bei ihr im Bett lag, als er die Operation durchlitt, bei der ihm die Kugel aus dem Bauch entfernt wurde, und auch wie anders als beim Dinner in Weatherston. Selbst als er Schmerzen hatte, lachte er gern, aber jetzt umspielt fast immer ein Lächeln seine Lippen, aus dem schnell ein Grinsen oder Schmunzeln wird. Vor allem wirkt er freier.

Um sich abzulenken, sagt Isabel: »Es ist viel zu heiß, um hier herumzustehen.« Sie öffnet ihre Schuhe, schlüpft hinaus und läuft auf Zehenspitzen zum Wasser. Die Kiesel brennen unter ihren Fußsohlen, doch der Fluss ist gnädig kühl. Sie watet hinein und ruft: »Das ist herrlich!«

Jack zieht seine Reitstiefel aus und schaut auf den Fluss, blinzelt leicht gegen das diamantene Funkeln der Wasseroberfläche. Das Musselin ihres Kleids breitet sich fächerartig um sie herum aus. Wie wunderbar wäre es, schwimmen zu gehen, denkt sie und spürt das Locken des Meeres. Was würde Jack dazu sagen?

Sie spritzt sich Wasser ins Gesicht und an den Hals, und plötzlich fährt der Impuls in sie – zu stark, um ihm zu widerstehen. Sie breitet die Arme aus und taucht ein, komplett mit Kleid, Unterrock, Korsett. Das Wasser ist eisig kalt, so wie zuvor; es beißt ihr ins Fleisch, raubt ihr den Atem, aber oh, dieses Gefühl, diese Freiheit.

»Isabel!«, ruft Jack, und sie dreht sich inmitten einer Baumwollwolke auf den Rücken und winkt ihm zu.

»Kommen Sie herein!«

»Sie sind wahnsinnig!«, ruft er, aber lacht und watet ebenfalls tiefer hinein, dann taucht auch er unter. Er ist ein guter Schwimmer, das sieht sie auf den ersten Blick; er wird sie sofort eingeholt haben, es sei denn …

Der Fluss umfängt sie, sie gleitet durchs Wasser, ihre Arme und Beine bewegen sich, als hätten sie nie etwas anderes getan als schwimmen, und vielleicht, ganz vielleicht stimmt das auch, denn ein Tag wie heute mit Jack neben ihr im kühlen Nass, das muss gewiss die herrlichste Sache der Welt sein.

Das Wasser rauscht, plätschert, singt; Isabel ist eins mit ihm, schwimmt wie ein Fisch. Das Band mit Georges Medaille zerrt an ihrem Hals. Ihr Kleid wallt um sie herum wie eine zweite Haut, wie Schuppen, und unvermutet denkt sie: *Ich bin zu Hause.*

Sie weiß nicht, ob sie damit den Fluss meint, Jack oder Helford, wo sie vor neunzehn Jahren gefunden wurde. Es ist gar kein richtiger Gedanke. Eher ein Gefühl, ein Heimkommen.

»Isabel!«

Sie dreht sich um und schaut zurück. Zu ihrer Überraschung ist sie ein ganzes Stück von ihm entfernt im tieferen Wasser von Frenchman's Creek. Der Flussarm ist zwar nicht besonders breit, aber Jack winkt zu ihr herüber und ruft, als sei sie in Gefahr.

Sie holt tief Luft und taucht unter, um mit einem kräftigen Beinstoß Schwung zu holen. Unter Wasser schwimmt sie zurück Richtung Ufer, doch ein Geräusch lässt sie innehalten. Das Kleid zieht sie wie eine träge, verdrehte Schleppe hinter sich her. Sie lauscht aufmerksam. Ja, da ist es wieder, ganz deutlich: eine Stimme, die Stimme, die sie schon kennt, nur sind es nicht der Wind oder die Vögel oder Ähnliches. Es ist der Fluss selbst, der ruft. *Schwimm! Komm heim!* Die Stimme ist direkt vor ihr, in der Mündung des Flusses. Sie klingt verführerisch, und ohne sich bewusst zu entscheiden, schwimmt Isabel darauf zu.

Komm heim! Schwächer, ferner jetzt. Nun klingt der Fluss wieder wie sonst, nach rauschendem Wasser und dem Blut in ihren Ohren. Nach ein paar weiteren Zügen gibt sie auf. Als sie in die Bucht zurückkehrt, immer noch unter Wasser, ist der Fluss ein kühler grüner Kokon. Am Abend zuvor in Weatherston hat sie noch gedacht, mehr sie selbst zu sein, doch jetzt weiß sie, dass sie sich geirrt hat: Hier, in den Tiefen von Frenchman's Creek, hat sie endlich zu sich selbst gefunden.

Eine Hand packt ihren Arm und reißt sie hoch. Der Ruck ist so plötzlich, dass Isabel aufschreit. Ihr Mund füllt sich mit Wasser. Jetzt kommt der Fluss und holt sie, denkt sie, voller Angst, dass der Schatten sie überwältigt. Wild um sich tretend versucht sie, sich zu befreien, durchbricht hustend und prustend die Oberfläche. Jack hält sie über Wasser, er steht auf dem Grund, der zu tief für sie ist, einen Steinwurf vom Ufer entfernt. »Mein Gott, Isabel«, sagt er.

Er ist so nah, dass sie jeden Wassertropfen in seinem Gesicht und auf seinen Lippen sehen kann, nur Zentimeter von ihren entfernt. Sie müsste sich nur vorbeugen, um ihn zu küssen. Er hält sie immer noch fest, die Arme um ihre Taille, ihr Körper so nah wie auf dem Pferd, und sie will ihn küssen, doch stattdessen sagt sie: »Warum haben Sie das getan?«

Das Hemd klebt an seiner Brust. Isabel kann jeden Muskel darunter fühlen. Er erwidert: »Ich dachte, Sie ertrinken. Ich habe noch niemanden gesehen, der so lange unter Wasser bleiben kann.« Misstrauisch sieht er sie an. »Sind Sie wirklich keine halbe Meerjungfrau?«

Sie lacht und ignoriert ihr Unbehagen, das die Stimme im Wasser ausgelöst hat. »Davon war nie die Rede. Halbe Meerjungfrau!«

»Sie schwimmen wie eine«, bemerkt Jack und schiebt ihr eine triefende Haarsträhne hinters linke Ohr. »Sie sind so schön wie eine.«

»Jack«, sagt sie leise. *Jetzt küsst er mich gleich*, denkt sie. Das sollten sie nicht tun, aber es wird so kommen. Es erscheint ihr unvermeidlich, wie die Nacht am Ende eines Tages, wie der Ablauf der Gezeiten.

Doch er tut es nicht. Er lässt sie los und schwimmt zurück ans Ufer, wo er sich auf einem schwarzen Felsen in die Sonne setzt. Isabel folgt ihm. Sie sieht, wie er sein Hemd über den Kopf zieht und es auswringt. In der Sonne ist alles scharf und klar – das Wasser, das unter seinen Händen aus dem zusammengeballten Hemd strömt, das Krachen des Wassers, wenn es auf die Felsen trifft, die Rundung seiner gebräunten Schultern, als er sich vorlehnt, der erhabene Strich auf seiner linken, wo die Haut heller ist; die Art und Weise, wie ihm das Haar in die Stirn fällt.

Ihr Blick landet auf seinem Verband. *Oh nein.*

In nassen Musselin gehüllt kommt sie aus dem Wasser. Der Stoff klebt an ihren Beinen, am Umriss ihrer Hüften, an der Erhebung unter ihrem Korsett. Sie merkt es an seinem Blick; daran, wie sein Lächeln erscheint und sich seiner bemächtigt. Er kann sie ebenso sehen wie sie ihn in seinen nassen Kniebundhosen und mit bloßem Oberkörper. Keiner von beiden schämt sich, weder sie noch er – glaubt sie zumindest. Und er trägt noch den Verband.

»Ihre Verletzung«, bemerkt Isabel und setzt sich neben Jack auf den Felsen. »Die Wunde darf doch nicht nass werden, oder?«

»Rowell wird nicht begeistert sein. Der Arzt hatte angeordnet, mich vom Wasser fernzuhalten. Ich spüre sie noch, bei bestimmten Bewegungen; der Körper ist dort nicht so nachgiebig. Aber eben gerade habe ich sie rundweg vergessen.« Er schmunzelt. »Als ich gesehen haben, dass Sie ins Wasser gehen, waren alle Bedenken so gut wie weggeblasen.«

»Wenn Sie in der Sonne bleiben, wird die Wunde gleich trocken sein«, sagt Isabel. Immer wieder wandert ihr Blick über seinen Körper. Sie will Jack berühren, will spüren, ob seine Haut so hart und gespannt ist, wie sie aussieht. »Woher stammt das?« Sie weist auf den Strich an seiner linken Schulter, ungefähr fünfzehn Zentimeter wulstiges Narbengewebe.

Jack schaut darauf, als hätte er vergessen, dass dort etwas ist. »Das war das Entermesser eines Steuereintreibers. Vor drei Jahren lagen wir bei Flaute fünf Meilen vor der Küste. Ungewöhnlich für diese Breiten, aber es war Juli, und wir hatten nicht den geringsten Wind. Da kamen sie zu zwölft in einer Barkasse herübergerudert und wollten unser Schiff entern. Wir waren ihnen ausgeliefert wie Fische in einem Fass.«

»Was passierte dann?«

»Wir konnten sie abwehren. Die meisten sind im Wasser gelandet und schafften es zurück ins Schiff. Die *Red Kite* saß genauso fest wie wir – das war, bevor die *Swallow* in diese Gewässer kam –, und als der Wind drehte, konnten wir entkommen.«

»Die *meisten* sind im Wasser gelandet?«, wiederholt Isabel leicht beklommen.

Jack nickt. »Wollen Sie immer noch auf See, Buccatochter?«

Sie kämpft gegen ihre Schwummrigkeit an und sagt: »Doch, es wäre mein größter Wunsch.«

Er hebt einen Kieselstein auf und wirft ihn in den Fluss. Mit einem Ploppen landet er im Wasser. »Kommen Sie, wo haben Sie es wirklich gelernt?«

»Was?«

»Wo haben Sie gelernt, so zu schwimmen? So lange unter Wasser zu bleiben? Oder haben Sie heimlich Kiemen unter Ihren hübschen Locken versteckt?«

Sie hebt die dicken nassen Haare an, die ihr über die rechte Gesichtshälfte fallen. »Keine Kiemen. Keine Flossen und auch nicht die Haut eines Aals.«

»Das sehe ich. Aber wie machen Sie das?«

»Ich weiß es nicht«, antwortet Isabel wahrheitsgetreu. »Ich konnte das schon immer. Meine Eltern haben mir versichert, dass sie mir nie das Schwimmen beigebracht haben. Wer auch immer es mir gezeigt hat, hat es gründlich gemacht.«

»Und Sie können sich wirklich an nichts erinnern, was geschah, bevor Ihre Eltern Sie fanden?«

»Nein. Ich habe es versucht, aber …« Sie hebt die Hände, Handflächen nach oben.

Jack wirft noch einen Stein in den Fluss. Dieser hüpft zweimal übers Wasser, bevor er untergeht. »Ich habe es immer für ein großes Unglück gehalten, dass ich meine Mutter so früh verloren habe, aber zumindest kann ich mich an sie erinnern.«

»Aber sehen Sie, ich erinnere mich auch an meine Eltern, denn seit ich gefunden wurde, hatte ich ja welche.« Wie anders ihre Situation heute wäre, würden ihre Eltern noch leben! Jahre als Befehlshaber lehrten Admiral Farnworth, auf sein eigenes Urteil zu vertrauen, und dieses Urteil konnte hart sein, doch er hatte seine Tochter innig geliebt, und Isabel ist überzeugt, dass er die Gerüchte über sie und James durchschaut hätte. Ohne Eltern hat sie niemanden, der immer für sie da wäre.

Noch ein Kiesel saust durch die Luft. Jacks Stimme holt sie in die Gegenwart zurück: das türkisfarbene Wasser, die rauschenden hohen Bäume, der heiße steinige Strand. »Und wie machen Sie das, so lange unter Wasser zu bleiben?«

»Sie interessieren sich aber sehr für meine Fähigkeit zu schwimmen«, bemerkt sie.

»Natürlich. Hier glauben die Leute, Sie seien die Tochter des Bucca. Ich habe das Gerede größtenteils als Unsinn abgetan, aber jetzt habe ich Sie schwimmen gesehen.«

»Jack, Sie glauben doch nicht wirklich, dass da etwas dran ist, oder? Wassermänner und Meerjungfrauen gibt es nicht. Was ist mit dem Voltaire und dem Rousseau in Ihrem Bücherregal? Sind Sie nicht ein vernunftbegabtes Wesen, so wie diese Schriftsteller?«

Er lacht. »Die sind Ihnen aufgefallen, ja? Ich bilde mir gerne ein, ein Mann der Vernunft zu sein, aber man kann nicht in Cornwall aufwachsen und bestreiten, dass an diesen alten Geschichten etwas dran ist. Mit Vernunft kommt man nicht besonders weit, wenn das eigene Schiff in einen Novembersturm gerät und es nur durch Gottes Gnade hindurchschafft, oder wenn eine Mine einbricht, und man ist tief unten drin und wird von irgendwas oder irgendwem gerettet. Für mich gibt es zu viele Geschichten von Geistern und Elfen, als dass ich jede einzelne freiheraus abtun würde.« Jacks Blick wandert an Isabels nassem Kleid hinab und verharrt auf ihrer Brust. »Wenn keinerlei Magie im Spiel sein soll, müssen Sie da drin eine wirklich erstaunliche Lunge haben.«

»Jack!«

»Was? Das ist eine Tatsache.«

Die Sonne brennt ein Loch in den Tag. Auf dem Felsen sitzend essen sie die Haferplätzchen, spülen sie mit dem Wein aus Jacks Flasche hinunter und unterhalten sich, derweil ihre Kleidung trocknet. Als sie sich nach mehreren Stunden erheben, um aufzubrechen, hat Isabel einen Sonnenbrand im Gesicht. »Danke«, sagt sie, nachdem Jack ihr geholfen hat, die Klippe hochzuklettern, zurück auf den Weg. »So einen herrlichen Nachmittag hatte ich lange nicht mehr.«

»Ich auch nicht.«

An der alten Sardinenhütte trennen sich ihre Wege. Jack hält Myra am Zügel fest und führt sie den Kiesweg hinauf. »Wenn wir uns das nächste Mal sehen, geht es an Bord Ihres Schiffs«, bemerkt Isabel.

Jacks Gesicht umwölkt sich. »Haben Sie es sich nicht anders überlegt?«

»Nicht in hundert Jahren. Sie werden mich nicht mehr los, tut mir leid.« Das Herz schlägt ihr bis zum Hals. *Bitte sag nicht, dass du es dir anders überlegt hast!*

Nach einem kurzen Moment klären sich die Wolken. »Ich würde mir wünschen, dass Sie vernünftig sind, aber da Sie fest entschlossen scheinen, diese Torheit anzugehen, lassen Sie sich von unserem angenehmen Nachmittag nicht davon abhalten, meine Befehle an Bord der *Rapide* zu befolgen.«

»Ihre Befehle befolgen?«, fragt sie. »Das klingt, als wäre es Ihnen wirklich ernst, Jack.«

Er steigt auf das Pferd und schaut von Myras Rücken auf sie hinab. »Sonst würde ich es nicht sagen. Ich habe Ihnen schon gesagt, Sie werden genauso viel arbeiten müssen wie der Rest der Besatzung.«

»Was denn?«

Er winkt ab. »Das Großsegel hochziehen, Stagsegel reffen, die Ankerwinde bedienen.« Als er ihren ratlosen Gesichtsausdruck sieht, muss er lachen. »Das war ein Scherz. Das sind die Aufgaben von Matrosen, nicht von Frauen.«

»Ich mache das.« Isabel schiebt den Kiefer vor. »Das lerne ich.«

»Da bin ich mir sicher, aber ich habe eine bessere Aufgabe für Sie. Ich könnte Ihre Hilfe bei den Büchern gebrauchen – dafür fehlt mir immer die Zeit. Sind Sie in Arithmetik bewandert?«

»Ich hatte eine Gouvernante, die mich zu Hause unterrichtet hat.«

»Sehr gut. Auf der Fahrt können Sie mir die Buchhaltung machen.« Mit gesenkter Stimme fügt Jack hinzu: »Wenn Sie zur Musterung antreten, gebe ich Ihnen die Einzelheiten darüber, was wir geladen haben und wo wir es verkaufen.«

»Aye, Kap'tän«, sagt sie, und er lacht erneut und erwidert: »Wir machen noch einen richtigen Freihändler aus Ihnen.«

Während Isabel zusieht, wie Jack durch die grüne Düsternis des Küstenpfads verschwindet, schließt sie die Hand um Georges Medaille. Dann wendet sie sich dem Fluss zu und beobachtet, wie ein spätes Fischerboot in die Bucht einfährt. Die tiefstehende Sonne wirft goldenes Licht aufs Wasser, die Brise frischt auf, raschelt in den Bäumen am Ufer. Zu Isabels Erleichterung trägt sie diesmal keine Stimmen heran, und das Wasser bleibt frei von Schatten.

Ihr Kleid ist längst wieder trocken, nur ihr Haar ist noch ein wenig nass. Sie braucht lediglich die Augen zu schließen, schon fühlt sie Jacks Hände um ihre Taille und seine Brust an ihrer. Außer George war sie keinem Mann je so nah. So offen, wie Jack mit ihr spricht, erscheint es ihr beinahe, als ständen sie sich sogar näher. Das ist ein schrecklicher Gedanke, oder? Ein Verrat an George und seinem Vermächtnis.

Isabel drückt die Finger an die Schläfen und zwingt sich, so etwas nicht länger zu denken. Jack ist ein Freund, mehr nicht. Ein Freund, der geschworen hat, niemals zu heiraten. Sie kann es sich nicht leisten, wieder in eine Situation zu geraten, in der über sie geredet wird, wie die Geschichte mit James, die zu ihrer Flucht aus London führte. Anders als James ist Jack ihr in Bezug auf gesellschaftliche Stellung und Vermögen gleichgestellt; war es zumindest, bevor sie alles verlor – doch das heißt noch lange nicht, dass sie diese Form von Nähe riskieren kann, da sie nur wieder Gerede bringen wird. Sie hat sich hier in Helford eine neue Heimat aufgebaut, und die wird sie sich von nichts und niemandem nehmen lassen. Jack wird ihr Kapitän an Bord der *Rapide* sein. Mehr kann er für sie nicht werden.

Zwanzig Minuten später klopft Isabel an Mrs. Dowlings Tür. *Bitte sei da*, denkt sie, und glücklicherweise wird die Tür nach einer erneuten Klopfkanonade einen Spaltbreit geöffnet. »Guten Tag, Mrs. Henley«, sagt Mrs. Dowling. »Oder ist es schon Zeit, einen guten Abend zu wünschen? Ich habe gestrickt und die Zeit völlig aus den Augen verloren.«

»Es ist Abend«, sagt Isabel. »Und zwar ein wirklich guter. Ich hoffe, Sie sind wohlauf, Mrs. Dowling. Ich bin hier, um Ihnen zu sagen, dass ich bald eine Reise antreten werde.«

»Ach ja? Oje. Aber nicht zurück nach Greenwich, oder?«

»Oh, nein, ganz im Gegenteil. Ich werde Verwandte in … in Penzance besuchen und ungefähr zwei Wochen dortbleiben. Ich werde die Postkutsche von Helston nehmen.«

Mrs. Dowling schnalzt vorwurfsvoll mit der Zunge. »Das ist ein furchtbar langer Weg. Mir war nicht bekannt, dass Sie Verwandtschaft in Cornwall haben, meine liebe Mrs. Henley.«

»Es ist auch sehr entfernte Verwandtschaft. Eine Cousine zweiten Grades väterlicherseits«, lügt sie.

»Aha. Also haben Sie keine anderen Verwandten in Cornwall,

abgesehen von …« Eine Falte erscheint zwischen den Augenbrauen von Mrs. Dowling.

»Abgesehen von wem?«

»Oh, ich weiß nicht, ob ich das sagen soll. Es scheint Sie ja immer aus der Fassung zu bringen, wenn ich ihn erwähne – ich hoffe sehr, Sie nehmen es mir nicht übel; aber ich denke, wir sind inzwischen gut genug miteinander befreundet.«

»Sicherlich, aber von wem sprechen Sie denn?«

»Na, vom Bucca natürlich.«

Diesmal muss Isabel lächeln, trotz der Stimme im Fluss – oder vielleicht, denkt sie plötzlich, wegen ihr. Heute Abend muss sie über alles lächeln. »Ich nehme es Ihnen nicht übel, Mrs. Dowling. Manchmal frage selbst ich mich, ob nicht doch etwas dran ist.«

»Oh, mein Kind«, sagt ihre Hauswirtin mit plötzlich mütterlichen Gefühlen. »Das liegt an der Luft in Helford. Die bringt es aus Ihnen heraus, ganz gewiss.«

Gleich am nächsten Nachmittag klopft Mrs. Dowling an die Tür von Trevernan Cottage. Unter ihren streng gesteckten Locken und Haarnadeln wirkt sie unerwartet ernst. Isabel wischt sich über die Stirn; sie hat gerade erfolglos versucht, eine Biene aus der Küche zu vertreiben. Die Luft draußen ist so warm wie am Tag zuvor. Sie kann den aufkommenden Sommer riechen – Blumen und Gras, und immer und jederzeit den salzigen, algigen Geruch des Wassers.

»Mrs. Dowling«, sagt Isabel. »Welch ein Vergnügen! Kommen Sie doch herein.«

Die Küche ist so dunkel und kühl wie immer – es bräuchte mehr als eine Woche unverhältnismäßig gutes Wetter, um sie aufzuheizen. Mrs. Dowling lässt sich schwer auf einen Küchenstuhl sinken. Die Falten in ihrem Gesicht verziehen sich zu einer besorgten Miene. Bevor Isabel fragen kann, ob etwas geschehen sei, verschränkt Mrs. Dowling die Hände und sagt: »Wissen Sie, ich habe heute Morgen auf dem Markt mit Mrs. Winters gesprochen.«

Isabel setzt sich ihr gegenüber. Mrs. Dowlings Finger sind lang und dünn. An der linken Hand trägt sie einen schmalen silbernen Ring mit drei geschliffenen korallfarbenen Steinen. »Ja?«, fragt Isabel bang. »Geht es Mrs. Winters gut?«

»Sie hat mir erzählt, dass ihr Enkelsohn Joe – vielleicht kennen Sie ihn, er arbeitet auf dem Hof von Angove –, dass Joe gestern zum Fischen im Frenchman's Creek war. Zumindest hatte er es vor, doch dann hat er etwas im Wasser gesehen und ist schnurstracks ins Dorf zurückgekehrt.«

Isabels Hände werden kalt. Sie zwingt sich, Mrs. Dowling in die Augen zu schauen. Als sie die Enttäuschung darin sieht, würde sie am liebsten im Erdboden versinken. Ausdruckslos fährt Mrs. Dowling fort: »Ich glaube, Mrs. Henley, Sie wissen, was er gesehen hat.«

»Ich … ich weiß es nicht genau …« Sie verstummt. Sie kann sich nicht dazu äußern. Sie hat keine Entschuldigung, keine Erklärung, warum sie mit Jack im Wasser war, Brust an Brust, dazwischen nur der Stoff ihres Kleids und sein Hemd; warum er halb nackt mit ihr am Strand saß, der nasse Musselin an ihrem Körper, jede ihrer Kurven sichtbar für jedermann, der vom Küstenweg aus hinunterschauen wollte. Es wird wieder so werden wie in Greenwich, denkt sie; die Geschichte wird sich verbreiten, die Leute werden reden und über sie urteilen; sie kann schon ihr Geflüster hören: *diese zügellose Frau …*

Nur gibt es diesmal keinen Ort, wohin sie flüchten könnte. Außerdem will sie jetzt nicht mehr fort, nicht jetzt, wo sie ein neues Zuhause gefunden hat.

»Joe hat Mrs. Winters erzählt, dass er zwei Personen zusammen im Fluss gesehen hat«, sagt Mrs. Dowling. »Er sagte, die Frau war seiner Meinung nach die Dame aus London. Die auch Buccatochter genannt wird.«

Am liebsten würde Isabel sagen: Das war ich nicht. Diesmal nicht. Nicht schon wieder. Doch das stimmt nicht – und Mrs. Dowling weiß es. Isabels Hals ist so trocken wie das Gras draußen. Sie hustet. »Mrs. Dowling, ich …«

Mrs. Dowling hält die Hand hoch, die mit dem Korallenring. Die Falten in ihrem Gesicht verwandeln sich, machen ihre Miene weicher. »Bevor Sie etwas erwidern, Mrs. Henley, werde ich Ihnen erzählen, was ich Mrs. Winters gesagt habe. Ich habe zu ihr gesagt, Joe müsste sich geirrt haben. Sie könnten es nicht gewesen sein, die er mit einem Mann im Fluss gesehen hat, denn Sie hätten mir den ganzen Nachmittag beim Einkochen der Erdbeeren geholfen.« Mrs. Dowling macht eine Pause, um ihre Worte sacken zu lassen. »War es nicht so?«

Die Hitze fährt Isabel wieder in die Glieder. Greenwich, ja, ganz London, rückt in die Ferne. »Doch, doch! Oh, das habe ich. Danke, Mrs. Dowling!«

Ein dünnes Lächeln huscht über Mrs. Dowlings papierne Lippen. Es ist kaum wahrnehmbar und innerhalb eines Wimpernschlags verschwunden. »Die Menschen vertrauen darauf, dass wir als Witwen unsere Tugend bewahren, weil wir es schon einmal getan haben. Das ermöglicht uns eine gewisse Freiheit, aber ich befürchte, es kann einen auch nur zu schnell verführen, falsche Entscheidungen zu treffen. Entscheidungen, die den eigenen Ruf beschädigen könnten.«

Die Biene von zuvor brummt an Mrs. Dowlings Kopf vorbei, sie schlägt nach ihr. Isabel sagt: »Sie haben vollkommen recht, Mrs. Dowling. So … so etwas würde ich niemals tun.«

»Das freut mich, Mrs. Henley. Sie erweisen sich als eine Frau von Verstand.« Ein leichtes Schmunzeln. »Der Bucca mag einen vor vielen Dingen bewahren, aber ein angeschlagener Ruf gehört nicht dazu.«

Die Stimme, die Isabel im Wasser hörte, hallt ihr wieder durch den Kopf. *Schwimm. Komm heim.* Hat sie sich das eingebildet? Wenn es doch einen Bucca gäbe, der sie beschützen könnte, denkt sie. Leise sagt sie: »Danke, Mrs. Dowling. Für das … das Einkochen.«

Ein breites Lächeln erscheint auf dem Gesicht der älteren Frau und lässt ihre Augen leuchten. Dann kichert sie mädchenhaft. »Nächstes Mal bringe ich Ihnen besser ein Glas Erdbeermarmelade mit, nicht wahr?«

»Danke. Das wäre schön.« Isabel überlegt. »Glauben Sie, Mrs. Winters hat es vielen Menschen erzählt?«

Mrs. Dowling erhebt sich. »Wie ich sie kenne, hat sie es auf dem ganzen Markt herumgetratscht. Seien Sie versichert, dass ich jedem gegenüber, der fragt, erwähne, was für einen schönen Nachmittag wir zwei beim Einkochen hatten.« Mrs. Dowling ist schon fast an der Tür, da kehrt sie noch einmal um. »Ihre Mutter hatte sehr großes Glück, Mrs. Henley. Mr. Dowling und ich haben Opfergaben hinterlassen, in der Hoffnung, dass … Nun, sehen Sie, der Bucca gewährt nicht nur Schutz, er kann auch helfen, wenn man sich ein Kind wünscht. Nicht oft, aber es gibt Geschichten, auch wenn keine der Ihren gleicht. Ich weiß nicht, ob Ihre Mutter wusste …«

»Nein, wusste sie nicht«, fällt ihr Isabel ins Wort. »Zumindest glaube ich es nicht.« Ihre Stimme bricht. »Haben Sie …?«

Mrs. Dowling schüttelt den Kopf. »Für Mr. Dowling und mich sollte es nicht sein.«

Isabel sieht der älteren Frau nach, die den Kiespfad hinaufsteigt. Die Art, wie sie geht, hat etwas Beschwerliches; eine Müdigkeit im Schritt, die vorher nicht da war. Eine unbändige Zärtlichkeit steigt so plötzlich in Isabel auf, dass sie einen

Schritt vor die Tür macht und rufen will: *Warten Sie!* Doch was sie tun würde, wenn Mrs. Dowling anhielte und sich umdrehte, weiß sie nicht genau. Sie kann keine fremde Frau so umarmen, wie sie das bei ihrer Mutter gemacht hätte.

Zurück in der Küche schließt sie die Tür und lehnt sich dagegen. Langsam stößt sie den Atem aus, wie die Luft, die aus der Schweineblase weicht, mit der die Jungen im Dorf immer Ball spielen.

Drei Tage braucht sie, um das kleine Bündel zu packen, das sie mit auf die Reise nehmen wird. Nicht weil es so viel ist, was sie mitnimmt, denn es sind insgesamt nur zehn Gegenstände, sondern weil sie sie unentwegt auspackt und umpackt, jeden einzelnen auf seine Nützlichkeit an Bord eines Schiffs hin prüft und, eine zweitrangige und ein wenig unliebsame Überlegung, was Jack davon halten wird. Seit Mrs. Dowlings Besuch begleitet sie eine gewisse Beunruhigung wie ein treues Haustier. Isabel macht sich keine Sorgen wegen der Seereise, sondern wegen ihres Vorsatzes, Abstand zu Jack zu halten. Sie war erschreckend nah dran, wegen ihrer eigenen Unvorsichtigkeit alles ein zweites Mal zu verlieren. Das kann sie nicht noch einmal riskieren.

Am Ende entscheidet sie sich für eine zweite Garnitur Kleidung – eine zum Tragen und eine zum Waschen, wie George das immer mit seinen Uniformen machte –, bestehend aus Korsett, Unterkleid, Unterrock und einem grünen Baumwollkleid, das ihre Augenfarbe betont, dazu ihren Mantel und ein zweites Paar Handschuhe. Außerdem packt sie Jacks Buch über La Pérouse' Seereise ein, die Zunderbüchse, zwei Kerzen und nach langer Überlegung das kleine scharfe Messer, mit dem sie ihr Brot schneidet. Alles zusammen schlägt sie in ein langes Tuch ein, in das sie eine Schlaufe und einen Knoten macht, um das Bündel zu tragen.

An dem Tag, als es losgehen soll, läuft sie aus dem nassen Garten unter einem triefenden Himmel zum Stuhl in der Wohnstube und wieder zurück. Es ist Sonntag, aber sie kann sich nicht vorstellen, an diesem Morgen ruhig in der Kirchenbank zu sitzen. Schließlich bricht sie zu Jacks Anwesen auf. Es ist erst ein Uhr am Nachmittag, und Roskorwell ist nicht mehr als einen forschen zweistündigen Spaziergang entfernt, doch sie hält es nicht länger zu Hause aus. Sie schultert ihr Bündel und begibt sich auf den Küstenpfad. Der Regen wird stärker, bald ist sie so nass wie vor ein paar Tagen, als sie aus dem Wasser von Frenchman's Creek stieg. Der Weg verschlammt. Der Stoff ihres Kleids – sie hat eines aus dickerer Baumwolle gewählt, cremefarben mit einem Muster aus roten Kletterrosen – klebt ihr an den Beinen, verlangsamt ihre Schritte. Das Bündel zieht ihre Schulter nach unten. Vielleicht war es keine gute Idee, die Zunderbüchse mitzunehmen.

Nach ungefähr zwanzig Minuten bleibt sie stehen und setzt das Bündel ab, um die Schulter zu entlasten. Am Ufer stehend schaut sie über den Fluss auf den Punkt, wo das Land dem Meer weicht. In der nebligen Regenluft ist er schwer zu erkennen; das Wasser ist ebenso grau wie der Himmel. Der Wind treibt Schaum über die Wellen. Auf dem offenen Ozean werden sie deutlich höher sein. Isabel hofft, am Abend nicht allzu seekrank zu werden.

Sie holt tief Luft, hievt sich das Bündel wieder auf die Schulter und geht weiter. Der Regen peitscht durch das Blätterdach über ihr, und ihr wird kalt in dem nassen Kleid. Der Fluss umspült die Felsen. Als der Weg einen Knick macht, entdeckt sie weiter vorn eine Gestalt, einen vagen Farbfleck im Regen. Ein Herzschlag, dann verdichtet sich die Farbe zum roten Hemd eines Offiziers vom Steueramt.

Hektisch sieht Isabel sich um. Könnte sie die Klippe hinaufklettern und sich zwischen den Büschen verstecken? Doch es ist zu spät, der Mann hat sie gesehen. Sein Pferd kommt den Pfad entlanggetrottet, und er ruft: »Guten Tag!«

Sie kennt die Stimme. Ihr Mut sinkt. »Leutnant Sowerby, auch Ihnen einen guten Tag, Sir«, sagt sie so beiläufig wie möglich, als er sie erreicht hat, und ihre Knochen schlottern.

9. Kapitel

Mrs. Henley! Nein, was für ein reizender Zufall!« Leutnant Sowerby steigt vom Pferd und fasst es an den Zügeln. »Ich bin gerade auf dem Weg zu Ihnen. Aber was machen Sie bei dem Wetter hier draußen? Sie holen sich noch eine Erkältung.«

»Ich …« Sie sucht nach einer Ausrede. »Als ich aufgebrochen bin, hat es noch nicht geregnet. Jedenfalls nicht stark. Ich bin auf dem Rückweg.«

»In dem Fall«, sagt Leutnant Sowerby, »muss ich Ihnen leider mitteilen, dass Sie sich in die falsche Richtung bewegen. Aber ich nehme an, das ist Ihnen bekannt.« Seine Augen verengen sich kaum merklich – oder bildet Isabel sich das ein?

Mit dem feuchten Handschuh fährt sie sich über die Stirn. »Gewiss. Ich habe bloß … ich habe meine … meine Brosche verloren. Ein … ein Geschenk meines verstorbenen Gatten. Ich dachte, ich gehe noch mal ein Stück zurück, vielleicht finde ich sie ja.«

»Oh, meine liebe Mrs. Henley, Sie müssen ja völlig außer sich sein«, erwidert Leutnant Sowerby mit weicherer Stimme. »Man sieht es Ihnen wirklich an. Sagen Sie bitte: Wie sieht diese Brosche aus? Ich helfe Ihnen suchen.«

»Sie ist …« Isabel muss nicht die Augen schließen, um die Brosche vor sich zu sehen. Ihre Mutter trug sie oft. »Sie hat die Form eines Herzens, unten leicht zur Seite geschwungen, und ist mit durchsichtigen Steinen und einem Pfeil aus rotem Granat besetzt. Die Steine sind nicht echt, aber sie war ein Geschenk von George …« Sie denkt, wenn sie oft genug Georges Namen erwähnt, würde Leutnant Sowerby seine Mission bald aufgeben.

»Selbstredend. Suchen wir gemeinsam! Ein Herz, sagten Sie?«

»Ja, die Spitze des Herzens zeigt nach rechts. Das soll Glück bringen.«

Sowerby lächelt. »Solche Dinge glauben Sie doch gewiss nicht, Mrs. Henley, oder? Als Nächstes versichern Sie mir noch, Sie würden wirklich von Meerjungfrauen abstammen.«

Ihr Lachen klingt so hohl, wie sie sich fühlt. Wie um Himmels willen soll sie ihn nur loswerden? Jack wartet auf sie; die *Rapide* sticht heute Abend in See. Isabel schiebt die Hände in die Falten ihres Kleides. »So ein Unsinn, nicht wahr?«

»Dem pflichte ich bei. Ah, hier ist sie!« Etwas glitzert auf dem Boden – ein paar Regentropfen auf einem Blatt, erkennt Isabel schnell, die die ersten sich durch die Wolken schiebenden Sonnenstrahlen zurückwerfen. Leutnant Sowerby bückt sich, greift danach, richtet sich wieder auf. »Oh, nein, ich habe mich geirrt. Das war nur ein Blatt.«

Fragend sieht sie ihn an, und schlagartig wird ihr klar: *Er ist kurzsichtig und verbirgt es.* Soweit sie weiß, trägt Sowerby keine Brille.

Noch etwas länger suchen sie den aufgeweichten Pfad ab. Schließlich sagt Isabel: »Ich glaube, wir finden sie nicht wieder. Aber danke für Ihre Hilfe, Sir. Ich gehe jetzt nach Hause.«

»Ich werde Sie begleiten. Schließlich wollte ich Ihnen ohnehin einen Besuch abstatten. Darf ich Ihnen Ihr Bündel abnehmen?«

Sie hört die Unruhe in ihrer eigenen Stimme, als sie antwortet: »Vielen Dank, aber es stört mich nicht, es zu tragen.« Sie muss darauf achten, langsam zu sprechen.

»Bei allem Respekt. Was für ein Mann würde eine Frau wie Sie ihre eigenen Sachen tragen lassen? Ich bestehe darauf.«

Der Leutnant greift nach dem Bündel, und nach einer Weile lässt Isabel das geschnürte Tuch widerstrebend los und begibt sich auf den Rückweg. Leutnant Sowerby folgt ihr, das Pferd am Zügel. »Aus welchem Grund wollten Sie denn zu mir?«, fragt sie. Vielleicht kann sie diese Verzögerung zumindest nutzen, indem sie die richtigen Fragen stellt. »Doch nicht wegen der Schmuggler, oder?«

»Haben Sie keine Angst, meine Liebe. Die jüngsten Erkenntnisse zeigen, dass es in dieser Gegend mindestens in den nächsten vierzehn Tagen keine Schmuggeltätigkeit geben wird. Nun ja, zumindest nicht von Seiten des Schmugglers, den Leutnant Sullivan verwunden konnte. Man hat ihn noch nicht gefunden, höchstwahrscheinlich ist er bettlägerig. Eine Schussverletzung setzt einen Mann für längere Zeit außer Gefecht.« Sowerby richtet sich zu seiner vollen Größe auf, seine Selbstgefälligkeit schlägt ihr entgegen.

»Wurden Sie schon einmal angeschossen, Sir?«

»Nein, das nicht, aber ich hatte mal eine Schnittwunde am Arm. Die Narbe ist bis heute zu sehen.« Er schiebt den rechten Ärmel hoch und zeigt ihr einen etwas über einen Zentimeter langen Wulst kurz unter dem Ellenbogen.

»Sie sind sehr tapfer, Leutnant«, bemerkt Isabel.

Vor Zufriedenheit läuft er rot an. »Ich tue nur meine Pflicht, Madam, so wie Ihr verstorbener Gatte. Nun, da besagter Schmuggler wohl der Kapitän des fraglichen Schiffs gewesen sein wird, dürften seine Unternehmungen vorübergehend zum Stillstand gebracht worden sein. Kriminelle Machenschaften erwarten wir, wenn überhaupt, in der Gegend um Coverack oder Lizard, so weit entfernt, dass es Sie hier nicht betrifft. Sie sehen also, Sie haben nichts zu befürchten.«

Er hält ihre Nervosität für Ängstlichkeit, erkennt Isabel. Gut – soll er das glauben. Mit bewusst leiser Stimme sagt sie: »Das ist eine große Erleichterung. Bei dem Gedanken an diese Halunken zittere ich förmlich vor Angst.«

Er mustert sie eindringlich. »Ich bin für Sie da, Mrs. Henley, wann immer solche Ängste sich Ihrer bemächtigen. Wir Zöllner vom Steueramt haben die Situation im Griff, das versichere ich Ihnen.«

Fast hätte sie gelächelt, sie versteckt ihren Gesichtsausdruck noch schnell unter ihrem Handschuh. Dann drängt wieder die Sorge in ihr. Spätestens um sechs Uhr muss sie in Roskorwell sein. Sie hat noch Zeit, aber Leutnant Sowerby sollte so schnell wie möglich verschwinden.

»Himmel, Ihr Gepäck wiegt ja mindestens zehn Pfund! Was tragen Sie denn mit sich herum, das so schwer ist?« Leutnant Sowerby verlagert das Gewicht des Bündels von einer Schulter auf die andere.

»Ach, bloß ein paar … ein paar Sachen, die ich auf dem Markt gekauft und vergessen habe zu Hause abzustellen, bevor ich losgegangen bin.« Isabel ballt die in den Falten ihres Kleides verborgenen Hände zu Fäusten.

Sowerby schaut sich über die Schulter um, und diesmal hätte sie schwören können, dass sich seine Augen verengen – aber wahrscheinlich sieht er nicht richtig, denkt sie, bei seiner Kurzsichtigkeit und dem Regen, der wie ein Schleier zwischen ihnen steht. Sie erreichen das Cottage, und da Isabel keine andere Wahl hat, lädt sie ihn ein hereinzukommen.

Ohne um Erlaubnis zu fragen, geht er in die Wohnstube und sieht sich dort eine Weile um, dann setzt er sich auf einen der beiden Spindelstühle. Isabel nimmt den anderen, lässt sich auf der Stuhlkante nieder, die Hände auf dem Schoß gefaltet. Leutnant Sowerby sagt: »Ich gratuliere Ihnen, Mrs. Henley, dass Sie

Ihr Cottage so ordentlich halten. Wissen Sie, das erinnert mich an eine Geschichte über eine gewisse Tante Margaret. Ich habe sie aufgeschnappt, als ich damals in diese rückständige Gegend kam. Kennen Sie die Erzählung?«

Isabel schüttelt den Kopf, und voller Eifer beginnt er: »Besagte Tante Margaret stammte aus bester Gesellschaft und wurde enteignet, weil sie einen jungen Seemann heiratete, der sich als Pirat entpuppte. Er kam kurz darauf ums Leben, und von da an lebte Tante Margaret allein in einem kleinen Cottage auf der Klippe. Sie führte ein einfaches Leben, aber zweimal im Jahr, an ihrem Hochzeitstag und am Todestag ihres Mannes, stand sie in vollem Staat oben auf der Klippe, die grauen Haare bedeckt von einer Spitzenhaube, so fein, als sei sie von Feen gewirkt.«

Lachend schlägt sich Leutnant Sowerby auf den Oberschenkel. »Von Feen gewirkt … Das ist so bezeichnend für die Geistlosigkeit der Leute hier, nicht wahr? Aber diese Geschichte enthält auch eine Warnung für Frauen von Rang: Heirate besser keinen Piraten.«

Er hört so abrupt auf zu lachen, dass Isabel spürt, wie ihr Herz pocht. Die Geschichte treibt ihr Tränen in die Augen. Nicht der fehlende Wohlstand der Frau legt einen Schleier der Melancholie auf ihre Sinne, sondern deren Einsamkeit. *Oh, George*, denkt sie, und dann mit einem furchtbaren kleinen Schreck: *Jack*.

Sie muss in Roskorwell sein, bevor er aufbricht. Der Ankerplatz der *Rapide* ist ein Geheimnis; ohne Jack wird sie das Schiff niemals finden. Verstört erhebt sie sich von ihrem Stuhl. »Ich bereite Ihnen einen Tee.« Ein Tee wird dem Besuch naturgemäß ein Ende setzen. Sobald er ausgetrunken ist, wird Leutnant Sowerby gehen müssen.

In der Küche spult Isabel die inzwischen vertrauten Handgriffe ab. Als sie das Tablett in die Wohnstube trägt, hat sie Schwierigkeiten, es ruhig zu halten. Ihre Arme sind starr vor

Anspannung. Beim Tee plaudert sie so freundlich wie möglich mit dem Leutnant. Von Zeit zu Zeit lässt sie eine Pause entstehen in der Hoffnung, dass er erkennt, nun nicht mehr willkommen zu sein. Er reagiert nicht.

»Wie spät ist es bitte?«, fragt sie schließlich, als sie es nicht mehr aushält. Sie hat an ihrem Fingernagel herumgebissen, ihn fast bis aufs Fleisch abgenagt.

Leutnant Sowerby sieht auf seine Taschenuhr. »Viertel vor fünf.«

So gelassen es ihr möglich ist, sagt sie: »Sie können sich vielleicht vorstellen, dass ich ohne Dienstboten immer etwas zu tun habe. Noch vor Einbruch der Nacht muss ich die Wäsche gemacht haben und auch noch …« Fast hätte sie gesagt *Essen kochen*, doch sie verschluckt die Worte aus Angst, er könnte dann eine Einladung zum Essen erwarten. »… den Boden fegen«, schließt sie stattdessen. »Vielen Dank für Ihre Gesellschaft, Sir. Vielleicht möchten Sie mich bald wieder beehren?«

Er geht. Endlich geht er. Leutnant Sowerby erhebt sich von seinem Stuhl und bedankt sich für den Tee. Erst jetzt fällt ihr ein, dass er wahrscheinlich auf dem Küstenpfad zurückreiten wird, sodass sie gezwungen ist, den längeren Weg nach Roskorwell über Land zu nehmen. »Kehren Sie auf direktem Weg nach St Keverne zurück?«, erkundigt sie sich.

»Das wünschte ich mir. Ich habe noch in Manaccan zu tun, was voraussichtlich den Großteil des Abends einnehmen wird. Der dortige Wirt könnte vielleicht unser Spitzel werden. Wenn ja, wäre das ein guter Tag für das Steueramt.«

»Das freut mich zu hören.« Isabel versucht, sich ihre Erleichterung nicht anmerken zu lassen. »Einen guten Tag Ihnen, Sir.«

»Ihnen auch, meine *liebe* Mrs. Henley.«

Zu ihrer Bestürzung läuft sein rundes Gesicht wieder fiebrig an, wie schon mal zuvor. »Wenn ich Ihnen doch nur die Tiefe meiner Bewunderung vermitteln könnte«, sagt er, und bevor sie ihn aufhalten kann, greift er nach ihrer Hand und führt sie an seine Lippen, wie bei seinem ersten Besuch. Dann lässt er sie sinken, ohne sie jedoch loszulassen. Seine Hand ist verschwitzt. »Meine liebe, liebe Mrs. Henley«, stößt Leutnant Sowerby erneut hervor und zieht Isabel an sich. »Wenn Sie doch nur der Leidenschaft nachgeben würden, die Sie gewiss in sich fühlen.« Sie zieht die Arme an und stößt ihn von sich. Fast rechnet sie damit, dass er sich wehrt. »Sir! Sie vergessen sich!«

Zu ihrer Erleichterung taumelt er zurück und läuft noch stärker an. »Ich entschuldige mich, Mrs. Henley. Verzeihen Sie, dass ich so direkt war; meine Zuneigung Ihnen gegenüber lebt ganz allein von Ihrer Tugend.«

Sie hat kaum Zeit, Luft zu holen, da bleibt er auf der Schwelle stehen und sagt: »Sie wissen schon, dass heute Sonntag ist, oder?«

»Verzeihen Sie?« Sie denkt wieder an Jack und das Schiff. Sie *muss* einfach rechtzeitig in Roskorwell sein.

»Ihr Bündel, das Sie dabeihatten.« Er weist auf den Stoff auf dem Tisch. »Sie hätten etwas auf dem Markt gekauft, sagten Sie.«

»Oh … Ich glaube, ich …«

»Bitte sorgen Sie sich nicht. Man kann die Tage schon mal verwechseln, nicht wahr?«

»Ja«, sagt sie dankbar. »So ist es durchaus.«

Kaum schließt sich die Tür hinter Leutnant Sowerbys hoch aufragender Gestalt, zählt Isabel bis sechzig, dann öffnet sie sie wieder. Es regnet immer noch heftig. Ihre Schuhe stapfen über den Pfad, der Schlamm spritzt ihr bis zur Taille. Das Bündel schlägt ihr bei jedem hastigen Schritt auf den Rücken, doch sie spürt sein Gewicht nicht. Es ist eine Strecke von zwei Stunden, doch sie läuft sie in einer und erreicht Roskorwell völlig durchnässt wenige Minuten nach sechs, das Gesicht hochrot, in der Brust Stiche vor Atemnot.

Zum Glück ist die Eingangstür unverschlossen. Isabel reißt sie auf, stürmt durch den Gang und platzt halb stolpernd in Jacks Studierzimmer. Er ist noch da, zusammen mit Dick und einem kugelrunden Mann, den ein gewaltiger grauer Schnauzbart ziert. Vor Erleichterung brechen ihr die Beine weg, als Jack von der auf seinem Schreibtisch ausgebreiteten Seekarte aufsieht und sagt: »Isabel.«

Sein Finger ruht irgendwo auf dem Atlantik; in seinem Tonfall liegt kaum verhohlene Verärgerung. »Ich bin mir sicher, dass Ihnen als Gattin eines Marineoffiziers bekannt ist, dass die Gezeiten auf niemanden warten. Ich gehe jetzt an Bord. Eine Minute später, und Sie hätten das Schiff verpasst.«

»Es tut mir furchtbar leid«, stößt sie aus, beugt sich vor und stützt die Hände in die Hüften, um zu Luft zu kommen.

»Was in Gottes Namen hat Sie in einen solchen Zustand versetzt?« Jacks Blick fällt wieder auf die Seekarte, als interessiere ihn ihre Antwort nur bedingt.

»Leutnant Sowerby«, keucht Isabel und lehnt sich gegen die Fensterbank.

Jack richtet sich auf. »Was ist mit ihm?« Er hat seine Pistole im Gürtel, dazu einen Säbel in einer schwarzen Lederhülle. Die anderen beiden Männer sind ebenfalls bewaffnet: Dick mit einer Pistole, der Grauhaarige mit einem Messer, das wie ein Entermesser aussieht, ebenfalls in einer Scheide. Beim Anblick der Waffen wird Isabel schwindelig. Die Männer sehen wie Piraten aus, denkt sie.

»Auf dem Weg hierher kam er mir entgegen«, erklärt sie. »Er sagte, er wolle mir einen Besuch abstatten. Ich hatte keine andere Wahl, als ihn zu mir einzuladen. Als er endlich fort war, bin ich so schnell gelaufen, wie ich konnte.«

»Das war klug von Ihnen. Ich hätte nicht gewartet.«

»Ich weiß.« Ruhiger fügt sie hinzu: »Leutnant Sowerby hat mir verschiedene Dinge erzählt, die, wie ich glaube, vielleicht von Interesse für Sie sein könnten.«

Es sieht aus, als würde Jack sich ein Lächeln verkneifen. »Hat er das?«

»Möglicherweise habe ich ihm ein paar Fragen gestellt.«

Nun gestattet er sich ein Lächeln, eher ein Grinsen. »Sie denken schon ganz wie ein Freihändler. Erzählen Sie mir doch alles, was unser Freund, der Leutnant, Ihnen anvertraut hat, während wir zur Bucht gehen, was meinen Sie?« Mit einem Blick auf Dick und den Mann mit Schnauzbart fügt er hinzu: »Dick Pascoe haben Sie ja bereits unter weniger glücklichen Umständen kennengelernt, und das ist Harry Tremayne, mein Erster Offizier auf der *Rapide*. Harry, das ist Mrs. Isabel Henley, von der ich erzählt habe.«

Skeptisch schaut sie die Männer an – sie weiß von George und ihrem Vater, dass Seeleute abergläubisch und die meisten überzeugt sind, eine Frau an Bord bringe Unglück. Doch Harry Tremayne lächelt freundlich, und Dick Pascoe scheint ebenfalls keine Bedenken zu haben.

»Sie wird einen ausgezeichneten Schiffsjungen abgeben, meint ihr nicht?«, fragt Jack.

Die drei Männer lachen. Isabel senkt den Blick auf ihre Füße, damit niemand die Röte in ihrem Gesicht sieht. Ihr fällt auf, dass sie Schmutz hereingebracht hat. Auch der Saum ihres Kleides ist verdreckt.

»Haben Sie den Leutnant auf dem Weg hierher nicht ein zweites Mal getroffen?«, fragt Jack. »Wollte er nicht zum Zollhaus?«

»Er ist nach Manaccan geritten, um den Wirt dort zu sprechen. Er sagte, der Mann würde vielleicht ein Spitzel.« Sie zupft an einem Faden, der aus ihrem Ärmel lugt, und fügt hinzu: »Ich weiß nicht, von welchem Gasthaus.«

»Das wird The Crown sein«, sagt Dick. »Es gibt nur ein Wirtshaus in Manaccan.«

»Aye«, bestätigt Harry Tremayne.

Jacks Miene verändert sich. War sein Gesicht vorher angeregt, wirkt es plötzlich distanziert. Abgeklärt. Düster sagt er: »Ich hoffe, es ist nichts Wahres dran. Wenn doch, muss etwas unternommen werden.«

Eissplitter unter ihrer Haut. Leise fragt sie: »Etwas? Was denn?«

»Dann müssen wir ihn überzeugen, dass unsere Seite die gewinnbringendere ist. Wenn er nicht überzeugt werden kann, sind wir gezwungen, zu anderen Mitteln zu greifen.«

Isabel macht einen Schritt nach hinten und stolpert beinahe. Angst brodelt in ihrem Bauch. Dies ist eine Seite von Jack, die sie bisher nur zweimal kurz gesehen hat; einmal, als sie drohte, ihn beim Steueramt zu verraten, und das zweite Mal, als er im Bett auf den Arzt wartete, zur Pistole griff und kalt auf die Schlafzimmertür zielte. Es ist eine Seite, die Isabel zuliebe des Bildes vom Gentleman und Seefahrer verdrängt hat und auch zuliebe der Gefühle, die er in ihr aufwühlt – sie fühlt sich in seiner Nähe nicht wie eine arme junge Witwe, sondern wie eine Frau, die einen eigenen Wert hat.

»Was für andere Mittel?« Ihre Stimme schwankt. Dick hustet, als schäme er sich für Isabel.

»Sie wissen, was für Mittel«, sagt Jack. »Sie sind keine Närrin, also geben Sie sich nicht als eine aus, nur damit ich es ausspreche.« Er redet ruhig, fast im Plauderton. Irgendwie macht es das noch schlimmer. Isabel weicht einen Schritt zurück, bis sie mit dem Rücken am Fenster steht.

Jack trommelt mit den Fingern auf die Seekarte. »Wenn das

stimmt, ist es eine üble Angelegenheit.« Er wendet sich an Dick. »Wir sprechen unterwegs darüber.«

Du glaubst ihn zu kennen, aber das tust du nicht. Ihr Kopf schmerzt bei dem Gedanken. Es dämmert ihr, dass ihre Angst um das Schicksal des Gastwirts in Wirklichkeit eine tiefsitzende Angst vor dem ist, wozu Jack fähig sein kann.

»Aye, Kap'tän«, sagt Dick.

Diese beiden Worte in Dicks bärbeißigem Bariton lösen etwas in Isabel aus. Noch kann sie gehen. Sie sollte es tun. Hinter ihrer Höflichkeit und ihrer rustikalen Leutseligkeit, hinter Jacks Gerede von gerechten Preisen und Freihandel sind diese Männer nicht besser als Piraten.

So wie Leutnant Sowerby nicht zögern würde, die Schmuggler aufzuknüpfen, ist Isabel überzeugt, dass niemand von Jacks Besatzung zögern würde, die Pistole auf einen Mann vom Steueramt zu richten, wenn das bedeuten würde, sein eigenes Fell oder seine Schmuggelware zu retten. Und Jack ist nicht anders.

Sie sollte das Weite suchen, doch es ist ihre einzige Chance, auf einem Schiff zu segeln, die einzige Chance, die sie in all den Jahren gehabt hat – und die sie wahrscheinlich je bekommen wird. Sie kann sie sich nicht entgehen lassen.

Der Wind weht so stark, dass sie die Wellen unten gegen die Felsen schlagen hört, einen Steinwurf vom Haus entfernt. Das Meer ruft sie. *Was würde George denken, wenn er dich jetzt sähe?* Der Gedanke trifft sie so plötzlich, dass sie beinahe die Fassung verliert. Besudelt sie Georges Gedächtnis, wenn sie auf einem Schmugglerschiff nach Frankreich fährt? Hätte George das verstanden? Sie greift sich an den Hals, umklammert die Trafalgar-Medaille. Nelsons erhabenes Gesicht im Silber. *England erwartet, dass jeder Mann seine Pflicht erfüllt.*

Isabel schielt zu Jack hinüber und wird gewahr, dass er schon wieder andeutungsweise lächelt und seine Augen aufleuchten, wenn er sie ansieht. Sie registriert seine ruhige Art, Befehle zu erteilen, als er sich an Dick und Harry Tremayne wendet und sie anweist, zum Schiff vorauszugehen. Als die beiden Männer das Studierzimmer verlassen, wird ihr klar, dass es noch einen Grund gibt, warum sie nicht verschwinden kann. Sie ist an Jack gebunden, mit Herz, Verstand, Schicksal, allem, ob es ihr gefällt oder nicht.

Als könnte er ihre Gedanken lesen, wirft er ihr ein Lächeln zu, das an ihrer inneren Takelage zerrt, und obwohl er mit seinem Handwerk den Franzosen hilft und sein Gewerbe ihn weit außerhalb des Gesetzes drängt, wird sie vom heißen Rausch der Gefühle gepackt und lächelt zurück.

»Schon besser«, sagt Jack. Er verlässt seinen Schreibtisch, streckt die Hand nach ihr aus und streicht ihr sanft über die Wange, als würde er ein verirrtes Haar nach hinten schieben, und durch diese unendlich zarte Berührung erscheint er ihr wieder so nah wie in Frenchman's Creek, als er sie im Wasser festhielt und nur sein nasses Hemd und ihr Kleid sie noch voneinander trennten. Was ist der Grund dafür, dass sie jedes auch noch so beiläufige Streifen so intensiv wahrnimmt?

Bei George war das nicht so. Sie hat ihn geliebt. Wenn er zu ihr kam, lösten seine ungeschickten Berührungen, seine hastigen Liebkosungen eine kurze, begrenzte Erregung aus, bevor der nächste lange Abschied folgte. Doch da war nicht dieses … *Feuer*. Bei Georges Blick fühlte sie sich umsorgt, warm, sicher. Seine Umarmung war wie das Eintauchen in die ruhige See an einem heißen Tag. Bei Jack ist es das Gegenteil. Der Blick in seine Augen löst einen Sturm in ihr aus, schwarze Wolken, brodelndes Wasser, schäumende turmhohe Wellen, und das alles so hitzig, als verberge sich die Sonne selbst darin.

Sie müsste seiner Hand ausweichen, stattdessen spürt sie eine Sehnsucht in sich, die sie zu ihm zieht. Es ist gefährlich. Jack ist gefährlich, und das nicht nur, weil er sich außerhalb des Gesetzes bewegt und eine Pistole trägt. Er hat sich geschworen, keine Frau zu ehelichen, und selbst wenn er tatsächlich geneigt wäre zu heiraten, würde sie jetzt nicht das bisschen Freiheit aufgeben, das ihre Stellung als Witwe ihr gewährt. Sie will nicht wie Harriet in einem Garten mit Dornenhecke leben. Zum allerersten Mal ist sie allein für ihr Leben verantwortlich. Nicht ihr Vater, nicht ihr Ehemann, nur sie selbst. Das ist ein Geschenk von George. Diese Macht könnte sie keinem anderen übertragen, nicht einmal Jack. Insbesondere nicht Jack.

Sie wird ihre Gefühle beherrschen müssen, bis sie von selbst verschwinden. Am einfachsten wäre das, indem sie Jack aus dem Weg ginge, aber das ist gegenwärtig unmöglich. Sie wird auf dem Schiff darauf achten, Abstand zu ihm zu halten.

»Sorgen Sie sich nicht um den Gastwirt von The Crown«, sagt Jack. »Ich kann sehr überzeugend sein – oder vielmehr mein Geldbeutel nach einer guten Fahrt. Ich bin mir sicher, dass wir ihn wieder auf unsere Seite ziehen können, falls es nötig sein sollte.«

»Nun gut«, sagt Isabel so leise, dass es ein Flüstern sein könnte. Sie wendet sich zum Fenster. Die Wolken haben Schweife bekommen. Erneut prasselt ein Regenschauer auf den ohnehin schon schlammigen Hof. Sie weiß nicht genau, ob das Rauschen vom Meer oder vom Himmel kommt.

Jack rollt die Seekarte zusammen, klemmt sie sich unter den Arm und schlägt seine Jacke darüber. »Gehen wir!«

Kaum sind sie draußen, saust Jib hinter den Ställen hervor. Isabel bleibt stehen, um der Hündin den Kopf zu kraulen, dann läuft sie weiter, um Jack einzuholen. Während er zwei Schritte geht, muss sie drei machen, derweil er sich erkundigt, was sie sonst noch von Leutnant Sowerby erfahren hat. Der Wind zerrt an ihrem Kleid, es flattert um ihre Beine herum. Nach der Strecke von Helford hierher spürt sie bei jedem Schritt ein Ziehen in den Waden.

Ein längerer Marsch am Rand der Klippen entlang, erschwert durch den hämmernden Regen, bringt sie zu einer Stelle, wo das Meer ins Land schneidet und eine breite Bucht geschaffen hat. Jack führt sie zu einem derart steilen Pfad, dass schwer vorstellbar ist, wie die Esel, die zum Transport der Schmuggelware benutzt werden, ihn hinabsteigen sollen, ohne sich die Beine zu brechen. Die hohe Klippe windet sich um die Bucht, und in der Mitte liegt die *Rapide*, ein Wust von Takelwerk mit braunem Rumpf und aufgerollten roten Segeln. Am Strand wartet ein Ruderboot darauf, sie zum Schiff zu bringen. Selbst in der geschützten Bucht sind die Wellen so heftig, dass die *Rapide* an ihrem Anker reißt wie ein junger Hengst.

Jack bleibt neben Isabel stehen. »Ist sie nicht wunderschön?«

Trotz ihrer Sorgen, auf Abstand zu ihm zu bleiben, begeistert sie der Anblick des Schiffs. Der Gastwirt von The Crown, Jacks Schmugglerdasein – alles belanglos. Hier liegt ein Schiff, das sie aufs Meer tragen wird, und was für ein Schiff! Isabel sagt: »Genau so muss ein Schiff aussehen.«

Jack grinst sie an. »Nicht wahr? Sie ist ein gutes kleines Schiffchen. Und schnell, bei so einem Wind.«

Oppy kommt den Pfad von unten hoch. Jack fragt: »Sind wir voll beladen?«

»Aye, Kap'tän. Zu Sonnenuntergang sind wir seeklar. John Spargo lässt fragen, ob ein Vorsegel gesetzt werden soll. Er hat Bedenken, dass wir beim Ankerlichten vom Kurs abtreiben könnten.«

Jack beobachtet das Schiff genau, schätzt den Wind ab. »Ich bin geneigt zuzustimmen, aber ich gehe jetzt direkt an Bord und spreche selbst mit ihm.«

»Aye, Kap'tän«, sagt Oppy. »Kabbelig da draußen.«

Jack nickt. »Wir müssen aus der Bucht kreuzen, aber dann kriegen wir Nordostwind. Wie sieht's aus, Oppy, stellen wir einen Geschwindigkeitsrekord auf?«

»Bis zu vierzehn Knoten könnten wir schaffen, Kap'tän.«

»Wohlan«, sagt Jack fröhlich, während Oppy vor ihnen hergeht. Isabel hat damit gerechnet, dass er eine Bemerkung über Frauen auf dem Schiff macht.

»Was haben Sie geladen?«, fragt sie Jack, als er oben auf der Klippe in die Hocke geht.

»Zinn. In Frankreich zahlen sie dafür anständige Preise.«

»Und was bringen Sie zurück?«

»Alles Mögliche.« Jack wendet seinen Rücken dem Wasser zu und beginnt, nach unten zu kraxeln. »Los, geben Sie mir Ihre Hand. An diesem Felsen kann man schnell den Halt verlieren.«

Während sie sich halb gehend, halb kletternd nach unten bewegen, ruft Jack über die Schulter: »Wenn ich den Preis bekomme, den ich will, wird die Fracht zum größten Teil aus Brandy bestehen. Aber wir bringen noch viel mehr mit: Kakao, Spitze, Seide, Tee, Kaffee.«

»So viel?«, fragt sie.

»Es wäre noch mehr, wenn wir den Platz hätten. Ich habe vor, noch ein oder zwei Jahre mit der *Rapide* zu segeln und mir dann ein Hundert-Tonnen-Schiff bauen zu lassen. Wieder einen Kutter oder vielleicht einen Logger.«

Unten auf dem feuchten Sand sind sie vor dem Wind geschützt, nicht jedoch vorm Regen. »Will!«, ruft Jack einem groß gewachsenen, schlaksigen jungen Mann zu, der mit rotem Kopf herbeigelaufen kommt, eine Strickmütze in der Hand. Aus der Nähe sieht Isabel, dass seine Kniebundhosen mehrmals geflickt wurden. Außerdem sind sie unten zu kurz und oben zu weit, weshalb er sie mit einem Stück Seil um die Taille befestigt hat. »Hast du den Fisch?«, fragt Jack, und der Junge nickt.

»Einen Hering, Kap'tän.« Er reicht Jack einen kleinen Korb aus Schilfrohr, der ihn öffnet und anerkennend pfeift.

»Ein stattliches Exemplar.«

»Erst heute Mittag gefangen, Sir.«

»Gut gemacht, Will. Eine Schande, dass wir ihn nicht essen können, aber ich opfere ihn jetzt.«

»Dem Bucca wird er gefallen, Sir«, sagt der Junge voller Ernst, und Jack lächelt und erwidert, der alte Wassergeist werde ganz sicher Gefallen daran finden.

Will setzt seine Mütze wieder auf und sieht Isabel an. »Und wer ist das?«

»Benimm dich gefälligst«, sagt Jack. »Das ist Mrs. Isabel Henley, eine Trafalgar-Witwe und besondere Freundin von mir. Sie wird uns auf der Fahrt begleiten und mir bei den Büchern helfen.« So, wie er es sagt, klingt es beinahe, als würde er scherzen. Hat er es ernst gemeint, als er sagte, sie könne für die Dauer der Reise seine Bücher führen, oder wollte er sie nur bei Laune halten?

»Eine Trafalgar-Witwe?«, wiederholt der Junge, nestelt an seiner Strickmütze herum und lässt sie fast fallen, nur um sich linkisch zu verbeugen. »Will Pengelly, Ma'am, zu Ihren Diensten.«

Isabel neigt den Kopf. »Freut mich, dich kennenzulernen, Will Pengelly.«

»Will ist dabei, seit er vor vier Jahren seinen Vater verloren hat. Da war er zwölf. Gibt keinen, der schneller in die Takelage klettert.«

»Dick ist schneller als ich, Sir«, sagt Will mit hochrotem Kopf. »Mrs. Henley, würden Sie mir von Ihrem Ehemann erzählen? Ich möchte so gern von Trafalgar hören, bitte! Auf welchem Schiff ist er gefahren?«

»Auf der *Neptune*.«

»Unter Kapitän Freemantle! Hat Ihr Mann vielleicht auch Lord Nelson getroffen?«

»Das hat er«, antwortet Isabel. »Wenn du willst, erzähle ich dir auf der Fahrt nach Frankreich davon.«

»Sie ist nicht nur eine Trafalgar-Witwe, Will«, wirft Oppy ein. »Sie ist auch noch die Tochter des Bucca.«

»*Sie* sind das Kind vom Bucca, von dem alle reden?« Will verdreht seine Mütze in den Händen.

»Nein, nicht wirklich«, erwidert Isabel und tritt zur Seite, um zu beobachten, wie Jack den Korb mit dem Fisch an den Fuß der Klippe stellt, wo sich eine Höhle tief in den Felsen zieht. Er legt den Fisch auf einen Stein am Eingang und sagt etwas, das sie bei dem Wind nicht verstehen kann.

Als er zurückkommt, flüstert sie ihm zu: »Sie glauben doch nicht wirklich, dass sich der Bucca den Fisch holt.«

»Höchstwahrscheinlich schnappt ihn sich eine Möwe. Ist unwichtig, ob ich es glaube. Meine Mannschaft glaubt es.«

»Deshalb tun Sie das? Weil Ihre Männer abergläubisch sind?«

»Ich würde es nicht abergläubisch nennen. Eher vorsichtig. Aber ja, deswegen tue ich es – und für den unwahrscheinlichen Fall, dass es doch einen Bucca gibt, der uns günstige Winde schickt.«

»Sie sind verrückt«, flüstert Isabel. »Sie sind alle verrückt.«

Jack schmunzelt. »Und Sie haben sich entschlossen, mit uns zu segeln.«

Als Isabel ins Ruderboot steigt, schäumt die Brandung über ihre Lederschuhe. Im Rumpf steht Wasser, das Dick mit einem Eimer hinausschöpft, bevor sie das Boot vom Strand ins Meer schieben. Der Himmel ist so dunkel, als dämmerte es schon. Tropfen peitschen Isabel ins Gesicht, doch durch den Regenvorhang kann sie eine verschwommene blasse Sonne erkennen, tief über der Landzunge, oder ist es der Mond, der früh aufgegangen ist?

Das Boot schaukelt auf den Wellen. Die Männer ziehen an den Rudern, ihre Muskeln spannen sich unter den Hemden. »Wir müssen aus der Bucht herauskreuzen«, erklärt Jack, »um den Wind hinter uns zu bringen.« Das Schiff ist aus der Nähe viel größer als vom Strand aus. Aus dem Ruderboot an Bord zu gelangen, wird so sein, als steige man auf das Dach des Cottages, während es wie ein Fisch an der Angel zappelt. Am Rumpf baumelt eine Jakobsleiter, an der man zum Deck hochklettern kann.

»Ich bleibe hinter Ihnen«, sagt Jack und hält Isabel fest, die nach der Strickleiter greift.

Die Lücke zwischen Boot und Schiff ist gähnend breit. Ihr Magen zieht sich zusammen, ihre Hände rutschen an den Stricken ab, dann steht sie auf der untersten Querstrebe und hangelt sich am glitschigen nassen Rumpf des Schiffes empor. Zwei Händepaare greifen ihr unter die Arme und heben sie an Deck. Kurz sackt sie auf die Knie, ringt nach Luft, die Hände flach auf dem Boden, tastend nach etwas, woran sie sich aufrichten kann.

»Willkommen an Bord«, sagt Jack und hilft ihr hoch. »Halten Sie sich immer schön fest. Bei diesem Wetter bekommt man schnell Seemannsbeine.«

Kaum steht sie aufrecht, dreht sich ihr der Magen. Wenn es in der Bucht schon so schlimm ist, kann sie sich kaum vorstellen, wie es auf dem Meer sein wird, ohne den Schutz der Klippen. Vielleicht war es doch ein Fehler.

Kaum ist Isabel auf den Beinen, verschwindet Jack. In den nächsten beiden Stunden sieht sie fast nichts von ihm, derweil die Männer die Vorkehrungen zur Abfahrt der *Rapide* treffen. Die Nacht legt sich über die Bucht, verschluckt die Wolken. Als der Regen nachlässt, malt der zunehmende Vollmond einen silbernen Pfad auf das brodelnde Wasser. Kaum ist der Anker eingeholt, gibt Jack mehrere Kommandos: »Auf Station zum Segelsetzen! Toppleute entert auf!«, dann »Auslegen und klarmachen!«, sobald Will und ein rothaariger Mann namens George Cox die Takelage erklommen haben. Als alle bereit sind, übertönt seine Stimme dröhnend den kreischenden Wind: »Lasst fallen! Klar bei Schoten!« Und zu einem Jungen, nicht viel älter als Will: »Nicht einschlafen, Betham!«

Heftig peitscht der Wind in den nördlichen Teil der Bucht, und die Mannschaft braucht eine geschlagene Stunde, um hinauszukreuzen, bis die *Rapide* endlich die umarmende Klippe hinter sich gebracht hat. Das Schiff macht einen Ruck, und dann segeln sie nicht, sondern fliegen an der Landzunge entlang, hoch über ihnen der Mond, die Wellen schwarz um den Rumpf. Nichts wünscht sich Isabel mehr, als diesen Moment zu genießen, doch die in ihr köchelnde Übelkeit steigt ihr so unvermittelt in die Kehle, dass sie es kaum rechtzeitig an die Reling schafft, wo sie mit beiden Händen die dort zur Sicherheit gespannten Stricke umklammert und das Plätzchen, das sie zum Mittag hatte, ins wogende Wasser befördert.

Kalter Schweiß läuft ihr übers Gesicht, in den Nacken und ins Korsett. Sie hat den Geruch von Holz, Seilen und Teer in der Nase, dazu im Mund den Geschmack des Meeres und von Galle. Die Bänder ihrer Haube haben sich gelöst, doch ihr fehlt die Kraft, sie wieder zu schnüren, und so hält sie mit einer Hand die Haube fest und mit der anderen das Seil.

Gischt schlägt ihr ins Gesicht, mit einem Schaudern würgt sie erneut und spuckt. Der Wind bringt die See zum Toben. So geht es ewig weiter. Schließlich lässt Isabels Übelkeit so weit nach, dass sie sich aufs Deck legen kann, weiterhin mit einer Hand am Strick, das stampfende Meer direkt unter sich.

Nach einer gefühlten kleinen Ewigkeit kriecht sie in die Mitte des Schiffs, und so plötzlich, als hätte jemand eine Kerze gelöscht, ist die Übelkeit verschwunden. Isabel wischt sich mit dem Ärmel ihres Mantels über den Mund, erhebt sich und kämpft sich an den Leinen entlang über das rutschige Deck ins Heck, wo Jack neben Oppy steht, der das Steuerrad hält.

»Und? Wie halten Sie sich?«, ruft Jack, als er Isabel erblickt. Aus seiner Wolljacke trieft das Wasser. Mit einer Hand umklammert er seinen Hut, ein hohes schwarzes Exemplar aus Filz mit schmaler Krempe. Das Haar peitscht ihm ins Gesicht. »Nicht übel, der Wind, was? Wir fahren fünfzehn Knoten!«

»Ist das gut?« Sie schiebt sich die nassen Haare aus den Augen, um ihre Haube wieder festzubinden. Sie muss mehrere Haarnadeln verloren haben.

»Gut? Das ist der helle Wahnsinn! So schnell habe ich die *Rapide* noch nie erlebt. Du, Oppy?«

»Ich auch nicht, Kap'tän.«

»Verträgt Ihre Konstitution das Segeln in schwerer See, Isabel? Sie wirkten eben ein wenig blass um die Nase.«

»Nachdem ich mein Mittagessen hinausbefördert habe, scheine ich geheilt zu sein«, erwidert sie und hält sich mit beiden Händen am nächsten Strick fest. »Von einigen aus Ihrer Mannschaft kann das noch nicht behauptet werden. Ich habe mindestens drei Männer gesehen, die sich an den Seilen festhalten und den Kopf über die Reling strecken.«

»Dieser Wind macht es nicht leicht, aber früher oder später bekommen doch alle Seemannsbeine.« Mit einem kurzen Blick auf Isabel fährt er fort: »Sie wirken durchaus erholt. Beachtlich. Nun denn. Am besten begeben Sie sich nach unten. Es wird noch rauer werden.« Er weist in den brodelnden Himmel. In der Ferne ertönt ein tiefes Donnergrollen. »Für den Rest von uns heißt es heute Nacht: Alle Mann an Deck.«

»Von zwölf Mann Besatzung fehlen Ihnen gerade drei«, bemerkt Isabel.

»Ich hoffe, nicht mehr lange. Was wollen Sie damit sagen?«

»Ich kann helfen.«

Er wirft ihr einen langen Blick zu, dann sieht er wieder hoch zum Himmel. Das Schiff wird nach vorn geworfen, Isabel schließt die Finger fester um das Seil. Nach einer Weile sagt Jack: »Ich kann nicht leugnen, dass ich zwei zusätzliche Hände gebrauchen könnte, aber unter Deck wären Sie sicherer.«

Sie erinnert sich an seinen schwer zu deutenden Blick, als er von der Buchhaltung sprach. Und an seine Kommentare, dass er von ihr erwarte, genauso wie die Männer zu arbeiten – das waren doch Scherze, oder? Und Isabel in ihrer Aufregung hatte es wörtlich genommen. Aber sie kann genauso wie die Männer arbeiten, und jetzt hat sie die Möglichkeit, es ihm zu beweisen. »Was soll ich tun?«, fragt sie.

Er wirkt so innerlich zerrissen, dass sie ihre Worte am liebsten zurücknehmen und ihm sagen würde, natürlich werde sie unter Deck gehen, wo sie in Sicherheit sei. Doch dies ist ihre Chance. »Jack«, sagt sie. »Ich kann helfen.«

»Halt den Kurs, Oppy«, sagt Jack. »Nordnordost.«

»Aye, Kap'tän.«

Dann, an Isabel gewandt: »Ich bringe Sie zu Harry. Er teilt Sie zum Arbeiten ein.«

10. Kapitel

Sechs Stunden später sind ihre Hände von den Seilen aufgerissen. Jeder Muskel in ihren Armen und im Rücken brennt wie Feuer, ihr Mund ist trocken vor Durst und der Kopf dumpf vor Erschöpfung. Der Wind ist endlich abgeflaut, kurz bevor der Himmel den ersten rosagrauen Stich der Morgendämmerung annimmt. Die See bewegt sich noch immer wie ein lebendiges Wesen, aber sie rollt jetzt langsamer, und das Schiff gleitet durch die Wellen wie eine Nadel durch Seide.

Jack kommt die beiden Stufen zwischen Achterschiff und Bug hinunter. Er ist so blass, dass er fast grau wirkt, und mit einem vertrauten Schreck wird ihr bewusst, dass er vor nur drei Wochen eine Schussverletzung erlitten hat. Die Sorge windet sich in ihr. *Was, wenn diese Fahrt zu viel für ihn ist?* Sie hat schon George auf einem Schiff verloren; sie erträgt die Vorstellung nicht, das noch einmal …

Isabel schüttelt den Kopf. Sie darf sich nicht erlauben, so etwas zu denken. Jack ist in keiner Weise mit George vergleichbar. Das ist unmöglich. *Halte Abstand*, schilt sie sich wieder. Auf dem Schiff ist das leichter gesagt als getan, doch sie wird darauf achten.

Als Jack fast auf ihrer Höhe ist, ruft er ihr etwas zu, aber der Wind reißt seine Wörter auseinander, und sie gibt zurück: »Was haben Sie gesagt?«

Näher jetzt wiederholt er: »Nun ist es ruhig. Ich schicke den Großteil der Männer unter Deck, damit sie ein bisschen Schlaf bekommen. Sie sollten sich auch ein paar Stunden ausruhen.«

Der Gedanke an ein Bett ist, als würde sie nach vierzig Tagen in der Wüste auf eine Oase zu taumeln. »Das Angebot nehme ich gern an. Danke. Geht es Ihnen gut?«

»Doch, doch. Hundemüde, aber das sind wir alle. Fragen Sie wegen meiner Verletzung?« Als Isabel nickt, erklärt er: »Erfreulicherweise kann ich Ihnen mitteilen, dass sie mich nicht im Geringsten gestört hat, allerdings habe ich es auch vermieden, Leinen einzuholen. Anders als Sie. Ich gebe zu, dass ich meine Zweifel hatte, Sie mit auf diese Fahrt zu nehmen, aber Sie haben mich heute eines Besseren belehrt. Haben Sie Hunger? Tom macht Käsetoast.«

»Ich bin zu müde zum Essen.«

»Ich habe Ihr Gepäck von Will in die Kajüte bringen lassen. Legen Sie sich hin.«

»In welche Kajüte?«

»Im hinteren Teil des Unterdecks, die Tür direkt neben dem Niedergang. Können Sie nicht verfehlen – es gibt nur eine.«

Es gibt nur eine … Seine Worte dringen durch ihre Erschöpfung zu ihr durch. »Was haben Sie gerade gesagt?«, vergewissert sie sich, richtig gehört zu haben.

»Ich habe gesagt, es gibt nur eine Kajüte.« Er lächelt sie kurz an. »Wir beide werden sie uns leider teilen müssen, es sei denn, Sie bevorzugen die Gesellschaft der übrigen Männer. Die haben im Laderaum eine hübsche Reihe von Hängematten aufgehängt.«

Isabel starrt ihn ungläubig an. »Was meinen Sie damit, nur eine Kajüte? Das kann doch nicht Ihr Ernst sein!« Da er sie weiterhin anlächelt, hakt sie nach: »Jack, bitte sagen Sie mir, dass das nicht Ihr Ernst ist.«

»Die Kajüte ist nicht sehr geräumig, verglichen mit der, die Ihr Mann an Bord eines Kriegsschiffes hatte, aber meine Hängematte ist groß. Einer der Vorzüge, die man als Kapitän genießt. Sie bietet genug Platz für zwei Personen, mühelos, und in den ersten Stunden heute werden Sie sie ganz für sich haben. Ich bleibe mit Harry an Deck, bis die erste Wache vorbei ist.«

»Aber … wir können doch nicht …«

Angesichts ihrer Bestürzung verschwindet sein Lächeln. »Verzeihen Sie bitte. Ich dachte, Ihnen wäre die Raumaufteilung eines Schiffs von dieser Größenordnung bekannt. Wo sonst haben Sie erwartet zu schlafen?«

»Ich habe nicht … Ich hatte keine …«, stammelt sie. Das Schlimmste ist, dass nicht die Tatsache Entsetzen in ihr auslöst, ein Bett – eine Hängematte – mit Jack zu teilen. Sondern dass sie es gerade *nicht* tut. »Warum haben Sie mir das nicht gesagt?«

Leicht gereizt erwidert er: »Sie waren mit einem Marineoffizier verheiratet. Ihr Vater war Admiral. Ich habe angenommen, dass Sie sich mit Schiffen auskennen … und wissen, wie wenig Platz dort zur Verfügung steht. Haben Sie gedacht, Sie hätten eine eigene Kabine ganz für sich allein?« Als sie den Kopf schüttelt, fährt er etwas versöhnlicher fort: »Ist ja nicht so, als hätten wir uns noch nie ein Bett geteilt. Die Mannschaft redet nicht – in der Hinsicht haben Sie nichts zu befürchten.«

»Könnte ich nicht wenigstens irgendwo eine eigene Hängematte aufhängen?«

»Ich wüsste nicht, wo Sie das tun wollten, selbst wenn wir eine übrig hätten. Es ist nirgends Platz. Es sei denn, Sie möchten in den Laderaum zu den anderen Männern.«

Die Vorstellung, im Frachtraum des Schiffes neben zehn Fremden zu schlafen, ist noch beunruhigender, als eine Hängematte mit Jack zu teilen. Doch wie, um Himmels willen, soll sie den Abstand zu ihm wahren, wenn sie im selben Bett schlafen?

Isabel war so begeistert von der Vorstellung, endlich zur See zu fahren, mit einem Schiff über den Ozean zu segeln – »ist nur der Kanal«, wie Jack es ausdrückt, aber das stört sie nicht, denn für Isabel ist es der Ozean –, dass sie nicht einmal darüber nachgedacht hat, wo sie schlafen würde.

»Ich fürchte, die Schlafmöglichkeiten sind völlig unbefriedigend.« Sie hört, wie das aus ihrem Mund klingt. Affektiert und albern – als könnte sie hier, an Bord eines Schmugglerschiffs voll mit Konterbande für Frankreich, auf die feinen Manieren und Annehmlichkeiten ihrer edlen Herkunft pochen.

»Isabel.« Jack streckt die Hand aus, hätte ihr fast wieder über die Wange gestrichen, und seltsamerweise denkt sie, wenn er sie jetzt berühren sollte, würde sie weinen, denn sie will die Hängematte mit ihm teilen, sie will ihm nah sein, aber kann nicht; sie sollte es nicht wollen, und vor allem ist sie so müde, dass alles ein Anlass für Tränen wäre. »Legen Sie sich hin. Ich verspreche Ihnen, ich rühre Sie nicht an.«

Das ist es nicht, was ihr Sorgen macht, aber sie ist zu ermattet, um ihm das zu erklären, und sagt deshalb nur: »Danke.« Halb taumelnd vor Erschöpfung nimmt sie den Niedergang nach unten und tritt durch die Tür. Der Raum erstreckt sich über die gesamte Breite des Hecks, aber ist nicht sehr tief. Außer der Hängematte erblickt sie einen Schreibtisch und einen Stuhl; für mehr ist kein Platz. Frühes Morgenlicht fällt durch zwei rechteckige Oberlichter, die schräg in einen erhöhten Abschnitt des Oberdecks gesetzt sind.

Die Hängematte ist groß genug für zwei, auch wenn es eng wird. Der Leinwandstoff ist an beiden Seiten von Holzleisten eingefasst, separate Abtrennungen, ungefähr eine Handbreit hoch, die dem Ganzen die Anmutung eines an Seilen hängenden Betts mit hohen Seitenteilen verleihen. Seit der Regen aufgehört hat, ist Isabels Kleid im Wind so gut wie getrocknet. Sie macht sich nicht die Mühe, es auszuziehen, noch streift sie ihre Schuhe ab; sie ist zu erschöpft. Stattdessen lässt sie sich in die nachgiebige Tiefe der Hängematte sacken, als wäre es ihr samtbezogenes Himmelbett in Greenwich, und schläft ein, sobald sie die Augen geschlossen hat.

Als sie sie wieder öffnet, liegt George neben ihr. An ihrer Wange spürt sie die Wärme seiner Brust, die sich mit jedem Atemzug hebt und senkt, und sie hört seinen Herzschlag, gleichmäßig und kräftig. Sie riecht die Seeluft und seinen Schweiß und begreift, dass er zu ihr heimgekommen ist. Ein tiefes, umfassendes Glücksgefühl steigt in ihr auf, und sie schmiegt die Wange an seinen Oberkörper, drückt die Lippen auf die Baumwolle seines Hemds, will gleichzeitig lachen und weinen.

Dann ist sie vollends wach, und es ist nicht George neben ihr, sondern Jack. Er bewegt sich, verlagert den rechten Arm, bis er Isabel halb umschlingt und festhält.

Die Erkenntnis ernüchtert sie. Reglos liegt sie da und wartet darauf, dass ihr Herz wieder seinen natürlichen Takt aufnimmt. Die Kajüte ist in Licht getaucht. Der Ausschnitt des Himmels, der durch das hölzerne Schutzgitter über dem Oberlicht zu sehen ist, ist von einem hellen, klaren Blau mit einer weißen Sonne im Zenit. Langsam und vorsichtig, um Jack nicht dort am Bauch zu berühren, wo sich die Narbe der Schussverletzung befindet, dreht Isabel sich um und schielt über den Rand der Hängematte. Jacks Jacke hängt über der Stuhllehne vor dem Schreibtisch, zusammen mit seinem Halstuch. Wie lange hat sie geschlafen? Sie hat es nicht gemerkt, als Jack sich zu ihr legte.

Seine Wärme macht sie schwindelig vor unerwarteter Sehnsucht. Sie möchte ihn aufwecken und bitten, sie zu küssen. Eine verrückte Anwandlung, gewiss. Sie kann nicht; sie darf nicht. In Wirklichkeit sehnt sie sich nicht nach einem Kuss von Jack, redet sie sich ein. Sie sehnt sich nach George. Sie vermisst ihn und das Gefühl, das er in ihr auslöste. Er wusste, wie man ein Mädchen küsst, und obwohl sie nur wenige Male zusammen waren, jeweils viel Zeit zwischen ihren Begegnungen lag und der Akt selbst mit einem gewissen Zögern vonstattenging, genoss sie es, ihm nah zu sein.

Sie muss sich von Jack fernhalten, trotz dieser absurden Situation in der Hängematte. Immerhin ist er an Deck gewesen, während fast alle anderen geschlafen haben. Wahrscheinlich liegt er erst seit ein oder höchstens zwei Stunden hier. Abgesehen von allen anderen Überlegungen, wäre es einfach herzlos, ihn jetzt zu wecken.

Vorsichtig hebt sie seinen Arm an und rollt sich nach außen auf die Kante. Er rührt sich wieder, dreht sich halb von ihr fort und murmelt etwas. *Ich konnte nicht* und dann etwas, das wie ein Name klingt, *Marianne*, meint sie. Oder so ähnlich. Ganz langsam schwingt sie die Beine über den Rand, dann berühren ihre Zehen den Boden, und sie steigt heraus. Jack schläft weiter. Sie stößt einen tiefen Seufzer aus und will sich gerade von ihm abwenden, als ihr sein Hemd auffällt. Es ist jenes, das durch den Schuss zerrissen wurde, das Hemd, das sie für ihn ausgebessert hat.

In ihrer Brust zieht sich etwas zusammen. Schnell wendet Isabel den Blick ab und wischt sich zornig über die Augen. Was hat es schon zu bedeuten, dass er sich entschieden hat, dieses Hemd zu tragen? Sie muss diese lächerlichen Gefühle in den Griff bekommen.

Isabel zieht die Nadeln aus ihrem Haar und steckt sie wieder fest, so gut es geht. In der kleinen Kajüte gibt es keinen Spiegel. Sie nimmt an, dass das Ergebnis mehr oder weniger katastrophal aussieht. Leise stiehlt sie sich aus dem Raum und steigt den Niedergang zum Hauptdeck empor. Die Luke ist offen, Sonnenlicht fällt herein. Das Meer ist eine saphirblaue Weite, hier und dort mit Schaum verziert, der Horizont ein dünner, fast unsichtbarer Strich zwischen Himmel und Erde. Es ist kein Segel in Sicht außer dem roten Großsegel der *Rapide*, die durch die Dünung schneidet.

Eine Hand am Hauptmast öffnet Isabel den Mund und atmet tief ein, ihr Herz schwebt noch höher als beim Schwimmen mit Jack in Frenchman's Creek; höher noch als beim ersten Kuss von George. Dies ist der Ort, für den sie seit jeher vorgesehen ist.

Als sie nach Helford kam, hätte sie niemals gedacht, dass sie die Geschichte mit dem Bucca für etwas anderes als Aberglauben halten würde. Nun denkt sie, vielleicht gibt es doch einen Wassergeist, und wenn dem so ist, dann ist sie vielleicht seine Tochter. Was sonst könnte dieses Gefühl der Selbstvergessenheit, der fiebrigen absoluten Freiheit erklären, das sie auf See empfindet?

Ihre Schultern und ihr Rücken schmerzen mehr als vor dem Schlaf. Sie versucht, sich zu strecken, und zuckt zusammen. Ein Geräusch hinter ihr lässt sie herumschnellen. Jack kommt den Niedergang hoch. »Ich dachte, ich hätte Sie aufstehen hören«, sagt er oben angekommen, als sei es völlig normal, dass sie sich eine Hängematte geteilt haben. »Guten Morgen, Isabel.«

Er hat sich nicht die Mühe gemacht, die Jacke oder das Halstuch anzuziehen, sondern trägt nur sein Hemd, eine leichte Hirschlederhose und einen Bartschatten auf den Wangen. Isabels Blick wandert zu seinem Hals, er hat den Hemdausschnitt nicht zugeschnürt. Der Anblick der Haut dort; Isabel weiß, wie warm sie ist, seit sie mit der Wange an seiner Brust aufgewacht ist. Die Hitze der Sonne legt sich auf ihr Gesicht. »Guten Morgen, Jack.«

»Heute ist ein guter Tag zum Segeln. Sie haben noch nicht gegessen, oder?« Als sie den Kopf schüttelt, sagt er: »Würden Sie mir beim Frühstück Gesellschaft leisten? Tom kocht für alle, aber ich nehme meine Mahlzeiten in der Kajüte ein. Ich muss noch unseren Kurs prüfen, dann können wir nach unten gehen.«

Jack sitzt auf einem Fass, das er an seinen Schreibtisch gezogen hat. Er hat ihr den Stuhl überlassen. Tom bringt Brot, Käsetoast und Bohnen herein. Beim Anblick des Essens steigt Übelkeit in ihr auf, doch nicht wegen der Bewegungen des Schiffs, sondern weil sie so lange nichts gegessen hat. Das Brot ist noch frisch, die Bohnen sind schön weich gekocht, und der Käsetoast ist der beste, den sie je gegessen hat. Das sagt sie Jack, und er lacht und meint, Tom sei ein guter Koch, und nach einer stürmischen Nacht auf See würde alles besser schmecken.

Mit ihm an einem Tisch zu essen, fühlt sich seltsam förmlich an nach ihrem Picknick am Strand von Frenchman's Creek, aber Jack unterhält sich so ungezwungen mit ihr wie zuvor, und bald löst sich der Knoten in ihrem Magen. Nachdem Tom die Teller abgeräumt hat, breitet Jack die Seekarte auf dem Schreibtisch aus und zeigt ihr, wo sie sich im Moment befinden und wohin Strömung und Wind sie tragen werden. »Da ist die Blockade«, sagt er und weist auf das Meer vor der äußersten Spitze der Bretagne, in der Nähe einer Stadt namens Brest. »Sie verläuft hinunter bis hier, bei Quimper, deswegen nehmen wir den nördlichen Kurs. So gehen wir den Kriegsschiffen Seiner Majestät aus dem Weg, die uns für unseren Geschmack ein wenig zu warmherzig willkommen heißen würden, wenn sie wüssten, was wir im Schilde führen. Unser Ziel ist Roscoff.«

Er deutet auf eine Stadt an der Nordküste. Erst als er den Namen ausspricht, wird für Isabel alles wirklich: Sie sind auf dem Weg nach Frankreich. Sie wird ihren Fuß in das Land der Revolution setzen, in das Land Bonapartes und der Männer, die George in Trafalgar erschossen. Sie schluckt. Jack sieht sie an, und sie bringt leise hervor: »Frankreich.«

»Was ist damit?«

»Sie haben George umgebracht … die Franzosen.«

»Isabel.« Er greift nach ihrer Hand auf der Karte, und sie lässt zu, dass er sie nimmt. »Der Krieg hat George umgebracht. Ein Krieg von Männern in hohen Positionen.«

»Bei Ihnen klingt es, als gehörten Sie nicht dazu.«

»Ich bin ein Schmuggler. Wie sollte ich einer von denen sein?«

»Sie besitzen Land, oder nicht? Sie verdienen ein Vermögen mit Handel, ob legal oder illegal. Sie können nicht allen Ernstes so tun, als seien Sie ein einfacher Mann aus dem Volk wie die Revolutionäre in Frankreich.«

Noch immer hält er ihre Hand; er zieht sie vorsichtig weiter, bis Isabels Finger auf Paris liegen. »Es waren keine einfachen Leute, die die Revolution ausgelöst haben, sondern Ideen. Das hier, Paris, ist eine Stadt der Ideen, deshalb ist die Revolution dort ausgebrochen. Glauben Sie, Voltaire war ein einfacher Mann aus dem Volk? Rousseau? Diderot? Montesquieu?«

»Nein.«

»Wie kommen Sie mit dem La Pérouse voran?«

»Die erste Hälfte habe ich schon gelesen, ich werde Ihnen das Buch bald zurückgeben.« Isabel zögert, dann fügt sie hinzu: »Könnten Sie mir vielleicht ein wenig Navigieren beibringen, falls dafür Zeit ist?«

Jack lächelt. »Mit Vergnügen. Ich habe versucht, es Will zu zeigen, aber er hat keinen Sinn für Trigonometrie. Möchten Sie jetzt einen Blick in die Bücher werfen?«

»Es war also Ihr Ernst, dass ich Ihnen bei der Buchhaltung helfen soll?«

»Wie kommen Sie darauf, ich meinte es nicht ernst?«

Isabel lacht, und er fügt hinzu: »Sie glauben offenbar bei sehr vielen Dingen, dass ich mir einen Scherz erlaube, obwohl es mir ernst ist.«

»Wahrscheinlich liegt es daran, dass manches, was Sie tun, geradezu ungeheuerlich ist.«

»Ach, ist es das? Was mache ich denn so Ungeheuerliches?«

Immer noch lachend erwidert sie: »Sie gehen auf Dinnerpartys und geben vor, Schmuggler verwerflich zu finden, Sie unterhalten sich mit einem Mann, der Sie hängen würde, wenn er wüsste, dass Sie selbst einer sind und Konterbande aus Frankreich ins Land schmuggeln und dass sie sogar junge Witwen in ihre kriminellen Machenschaften hineinziehen.« *Und mit ihnen eine Hängematte teilen*, denkt sie, aber sagt es nicht. So, wie Jack sie anlächelt, vermutet sie, dass er genau weiß, was sie denkt.

»Bei Ihnen klingt es, als sei ich fürwahr ein Bösewicht«, sagt er, rollt lachend die Seekarte zusammen und holt sein Kontenbuch heraus. »Wenn Sie sich mit den Zahlen vertraut machen wollen, könnten Sie sie weiterführen, wenn wir in Frankreich sind. Sollten Sie Unstimmigkeiten finden, geben Sie mir bitte Bescheid – ich bin froh, wenn ein zweites Augenpaar darüberschaut.«

Den Rest des Vormittags verbringt Isabel damit, sich den Wert der Ware einzuprägen, die Jack nach Frankreich und zurück nach England schmuggelt. Die Fracht ist deutlich vielfältiger als die Fässer mit Spirituosen, die sie sich vorgestellt hat. Neben vielen Gallonen Brandy schmuggeln Jack und seine Besatzung alles Mögliche, von Rosinen, Pfeffer und Anis bis zu Seife, Spitzentüchern und Kleidernadeln.

Der Preisunterschied zwischen den beiden Ländern ist gewaltig, und wieder hat Isabel ein gewisses Verständnis für Jacks Unternehmungen, abgesehen von seinem Gewinn. Sie kann nicht leugnen, dass ein Warenhandel, der es auch den Armen erlaubt, sich kleine Luxusgüter wie ein Stück Seife oder ein bisschen Salz zu leisten, durchaus ein Verdienst ist. Vielleicht kann man die gesetzeswidrige Umgehung von Steuern auf verdrehte

Weise auch für einen Akt von Gerechtigkeit halten, denkt sie. Als sie das zu Jack sagt, lacht er und meint, er freue sich, dass sie allmählich so denke wie er. »Nicht in jeder Hinsicht«, sagt sie. »Nicht bei dem Gastwirt.«

Jacks Miene verdüstert sich. »Ich erwarte nicht, dass Sie das verstehen, aber es geht darum, meine Mannschaft zu schützen, sollte es so weit kommen.«

»Hoffentlich geschieht das nicht«, sagt sie, und er nickt und fügt hinzu: »Da sind wir einer Meinung.«

Am Nachmittag verbringt sie viele glückliche Stunden in der Sonne an Deck, beobachtet das Wasser und die ihren Aufgaben nachgehenden Männer. Als Dick Pascoe anbietet, ihr zu zeigen, wie man in den Großmast aufentert, erklärt sie sich mit zitternden Knien einverstanden. Die gesamte Besatzung verfolgt, wie sie langsam und schwerfällig zum Topp hinaufklettert, bis sie hoch über dem Meer schwebt und sich fühlt, als müsse sie nur die Arme ausbreiten, um sich in die Lüfte zu schwingen.

Auf dem Weg nach unten tritt sie zweimal auf den Saum ihres Kleids und rutscht fast ab. Mit bis zum Hals schlagendem Herzen setzt sie ihren Abstieg aufs Deck noch langsamer fort, wo die Männer ihr in dem Augenblick, als ihre Füße die Holzplanken berühren, begeistert applaudieren. Die Anerkennung wie die Zeit in der Sonne bringen Isabel zum Glühen. Sie drückt einen Finger in die Haut ihres Handgelenks und sieht, dass sie erst weiß und dann wieder rot wird. Sie hat keine Handschuhe getragen. In derselben Zeit, die sie gebraucht hat, um einen Meter nach unten zu gelangen, klettert Dick vom Masttopp herunter. Er hat es viel leichter, denkt sie mit einem neidischen Blick auf seine Wollhosen. Er muss sich keine Sorgen um ein Kleid machen.

Mit einem dumpfen Geräusch landen seine nackten Füße auf dem Deck. »Auf See brennt die Sonne noch stärker«, bemerkt er, als er sieht, dass sie ihre Haut mit dem Finger prüft. Weiß, rot, weiß, rot. Es tut nicht weh – noch nicht.

Dick rollt seine Hemdsärmel auf und klopft auf seinen Unterarm. Er ist stark gebräunt und weist Striche auf, schwarze Striche unter der Bräunung. Isabel beäugt sie und versucht, den Umriss zu erkennen. Ein Vogel, glaubt sie. »Ist das ein Schwan?«

»Sehr gut«, sagt Dick. »Die Tinte ist ein bisschen verblasst.«

»Warum ein Schwan?«

»Vor acht Jahren bin ich einem Presskommando in die Arme gelaufen, das mich zum Dienst in der Royal Navy gezwungen hat. Ich kam an Bord der *HMS Leda*, einer Fregatte mit achtunddreißig Geschützen. Sie war damals noch neu, und ich konnte den Kapitän nicht ausstehen, er mich genauso wenig. Nach meiner zweiten Begegnung mit der Katze habe ich es nicht mehr ausgehalten. Als wir in Gibraltar eingelaufen sind, habe ich das Weite gesucht. Bin mit einem Fischerboot nach Hause gekommen.«

Ihr schaudert bei der Erkenntnis, dass Dick mit der neunschwänzigen Katze ausgepeitscht wurde. »Sie sind desertiert«, stellt sie fest und überlegt, was George gesagt hätte, wenn er gewusst hätte, dass sie sich mit Deserteuren abgibt.

»Ich wollte nie zur Marine. Ich habe mir den Schwan als Mahnung stechen lassen, damit ich den Presskommandos um jeden Preis aus dem Weg gehe.«

»Die *HMS Leda* ist also nach dem Mythos von Leda und dem Schwan benannt?«

Dick nickt. »Ein Matrose auf der *Leda* hat mir die Geschichte erzählt. Der Schwan ist Zeus, der griechische Gott, und der … der hat Leda Gewalt angetan. Na, Sie kennen die Legende bestimmt besser als ich. Der Kapitän sagt, Sie würden ihm bei den Büchern helfen, also müssen Sie was von Zahlen verstehen, nicht? Egal, ich fand ihn passend, den Schwan. Auch wenn es nicht die Schuld des Schiffs ist, dass der Kapitän seine Leute gern auspeitschen lässt.« Dick schiebt den Ärmel noch weiter hoch und zeigt Isabel eine weitere Tintenzeichnung auf seinem Oberarm. »Haben Sie die schon gesehen?«

Es ist eine Meerjungfrau. Nein, denkt Isabel und betrachtet die verschwommenen Striche genauer, es ist ein Wassermann mit einem schuppigen Fischschwanz und wehenden Haaren. »Der Bucca?«, rät sie aufs Geratewohl.

Dick grinst. »Dachte ich mir, dass Sie ihn erkennen.«

»Der ist auch nur eine Legende.«

»Wissen Sie, was mit der *Leda* passiert ist?«, fragt Dick. »Sie ist vor fünf Monaten vor Milford Haven gesunken. Kam in einen Sturm. Die Mannschaft ist noch rechtzeitig von Bord, aber das Schiff ging unter.« Er sieht sie vielsagend an. »Irgendwas sagt mir, dass die *Rapide* nicht dasselbe Schicksal haben wird. Nicht auf dieser Fahrt.«

Isabel legt den Kopf schräg und studiert das Gesicht des jungen Seemanns. Um die dunkelbraunen Augen hat er Lachfältchen, doch er lacht nicht. »Wie meinen Sie das?«, fragt sie.

»So ein Wind wie letzte Nacht, und wir verlieren nicht eine einzige Spiere? Angeblich bringt eine Frau an Bord ja Unglück, aber bei Ihnen ist das anders. Mit Ihnen an Bord, möchte ich wetten, überstehen wir jeden Sturm. Ich glaube, Ihr Vater beschützt Sie.«

»Mein Vater, der Admiral?«, fragt sie, obwohl ihr klar ist, wen er meint.

Dick sieht sie nur an, so lange, bis sie den Blick abwenden muss, hoch zum Hauptmast. Sie ist ihn emporgeklettert. Und sie wird es wieder tun, denkt sie. Wenn man es oft genug macht, gewöhnt man sich vielleicht an das Reißen des Seils in den Händen, an das Schaukeln des Masts, an die schwindelerregende Höhe.

Dick folgt ihrem Blick. »Sie sind ein geborener Seemann, Mrs. Henley«, sagt er. »So in den Masttopp aufzuentern.«

»Ich habe die ganze Zeit gezittert«, gesteht sie.

»Das tun alle beim ersten Mal.«

Sie dreht sich zum Heck des Schiffs um. Jack redet mit Oppy, schirmt die Augen vor der Sonne ab und betrachtet etwas – den Horizont, glaubt sie, denn sonst ist nichts zu sehen. Das Blau seiner Jacke ist nur einen Ton heller als der von Georges Uniform. Jack hat keine Goldknöpfe, seine sind aus Kupfer, angelaufen von der salzigen Seeluft. Er ist größer als George, sein Haar ist dunkler und länger, aber wenn er blinzelt, kann sie fast ihren Mann sehen, so wie er vielleicht auf dem Achterdeck der *Neptune* gestanden hat.

Jack hätte einen guten Marinekapitän abgegeben, denkt sie, wenn er nicht so erpicht darauf wäre, das Gesetz zu brechen. Er ist bei den Männern beliebt und scheint gut mit dem Schiff umgehen zu können – nicht, dass Isabel wirklich wüsste, wie es auf einem gut geführten Schiff aussieht. George hätte es gewusst. Er hätte ihr erklären können, wozu all die verschiedenen Leinen und Seile da sind.

Jack winkt sie zu sich. Dick ruft ihr nach: »Ich bin nicht der Einzige, der das glaubt. Das mit Ihnen und dem Wassergeist.«

»Dann hoffe ich nur, dass er nicht auf die Probe gestellt wird«, ruft sie über die Schulter zurück. »Denn ich bin nicht die, für die mich alle halten.« Ein zwickender Zweifel – es ist doch nicht möglich, oder? Isabels Gedanken kehren zu dem Moment in Frenchman's Creek zurück, zu den Worten, die sie in der Strömung zu hören vermeinte: *Komm heim.* An das Gefühl, zu Hause zu sein, im kühlen, dunklen Wasser.

Im Heck des Schiffs sagt Jack: »Wenn Sie das nächste Mal beschließen, wie ein Äffchen in die Takelage zu klettern, geben Sie mir Bescheid, damit ich ein Netz spannen lassen kann.«

»Ich habe mich nicht allzu schlecht geschlagen«, erwidert sie und streicht ihr Kleid glatt. »Dick meint, ich wäre ein geborener Seemann.«

»Sie sind auf ihrem Kleid ausgerutscht. Ich könnte mir nie verzeihen, wenn Sie fallen würden.«

»Sie sind nicht für mich verantwortlich, möchte ich meinen«, bemerkt sie.

»Doch, das bin ich, seit ich erlaubt habe, dass Sie an Bord kommen.«

»Dann gestatten Sie mir, Hosen zu tragen, wenn ich das nächste Mal hochsteige. Das wäre mir von größerer Hilfe als ein Netz.«

Erstaunt sieht er sie an und muss lachen. »Hörst du das, Oppy? Mrs. Henley würde gerne Hosen tragen.«

»Sie würden ihr sehr gut stehen, Kap'tän«, sagt Oppy. »Wie 'nem richtigen Schiffsjungen.«

»Ja, oder?«, gibt Jack zurück und dann, an Isabel gewandt: »Nun gut. Für die Dauer dieser Fahrt überlasse ich Ihnen meine Ersatzhosen. Ist wahrscheinlich sicherer.«

Alle lachen, doch das stört sie nicht. Ihr gefällt die Vorstellung, wie einer der Männer auszusehen, nicht wie ein Gast oder Passagier, nur für eine Reise an Bord genommen. Morgen wird sie wieder in den Mast aufentern, und zwar in Hosen.

Sie isst früh mit Jack in seiner Kajüte zu Abend, dann geht sie wieder an Deck, bis die Nacht die *Rapide* in Schatten hüllt. Eine Million Sterne leuchten am Himmel, mehr, als sie je gesehen hat. Der abnehmende Mond geht auf, groß und hell. Die Stelle, an der Isabel sitzt, mit dem Rücken an ein großes aufgerolltes Seil gelehnt, ist so bequem, dass sie überlegt, dort zu schlafen, unter den Sternen, mit der Brise in den Haaren, das Seil als harte Matratze. Doch schließlich erhebt sie sich steif und begibt sich ins Achterschiff, wo Jack das Ruder von Oppy übernommen hat.

»Zu Bett?«, fragt er, und als sie bejaht, ruft er Oppy und sagt ihm, er solle noch mal zwei Stunden ans Ruder gehen.

Langsam steigt sie rückwärts die Stufen hinunter, Jacks Beine direkt vor sich, während er ihr folgt. Die Hängematte in der Kajüte schwingt zum Auf und Ab des Schiffs. Es ist anders, jetzt mit Jack hier zu sein. Als sie sich in den frühen Morgenstunden schlafen legte, war sie so müde, dass es ihr fast gleichgültig war, ob er sich später zu ihr gesellen würde. Doch nun ist er mit ihr in der Kajüte, und Isabel ist so hellwach, als hätte sie hundert Jahre geschlafen.

Seine Gegenwart, der Raum, den er einnimmt, sind ihr höchst bewusst, während er sich in der kleinen Kabine bewegt, seine Jacke auszieht und sie über die Rückenlehne des Stuhls hängt. Sie denkt daran, wie sein Herzschlag klang, als sie mit der Wange an seiner Brust erwachte, und dreht sich zum Heck, die Haut heiß, das Gesicht in Flammen, und alles in ihr brennt lichterloh. Sie legt die Hand auf das glattpolierte Holz, um sie abzukühlen. In einem Kriegsschiff wie dem, auf dem George segelte, wären hier Fenster, große Fenster, die aufs Meer gehen, doch in dem Kutter gibt es nur die Oberlichter.

»Wollen Sie sich nicht hineinlegen?«, fragt Jack, und es klingt so banal, wie er es sagt, obwohl es das nicht ist, es ist das Gegenteil von banal, und sie hat Angst zu sprechen, weil sie sonst übersprudeln könnte vor Gefühl. Der Boden knarrt, als Jack näher kommt und hinter ihr stehen bleibt. »Sie scheuen sich, das Bett mit mir zu teilen«, sagt er, und seine Stimme hat etwas Tiefes, Heiseres, erinnert an den Hunger, den sie schon einmal in ihm spürte, in Roskorwell.

»Die Hängematte, ja.« Isabel hält den Blick auf das Holz gerichtet, untersucht die Maserung, die im Mondlicht nur schwach zu erkennen ist.

»Gestern Nacht war das nicht so. Besser gesagt: heute früh.«

»Heute Morgen war ich erschöpft. Und Sie ebenfalls. Das … das war anders.« Isabel spürt seine Hände auf ihren Schultern. Am liebsten würde sie sich an ihn lehnen.

»Sie haben nichts zu befürchten. Wie gesagt, ich werde Sie nicht anrühren, Isabel.«

Da bleibt etwas ungesagt, denkt sie. *Es sei denn, du willst es.* Es liegt in seinem Ton, in seinem Atem, der ihr Haar streift. Er ist so nah. Sie könnte sich umdrehen und ihn küssen.

Seine Hände lassen sie los. Sie wendet sich um und sieht zu, wie er seine Stiefel auszieht, in die Hängematte klettert und dort mit hinter dem Kopf verschränkten Armen liegt und sie anschaut. Sein Gesichtsausdruck ist auf der Hut, als hätte er Angst, sie könnte seine wahren Gefühle sehen. Sie fragt sich, ob sie ihre eigenen spiegeln. Vielleicht ist es so.

Er lächelt. »Kommen Sie zu Bett, Buccatochter«, sagt er, und bevor sie hineinsteigt, mit Kleid, Unterkleid, Korsett und allem, zieht sie ihre Schuhe aus. Vor Nervosität sind ihre Bewegungen ruckartig und plump, dementsprechend schwingt die Hängematte heftig hin und her. Jack legt seinen linken Arm um ihre Taille, damit sie nicht herausfällt.

»Ich habe Sie gebeten, ins Bett zu kommen, nicht, uns beide hinauszuwerfen«, sagt er, und sie genießt das Gefühl seines Lachens, wie es in seiner Brust kollert und bebt. Kaum hört die Hängematte auf zu schwingen, zieht er den Arm zurück. Den unterbrochenen Kontakt empfindet Isabel wie ein Zerwürfnis. Sie liegt so, dass sie einen Zentimeter Abstand zu ihm hält. Den nicht zu unterschreiten, ist anstrengend. Jack sagt: »So. Das geht doch, oder?«, und falls seine Stimme dabei etwas nachgibt, überspielen es beide dem Vorwand zuliebe, es sei völlig normal, so zu liegen.

»Ja«, sagt Isabel, obwohl sie nicht weiß, wie sie so schlafen soll. Jack scheinen solche Sorgen nicht zu plagen. Er wünscht ihr eine gute Nacht, und innerhalb einer Minute geht sein Atem in gleichmäßigen tiefen Schlaf über. Er hat sehr lange Wimpern. Das ist ihr bisher noch nicht aufgefallen. Am liebsten würde sie mit dem Finger über die Lachfältchen um seine Augen fahren, über seine Wange bis zum Mundwinkel streichen. Sie möchte sich vergewissern, ob seine Lippen wirklich so weich sind, wie sie aussehen.

Sie lauscht Jacks Atem, und Erinnerungen an George werden wach: Wie er sie in der Hochzeitsnacht in den Armen hielt; wie sie weinte, als er eingeschlafen war, weil sie wusste, dass er in weniger als achtundvierzig Stunden fort sein würde. Sie schliefen ein, aneinandergedrückt wie Blätter in einem Briefumschlag, das große Bett um sie herum, doch als sie erwachte, stellte sie fest, dass sie am Rand lag und er weit ausgestreckt in der Mitte. Wenn George an Land war, schlief er wie ein Seestern; als wollte er sich für den Platzmangel an Bord entschädigen.

Das kann jetzt nicht geschehen; die Hängematte drückt Jack dicht an sie. Zu dicht – auch wenn sie es zu vermeiden sucht, berührt sie immer wieder seine Beine. Sie mag seine Wärme an ihrem Körper. Allmählich lässt ihre Nervosität nach. Es ist einerlei, dass sie in einer Hängematte schlafen, denkt sie. Die Männer werden nichts erzählen, und sonst weiß es niemand. Sie ist vor Gerede sicher.

Unter dem Schiffsrumpf stöhnt und wälzt sich das Meer. Würde sie jetzt eine Stimme darin hören, die ihr sagte, sie solle schwimmen, würde sie nicht reagieren. Dazu liegt sie hier viel zu bequem, mit Jack an ihrer Seite. Doch das Meer flüstert nur Worte, die zu leise sind, um sie zu verstehen.

11. Kapitel

»Wer ist Marianne?«

Isabel steht im Schiffsbug in Erwartung des ersten Blicks auf Frankreich. Die Sonne brennt erbarmungslos aufs Deck, Wolkenfetzen schweben am kornblumenblauen Himmel. Dank des starken Südostwinds ist es alles andere als warm; Isabel überlegt sogar, unter Deck zu gehen und ihren Mantel zu holen, doch sie will den Augenblick nicht verpassen, wenn das Land in Sicht kommt. Jack lässt das Fernrohr sinken und sieht sie an. »Sie haben letzte Nacht im Schlaf von ihr geredet«, erklärt Isabel. »Auch in der ersten Nacht auf dem Schiff.«

Vier Nächte lang haben sie sich nun die Hängematte geteilt. Der Vorgang, hineinzusteigen und mit Jack gemeinsam in dem Leinenstoff Platz zu finden, ist noch immer nicht banal geworden, aber sie hat sich daran gewöhnt. Sie weiß, dass es nicht normal ist, nicht in den Augen der Welt, aber das Leben an Bord ist so weit von allem entfernt, was ihr übliches Leben ausmacht, dass sie findet, es sei kaum von Belang. Sie fürchtet den Tag, wenn Jack und sie wieder getrennt schlafen müssen.

Er reicht das Fernglas an Oppy. »Hier! Ich kann noch nichts erkennen, aber weit kann es nicht mehr sein.«

Er entfernt sich und gibt Isabel ein Zeichen, ihm zu folgen. Am Schanzkleid sagt er: »Mary-Anne, nicht Marianne.« Er blickt zum leeren Horizont hinüber. »Sie war meine Verlobte.«

Es überrascht sie, wie seine Worte sie treffen. Sie hat keinen Anspruch auf Jack, trotzdem hat sie das Gefühl, einen Schlag versetzt zu bekommen. »Mir war nicht bewusst, dass Sie verlobt waren.«

»Das liegt lange zurück.«

»Was ist passiert? Im Traum klangen Sie aufgeregt.«

»Dann war ich es wohl. Ich kann mich nicht daran erinnern. Ich muss Sie leider bitten, nicht weiter von ihr zu sprechen. Ich muss mich konzentrieren.«

»Ich sehe auch nichts, Kap'tän«, sagt Oppy, als sie in den Bug zurückkehren. Er reicht Jack das Fernglas.

Es vergehen noch einmal zehn oder vielleicht fünfzehn Minuten, in denen das Glas zwischen Jack und Oppy hin- und herwandert und der Wind an Isabels Haaren zerrt, dann ruft Jack: »Da ist es!«

Er gibt Oppy das Instrument zurück und weist ihm die Richtung. »Da! Zwei Strich steuerbord voraus!«

Oppy schaut hindurch und ruft triumphierend: »Jawohl! Bisher die schnellste Überfahrt, glaube ich, Kap'tän.«

»Ja, richtig. Möchtest du die Ehre übernehmen?«

Oppy lässt das Fernrohr sinken, grinst und brüllt dann: »Land in Sicht!«

Jubel erschallt, und als Jack Isabel das Fernglas reicht, strengt sie sich an, etwas zu erkennen. Er schiebt sein Gesicht ganz dicht an ihres und deutet hinüber. »Direkt da. Sehen Sie es, Isabel?«

Er ist ihr so nah, dass sein Geruch sie überfällt: die Wolle seiner Jacke, ein Hauch von Salz nach seiner Meerwasserwäsche am Morgen und noch ein anderes Aroma, undefinierbar und Jack-typisch, an dem sie Gefallen gefunden hat.

In den letzten drei Tagen ist sie seine Kontenbücher durchgegangen, hat Preise, Mengen, Summen geprüft, ist auch wieder den Mast aufgeentert, hat an Deck in der Sonne gelegen und bei den seltenen Gelegenheiten, wenn Jack ein wenig Zeit hatte, die Grundlagen der Navigation gelernt.

»Direkt rechts vom Bugspriet.« Wieder weist Jack darauf. »Sehen Sie es?«

In der runden Linse des Fernglases kann Isabel nur Meer erkennen, grau, leicht aufgewühlt, weit. Dann entdeckt sie etwas. Einen bräunlich grauen Streifen. »Ich glaube, ja. Ich sehe einen Strich, der direkt über dem Horizont schwebt. Ist das Frankreich?«

»Er schwebt nicht. Schauen sie genauer hin! Bei dieser Geschwindigkeit werden Sie gleich erkennen, was Sie vor sich haben.«

Sie richtet das Glas weiterhin auf den Streifen und staunt, wie er zu Klippen, felsigen Meeresarmen, Anhöhen und Stränden vor einer schartigen, baumbedeckten Landzunge wird. »Aber das ist ja Cornwall!«, ruft sie und sieht Jack staunend an.

Oppy und er lachen. »Sieht genauso aus, nicht wahr? Ich kann Ihnen garantieren, dass wir Cornwall vor jetzt vier Tagen hinter uns gelassen haben. Das ist die Bretagne, sie ist unserer Heimat sehr ähnlich. Ich habe immer gedacht, sollte ich mich jemals in Frankreich niederlassen, wäre es dort.«

»Aber Sie möchten nicht wirklich in Frankreich leben, oder?«, fragt Isabel.

»Nur wenn ich gezwungen wäre, aus England zu fliehen. Aber es ist eine gute Gegend. Die Menschen dort, die Bretonen, sind dem Freihandel gegenüber so positiv gesinnt wie die Bewohner von Cornwall. Ich werde Sie zum Essen im Haus meines Freundes, Kapitän Cuvelier, und seiner Frau mitnehmen. Cuvelier ist mein erster Ansprechpartner, wenn wir anlanden. Er sorgt dafür, dass Händler kommen, Waren anbieten und uns das Zinn abkaufen.« Jack nimmt ihr das Fernrohr wieder ab und richtet es auf den größer werdenden Landstreifen. »Sie ziehen besser wieder ein Kleid an, bevor wir ankern.«

Isabel schaut auf ihre Beine hinunter, die sich in der weichen Hirschlederhose von Jack bewegen können, wie sie möchten. Die Hose ist oben zu weit, weshalb sie Jacks zweites Halstuch darumgebunden hat. Er hat ihr auch sein zweites Hemd gegeben und behauptet, wenn man es nicht besser wüsste, würde man sie für einen jungen Mann von fünfzehn Jahren halten, Nachwuchs für seine Besatzung. Als sie die Hose zum ersten Mal trug, fühlte sich der Stoff gleichzeitig beengend und befreiend an. Eine sonderbare Mischung, dachte Isabel, als sie zur Erheiterung der Männer eine Weile auf Deck hin und her spazierte, um sich daran zu gewöhnen. Doch als sie in die Wanten stieg, war sie doppelt so schnell wie am Tag zuvor und rutschte nicht ein Mal ab.

Mit der Hand über das Leder streichend sagt sie: »Ich stecke die Hose wieder in Ihren Seesack.«

Jack wirft ihr einen kurzen Blick zu, dann schaut er wieder durchs Fernglas. »Warum behalten Sie sie nicht für die Rückfahrt?«

Eine halbe Stunde später tritt sie in raschelnder Baumwolle an Deck. Nie zuvor war ihr derart bewusst, wie eng das Oberteil ihres Kleids ist. Jacks lockeres Hemd ist weitaus bequemer.

Der Landstreifen ist gewachsen. Sie kann ihn jetzt gut ohne das Fernglas sehen. »Das da ist Roscoff.« Jack weist auf eine Stelle, wo die Umrisse ferner Gebäude eine Silhouette bilden: ein Leuchtturm, der spitze Turm einer Kirche.

Rotbraune Backsteinhäuser mit blau gestrichenen Türen und Fensterläden säumen den Kai. Zwei Boote kommen ihnen entgegen. Das eine, sagt Jack, gehöre Kapitän Cuvelier. Es werde sie in den Hafen bringen, wo er die Schiffspapiere vorlegen müsse, bevor sie dem Kapitän und seiner Gattin einen Besuch abstatteten.

Es folgt ein kurzes Gespräch zwischen Jack und dem Bootsführer, in dem es um den Krieg, um französische Zollbeamte und das Wetter geht, meint Isabel zu verstehen, aber so gut beherrscht sie die Sprache nicht. Manches klingt nicht mal französisch, sondern eher wie der Dialekt, den sie gelegentlich in der Gegend von Helford gehört hat.

»Ich hoffe, mein Französisch ist gut genug«, flüstert sie Jack zu, als er ihr die Strickleiter am Schiff hinunterhilft. Die Kluft zwischen Schiff und Boot zu bewältigen, erweist sich im ruhigen Hafen als viel leichter denn an dem stürmischen Abend vier Tage zuvor, als Isabel an Bord der *Rapide* ging.

»Mit La Pérouse hatten Sie doch keine Schwierigkeiten, oder?«, fragt er. »Sie werden sich gut schlagen.«

»Ich habe aber nicht verstanden, worüber Sie mit dem Bootsführer gesprochen haben.«

»Weil das nicht nur Französisch war. In meiner Kindheit wurde sowohl Englisch als auch Kornisch gesprochen. Das beherrschen heute nicht mehr viele. Es ist so nah mit dem lokalen Dialekt hier verwandt, dass wir einander verstehen können.« Jack setzt sich im Boot ihr gegenüber. »Aber kein Grund zur Besorgnis – an Kapitän Cuveliers Tisch werden wir nur Französisch sprechen.«

»Da bin ich erleichtert«, sagt Isabel, auch wenn sich ihr Magen bei dem Gedanken an das Essen zusammenzieht. Sind die Sitten beim Speisen in Frankreich so wie die, die sie aus England kennt? Es ist das erste Mal, dass sie mit Freunden von Jack diniert, abgesehen von der kleinen Gesellschaft in Weatherston.

Kapitän Cuvelier wohnt in einem großen dreistöckigen Haus mit Blick auf den Hafen. Bei der Begrüßung erzählt er Isabel: »Von dem einen Fenster aus sehe ich die einfahrenden Schiffe, von dem anderen die berittenen Zöllner.«

Jack stellt sie vor als »meine besondere Freundin Mrs. Isabel Henley, die schon immer zur See fahren wollte«. Die Bemerkung ruft einen spitzen Schrei bei Kapitän Cuveliers Gattin hervor, Madame Lucie Cuvelier, eine hübsche, dunkelhaarige junge Frau von einer gewissen Derbheit, die sich bald durch ihre Aussage erklärt, sie sei auf dem Land aufgewachsen und werde sich nie recht an das Stadtleben gewöhnen.

Madame Cuvelier ist ungefähr im selben Alter wie Isabel, während der Kapitän einige Jahre älter als Jack sein dürfte, schätzt sie. Er unterhält sich auf sehr lebhafte Weise, seine Hände unterstreichen jedes seiner Worte, und seine Lockenpracht, die ihm bis zu den Schultern reicht, wird jedes Mal durchgeschüttelt, wenn er den Kopf lachend nach hinten wirft. Das Paar hat zwei kleine Kinder, einen Jungen und ein Mädchen, die nach unten geholt und ein paar Minuten vorgestellt werden, bevor sie wieder auf ihre Zimmer müssen.

Das Abendessen wird in einem großen Raum mit Blick auf den Hafen serviert. Isabel ist froh, sitzen zu können. Auf dem Weg zum Haus der Cuveliers hatte sie das Gefühl, der Boden schwanke unter ihren Füßen. Als sie das Jack erzählte, lachte der und meinte, sie hätte Seemannsbeine bekommen.

Die Sonne geht schon unter, als sie sich an den Tisch setzen und Madame Cuvelier darum bittet, die Kerzen anzünden zu lassen. Der Kronleuchter über dem Esstisch tupft Lichtsprenkel auf die Gerichte – ein Fischeintopf namens *Cotriade*, in Pfannkuchen gewickelte Würstchen, ein gefülltes Huhn mit einem unaussprechlichen Namen, Artischocken, Blumenkohl und zwei verschiedene Kuchen. Die Speisen sind anders als die, die Isabel kennt – leichter, findet sie, und deutlich besser als alles, was sie in den vergangenen Wochen bekommen hat, das Dinner in Weatherston eingeschlossen.

Während die Männer die vertraute Unterhaltung alter Freunde aufnehmen, bemerkt Madame Cuvelier gegenüber Isabel, wie traurig es sie mache, dass ihre beiden Länder im Krieg miteinander liegen, und wie froh sie sei, dass ihr Mann dessen ungeachtet seinen Teil dazu beitrage, die Verbindungen zwischen England und Frankreich zu pflegen. Es ist ein anderer Blick auf das Schmuggelwesen, denkt Isabel, jedoch kein unwillkommener. »Das ist wirklich sehr bedauerlich«, erwidert sie. »Ich wünsche mir so sehr, der Krieg wäre vorbei.« Ihre Hand tastet nach ihrem Hals, findet Georges Medaille.

»Ist das eine Medaille?«, fragt Madame Cuvelier.

»Ja, die Trafalgar-Medaille. Mein Gatte ist dort gestorben.«

»War er bei der Royal Navy?« Als Isabel nickt, sagt Madame Cuvelier ausdruckslos: »Mein ältester Bruder auch. Auguste.« Sie lächelt Isabel zaghaft an. »Ich habe ihn so vergöttert. Er ist vor zehn Jahren am Nil gestorben.«

»Das tut mir sehr leid zu hören.«

»Mir auch, das mit Ihrem Mann.«

Beide schweigen, gefangen in ihren Gedanken. Es ist seltsam, hier zu sein, denkt Isabel, an einer Essenstafel in Frankreich, doch Madame Cuvelier hat recht, es ist wichtig, dass die Verbindungen gepflegt werden. Zu ihrer eigenen Verwunderung und trotz Georges Schicksal stellt sie fest, dass sie froh ist, dazu beitragen zu können.

»Lassen Sie uns über angenehmere Dinge sprechen«, sagt Madame Cuvelier. »Sie sind ja eine rechte Abenteurerin, Madame, an Bord dieses Schiffes mitzufahren. Wie haben Sie Kapitän Carlyon überzeugt, Sie mit auf diese Reise zu nehmen? Mein Mann würde das niemals erlauben.«

Isabel schiebt ihr Essen auf dem Teller herum. Die Soße vom Huhn vermischt sich mit dem Butterkuchen. »Ich habe ihm in der Frage wohl keine große Wahl gelassen.«

»Das ist … faszinierend«, bemerkt Madame Cuvelier lächelnd.

Isabel verzieht das Gesicht. »Ich habe ihm gedroht, ihn beim Steueramt zu verraten, wenn er mich nicht mitnimmt.«

Madame Cuvelier schlägt die Hand vor den Mund. »Und er hat Sie nicht erschossen?«

Fast hätte Isabel ihren letzten Bissen Huhn hinausgeprustet, so heftig muss sie lachen. Die Frage ist absurd – so absurd, dass es wahr ist; die gesamte Situation ist bizarr. »Hat er nicht«, erwidert sie kichernd. »Auch wenn ich glaube, dass er es gern getan hätte!«

Bei ihrem Heiterkeitsausbruch schaut Jack zu ihr herüber und lächelt ihr zu, dann setzt er das Gespräch mit Kapitän Cuvelier fort.

»Ich hätte Sie erschossen«, sagt Madame Cuvelier trocken, aber auch sie muss lachen.

»Ich denke, ich hätte es auch getan«, gesteht Isabel. »Ich bitte um Verzeihung. Tatsächlich ist es nicht komisch. Es ist nur … die Situation ist so vollkommen bizarr.«

Als ihr Gelächter verklingt, gibt Madame Cuvelier dem Diener ein Zeichen, die Weingläser nachzufüllen. »Ich trinke auf Ihre Abenteuerlust«, sagt sie und hält Isabel das Glas entgegen. Dann beugt sie sich vor und senkt die Stimme. »Sagen Sie, sind Sie und Kapitän Carlyon … miteinander verlobt? Gibt es ein diesbezügliches Einvernehmen zwischen Ihnen?«

Isabel trinkt einen Schluck Wein. »O nein, ganz und gar nicht«, sagt sie.

»Ich verstehe. Aber Sie würden sich schon gerne wieder vermählen, oder?«

»Kapitän Carlyon ist nicht geneigt, jemanden zu ehelichen«, sagt Isabel leise, die Augen auf dem in der Soße schwimmenden Hühnerfleisch. »Und ich genauso wenig.«

»Ist es zu früh nach Ihrem verstorbenen Mann, um wieder jemanden zu lieben?«

»Es ist … Ja, ich glaube, das könnte sein, aber es gibt noch andere Gründe. Was Sie eben sagten, dass Ihr Mann Ihnen niemals gestatten würde, zur See zu fahren, so ist es auch bei mir gewesen, zuerst war es mein Vater und dann mein Mann, der über mich bestimmte.«

»So ist es nun mal für eine Frau«, bemerkt Madame Cuvelier.

»Ja, genau. Aber für mich, verstehen Sie, ist es nicht mehr so. Zum ersten Mal in meinem Leben kann ich meine eigenen Entscheidungen treffen.«

Madame Cuvelier nickt. »Auch wenn das gewiss wundervoll ist, wird es doch von dem Gefühl übertroffen, mit jemandem zusammen zu sein, den man wahrhaft liebt.« Mit Blick auf ihren Ehemann fügt sie hinzu: »So empfinde ich es zumindest.«

Isabel schaut zu Jack hinüber. Der Kerzenschein verwischt seine Falten, doch sie weiß, wo jede einzelne verläuft; wie sie sich um seinen Mund herum ziehen, wenn er lacht, wie er die Stirn runzelt, wenn er ernst oder verwundert ist. Sie erkennt den Frohsinn in seinen Augen, als sei es ihr eigener.

Madame Cuvelier sagt: »Als die Revolution kam, wurden alle Männer für gleich erklärt. Die Frauen reichten ein Gesuch ein, das zum Inhalt hatte, auch alle Frauen sollten für gleich erklärt werden – nicht nur untereinander, sondern den Männern ebenbürtig. Das Gesuch wurde abgelehnt.«

»Das wundert mich nicht. Ich glaube nicht, dass Männer uns jemals als ihnen wahrhaft ebenbürtig sehen werden. Nicht einmal Revolutionäre.«

»Ich hingegen bin der Überzeugung, dass Gleichheit innerhalb einer Ehe durchaus existieren kann, wenn sie denn auf wahrer Liebe gründet. Nur dort, verborgen vor der Welt. Vielleicht sogar verborgen vor dem Auge Gottes.«

Welch seltsamer Gedanke. »Jack … ich meine, also, Kapitän …«, stammelt Isabel, und Madame Cuvelier lächelt und raunt ihr zu: »Sie lieben ihn doch.«

»So ist das nicht.« Tiefrot anlaufend spricht Isabel schnell weiter. »Jack sagt, ich hätte einzigartige Vorstellungen. Ich glaube, dasselbe könnte man von Ihnen behaupten.«

Madame Cuvelier lacht. »Das findet mein Mann auch. Dann sollten wir in Einzigartigkeit verbundene Schwestern sein.«

Als Madame Cuveliers Lachen abebbt, hört Isabel Jacks Stimme: »Vor neunzehn Jahren, in Helford.«

»Kapitän Carlyon«, ruft sie hinüber. »Sprechen Sie gerade von meiner neuen Heimat?«

»Allerdings. Ich habe Kapitän Cuvelier just mit einer Schilderung der geheimnisvollen Umstände Ihrer Kindheit unterhalten. Wissen Sie, Kapitän Cuvelier, Mrs. Henley ist vor Kurzem an den Ort zurückgekehrt, wo sie als kleines Kind gefunden wurde.«

»Kapitän Carlyon erwähnte gerade, Sie hätten keinerlei Erinnerung an die Zeit davor«, bemerkt Kapitän Cuvelier.

»Bedauerlicherweise nicht.« Isabel tupft sich den Mund mit der Serviette ab. »Oh, danke«, sagt sie zu dem Diener, der ihr Wein nachschenkt.

»Wie habe ich das zu verstehen?« Madame Cuvelier klatscht in die Hände. »Geheimnisvolle Umstände? Erzählen Sie bitte, Mrs. Henley.«

»Mrs. Henley wurde schon sehr jung zur Waise, meine Liebe«, erklärt ihr Mann. »Kapitän Carlyon hat mir die Geschichte gerade erzählt. Offensichtlich wurde Mrs. Henley vor neunzehn Jahren an der Küste Cornwalls gefunden, nass bis auf die Knochen, ungefähr vier Jahre alt. Die Leute glaubten, sie sei aus dem Meer gezogen worden, aber es gab keine Berichte über Schiffbrüchige an der Küste.«

»Wie sonderbar. Und das ist neunzehn Jahre her, sagen Sie?« Madame Cuvelier richtet ihren Blick fest auf ihren Mann. Ihre Stimme ist weich geworden, die Augen groß.

»Neunzehn Jahre im September, nicht wahr, Mrs. Henley?«,

fragt Jack und fährt mit dem Finger über den Rand seines Glases, sodass es summt. »Ich kann mich daran erinnern, dass ich als kleiner Junge davon hörte. Ein kleines Mädchen, das dem Meer entstieg, wurde erzählt. Gewiss eine seltsame Geschichte, und wissen Sie, was noch seltsamer ist, Madame? Die Menschen in der Gegend dort glauben, dass Mrs. Henley die Tochter des Bucca ist.«

L'homme de Bouc nennt Jack das Wesen auf Französisch. Zu Isabels Überraschung scheinen die Cuveliers zu wissen, wovon er spricht. Jack fährt fort: »Sie schwimmt tatsächlich wie eine Meerjungfrau, ohne dass sie sich erinnern könnte, wer ihr das Schwimmen beigebracht hat.« Er sieht von seinem Glas auf, der Frau des Kapitäns in die Augen. »Aber so, wie Sie gerade Ihren Gatten angesehen haben, wage ich die Vermutung auszusprechen, dass Ihnen die Geschichte nicht vollends unbekannt ist.«

Kurz schließt Madame Cuvelier die Augen, und nach einem weiteren Blick auf ihren Mann nickt sie. »Hier bei uns ist etwas Ähnliches passiert, was mich an Ihr Schicksal erinnert. Es ging um eine dreiköpfige Familie, die zu Anfang der Revolution aus Paris floh. Der Vater war ein hochrangiger Beamter. Die Familie hieß Du Pont«, sagt sie, als besäße der Name eine besondere Bedeutung.

Ihr Mann ergänzt: »Die Familie stammte ursprünglich aus dieser Gegend, aber war schon seit vielen Jahren in Paris ansässig.«

»Sie wurde vom Mob verfolgt«, fährt Madame Cuvelier fort. »Die drei konnten als Bauern verkleidet untertauchen. Das Paar hatte eine kleine Tochter, vier Jahre alt. Sie gingen an Bord eines Schiffes nach England, das nach Falmouth fuhr, und von dort sollte es weitergehen nach London. Sie verließen Roscoff am 6. September des Jahres 1789, kamen aber nie an. Man hat nie wieder von ihnen gehört.«

Sie zögert kurz, dann fügt sie hinzu: »Die Geschichte machte damals in der Stadt die Runde. Es war eine große Tragödie, vor allem wegen des kleinen Mädchens. Es wurde viel spekuliert, was geschehen sein mochte. Das Wetter war nicht schlecht, der Kapitän des Schiffs sehr erfahren. Er ist zusammen mit der Familie verschollen, der Rest der Besatzung ebenso, aber seine Witwe lebt noch hier.« Sie wendet sich an Isabel. »Wenn Sie mögen, könnte ich Sie zu ihr bringen.«

12. Kapitel

Madame Cuveliers Stimme ist fern geworden, als dringe sie über ein weites Meer zu Isabel. Sie hört die See, ein Rauschen in den Ohren. Ein Schiff, verschollen im Ärmelkanal, möglicherweise gesunken vor der Küste Cornwalls in dem Monat, in dem sie gefunden wurde? Eine dreiköpfige Familie … könnte das sein? Die Geschichte passt, und doch ist es unwahrscheinlich. Wenn sie tatsächlich das kleine Mädchen gewesen wäre, wie sollte sie es an Land geschafft haben? Ausgerechnet sie, von allen Menschen auf jenem Schiff?

Sie schüttelt den Kopf und merkt es erst, als Jack fragt: »Isabel, geht es Ihnen gut?«

Sie hält inne, schaut hoch. »Ja, danke.« In ihrer Erregung verstümmelt sie ihr Französisch.

»Trinken Sie einen Schluck Wein«, schlägt Jack auf Englisch vor. »Der wird Sie stärken.«

Sie atmet tief durch. »Es geht mir gut. Es ist nur … Ich habe noch nie zuvor eine Geschichte gehört, die … nun ja, die passen könnte. Sie klingt doch so, finden Sie nicht?«

»Da wären noch sehr viele unbeantwortete Fragen, aber ich stimme Ihnen zu, es könnte passen.«

Wieder zum Französischen wechselnd sagt Isabel: »Würden Sie mit mir zu dieser Kapitänswitwe gehen, Madame Cuvelier? Ich würde sie wirklich gern kennenlernen und fragen, ob sie noch irgendwelche Erinnerungen an jene Fahrt ihres verstorbenen Mannes hat.«

»Sehr gern«, erwidert Madame Cuvelier. »Wir besuchen sie morgen früh gleich als Erstes. Ich meine mich zu erinnern, dass die verschollene Familie die Nacht vor dem Aufbruch im Haus des Kapitäns verbrachte. Madame Kerjean wird das Mädchen kennengelernt haben.«

Der Boden unter Isabels Füßen schwankt gefährlich, als sei sie wieder an Bord. »Sie könnte mich kennen.« Auch ihre Worte schwanken.

»Wir statten ihr morgen einen Besuch ab«, wiederholt Madame Cuvelier. »Sofort in der Früh. Sie bleiben doch über Nacht, ja? Ich nehme an, unsere beiden Kapitäne haben noch einiges zu besprechen, bevor sie morgen mit dem Entladen und Beladen beginnen.«

»Bei Tageslicht?«, fragt Isabel überrascht.

Kapitän Cuvelier lächelt. »In Roscoff muss der Freihandel nicht verborgen werden.«

»Wir sind ein gesetzloser Haufen, nicht wahr, mein Lieber?«, sagt Madame Cuvelier mit solcher Zuneigung, dass sowohl Jack als auch Isabel lächeln müssen.

In der Nacht liegt sie in einem der vier Gästezimmer in einem großen Himmelbett und verfolgt, wie der Mondschein über die Zimmerdecke kriecht. Ihr fehlt Jacks Wärme, sein tiefer, gleichmäßiger Atem im Schlaf. Sie fragt sich, ob er dasselbe denkt, ob er ihre Gegenwart vermisst. Und sie denkt an Jacks Verlobte. Mary-Anne. Warum hat er sie nicht geheiratet?

Aber vor allem denkt sie an Madame Kerjean, die Witwe des Kapitäns, der mit dem Ehepaar und dessen kleiner Tochter nach England segelte. Seltsamerweise ist es weder das Schicksal des Paares noch das des kleinen Mädchens, das den tiefsten Abgrund in ihr aufreißt, so unglaublich traurig die Geschichte auch ist. Es ist der Gedanke an die Witwe des Kapitäns, der sie fast zu Tränen rührt. Eine weitere zurückgelassene Seemannsfrau, denkt sie, eine weitere Witwe der See.

Durch das offene Fenster dringt der Wind herein, spielt mit dem Schleierflor rund um das Bett. Der Mond ist zu hell, die Decke zu warm, doch ohne sie friert Isabel. Sie wälzt und dreht sich im Bett herum. Bald wird die Nacht heller werden und die graue Dämmerung kommen.

Am nächsten Morgen findet sie Jack im Frühstückszimmer, wo er eine französische Zeitung liest und schon die Hälfte seines Kaffees getrunken hat. Beide sind vor den Cuveliers auf den Beinen. Das Frühstückszimmer befindet sich auf der Vorderseite des Hauses mit Blick auf Straße und Hafen, wo die *Rapide* zwischen den Armen des Hafendamms vor Anker liegt. Die tiefstehende Morgensonne sucht die Pfingstrosen auf der cremefarbenen Tapete. Der Raum ist warm, es duftet nach Kaffee und schwach nach Druckerschwärze.

»Guten Morgen!«, grüßt Jack und kommt dem Diener zuvor, der Isabel Kaffee einschenken will. »Sie sehen … gut aus.«

Sie nimmt ihm die Tasse ab. »Ich sehe furchtbar aus, ganz gewiss.«

»Eher so, als hätten Sie die ganze Nacht Kotillon getanzt«, bemerkt er. »Düstere Gedanken?«

»Weniger düster als eher verwirrend.« Sie rührt einen Löffel Zucker in ihren Kaffee. Kurz zögert sie, dann fasst sie sich ein Herz. »Ich habe über Ihre Verlobte nachgedacht.«

Mit einem Seufzen faltet er die Zeitung zusammen. »Ich möchte nicht darüber reden.«

»Was ist geschehen?«

»Ich erzähle es Ihnen nur, wenn Sie mir versprechen, diese Sache nie wieder zu erwähnen.«

»Wie Sie wünschen«, sagt sie zögernd.

»Mary-Anne war siebzehn, als ich mich mit ihr verlobte. Ich selbst war achtzehn, aber ich hatte schon ein eigenes Boot, ein kleines, auf das ich lächerlich stolz war. Eines Tages fuhr ich mit ihr darin hinaus. Es war heiß und schwül, der Himmel hatte eine seltsame Farbe. Ich wusste, dass es kein guter Tag war, um segeln zu gehen, aber es hatte Wochen gedauert, sie zu überreden. Sie hatte Bedenken, irgendjemand würde herausbekommen, dass wir ohne Aufsicht zusammen waren. Ich versicherte ihr, das sei nicht von Bedeutung, da wir bald heiraten würden.«

Isabel hält die Luft an, in ihr brodelt die Angst. Nach einer langen Pause fährt Jack fort: »Der Sturm holte sich Mary-Anne und das Boot. Wir kenterten weniger als eine Meile vom Ufer entfernt. Ich habe nach ihr gesucht, bis meine Kräfte schwanden. Eigentlich hätte auch ich sterben sollen, aber irgendwie habe ich es zurückgeschafft.«

»Oh, Jack.« Das erklärt so vieles, denkt sie: sein Beharren, dass es gefährlich ist, zur See zu fahren, seine Weigerung zu heiraten.

Den Blick auf die Zeitung gesenkt fügt er tonlos hinzu: »Nachdem ich sie verloren hatte, war ich einige Jahre so niedergeschlagen, dass mir alles einerlei war. Vor allem das Gesetz. Die schlechte Ernte im folgenden Jahr gab mir einen Grund zum Schmuggeln, doch tatsächlich hatte mir Mary-Annes Tod jeden Grund genommen, es *nicht* zu tun.«

Am liebsten würde Isabel nach seiner Hand greifen und ihm ihre Gefühle ansatzweise über die Berührung vermitteln, denn sie findet keine Worte. Mary-Anne starb auf See, wie George; ihre eigene Trauer spiegelt sich in der von Jack.

»Erinnern Sie sich daran, dass ich gesagt habe, ich hätte noch nie ein Schiff verloren?«, fragt er. »An jenem Tag verlor ich das Boot. Ich hatte keinen Fisch in die Bucht gelegt – ich hatte Angst, Mary-Anne würde sich über meinen Aberglauben lustig machen.« Jack atmet tief durch. »Denken Sie sich, was Sie wollen. Ich ziehe es vor, nicht an die Folgen zu denken. Es genügt zu sagen, dass ich mir nie verziehen habe.«

»Fehlt sie Ihnen?«, fragt Isabel leise.

»Es ist lange her.«

Sie rührt ihren Kaffee so energisch um, dass Jack sagt: »Wollen Sie ihn totrühren?«

»Wie bitte?«

Er weist auf die Tasse. »Ihren Kaffee.«

Sie dreht den Löffel noch immer im Kreis. Jack legt die Hand auf ihre. Die Wärme beschwichtigt ihre Unruhe, er nimmt den Löffel und legt ihn auf die Untertasse. »Es ist lange her, Isabel«, wiederholt er.

»Ja«, sagt sie und fragt sich, ob es so auch eines Tages mit George sein wird; ob sie in der Lage sein wird, jemandem ins Gesicht zu sehen und zu sagen: *Es ist lange her*. Sie spürt die Wärme von Jacks Hand, kann die Augen nicht von ihr abwenden, als er wieder zur Zeitung greift. Nach einer Weile reißt sie doch ihren Blick los und richtet ihn stattdessen auf den Hafen und das wogende graue Meer dahinter. Wie immer beruhigt sie der Anblick – zumindest ein wenig.

Nach dem Frühstück brechen Jack und Kapitän Cuvelier zu einem Treffen mit den Kaufleuten auf, die an dem Zinn interessiert sind, das die *Rapide* von England herübergebracht hat; derweil geht Madame Cuvelier mit Isabel zur Witwe des Kapitäns. Das Haus liegt an einer gewundenen Straße in der Nähe der Kirche, ein schlichtes, gepflegtes Cottage aus Stein mit einem Schieferdach, was darauf schließen lässt, dass Madame Kerjean entweder nie wieder oder unterhalb ihres Standes geheiratet hat. Kletterrosen ranken an den Mauern hoch, ein Weg aus weißen Kieselsteinen führt zur Eingangstür, die in demselben leuchtenden Blau gestrichen ist wie die von vielen anderen Häusern im Ort.

»Hier erwähnen Sie den Freihandel besser nicht«, rät Madame Cuvelier und zupft das Tuch über dem Korb mit Gebäck zurecht, den sie am Arm trägt. »Madame Kerjeans Mann war zwar Schmuggler, aber inzwischen hat sie sich vom Freihandel abgewandt und ist sehr fromm geworden. Man kann ihr vertrauen, aber sie wünscht, nichts darüber zu hören.«

»Ich werde nicht davon sprechen«, versichert Isabel, und das Herz klopft ihr dumpf bis zum Hals.

Madame Cuvelier pocht an die Tür des Cottages. Minuten vergehen. Eine Amsel hüpft über das Steinmäuerchen im Vorgarten.

»Geben Sie ihr Zeit«, artikuliert Madame Cuvelier leise, als sie Isabels unruhigen Blick auffängt.

Schließlich öffnet sich die Tür, und eine schwarz gekleidete Frau mit einer spitzenartigen weißen Kopfbedeckung schaut wie von einem Podest auf sie herab. Sie ist ungefähr so alt, wie ihre Mutter nun wäre, denkt Isabel, und macht eine gute Figur in dem strengen Kleid. Ein großes Silberkreuz hängt an einer Kette um ihren Hals. Obwohl sie fast weißes Haar hat, sieht man in ihrem Gesicht nur wenige Falten, anders, als man es bei jemandem ihres Alters erwarten würde.

»Madame Cuvelier, was verschafft mir die Ehre?« Madame Kerjeans Stimme ist tief und klar. Ihr Blick huscht zu Isabel hinüber. »Ich glaube, wir kennen uns noch nicht, Madame.«

»Das ist Mrs. Isabel Henley, die auf der *Rapide* von England herübergekommen ist«, stellt Madame Cuvelier vor. »Ich habe sie mitgebracht, damit Sie sie kennenzulernen, aber bevor ich Sie über den Grund unseres Besuchs unterrichte, darf ich Ihnen dieses Gebäck anbieten? Es kommt frisch aus dem Ofen.«

»Oh, vielen Dank«, sagt Madame Kerjean und wendet sich an Isabel: »Sehr erfreut, Madame Henley. Darf ich Sie hereinbitten?«

Isabel kann ihre Hände kaum ruhig halten. Sie zittern unentwegt; ihr ganzer Körper zittert, als sie der Gastgeberin mit Madame Cuvelier ins Haus folgt.

Der schmucklose Flur mündet in eine kleine Stube. Es riecht nach Hyazinthen: Sie stehen in zwei Töpfen, einer auf einem großen Eichenschrank, der zweite auf einem niedrigen Tisch zwischen einer gestreiften Polsterbank aus Seide und zwei Brokatsesseln. Das Zimmer ist vollgestopft mit Möbeln, die vielleicht vor dreißig Jahren in Mode waren. Madame Kerjean bittet die beiden Frauen, sich auf die Polsterbank zu setzen, während sie nach Tee klingelt. »Ich weiß, dass Kaffee mittlerweile schwer gefragt ist«, sagt sie, »doch ich selbst bevorzuge eine Tasse Tee. Ich hoffe, Sie sind damit einverstanden. Was führt Sie heute zu mir, Madame Cuvelier?« Obwohl sie die Kapitänsfrau anspricht, mustert sie Isabel.

»Es geht um Folgendes«, sagte Madame Cuvelier und gibt die Geschichte wieder, die Jack am Vorabend erzählt hat. »So wurde Mrs. Henley in einem kleinen Ort in Cornwall gefunden, vor neunzehn Jahren im September.« Sie spricht jede Silbe des Monats mit Nachdruck aus: *sep-tem-bre*, als könne Madame Kerjean womöglich die Bedeutung entgehen. »Kurz darauf wurde sie von ihren Eltern adoptiert, Admiral und Mrs. Farnworth von … Woodbane House, Mrs. Henley?«

»Woodbury House in Norfolk«, sagt Isabel. »Genau, das ist meine Geschichte.« Sie zwingt eine Leichtigkeit in ihre Stimme, die sie nicht empfindet. »Außergewöhnlich, nicht wahr?«

Madame Cuvelier bemerkt: »Sie hat mich an etwas erinnert, das vor neunzehn Jahren in unserer Stadt geschah.«

Nun starrt Madame Kerjean Isabel unverblümt an, beugt sich

auf ihrem Stuhl vor, die Ellenbogen auf die knochigen Knie gestemmt, die durch den schwarzen Stoff ihres Kleids hervortreten. Sie hebt das silberne Kreuz an die Lippen und küsst es. *»Mon Dieu, mon enfant«*, flüstert sie und schlägt ein Kreuz. Dann zieht sie ein Spitzentaschentuch aus den Falten ihres Kleids, betupft ihre Augen und flüstert wieder: *»Mon Dieu.«*

»Könnte sie es sein?«, fragt Madame Cuvelier. »Ich möchte nicht gefühllos sein, aber Sie verstehen bestimmt, wie wichtig das ist. Die Familie hat in der Nacht, bevor sie in See stach, bei Ihnen geschlafen, nicht wahr? Halten Sie es für möglich?«

»Sie sind jetzt dreiundzwanzig?«, fragt Madame Kerjean Isabel.

»Seit letztem Dezember, soweit ich weiß. Meine Eltern wählten aufgrund der Einschätzung des Arztes einen Geburtstag für mich.«

»Und Sie haben keine Erinnerungen? Weder an Ihre Eltern noch an Frankreich? Auch nicht an meinen Mann und mich?«

»Nein, gar keine. Ich kann mich nicht erinnern, je hier gewesen zu sein.«

»Sie haben dasselbe Haar«, bemerkt Madame Kerjean. »Dieselbe … wie soll ich mich ausdrücken? Welligkeit. Keine richtigen Locken. Aber es war ein wenig heller.«

»Die Haarfarbe kann sich im Laufe des Lebens ändern«, bemerkt Madame Cuvelier.

Madame Kerjean erwidert: »Das Mädchen hatte Sommersprossen, so wie Sie. Und ihre Augen … Ja, ich glaube, es könnte sein. Vielleicht. Aurélie hieß sie. Sagt Ihnen der Name irgendetwas?«

Wieder schüttelt Isabel den Kopf, die Zunge in ihrem Mund schwer wie Sand. Madame Kerjean fährt fort: »Aurélie Du Pont war ihr Name. Aber als die Familie aus Paris floh, nahm sie den Namen Fournier an. Die Eltern werden ihrer Tochter daher eingeprägt haben, sich Aurélie Fournier zu nennen.« Madame Kerjean beugt sich noch weiter vor und berührt Isabels Haar. »Es könnte sein«, gibt sie langsam zu. »Ich kann es nicht mit Gewissheit sagen.«

Als die Witwe sich zurücklehnt, stößt Isabel langsam den Atem aus. »Aber wie konnte ich … ich meine, wie kann ein kleines Mädchen überleben, während alle anderen auf dem Schiff sterben? Das will doch überhaupt nicht einleuchten.«

»Sie konnte schwimmen«, bemerkt Madame Kerjean. »Ich erinnere mich noch genau, dass sie mir das erzählte. So ein süßes kleines Ding. *Douce.* Sie behauptete, sie könne es nicht erwarten, in See zu stechen. Schon in Paris hätte sie davon geträumt. Ich sagte zu ihr: ›Hast du denn keine Angst vorm Wasser? Das Meer ist sehr groß‹, und sie antwortete, die habe sie nicht, denn sie könne schwimmen.« Madame Kerjean betupft wieder mit dem Taschentuch die Augen. »Ich dachte, das Kind wolle sich wichtigmachen. Ein kleines Ding wie sie und schwimmen, dachte ich. Mein Gesicht muss meine Zweifel verraten haben, denn ihr Vater bestätigte, dass es stimme.

›Ich habe es ihr selbst beigebracht, sobald sie laufen konnte‹, erklärte er mir, und dass er in jungen Jahren eine Cousine verloren habe, die in einem Teich auf den Ländereien der Familie ertrank. Er wollte sichergehen, dass das seiner Tochter niemals geschehen würde. Er behauptete, sie schwimme wie ein Fisch. Verstehen Sie, wenn irgendein Kind gewusst hätte, wie es im Wasser überleben soll, so wäre es dieses gewesen.« Nach einer schweren Pause fügt Madame Kerjean hinzu: »Kapitän Kerjean war ebenfalls ein sehr guter Schwimmer.«

Alle schweigen. Draußen gurrt eine Taube. Die Sonne steht bereits hoch am Himmel, durch das Fenster zieht der Geruch des Meeres herein und verdrängt den der Rosen und des Tees. »Gebäck?«, bietet Madame Kerjean mit schwerer Zunge an und hält den Gästen den Korb hin, den Madame Cuvelier mitgebracht hat.

Isabel schüttelt den Kopf. Madame Cuvelier nimmt ein kleines rundes Küchlein heraus und knabbert daran. Krümel fallen auf den Rock ihres gelben Kleids. Die Luft im Raum wird drückend, trotz des angelehnten Fensters. Die Decke ist zu niedrig; die Balken sind nur wenige Zentimeter über Isabels Kopf, wenn sie aufsteht. Es ist kein Raum zum Atmen. Sie will Madame Kerjeans Haus, den Ort, den steinernen Hafendamm verlassen. Sie will aufs offene Meer hinaus, damit sie Luft bekommt.

Abrupt erhebt sie sich. »Vielen Dank, Madame Kerjean«, sagt sie. »Sie waren eine außerordentlich große Hilfe. Auch Ihnen, Madame Cuvelier, danke ich aufrichtig für Ihre Gastfreundschaft und dafür, mich hierhergebracht zu haben. Leider muss ich jetzt zurück aufs Schiff. Kapitän Carlyon erwartet mich.«

Madame Cuvelier ist ebenfalls aufgestanden. Sie wischt sich die Krümel vom Kleid und fragt: »Geht es Ihnen auch gut, Mrs. Henley? Sie wirken blass.«

»Ein wenig frische Luft wird mir sicherlich guttun.«

Unter einem Schwall von Plattitüden nehmen sie Abschied von Madame Kerjean. Ja, Isabel werde ihr wieder einen Besuch abstatten, sollte sie noch einmal nach Roscoff kommen, und ja, die Geschichte sei wirklich erstaunlich, und danke, danke, nochmals danke.

Schließlich sind sie wieder auf der Straße. Auf dem Weg zum Hafen bedankt sich Isabel noch einmal bei Madame Cuvelier. »Es ist eine sonderbare Vorstellung, dass diese Menschen meine Eltern waren«, bemerkt sie.

»Ich werde versuchen, mehr über die Familie Du Pont herauszubekommen«, verspricht Madame Cuvelier. »Ich meine, irgendwo in der Bretagne gäbe es einen Stammsitz. Ich werde

Ihnen schreiben, wenn Sie mir sagen, wohin ich meinen Brief senden soll.«

Isabel nennt den Namen ihres Cottages und den des Dorfs. »Ich freue mich schon auf Ihren Brief, Madame«, sagt sie, und die Kapitänsfrau trägt ihr an, sie doch bitte Lucie zu nennen.

Das Angebot, eine weitere Nacht im Gästezimmer der Cuveliers zu verbringen, lehnt Isabel ab. Jack wird heute an Bord schlafen, damit er bis in die frühen Morgenstunden das Laden der Ware beaufsichtigen kann, und sie möchte gerne dabei sein. Am Kai muss sie nicht lange warten, bis ein Boot kommt und sie zur *Rapide* bringt. Bevor die Sonne ihren Höchststand erreicht, ist Isabel zurück an Bord. Auf dem Oberdeck herrscht derart reges Treiben, dass sie sich an den Hauptmast drückt, um niemandem im Weg zu sein.

»Isabel!« Jack kommt zu ihr herüber. »Da sind Sie ja. Wie war es?«

»Gut.« Sie zieht die Mundwinkel nach oben. »Kann ich Ihnen später davon berichten? Ich sehe, Sie sind schwer beschäftigt.« Ihre Worte sind so leicht wie die Brise.

»Wir laufen morgen früh mit der Tide aus«, sagt Jack. »Deshalb: Ja, es ist besser, wenn Sie es mir später erzählen. Aber verraten Sie mir bitte: Glauben Sie, es könnten Ihre Eltern gewesen sein?«

»Wer weiß?« Weiterhin die leichte Brise, sie hält daran fest. »Wie dem auch sei – sie sind nicht mehr.«

»Das ist auch eine Weise, es zu betrachten, schätze ich«, sagt Jack. »Kommen Sie mit und notieren die Mengenangaben, bevor die Männer die Ware unten in den Frachtraum laden?«

»Geben Sie mir einen kurzen Moment, ich … ich möchte etwas aus der Kajüte holen. Ich komme umgehend zurück.«

»Wie Sie wünschen.« Jack macht auf dem Absatz kehrt und stapft an der Konterbande vorbei, die sich auf dem Steg stapelt, vorn in den Bug, wo Harry Tremayne und Dick Pascoe kleine Holzkisten zählen.

Isabel schlüpft den Niedergang hinunter in die Kajüte. Ein schräger Sonnenstrahl fällt herein, das Oberlicht ist ein Rechteck puren Azurs. Es riecht nach poliertem Holz und Meer. Isabel lehnt sich gegen die Außenwand und sinkt zu Boden. Erst da lässt sie den Tränen freien Lauf, wiegt sich auf den Fußballen vor und zurück und weint um die Eltern, die fort sind, ob es nun das Paar war, das aus Paris floh, oder ein anderes, das ihr immer unbekannt bleiben wird. Das Meer hat sie ihr genommen, falls es ihre Eltern waren. Wenn nicht, hat das Meer sie trotzdem genommen. So wie sie George fern auf See, an Bord eines Schiffs, verloren hat, so wie Jack Mary-Anne verloren hat, so hat sie diese Eltern verloren, an die sie sich nicht einmal erinnern kann.

Fast erstickt sie an dem Gedanken. Wie unangebracht ist es, dass sie das Meer derart liebt, wo es doch nichts anderes getan hat, als ihr die Familie zu rauben? *Und was ist mit Jack?*, denkt sie. *Wird die See auch ihn fordern?*

Ihr Blick wandert vom Oberlicht zum Rumpf des Schiffes. Dahinter liegt der Ozean, weit, unbekannt wie ihre Eltern. Nur dass sie das Gefühl hat, ihn zu kennen. Jener Moment in Frenchman's Creek, als sie spürte, dass sie heimgekehrt war, die Stimme, die sie rief, ihre Träume von den Schatten im Wasser – das alles fühlt sich für sie vertraut an. Vielleicht hat sie es immer schon gekannt, und vielleicht ist es der Grund, warum sie sich so nach dem Meer sehnt.

Die Geschichte, die Madame Kerjean ihr erzählt hat, passt, und doch ist sie unglaublich. Könnte sie auf jenem Schiff gewesen und an der Küste Cornwalls angespült worden sein? Möglich wäre es. Bloß verließ das Schiff Roscoff am sechsten September, und die Überfahrt dürfte nicht länger als fünf oder sechs Tage gedauert haben, doch sie tauchte erst am fünfundzwanzigsten September in Helford auf. Kam das Schiff vom Kurs ab? War sie so lange im Meer oder irgendwo an der kornischen Küste, vielleicht allein? Letzteres erklärt wiederum nicht, warum sie völlig durchnässt war, als man sie fand.

Oder ist sie gar nicht das Mädchen von dem französischen Schiff, ist sie jemand anders, vielleicht sogar – wundersamerweise – jemand, dessen Vater tatsächlich ein Meergeist sein könnte, den man zum Schutz vor Gefahren anruft, ein Fabelwesen, wie die Menschen in Helford ihr erzählt haben?

Sie drückt sich die Handballen in die Augen, hinter denen ein dumpfer Kopfschmerz pocht. Noch nie war sie gezwungen, sich so intensiv mit ihrer Herkunft zu beschäftigen. Auch wenn sie manchmal darüber nachgedacht hat, war sie damit zufrieden, sie als unbekannt zu akzeptieren. Sie hatte Eltern, die sie liebte, und das war genug. Nun reicht es nicht mehr. Das Meer ruft immer beharrlicher nach ihr, und sie kann nicht sagen, ob es daran liegt, dass sie nun in seiner unmittelbaren Nähe lebt, oder ob es einen anderen Grund hat.

Nur eines weiß sie: Als Jack sagte, man könne nicht in Cornwall aufwachsen, ohne zu akzeptieren, dass die alten Geschichten einen wahren Kern hätten, hatte er recht. Der Helford River mit seinen versteckten Buchten und verborgenen Pfaden, mit seinen schattigen Zuflüssen und dem türkisen Wasser, das sich zum Meer hin öffnet, als wollte es damit eins werden, ist ein Ort, wo Legenden und Wirklichkeit nah beieinanderliegen.

Die Tränen wollen nicht versiegen. Zu lange schon ist sie in der Kajüte. Die Tür geht auf, und dann kauert Jack vor ihr und sagt: »Nicht weinen.« Er nimmt Isabel die Hand von den Augen und zieht sie hoch. Am liebsten würde sie in seinen Armen liegen, doch sie lehnt sich rücklings gegen die Schiffswand. Jack fragt: »Also waren es Ihre Eltern?«

»Ich weiß es nicht. Mein Vater war Admiral Farnworth. Meine Mutter war … meine Mutter. Vor allem anderen war sie meine Mutter. Diese Familie, die aus Paris geflohen ist … ich werde es niemals erfahren.« Isabel wischt sich mit dem Ärmelsaum über die Augen. »Ich weiß nicht, warum mich das so traurig macht. Eigentlich hat sich nichts geändert. Es war immer klar, dass sie entweder tot sind oder mich nicht haben wollten. Das wusste ich von dem Moment an, als ich erfuhr, wie ich gefunden wurde, aber jetzt … Ich kann nicht aufhören, mir vorzustellen, wie das Meer sie sich holte, selbst wenn es *nicht* meine leiblichen Eltern waren, so wie es sich George geholt hat, und …« Isabel verstummt.

»Und was?«

»Und wenn es Sie auch noch holt?«

»Wissen Sie«, sagt er. »Das Meer nimmt, aber es gibt auch.«

»Das klingt wie Blasphemie.«

»Weil es zu nah an der Bibel ist? Wenn es doch stimmt, wen stört es? Abgesehen von den praktischen Fragen: Ist es für Sie nicht auch ein großes Glück, mit dem Wind im Haar an Deck zu stehen und eine schnelle See unter den Füßen zu haben? Das haben Sie doch gespürt. Oder?«

»Ja.«

»Wenn Sie auch keinen Meergeist als Vater haben, stellen Sie sich doch vor, die See wäre Ihre Mutter. Somit können Sie niemals wirklich verwaisen.«

»Was für ein sonderbarer Gedanke, Jack.«

Er wendet den Blick ab. »Das habe ich mir vorgestellt, als ich mit sechs Jahren meine Mutter verlor. Damals hat es mir geholfen, besonders nachts, wenn mein Vater zur See war und meine Schwestern und mich mit unserer Gouvernante zurückließ. Ich war schrecklich allein. Ich hörte das Meer vor meinem Fenster und malte mir aus, es wäre meine Mutter, die mir ein Schlaflied singt.« Kurz schweigt er, dann fährt er fort: »Selbst das, was mit Mary-Anne geschah, konnte meine Gefühle für das Meer nicht ändern.«

Das Bild von ihm als kleiner, einsamer Junge lässt die Tränen wieder fließen. Der schon geringe Abstand zwischen ihnen ist auf einmal zu groß; Isabel überwindet ihn mit zwei Schritten und schlingt die Arme um Jacks Taille. Mehrere Sekunden vergehen, dann legt er die Arme um ihre Schultern, und sie beugt sich vor, schnuppert an seinem Hemd. »Vorsicht, das ist mein bestes«, sagt er.

Sie muss trotz allem lachen. »Es ist aber auch am häufigsten geflickt, und Sie tragen es nun seit fünf Tagen am Stück.«

»Es ist mein bestes, weil Sie es geflickt haben, und falls Sie es noch nicht wissen sollten: Auf See ist nur einmal pro Woche Waschtag. Außerdem haben Sie auf der Überfahrt die ganze Zeit mein Ersatzhemd getragen.« Er lässt Isabel los und geht zur Tür. »Na los, warum ziehen Sie es nicht wieder an und spielen noch etwas länger den Schiffsjungen? Ich könnte Ihre Hilfe an Deck gebrauchen. Wir hatten noch nie so viele unterschiedliche Waren auf einer Fahrt.«

13.
Kapitel

In den nächsten drei Tagen fühlt sie sich, wie es ihrer Vorstellung nach wohl einem Vogel ergeht, der fliegen lernt – als würde ihr die ganze Welt gehören. Die Niedergeschlagenheit verebbt; sie hat beschlossen, sich nicht mehr den Kopf über das Ehepaar aus Paris, die Stimme im Fluss und alte Legenden von Meereswesen zu zerbrechen. Es ist nicht mal ein Glücksgefühl, denkt sie, eher eine so tiefe Zufriedenheit, dass sie Wurzeln schlägt. Sie haben »günstige Winde«, wie Jack sagt – es weht heftig, aber nicht zu stark aus Richtung England. Isabel wäre es lieber, es würde sie in die andere Richtung pusten, weit hinaus auf den Atlantik, fort von der alten Sardinenhütte und dem Moment, wo sie das Schiff und ihren nächtlichen Platz an Jacks Seite in der Hängematte wird verlassen müssen.

An ihrem letzten vollständigen Tag auf See kann sie den Blick nicht von ihm abwenden. Wenn sie an Land gehen, wird die Nähe zwischen ihnen Geschichte sein. Vielleicht werden sie sich zufällig auf dem Küstenpfad oder im Dorf treffen, oder sie werden sich quer durchs Speisezimmer von Weatherston in die Augen blicken. So wie jetzt wird es nie wieder sein.

Während der Tag vergeht, wächst eine unerträgliche Ruhelosigkeit in Isabel. Sie glüht fast vor Sehnsucht, gleichzeitig ist sie den Tränen nahe. Die Sehnsucht gilt nicht dem Meer, wie sonst immer. Jede Nacht hat sie dem Drang widerstanden, Jack zu küssen, ihn zu bitten, seine Arme um sie zu legen; ihn anzuflehen, etwas zu beanspruchen, das er nicht gefordert hat.

Als es Zeit wird und die Sonne im Ozean versinkt, erträgt Isabel es nicht länger. Sie ist mit Jack in der Kajüte, wie jeden Abend. Er zieht seine Jacke aus und legt sie über die Stuhllehne, sie hat ihm den Rücken zugewandt, um das Lodern in sich zu verbergen, betrachtet interessiert die Astknoten und die Maserung im Holz des Schiffsrumpfs. Die Kajüte ist voller Schatten. Es ist Neumond, und Jack hat eine Laterne an einem Haken unter die Decke gehängt, sie jedoch noch nicht entzündet, da der Himmel durch das Oberlicht immer noch das blauschimmernde Violett der Dämmerung hat.

Die Sehnsucht versetzt sie in einen fiebrigen Zustand, und wenn Jack sie auch nur kurz berühren sollte, würde sie erschaudern. Sie schaut hoch in die Dämmerung, zu den hineingestickten Sternen, dann senkt sie den Kopf wieder zum Schiffsrumpf. Plötzlich steht Jack hinter ihr. »Ein hübscher Anblick«, sagt er. »Nirgends gibt es Sterne wie auf See.«

Die Sterne kümmern sie nicht; jetzt nicht. »Ich würde gerne …«, setzt sie an. Ihr Hals ist trocken, die Zunge klebt ihr am Gaumen. Sie bringt es nicht heraus. Es ist ihre letzte Nacht fern der Welt, fern der neugierigen Blicke und flüsternden Lippen. Es ist ihre letzte Gelegenheit. Sie dürfte es nicht denken, schon gar nicht aussprechen. Doch sie versucht es wieder: »Jack, ich möchte …«

Seine Finger streifen ihren Nacken, streichen die losen Haare zur Seite, die sich aus den Nadeln gelöst haben, dann berühren seine Lippen ihre Haut, kurz über ihrem Schultertuch, so leicht, dass sie es sich fast einbilden könnte. Ihr stockt der Atem. Leise, den Mund auf ihrer Haut, fragt er: »Das?«

»Ja.« Kein Wort, nur ein Hauchen.

Er fährt an ihren Armen entlang bis zu ihren Händen und

greift nach ihrer linken. Sein Oberkörper presst sich an ihren Rücken, so wie auf dem Pferd, dann drückt er den Mund auf ihren Handrücken und berührt die weichen Stellen zwischen ihren Fingerknöcheln, wie er es an dem Morgen nach der Dinnerparty in Weatherston tat, und sagt: »Und das?«

»Ja.« Sie dreht sich in seinen Armen, und bevor sie nachdenken kann, übersät sie seine Brust durch den Stoff seines Hemds, seine Schulter, seinen Hals, sein Kinn mit Küssen und sagt: »Und das, und das, und das«, bis sie seine Lippen erreicht. Bevor sie auch die küsst, zuckt sie zurück, weil es Wahnsinn wäre, doch das ist es nicht – es ist das Einzige in ihrem Leben, was plötzlich nicht verrückt erscheint. Dann küsst er sie, und es ist das Einzige, was Sinn ergibt.

Als sie in Frenchman's Creek schwamm, glaubte sie heimgekehrt zu sein, auch später, als die *Rapide* Segel setzte. Jetzt weiß sie es besser.

»Wir sollten nicht …«, murmelt sie an Jacks Lippen. Er riecht nach dem Meer – nach Wind und Salz – und schmeckt nach etwas Warmem, leicht Süßem, vielleicht Portwein oder Honigbutter.

»Warum nicht, Isabel?« Er unterbricht den Kuss gerade lange genug, um die Worte auszusprechen. »Warum sollten wir das nicht tun?«

Sie spürt seine Berührung am ganzen Körper, als seien ihre Nerven durch unsichtbare Fäden miteinander verbunden, als würde er, wenn er auch nur eine kleine Stelle mit den Lippen oder Händen streift, sie am ganzen Körper liebkosen.

Er löst ihr Schultertuch und lässt es zu Boden fallen, dann setzt er eine ganze Spur von Küssen auf ihre Wange und am Kiefer entlang, bis er wieder den Ausgangspunkt erreicht und seine Lippen sanft über ihren Nacken gleiten.

»Weil …« Sie kann nicht mehr denken. Verzweifelt sucht sie

nach Gründen – es gab doch mehrere, und alle waren triftig –, doch sie wollen ihr nicht mehr einfallen. Sie kann nichts anderes mehr tun, als sein Hemd anzuheben, wie sie es bei George nie getan hat, weil er es immer selbst auszog. Da ist der Strich dunkler Haare auf Jacks Bauch, der in seinen Hosen verschwindet – sie will wissen, wohin er führt, will ihn berühren, und da ist der rote Wulst der frischen Narbe. Ihre Hände auf seiner Haut bewegen sich wie Schmetterlinge, suchen und finden. Sein Körper schmeckt nach Salz. Unvermittelt tritt er zurück, sie ringt nach Luft.

»Dreh dich um«, sagt er, und als sie gehorcht, hebt er das Hemd an, das sie trägt, und beginnt, die Bänder ihres Korsetts zu lösen. Wieder küsst er sie. Er küsst jeden Zentimeter von ihr, den er freilegt, und sagt: »Ich will dich, seit ich dich zum ersten Mal gesehen habe.«

»Da hast du geblutet«, gibt sie zurück, und er lacht leise. Das Hemd fällt zu Boden, gefolgt von ihrem Korsett. Seine Finger nesteln am Knoten im Halstuch, das die Lederhose hält. Gleich wird sie nackt sein. Aufrecht vor ihm stehen und nackt sein. Selbst vor George war sie nie völlig entblößt, höchstens unter der Bettdecke, wenn die Kerze gelöscht war und die Hände die Aufgabe ihrer Augen übernahmen, tastend schauten.

»Auch wenn ich geblutet habe, wollte ich dich«, sagt Jack, und sie muss lachen, dann hat er das Tuch gelöst, es fällt zu Boden, und die Hosen bauschen sich um ihre Knöchel. Als sie sich zu ihm umdreht, stolpert sie fast in Erwartung von … was? Schamgefühl? Verlegenheit? Nichts dergleichen stellt sich ein. *Was stimmt nicht mit mir*, denkt sie kurz, *dass ich so schamlos nackt vor einem Mann stehen kann?*

Sie errötet, ja, aber sie wird schnell rot, und sein Blick löst Gefühle in ihr aus, die sie noch nie empfunden hat. Als sei sie eine Sirene, die auf einem Felsen sitzt und singt. Schön wie die

Tochter eines Wassergeists. Was er alles im neckischen Ton zu ihr sagte, meinte er ernst, das sieht sie jetzt in seinen Augen. Sie glaubt ihm, dass er sie wollte, obwohl er verletzt war. Sie spürt dieselbe wilde Hemmungslosigkeit wie an ihrem ersten Morgen auf dem Schiff, als sie aufs Oberdeck ging und das weite, himmelschwere Meer sah. Dann küsst Jack sie erneut, und seine Hände tasten sich hinunter zu der weichen Rundung ihres Bauchs und löschen all ihre Gedanken aus, bis sie nur noch seufzen kann.

Als die beiden in die Hängematte taumeln, schwingt sie so heftig, dass Isabel und Jack trotz der hohen Seiten fast wieder herausfallen. Es folgt ein Rücken und Schieben, dann legt sich Jack auf sie, mit seiner ganzen Länge drückt er sie in den Leinenstoff, und es beginnt tief und heftig in ihr zu pulsieren. Sie sehnt sich nach seiner Berührung. Mit heißem Atem sagt er an ihrem Ohr: »Wir müssen es langsam angehen lassen, sonst landen wir auf dem Boden.«

Und so machen sie es, liebkosen sich konzentriert und quälend bedächtig. Immer wenn Isabel ihn ungeduldig drängt, beruhigt Jack sie und sagt, sie hätten noch die ganze Nacht, er wolle es auskosten – *sie* auskosten. Sie erinnert sich an frühere Dinge und stellt fest, dass ihre Hände und Lippen einiges instinktiv wissen. Jack, merkt sie, kennt sie besser als sie sich selbst. In der Hitze seiner Liebkosungen verschwimmt die Kajüte; das Feuer in ihr brennt immer stärker, bis sie ihn mit einem Stöhnen auf sich presst. Er muss lachen, leise an ihren Lippen, und dann gibt er nach. Sie ist der Zeit entrückt; ist in seinen Armen jetzt und immer, als die Sterne, die sie zuvor durch das Oberlicht erblickte, in ihr explodieren.

Später, sehr viel später, ist die Hängematte ein Durcheinander von Armen und Beinen, Schweiß und Haut. Ihre Wange an seiner Brust, sein Arm in der Senke ihrer Taille. Tränen drängen sich in ihre Kehle, machen ihr das Sprechen schwer. Jack malt Muster in den Schweiß auf ihrem Bauch. »Du bist sehr still«, sagt er.

»Ich habe nicht gewusst, dass es so sein kann«, flüstert sie. Sie schmerzt die Erkenntnis, wie wenig George und sie sich tatsächlich gekannt haben. Nicht nur körperlich – auch die Art und Weise, wie sie mit Jack spricht, ist anders. Wie er mit ihr spricht.

»Aber es hat dir gefallen?«, fragt er, und in ihrem Hals wird es noch enger.

Sie nickt an seiner Brust. »Wenn ich weine, dann liegt es nicht daran, dass ich unglücklich bin.« Sie will ihn schützen; möchte nicht, dass dieser Moment von irgendwas verdorben wird, nicht von einem Missverständnis wegen ihrer drohenden Tränen oder von irgendetwas anderem. »Das bin ich nicht. Ich bin glücklich. Es ist nur …«

Er streicht die Nässe von ihren Wangen. »Ich weiß. Dein Mann. Er fehlt dir.«

»Nicht genug«, entgegnet sie. »Seit ich dich kenne, fehlt er mir nicht so sehr, wie er sollte.«

»Er war ein guter Ehemann, oder?«, fragt Jack.

»Ja. Ein sehr guter.«

Er drückt einen Kuss in ihre Haare. »Dann würde er wollen, dass du glücklich bist, nehme ich an.«

»Ja, das glaube ich auch.«

»Und er würde nicht wollen, dass du für immer allein bleibst«, ergänzt Jack und fährt mit dem Finger über die feuchte Haut ihres Arms.

In Anbetracht seiner Äußerungen ist das eine seltsame Aussage. »Du hast gesagt, du würdest nicht heiraten«, platzt es aus ihr heraus.

Noch ein Kuss. »Für die Richtige würde ich es mir noch mal überlegen. Wenn ich darauf vertrauen könnte, dass sie mit der Gefahr umgehen kann, die meine Arbeit mit sich bringt.«

Isabel lacht höhnisch. Sie kann nicht anders. Warum führt er diesen Scheingrund an? Warum verspricht er etwas, das er nicht halten kann? »Erzählst du das jeder?«, fragt sie.

»Was meinst du damit: jeder?«

Sie hat ihn beleidigt, das hört sie seiner Stimme an. Trotzdem. »Erzähl mir nicht, dass ich die Einzige bin. So, wie du das hier … So, wie du dich auskennst.« George war längst nicht so geübt.

Jack dreht sich so, dass er ihr in die Augen sehen kann. Als er sein Gewicht verlagert, wackelt die Hängematte. »Isabel, das ist Unsinn. Natürlich heiraten wir.«

Was?, denkt sie und sagt es dann laut: »Was?«

»Du möchtest doch heiraten, oder? Wir passen gut zueinander. Gib es ruhig zu. Wir ergänzen uns in jeder Hinsicht – das haben wir gerade entdeckt. Es würde auch bedeuten, dass du nicht länger ein ärmeres Leben als der unglücklichste meiner Pächter führen müsstest.«

Sie stützt sich auf die Ellenbogen. Die Hängematte schwingt gefährlich hin und her. »Darum geht es dir? Du willst mich vor der Armut retten?« Ihrem neuen Leben mag es an vielem mangeln, doch einen Retter braucht sie nicht. »Mir geht es gut so, wie es ist.«

»Ich will dich nicht *retten*. Ich habe gesagt, dass ich dich heiraten will. Möchtest du das nicht?«

Sie möchte es. Alles in ihr schreit: *Ja, ja, ja*. Doch er will es nicht, nicht wirklich. Sie tut ihm nur leid, weil sie Witwe ist, weil sie arm ist, und jetzt auch noch, weil sie ihn zu sich gelassen hat. *England erwartet, dass jeder Mann seine Pflicht tut.* Lord Nelsons Worte schweben ihr durch den Kopf. *Geht es ihm da-*

rum?, überlegt sie. Glaubt Jack, dass es seine Pflicht ist, sie zu ehelichen, weil sie sich ihm hingegeben hat?

Und selbst wenn er sich aufrichtig wünschte, sie zu heiraten, würde sie wieder in den Ehestand treten wollen? Als Witwe hat sie ihre Freiheiten. Sie weiß nicht, ob sie die aufgeben könnte, nicht mal für die Liebe. Um Zeit zu schinden, sagt sie: »Wir kennen einander erst seit … wie lange … vier Wochen?«

»Wir kennen einander besser als viele Paare nach jahrelanger Werbung«, erwidert Jack. »Wir passen sehr gut zusammen. Was will man mehr von einer Ehe erwarten?« Er ist empört. »Glaubst du denn, ich hätte über diese Fragen nicht nachgedacht, bevor ich dich verführt habe?«

Als er ihren Gesichtsausdruck sieht, sagt er: »Ich verstehe. Du hast gedacht, ich würde es aus purer Begierde tun, ohne Rücksicht auf deine Zukunft, deine Gefühle und deine Ehre.«

Er hat also doch hehre Absichten. Sie ist dankbar für seine Rücksicht, aber wenn er wirklich so empfindet, was wird er dann denken, wenn er von den Gerüchten über sie und James hört? Sollte sie seinen Antrag annehmen, müsste sie ihm davon erzählen. Und er würde ihr doch glauben, wenn sie ihm schwören würde, dass James und sie nie mehr als eine enge Freundschaft verband, oder etwa nicht? Er würde ihr diese Nähe nicht vorwerfen, so wie es die Menschen in Greenwich taten. Davon ist sie überzeugt – *fast.* Was, wenn sie sich irrt?

Als sie nichts erwidert, fügt Jack verbittert hinzu: »So denkst du also von mir.«

»Jack …« Sie atmet tief durch. »Du verdienst deinen Lebensunterhalt damit, das Gesetz zu brechen. Ich dachte …«

»… dass ich mich in allen Aspekten des Lebens ebenfalls wie ein Ganove verhalte, willst du das sagen?«

»Wahrscheinlich ja. Es tut mir leid.«

Er seufzt. »Ich muss mich anders ausdrücken. Ich will noch

einmal versuchen, dein Vorurteil über mich auszuräumen. Ich möchte dich gerne heiraten, Isabel Henley, wenn du mich haben willst. Wenn du einen richtigen Antrag möchtest, gehe ich auch vor dir auf die Knie. Mir ist bewusst, dass es nicht gerade der klassische Stil ist, wenn wir dabei nackt in einer Hängematte liegen, aber ich meine trotzdem jedes Wort ernst. Ich möchte dich heiraten, nicht um dich zu retten oder weil ich dächte, ich sei es dir schuldig, nachdem du dich mir hingegeben hast, sondern weil ich glaube, dass du eine gute Frau für mich sein wirst, und ich würde mein Bestes versuchen, dir ein guter Ehemann zu sein.«

Fast fängt sie wieder an zu weinen. Um ihm ihre Gefühle nicht zu zeigen, birgt sie das Gesicht an seiner Brust. »Ich weiß nicht. Es ist kompliziert. Seit George …«

»Wenn du mehr Zeit brauchst, gebe ich sie dir. Mein Antrag gilt so lange, wie du brauchst, um zu einer Entscheidung zu kommen. Aber seit er starb, sind drei Jahre vergangen, nicht wahr?«

»Ja, bloß … es geht um George, aber auch um …« Isabel sieht ihm wieder in die Augen. »Jack, ich erwarte nicht, dass du das verstehst, aber zum ersten Mal lebe ich mein eigenes Leben. Unabhängig, ohne dass ein Mann mein Schicksal bestimmt, weder mein Vater noch mein Ehemann. Ich weiß nicht, ob ich das aufgeben möchte.«

»Ich würde deine Freiheiten nicht beschneiden, falls du das befürchtest.«

»Ich weiß, aber sobald ich wieder heirate, sind sie automatisch beschnitten, unabhängig davon, wie du dazu stehst. Die Gesellschaft verlangt es. Das Gesetz verlangt es.«

Sie ist froh, als er wieder lächelt. »Hast du noch nicht festgestellt, dass ich das Gesetz nicht sonderlich hoch achte?«

Sie berührt den erhabenen Wulst an seiner Schulter, die Narbe vom Entermesser. »Würdest du mich auf deine Fahrten mitnehmen, wenn wir verheiratet wären?«

»Natürlich nicht. Das ist viel zu gefährlich.« Ein leichtes Schmunzeln, dann: »Darauf bist du also aus, ja? Auf ein Schiff, nicht auf einen Mann?«

Auf beides, denkt sie, *wenn das ginge. Wenn ich frei bleiben könnte.* Aber zur See zu fahren und verheiratet zu sein, widerspricht sich. Das eine schließt das andere aus. George hätte niemals erlaubt, dass sie diese Seefahrt antritt. Und auch Jack würde es nicht tun, wenn sie seine Frau wäre.

»Hör zu«, sagt er. »Mir ist vollends bewusst, was ich von dir verlange. Solange meine Identität nicht aufgedeckt wird, würdest du John Carlyon heiraten, den Besitzer von Roskorwell. Die Türen zur Gesellschaft ständen dir offen, es würde dir an nichts fehlen. Aber sobald bekannt wird, dass ich der Kapitän der *Rapide* bin, hättest du eine andere Zukunft vor dir. Sofort wären dir all jene Türen verschlossen. Niemand würde dich mehr in sein Haus oder an seine Tafel lassen …«

»Glaubst du, das ist mir wichtig? Die waren mir auch vorher verschlossen«, sagt sie leise.

»Vielleicht stört es dich ja nicht. Ich nehme an, dass deine jüngsten Erfahrungen dich gegenüber einem gesellschaftlichen Ausschluss hart gemacht haben. Eine Zeit lang wäre sicherlich noch Geld da, aber wenn es keine Einkünfte mehr gibt, wärst du irgendwann wieder unter den Armen.« Er überlegt. »Ein weiterer Umstand, an den du dich in den letzten Wochen ein wenig gewöhnt hast. Das ist nichts, was ich mir wünschen würde, aber ich weiß, dass es dich nicht brechen würde, falls es geschehen sollte. Du verstehst also, warum ich glaube, dass du perfekt zu mir passt.«

»Aber, Jack …«

»Pst. Lass mich bitte aussprechen. Da ist noch etwas. Wenn ich verhaftet würde, hätte ich eine gute Chance, freigesprochen zu werden. Die meisten Geschworenen sind auf unserer Seite. Aber wenn ich im Gefecht getötet würde oder wenn dieses Schwein von Sowerby mich in die Finger bekäme, würdest du zum zweiten Mal einen Mann verlieren. Und wenn ich dir mit der Zeit so wichtig würde wie George, oder wenn du mich sogar so lieben würdest wie ihn, falls ich darauf hoffen könnte, träfe dich dieser Verlust umso härter. Ich verstehe, dass es viel von dir verlangt ist, noch einmal das Risiko einzugehen, diesen Schmerz fühlen zu müssen. Ich möchte, dass du weißt, dass ich mir meinen Antrag gut überlegt habe.«

»Aber das bist du ja längst«, antwortet sie. »Ich meine, du bist mir längst so wichtig.« *Und ich liebe dich*, denkt sie, aber das kann sie nicht sagen, noch nicht. Es ist noch zu früh, zu frisch. »Nur weil … Ich brauche Zeit. Ich muss nachdenken.«

»Selbstverständlich. Du bekommst alle Zeit der Welt, aber wenn du mir jetzt noch keine Antwort geben willst, wie möchtest du dann verbleiben?«

Leise erwidert sie: »Ich würde gerne so weitermachen wie bisher.«

»Wie es war, bevor ich dich verführt habe, oder danach?«

»Danach.« Sie errötet. »Wenn du nichts dagegen hast.«

Sie spürt sein Lachen im eigenen Oberkörper, wie ein aufflatternder Vogelschwarm. »Ich wusste ja, dass du einzigartige Vorstellungen hast, aber ich habe nicht damit gerechnet, dass sie doch so unkonventionell sind. Natürlich habe ich nichts dagegen einzuwenden. Welcher Mann hätte das schon? Aber du wirst über meinen Antrag nachdenken, nicht wahr?«

»Gewiss. Das tue ich, Jack. Und danke, dass du …«

»Dass ich versuche, dich vor der Armut zu retten?«

Jetzt muss auch sie lachen. »Dass du so nett zu mir bist.«

»Nett ist nicht das Wort, das ich wählen würde. Eher: leidenschaftlich. Aber sag mir eins: Darf ich vielleicht auf eine positive Antwort hoffen, irgendwann?«

Ja!, ruft alles in ihr, doch stattdessen hört sie sich sagen: »Ich denke schon. Ich muss nur in Ruhe darüber nachdenken.«

»Nimm dir so viel Zeit, wie du brauchst. Bis dahin machen wir so weiter wie bisher.« Er küsst sie wieder, und seine Hand wandert nach unten. »Wie hier. Und hier.«

Stöhnend sinkt sie gegen ihn. An ihren Lippen sagt er: »Willst du schlafen?«

Seine Finger locken die Sterne in ihrer Haut hervor. Zwischen Küssen und Seufzern sagt sie: »Noch nicht.«

Am Morgen des letzten Tags auf See, bei einem Frühstück aus Bohnen und französischem Brot, das inzwischen steinhart geworden ist, sagt Jack: »Nicht mehr lange, dann ist Land in Sicht.«

»Ja«, sagt Isabel und wünscht, es wäre anders. Sie kann nicht aufhören, allem und jedem ihr Lächeln zu schenken: ihm, dem Schiff, Tom, der das Frühstück aus der Kombüse brachte und so wissend schmunzelte, dass ihr Gesicht rot wurde wie die Bohnen auf dem Teller.

»Bis zum Einbruch der Nacht müssen wir auf See bleiben. Sobald wir den Anker setzen, lasse ich dich von einem meiner Männer nach Hause bringen.«

»Kann ich nicht beim Abladen helfen?«

»Das wird fast die ganze Nacht dauern.«

»Ich bleibe«, sagt sie.

Er lacht. »Du bist verrückt«, sagt er mit solch einer Zuneigung in der Stimme, dass ihr Herz ganz groß und weit wird. »Dies war unsere bisher erfolgreichste Fahrt. Danke, Tom«, sagt er, als der Stewart ihre Gläser nachfüllt. Dann wendet Jack sich wieder Isabel zu. »Ich bezahle dich wie jedes Crewmitglied. Du siehst weiß Gott so aus, in deiner Kleidung, und du hast das Deinige an Arbeit beigetragen. Wenn ich's recht bedenke, könnte es sein, dass wir deine Hütte brauchen, da wir nach dem, was Sowerby dir erzählt hat, ja Coverack und Lizard meiden müssen. In dem Fall sehen wir uns alle bei dir wieder. Wir müssen abwarten, wie die Lage heute Nacht ist.«

»Ihr könnt die Hütte jederzeit benutzen.« Sie verbrennt sich die Zunge am Kaffee, Tränen schießen ihr in die Augen.

»Das wären noch mal zwei Prozent zusätzlich zu dem, was du als Besatzungsmitglied bekommst«, erklärt Jack. »Da verdienst du ein hübsches Sümmchen.«

»Darum ging es mir nie.«

»Ich weiß. Aber du wirst nicht so stur sein und deinen Lohn ablehnen, oder? Du kannst das Geld gut gebrauchen.«

»Ja«, stimmt sie zu. »Und nein, ich werde ihn nicht ablehnen.« Sie schaut auf den Dampf, der von ihrem Kaffee aufsteigt. Nach einer Weile sagt sie: »Ich möchte, dass diese Reise nie zu Ende geht.«

Jack tippt gegen sein Glas. »Ach ja, da wäre noch etwas. Ich kann es dir genauso gut jetzt sagen.«

»Was?«

»Die Mannschaft hat mich gebeten, dich auf den nächsten Fahrten mitzunehmen. Die Männer glauben, dass du dem Schiff Glück bringst, was amüsant ist, denn du weißt ja, was man über Frauen an Bord sagt. Unglück und so. Aber du nicht, behaupten sie. Seit der ersten Nacht, als du mit ihnen an Deck geblieben bist, während der Wind in Sturmstärke blies, hast du sie überzeugt, auch weil die Fahrt im Allgemeinen so erfolgreich war, von den günstigen Winden mal abgesehen.«

Über den Rand ihres Glases hinweg sieht Isabel ihn an. Hat sie das gerade richtig verstanden? Schnell trinkt sie noch einen Schluck Kaffee und verbrennt sich diesmal Zunge und Hals. »Wovon habe ich sie überzeugt?«

»Du weißt, was ich meine. Von der Geschichte, die du so wenig magst … dass die Tochter des Bucca das Schiff beschützt.« Nach einer kurzen Pause: »Und? Was hältst du davon?«

»Soll das heißen, du teilst ihre Meinung?«

»Natürlich nicht. Ich bin nicht der Ansicht, dass du dem Schiff Glück bringst, und du sollst auch nicht wieder mit uns fahren. Das ist viel zu gefährlich – ich habe dir meine Sicht schon mehrmals dargelegt. Aber wie du vielleicht erkannt hast, sind Seeleute ein abergläubisches Volk.«

Er trinkt einen kleinen Schluck Kaffee und pustet noch mal darauf. »Kornische Seeleute sind noch abergläubischer als andere, schätze ich. Was bedeutet: Wenn ich dich nicht an Bord behalte, wird es das nächste Mal, wenn wir mit einem Schiff des Steueramts aneinandergeraten, wenn ein Mann über Bord geht oder uns ein Sturm das Stagsegel wegreißt, heißen, ich sei schuld, weil ich dich nicht mitnehmen wollte. Das kann ich nicht riskieren. Die Crew und ich, wir müssen einer Meinung sein. Sosehr ich mir also das Gegenteil wünsche, ich biete dir hiermit einen Platz an Bord der *Rapide* auf unserer nächsten Fahrt nach Roscoff an. Ich kann mir vorstellen, dass Madame Cuvelier erfreut sein wird, dich wiederzusehen. Kapitän Cuvelier hat mir erzählt, ihr hättet euch schnell angefreundet.«

Als Isabel nichts erwidert, fügt Jack hinzu: »Es wäre eine Möglichkeit für dich, dir dein eigenes Einkommen zu sichern. In Anbetracht deiner Vorstellung von Unabhängigkeit kann dich das doch nur freuen.«

Sie schweigt so lange, dass Jack nachhakt: »Würdest du mir denn wenigstens auf dieses Angebot eine Antwort geben?« Ungläubig schüttelt sie den Kopf, dann muss sie lachen und greift nach seiner Hand. »Ich darf noch einmal mit dir in See stechen?«, fragt sie mit hoher Stimme. »Ist das dein Ernst?«

Er lacht ebenfalls, sich selbst zum Trotz. »Das verstehe ich als ein Ja, richtig?«

»Mir war nicht bewusst, dass du eine Antwort brauchst. Das würde mir außerordentlich gefallen, Jack. Oh, ich kann mir nichts Schöneres vorstellen!«

»Wirklich nicht?«, fragt er, wieder ernster.

Es ist, als hätte sie einen scharfkantigen Kiesel verschluckt. Sie beeilt sich zu sagen: »So war es nicht gemeint. Aber wenn ich auch zu deinem ersten Angebot Ja sagen würde, wärst du dann noch bereit, dem Wunsch deiner Besatzung nachzukommen?«

»Das bleibt abzuwarten.« Er trommelt mit den Fingern auf den Schreibtisch. Bevor er noch etwas hinzufügen kann, wird er von einem Ruf an Deck unterbrochen. »Kap'tän! Schiff ahoi!«

Jack stellt sein Glas so abrupt ab, als wollte er es zerschlagen. Innerhalb von Sekunden ist er durch die Tür und den Niedergang hoch verschwunden. Isabel folgt langsamer. Als sie das Deck erreicht, hat Harry Tremayne das Fernglas schon an Jack weitergereicht, der es auf einen Punkt in der Ferne richtet.

»Dahinten, Kap'tän«, sagt Harry, und Jack antwortet: »Ich sehe es, ohne Zweifel.« Während er den Punkt beobachtet und die Besatzung ihn belauert, vergehen die Minuten zäh wie Melasse. Nach einer Weile ruft Jack: »Dick! Komm mal her und guck!«

Dick nimmt das Fernrohr entgegen. »Das ist sie, Kap'tän, stimmt's?«

»Das war auch mein Gedanke. Harry?«

»Die *Swallow*, Sir, nicht wahr? Ich dachte, sie könnte es sein, aber meine Augen sind nicht so gut wie Dicks.«

»Meine auch nicht«, erwidert Jack. »Aber diese Buglinie, doch, da wette ich drauf, dass es die *Swallow* ist, und sie holt auf.«

»Wie zu erwarten ist«, bemerkt Harry. »Sie hat doppelt so viel Segelfläche.«

»Aber wenn wir nichts geladen hätten, wären wir nur halb so schwer wie sie«, wirft Jack ein. »Ohne Fracht könnten wir ihr entkommen.« Er lässt das Fernglas sinken und klopft nachdenklich mit dem Finger darauf. »Alle Segel setzen!«, ruft er, und dann: »Lass ein Lot runter, Betham, ja? Du auch, Will. Sagt mir, wie tief es ist, sobald ihr Bescheid wisst.«

»Wie lange, bis sie uns eingeholt hat, Kap'tän?«, fragt Oppy und umklammert das Ruder.

»Ich schätze, uns bleibt ungefähr eine halbe Stunde. Hoffen wir, dass das Wasser hier nicht allzu tief ist.«

Wenige Minuten später ruft Betham: »Bei sieben Faden! Sand und Muschelbruch, Sir.«

»Sehr gut. Danke, Betham«, ruft Jack zurück. An Harry Tremayne gewandt: »Sieben Faden. Meinst du, die Leinen sind lang genug dafür?«

»Glaub schon, Kap'tän.«

Keine Minute später bestätigt Will Pengelly die Messung, und Jack ruft: »Dann bauen wir Flöße! An die Arbeit, Männer! Nur Kaffee und Brandy!« Sein Befehl löst hektisches Treiben aus. Die Männer suchen Seile zusammen, andere holen Fässer mit Brandy und Kisten mit Kaffee aus dem Laderaum und stellen alles nebeneinander auf das Oberdeck.

Isabel fragt Jack: »Was tun sie da? Sollten wir nicht besser wegsegeln?«

»Machen wir gleich«, sagt er. »Aber so schwer beladen können wir der *Swallow* nicht entkommen. Wir zurren die Fässer und Kisten zusammen, befestigen eine Markierung daran, eine kleine, und werfen sie über Bord. Die *Swallow* ist noch so weit hinter uns, dass es dort hoffentlich keiner mitbekommt. Wenn die unsere Verfolgung aufnehmen, werden sie uns nicht aus den Augen lassen. Aber ohne das Gewicht der Fässer müssten wir ihnen entkommen können.«

»Aber was geschieht mit der Ware?«, fragt Isabel.

»Wir sind nah genug an der Küste, hier ist es nicht so tief. Wir holen sie in ein paar Tagen mit einem Enterhaken wieder raus.«

»Dann kriechen wir da unten herum«, sagt Harry Tremayne grinsend und wackelt mit den Fingern. »Wie kleine Mäuse, über den Meeresgrund.«

»So machen wir es.« Jack hält sich wieder das Fernglas ans Auge. »Beeilt euch, dahinten!«

Die Männer schwitzen unter dem Gewicht der Fässer, die sie, wie zu einem Floß zusammengebunden, so über den Bug stemmen, dass die Besatzung der *Swallow* nicht das dabei entstehende Spritzen sehen kann. Kaum gehen die Fässer und Kisten über Bord, macht die *Rapide* einen Satz nach vorn. Jubel brandet auf, und Jack richtet das Fernglas wieder auf das Schiff der Krone hinter ihnen.

»Reicht das, Kap'tän?«, fragt Oppy.

Jack beobachtet die *Swallow* noch eine Minute lang, dann lässt er das Fernglas sinken. »Hoffen wir's. Bei Bedarf werfen wir noch mehr Fracht ins Wasser.«

»Wirklich?«, sagt Harry. »Dann machen wir Verlust, Kap'tän.«

»Ich nehme lieber Verlust in Kauf als ein erneutes Gefecht oder den Galgen«, bemerkt Jack und sieht dabei Isabel an. »Solange es diesen wahnsinnigen Sowerby gibt, kann es ebenso passieren, dass wir wegen Verrats verhaftet werden, nicht nur wegen Freihandels. Aber noch ist nicht aller Tage Abend. Wir sind gerade … wie viel schneller geworden, Dick?«

»Ungefähr drei Knoten, Kap'tän.«

»Gut«, sagt Jack und reicht Isabel das Fernglas. »Guck mal selbst. Und sag mir, was du davon hältst.«

Es ist erstaunlich, wie viel näher das Schiff durch das Instrument herangeholt wird. Eine Weile schaut sie hindurch, dann sagt sie leise: »Sieht aus, als wäre es immer noch schneller.«

Jack vergewissert sich, dass es stimmt, und flucht. »Allerdings. Nun denn. Harry, runter mit dem schwedischen Eisen. Wir haben keine Zeit, noch mal ein Floß zusammenzubinden«, bestimmt er.

»Sicher, Kap'tän?«

»Ja, verdammt. Schnell jetzt!«

Noch mehr Kisten gehen über Bord; wieder macht die *Rapide* einen Satz nach vorn wie ein erschrockenes Pferd. Sie fliegen zwar nicht so schnell über die Wellen wie während des Sturms, aber sie sind schnell. Gischt spritzt über den Bugspriet, und Isabel beugt sich hinüber, um zuzusehen, wie der Rumpf durchs Wasser gleitet und einen von Schaum gesäumten Pfad hinterlässt. Nach einer Weile eilt sie zurück ins Heck. Alle Mann sind an Deck und beobachten die *Swallow*. Der Kutter der Zöllner kann mithalten. Isabels Herz schlägt ihr bis zum Hals. Ob Leutnant Sowerby an Bord ist? Oder sein Freund, Leutnant Sullivan, der Jack vor einem Monat mit einer Kugel traf?

Würde das Schiff sie einholen, könnte es dann das Feuer eröffnen? Wie viele Kanonen gibt es an Bord der *Swallow*? Die *Rapide* hat nur sechs, sämtlich Lafetten, nichts im Vergleich zu den Zweiunddreißigpfündern, die George auf der *HMS Neptune* hatte. Als könnte Jack ihre Gedanken lesen, sagt er: »Sie hat vier Zwölfpfünder auf jeder Seite, dazu Kanonen vorn und achtern, insgesamt zwölf.«

Ohne nachzudenken, greift Isabel nach seiner Hand, und er nimmt sie und drückt sie kurz, bevor er das Fernglas mit beiden Händen umfasst, damit es nicht wackelt. Beide verfolgen, wie die *Swallow* immer näher kommt, und Isabel hält den Atem an, bis sie kurz nach Luft schnappen muss. Irgendwann scheint das Zollschiff allmählich kleiner zu werden.

»Sie fällt zurück«, bemerkt Jack und reicht Dick das Glas, der ihm zustimmt. Niemand sagt etwas, bis der Kutter endlich hinterm Horizont verschwindet. Da bricht erneuter Jubel aus, und Isabel stellt fest, dass sie mit dem Rest der Besatzung johlt.

»Ein dreifaches Hurra auf den Kap'tän!«, ruft Thomas Moyle mit am Hals hervortretenden Adern, dann schließt sich John Spargo an, ein anderer von Jacks Pächtern: »Und ein Hurra auf die Tochter des Bucca!«, worauf Isabel sich am liebsten hinter Jack verstecken würde. Er schmunzelt. »Man kann einen Mann aus Cornwall wegbringen, aber man kriegt Cornwall nicht aus ihm heraus. Die glauben das so lange, bis der Bucca persönlich aus den Tiefen auftaucht und dich verstößt.«

Mit Blick auf den jetzt zum Glück leeren Horizont fügt er hinzu: »Eine Schande mit dem Eisen.« Dann ruft er den Männern zu: »Was haltet ihr davon, dass wir ein Fass aufmachen und uns den Inhalt schmecken lassen, sobald wir die Ware abgeladen haben?«

Seine Ankündigung löst abermals Gejohle aus. »Halt Kurs entlang der Küste, Oppy«, kommandiert Jack. »Wir bleiben bis Einbruch der Nacht auf See.«

»In welche Richtung, Kap'tän?«

»Zum Helford River.«

14. Kapitel

Das einzige Segel, das sie für den Rest des Tages sehen, ist das eines kleinen Fischerboots, dessen zwei Mann Besatzung im Vorbeifahren die Mütze lupfen. Kurz nach Einbruch der Nacht segeln sie den breiten Fluss hinauf, den Wind im Rücken. Die *Rapide* gleicht einem Schatten, die Laternen sind zur Vorsicht gelöscht. Sie gleitet an der Landzunge südlich des Flusses vorbei, wo Isabel den Küstenpfad nahm. »Noch zwanzig Minuten, und wir setzen den Anker in Helford, vorausgesetzt, Tom gibt Entwarnung«, erklärt Jack. Plötzlich zischt Dick: »Kap'tän!«

Der Rest der Besatzung sieht es eine Sekunde später, und überall hört man Ausrufe des Entsetzens. »Verdammt«, stößt Jack aus, dann leise: »Pst! Ruhe da!«

In der Flussmündung liegt eine Dreimastfregatte, an deren beiden Decks sich Reihen von Geschützpforten entlangziehen. Selbst aus der Entfernung wirkt das Schiff wie ein schlafender Riese, der sich aus dem Wasser erhebt, die Masten überragen sogar die Klippen. Sollte jemand an Bord der Fregatte sie jetzt sehen und das Schiff die Verfolgung aufnehmen, hätte die *Rapide* keine Chance.

Auf der Fregatte brennen Lichter, aber das Schiff ist so still wie die Nacht. Jack flüstert: »Die Royal Navy ist hier, um sich uns zu schnappen. Wir tun am besten so, als wären wir nicht da.

Oppy, halt dich bitte am Nordufer, so nah es geht, ohne dass wir auf Grund laufen. Kennst du die Küste hier gut?«

»Ich bin in Mawnan aufgewachsen, Kapitän«, raunt Oppy zurück. »Seit meiner Kindheit segle ich in diesem Revier.«

»Gut. Bring uns nach … Helford ist zu nah. Dick, was meinst du? Frenchman's Creek? Der ist auch nah, aber die Bucht zieht sich tiefer ins Land. Ich schätze, dass sie auch in Gweek nachgucken, in dem Hafen ist immer viel Betrieb.«

»Frenchman's Creek liegt gut geschützt«, sagt Dick. »Wir könnten die Höhle ganz oben zum Lagern nehmen, und die Bucht ist nicht weit von Helford, sodass Tom die Boote zu uns rüberschicken kann.«

Irgendwo im Bug der *Rapide* schimpft jemand: »Herrgott noch mal, Moyle!«

»Sorg dafür, dass sie den Mund halten, ja? Betet, dass die da drüben uns nicht entdecken«, sagt Jack zu Harry.

Lautlos gleitet die *Rapide* an die Fregatte heran. An dieser Stelle ist der Fluss breit, deutlich breiter als weiter oben, wo er sich ins Landesinnere schlängelt. Eigentlich ist er hier gar kein Fluss, denkt Isabel; er ist noch Teil der See, die sich zu einer Rinne verengt.

Jack hat die Rückkehr zeitlich gut geplant. Kurz nach Vollmond brachen sie nach Frankreich auf, jetzt ist Neumond, der Himmel ein Sternenzelt. Zum zweiten Mal an diesem Tag traut sich Isabel kaum zu atmen. Das gesamte Schiff hält die Luft an. Im Heck umklammert Oppy das Ruder so fest, dass seine Fingerknöchel weiß werden. Harry Tremayne sieht aus, als hätte er seinen Schnauzbart verschluckt. Jeden Moment wird ein Ruf ertönen, denkt sie. Jeden Moment werden sie entdeckt. Einem Schiff wie dieser Fregatte können sie nicht entkommen. Sie säßen im Fluss fest.

Ob sie wirklich von irgendwas beschützt werden oder ob es

einfach nur spät genug in der Nacht ist und die Wache vor sich hin döst, ist nicht festzustellen, doch sie gleiten durch den Flussarm, ohne dass sich auf dem Marineschiff etwas tut.

Diesmal jubelt niemand. Die Küste ist dunkel und leer, nicht eine Laterne bewegt sich auf dem Küstenpfad. Nur der sie flussaufwärts drückende Wind ist zu hören. Es ist so still, dass Isabel das Platschen eines springenden Fisches hört. Schatten umfangen das Schiff, als sie kurz vor der Einbuchtung bei Helford Anker werfen. Da steht die alte Sardinenhütte, das Cottage niedrig und dunkel; dort die Mauer des Paradiesgartens, wo Isabel keine drei Wochen zuvor mit Harriet saß.

Im oberen linken Fenster des Shipwrights Arms brennt Licht, und Jack sagt: »Das ist Tom, er gibt Entwarnung. Als du mir von Coverack erzählt hast, habe ich ihm Bescheid geben lassen; er muss nach uns Ausschau gehalten haben.« Er wendet sich an Harry Tremayne: »Melde ihm, dass die Boote zu uns rüberkommen sollen. Ich sage den Bootsführern, dass sie uns in die Bucht folgen sollen. Sobald die Waren ausgeladen sind, stellen wir jemanden zur Wache ab und bringen die *Rapide* zurück in Nelly's Cove.«

»Du meinst, noch einmal vorbei an der Fregatte?«, fragt Isabel.

»Ohne Fracht sind wir ein Schiff wie jedes andere. Solange wir keine Schmuggelware an Bord haben, können sie uns nichts anhaben.«

An der Backbordseite gibt Harry Signale mit der Laterne. Kurz darauf kommt eine Gestalt aus dem Gasthaus und geht die Straße hinunter. Nach kurzer Zeit hört man das Plätschern von Rudern im Wasser.

»Willst du mit einem der Boote an Land gehen?«, fragt Jack.

Isabel denkt an das Cottage, an das Bett, in dem sie neben Jack schlief, als sie sich kennenlernten. »Kann ich nicht mit dir nach Roskorwell?«, fragt sie. »Nur für die eine Nacht?«

»Denkst du an dein leeres Bett?«

Er kennt sie zu gut. »In Kapitän Cuveliers Haus hat mir das nicht so gut gefallen«, gesteht sie.

»Du musst nur ein Wort sagen, und Roskorwell ist dein Heim und dein Bett niemals leer, nicht mal dann, wenn ich auf See bin, denn es scheint so, als würdest du jedes Mal mitkommen.«

»Jack …«

»Ich will dir keinen Druck machen. Es scheint mir nur, als kämpftest du gegen etwas, das bereits ganz natürlich zwischen uns entstanden ist. Wie dem auch sei, dies ist nicht der Zeitpunkt, um über so etwas zu beraten – wir sind beide müde und haben noch eine lange Nacht vor uns.« Er unterbricht sich, um leise zum ersten Boot hinüberzurufen: »Hallo, Lanyon!« Wieder an Isabel gewandt sagt er: »Gut. Komm heute Nacht mit mir nach Roskorwell.« Er lächelt sie kurz an. »Schau, ob es dir als Heim gefallen würde.«

»Das tut es bereits«, sagt sie, aber sie spricht so leise, dass er sie nicht hört, dann ruft er dem nächsten Bootsführer etwas zu, und Oppy umfasst das Steuerrad. Eine Windböe pfeift durch die Takelage, als sie die Einbuchtung verlassen und in den Meeresarm kreuzen.

Roskorwell ist so, wie sie es verlassen haben. Hinter dem Haus geht eine weichgezeichnete Sonne auf, das Gras ist nass vor Tau. Sie laufen nebeneinander, nur Jack und Isabel, als kehrten sie von einem frühmorgendlichen Spaziergang zurück, nicht von einer elftägigen Reise nach Frankreich zum Schmuggel von Konterbande. Das einzig verräterische Anzeichen, dass nicht alles normal ist, sind die Hosen und das Hemd von Jack, in denen Isabel noch immer steckt, dazu die Sonnenbräune von mehr als einer Woche. Jack trägt das Bündel mit ihren Kleidern. »Du kannst dich im Haus umziehen«, sagt er.

Sie wünschte, das bräuchte sie nicht zu tun. »Vielleicht könnte ich mir eigene Hosen für die nächste Fahrt anfertigen lassen.«

»Vielleicht könntest du immer als Junge herumlaufen.«

Sie sieht ihn an. »Wahrhaftig? Glaubst du, das ginge?«

»Das war ein Scherz. Isabel, niemand möchte dich in Männerkleidung sehen.«

»Ist es dir nicht recht, wenn ich sie trage?«, fragt sie.

»Lieber Gott, doch, doch. Du könnest dir ein Bärenfell umlegen, wie sie es in Amerika tun, oder dich meinetwegen in Seidentücher hüllen wie in Indien. Oder überhaupt nichts tragen – tatsächlich würde ich das bevorzugen.«

»Jack!« Sie schlägt ihm auf den Arm, aber lacht dabei, er ebenfalls.

Die Mannschaft der *Rapide* hat sich aufgelöst und wird Nelly's Cove nach und nach verlassen, um keinen Verdacht zu wecken, doch eigentlich ist das nicht nötig, denn Jacks Anwesen liegt zu dieser Uhrzeit völlig menschenleer da. Selbst Jacks Hund Jib ist noch nicht auf den Beinen. »Hütet euch vor den Presskommandos!«, hatte Jack seine Männer noch gemahnt, bevor sie das Schiff verließen. Nur Harry Tremayne und Oppy sind an Bord geblieben. »Der Kapitän der Fregatte wird darauf aus sein, neue Leute zum Dienst in der Royal Navy zu pressen. Seid auf der Hut vor dem Shilling des Königs, wenn ihr in den Gasthäusern am Fluss einen trinken geht.«

Als sie sich dem Haus nähern, weicht der Geruch von Salz und Seetang dem der Rosen entlang der weißen Steinmauer, die dank des warmen Wetters in Blüte stehen. Jack und Isabel gehen den Pfad entlang, als würden sie gemeinsam im Haus leben, und sie kann sich vorstellen, wie es sein wird; wie die Ungezwungenheit ihrer Beziehung zu etwas Alltäglichem wird, ihre Gespräche frei fließen, die Nächte in Jacks Armen, alles genau so, wie es an Bord der *Rapide* war.

Ich werde es ihm sagen, denkt sie.

Sie will ihm das mit James erklären, und wenn es so verläuft, wie sie hofft, wenn er es versteht und sie trotzdem noch will, wird sie Ja sagen. *Ja, ich würde dich gerne heiraten. Vielleicht nicht sofort, sondern wenn ich so weit bin, aber ich tue es gerne, denn ich liebe dich.* »Jack«, setzt sie an, als er ihr die Tür öffnet. Sie tritt in die dunkle Eingangshalle und dreht sich zu ihm um. »Ich muss dir etwas sagen. Ich ...«

Doch weiter kommt sie nicht, denn von draußen ertönt eine Stimme, eine Männerstimme, die Jacks Namen ruft. Sofort denkt sie: *Dieser widerwärtige Kerl, immer kommt er im falschen Moment*, dann sieht sie über Jacks Schulter und erblickt Leutnant Sowerby vor der Tür – mit seiner Pistole, die er auf Jack richtet. Die Eingangshalle schwankt, Isabel muss sich an der Wand festhalten, um nicht das Gleichgewicht zu verlieren.

»Was machst du für ein Gesicht? Bist du ...«, fragt Jack, schon halb zur Tür umgewandt, doch Leutnant Sowerby fährt ihn an: »Mr. Carlyon, Sir!«

Mit einem Klicken spannt er die Pistole, unüberhörbar in der stillen Morgenluft. Kälte sickert in Isabels Adern und breitet sich in ihrem Körper aus, eine Gänsehaut überzieht ihre Arme.

Ohne sich nach ihr umzuwenden, gibt Jack ihr Zeichen, tiefer ins Haus zu gehen. Sie weicht in die Dunkelheit zurück, und er sagt: »Leutnant Sowerby, was verschafft mir die Ehre ...«

»Seien Sie so gut und heben Sie Ihr Hemd an«, sagt Leutnant Sowerby.

»Mein Hemd? Was ist denn in Sie gefahren, Sowerby?«

Der Leutnant fuchtelt mit der Pistole herum. »Heben Sie es an, oder ich schieße.«

Jack greift zum Saum des Hemds, das Isabel für ihn ausgebessert und noch gestern an Bord für ihn gewaschen hat. Langsam zieht er es hoch. Sie sieht nur seinen Rücken, aber sie weiß, was Leutnant Sowerby sucht und was er sehen wird: den grimmigen roten Wulst einer frischen Narbe, verursacht von einer Schussverletzung.

»Sie sind es. Sie sind der Kapitän der *Rapide*«, knurrt Leutnant Sowerby. Sein eigenes Hemd ist nur halb geschnürt und hängt ihm unordentlich aus der Hose. Er hat sich nicht die Mühe gemacht, ein Halstuch umzubinden. Seine Kehle ist von roten Flecken überzogen; aus seiner Stimme trieft Hass. »Wie sehr habe ich gehofft, im Irrtum zu sein, als Mrs. Henley mich hierherführte. Vielleicht ist das Ihr schlimmstes Verbrechen, Carlyon, eine arme Witwe so zu verderben, dass sie Ihnen bei Ihrem Unwesen auch noch hilft. Haben Sie ihr Geld versprochen, war es das? Und sie … sie hat sich nur darauf eingelassen, um den herben Schlag, den der Tod ihres heroischen Ehemanns ihr versetzt hat, und die Umstände, in denen zu leben sie dadurch gezwungen ist, zu lindern, nicht wahr? Oder haben Sie ihr gar mit Gewalt gedroht, Sie Rohling?«

»Jawohl«, sagt Jack, und sie versteht es nicht, denn sie steht dort, keine zwei Meter hinter ihm, und Jack hat sie zu gar nichts gezwungen; natürlich nicht. Hat Leutnant Sowerby sie nicht erkannt? Plötzlich rauscht es laut in ihren Ohren. Nur undeutlich hört sie Jack sagen: »Sie können Mrs. Henley keine Schuld geben. Sie hat das alles nie gewollt. Ich habe sie gezwungen. Ich habe gedroht, sie umzubringen, falls sie sich nicht fügt.«

Seine Stimme ist beherrscht, ruhig. Nicht nur bekennt er sich schuldig; er macht es noch schlimmer. Sie will sagen: *Hör auf, Jack, das stimmt doch alles nicht*, aber er gibt ihr mit der rechten Hand unten am Bein ein Zeichen, im Haus zu bleiben.

»Mord und Schlimmeres, vermute ich«, sagt Leutnant Sowerby. »Genau das habe ich vermutet. Wie verängstigt sie aussah, als Sie sie zum Schiff gezerrt haben! Ich habe alles oben von den Klippen aus verfolgt. Es war klug von Ihnen, in der Bucht zu ankern, die zu Ihrem Anwesen gehört, abseits des Küstenpfads, das muss ich Ihnen zugestehen. Aber ich habe alles gesehen. Sie konnten die arme Mrs. Henley nicht mal beim Segeln in Ruhe lassen. Sie haben sie furchtbar ausgenutzt, nicht wahr, Sie elender Rohling?« Neben seinem Hass und der Wut klingt jetzt auch eine leichte Lüsternheit durch. Isabel erschaudert.

Leutnant Sowerby spricht weiter. Das ist gut, denkt sie. Solange er redet, drückt er nicht den Abzug. »Nichts habe ich mir mehr gewünscht, als der armen Frau zu Hilfe zu eilen, aber ich konnte meinen Posten nicht verlassen. Nicht, wo ich kurz davorstand, den berüchtigtsten Schmuggler des Landes zu überführen. Was Mrs. Henley an Bord Ihres Schiffes über sich ergehen lassen musste, wird ihr Opfer für den Frieden unserer Nation sein. Ein heldenhafter Beitrag für den Kriegseinsatz, wie der ihres verstorbenen Ehemanns.«

Wovon redet er da?, fragt sie sich. Er ist verrückt. Und alles nur wegen ihr; dies ist ihre Schuld. Sie hat ihn hergeführt, zu Jack. Im Flur wird es dunkler. Jacks Schultern, angesichts von Leutnant Sowerbys Tirade gestrafft, verschwimmen, die Welt rückt immer weiter auf sie zu, schwarze Flecken versperren ihr den Blick, bis sie wieder die Wand unter den Händen spürt. Tief atmet Isabel den Geruch von Holz und dem galligen Schweiß ihrer eigenen Angst ein.

»Sowerby«, sagt Jack, doch der Leutnant hört nicht zu. Er spricht weiter: »Es war nicht leicht, zwei Wochen lang auf Ihre Rückkehr zu warten, Sir. Sie ohne Fracht als Beweis zu verhaften, hätte nicht gereicht – das Steueramt hat eine strengere Auffassung davon, was einen Schmuggler ausmacht, als ich. Doch jetzt, da Sie zurückgekehrt sind, werden wir die Ladung bald in die Hände bekommen. Und der tugendhafte Ruf der armen Mrs. Henley wird gerächt werden.«

»Das stimmt«, sagt Jack, immer noch mit bedächtiger Ruhe, als würde er übers Wetter reden. »Ich habe sie benutzt, und zwar gründlich. Sie hat mich angefleht, sie in Ruhe zu lassen, sie nach Hause gehen zu lassen. Mrs. Henley trifft nicht die geringste Schuld.«

Nein!, schreit sie innerlich. Sie will es rufen, so laut sie kann, doch ihre Zunge bewegt sich nicht. Sie hustet, doch keiner der beiden Männer beachtet sie.

Leutnant Sowerby sagt: »Ich glaube Ihnen, Sir, weil ich gut bekannt mit Mrs. Henley bin. Welch ein edler Charakter! Wie sie ihre Last trägt, ist so bewundernswert. Die arme Frau – sie war ein Nervenbündel, als ich sie das letzte Mal besucht habe. Mir fiel sofort auf, dass etwas nicht stimmte. Nun, es scheint, als wäre Kapitän Hamer mit seiner *Hornet* nicht unbedingt notwendig gewesen. Der stellvertretende Lordleutnant behauptet, der Zoll leiste so schlechte Arbeit bei der Bekämpfung des Schmuggels, dass die Unterstützung der Royal Navy vonnöten sei. Da sage ich nur: Wer leistet jetzt bitte schlechte Arbeit?« Ein verzweifeltes Lachen platzt aus ihm heraus.

»Darüber können wir doch gewiss reden«, sagt Jack. »Als Offizier des Steueramts kennen Sie die Preise der Waren, Sie wissen, dass sie ungerecht sind. Wenn die Leute so hohe Abgaben darauf zahlen müssen, können sie sich die grundlegendsten Dinge nicht mehr leisten. Ich würde Sie gut entlohnen, falls Sie für sich eine Möglichkeit sähen, ein Auge zuzudrücken, wenn ich die notwendigen Dinge besorge. Könnten wir nicht …«

Leutnant Sowerby fällt ihm ins Wort. »Wie können Sie es wagen, mich bestechen zu wollen!«, faucht er. »Wenn ich noch mehr Beweise bräuchte, habe ich sie gerade bekommen. Aber die Narbe ist schon Beweis genug. Leutnant Sullivan ist ein guter Schütze, nicht wahr, Carlyon? Ich ebenfalls.« Er kommt näher, die Pistole auf Jacks Brust gerichtet.

Jack macht einen Schritt nach hinten. »Meine Männer sind gleich hier und werden nicht gerade erfreut sein zu sehen, dass ihr Kapitän mit vorgehaltener Pistole bedroht wird. Gehen Sie, solange Sie noch können.«

»Dann wird es zu einer Auseinandersetzung kommen«, sagt Leutnant Sowerby. »Denn ein Festnahmetrupp ist auf dem Weg hierher. Er wird jeden Moment hier aufkreuzen, aber ich werde niemandem das Vergnügen gönnen, Sie zu verhaften. In dem Moment, als die *Swallow* in den Hafen kam und Leutnant Sullivan mir mitteilte, dass die *Rapide* zurück ist, bin ich hierhergekommen, Carlyon.« Er wird lauter. »Es wird eine hübsche Überraschung für Kapitän Hamer, wenn ich ihm die Nachricht überbringe, dass der Kapitän der *Rapide* verhaftet wurde und bei einem Fluchtversuch starb.«

Galle steigt Isabel in den Hals; Schweiß läuft ihr über den Rücken.

»Ich habe das Recht auf einen Prozess«, sagt Jack, nun leicht angespannt.

»Ich bin mir sicher, dass Sie das glauben, als Schmuggler. Das wäre genau das Richtige für Ihre Zwecke. Im Handumdrehen wären Sie freigesprochen, nicht wahr? Aber ein Verräter bekommt keinen Prozess, Sir. Diesmal warte ich nicht bis zum Galgen. Sie unterstützen die Franzosen in Kriegszeiten, Sie und Ihr Freund hier.« Er weist hinter Jack, in den Flur.

Er hat sie nicht erkannt, wird Isabel schlagartig klar. Seine Kurzsichtigkeit – für Sowerby ist sie nur eine Gestalt in Kniebundhose und Männerhemd. Sie senkt den Blick auf ihre Füße, lässt sich die Haare ins Gesicht fallen und schiebt sich vorsichtig näher, einen Schritt nach dem anderen.

Derweil bewegt Jack seine Hand ganz langsam in Richtung der Pistole an seinem Gürtel, doch Leutnant Sowerby schreit: »Keine Bewegung! Hände hoch!« Und dann, mit eisiger Stimme: »Umdrehen.«

Er hebt seine Waffe auf die Höhe von Jacks Kopf und legt an, dann nimmt er den linken Arm dazu, um die Pistole ruhig zu halten. Jack sieht ihm in die Augen. »Umdrehen, Carlyon, verdammt noch mal!«, brüllt Leutnant Sowerby.

Isabel holt tief Luft, schluckt die Galle hinunter und stürzt nach vorn. Bevor Leutnant Sowerby den Abzug betätigen kann, drückt sie sich an Jack vorbei und wirft sich vor ihn. Mit weit ausgebreiteten Armen schreit sie: »Nur über meine Leiche!«

Schock lässt Leutnant Sowerbys Züge erstarren. Kurz senkt er die Pistole, dann hebt er sie wieder und zielt auf Jacks Stirn. »Mrs. Henley? Wie …? Ich … nein, das geht nicht, das geht überhaupt nicht! Gewiss wurden Sie getäuscht – werden es immer noch. Und wie er Sie angezogen hat! Sie Teufel!«, spuckt er Jack entgegen, bereit, den Abzug zu drücken. »Sie verkommener, liederlicher Schurke!«

»Leutnant Sowerby«, sagt Isabel absichtlich weich und flehend. »Bitte schießen Sie nicht auf Ja… auf Mr. Carlyon, Sir! Bitte, ich flehe Sie an! Bitte, nehmen Sie *bitte* Ihre Pistole herunter!«

Leutnant Sowerby mustert sie. »Sie vergessen sich, Madam. Nach allem, was er Ihnen angetan hat, ist das kein Wunder. Ich darf Ihnen versichern, dass Sie jetzt voll und ganz in Sicherheit sind. Sie müssen diesen Verbrecher nicht mehr verteidigen; er kann Ihnen nichts mehr antun. Ich bin gekommen, um Sie aus seinen Klauen zu befreien.«

»Er ist weder ein Verbrecher noch ein Teufel«, erwidert sie. »Sondern mein Verlobter.«

»Isabel«, sagt Jack drohend, doch Leutnant Sowerby schneidet ihm das Wort ab.

»Was?«, stößt er aus. Sein Entsetzen verwandelt sich in Hass. »Er ist …? Sie … Sie Schmuggler*hure*! Und ich dachte, Sie wären …«

Der Pistolenlauf bewegt sich zur Seite. Jack stößt Isabel weg, heftig. Sie stolpert und fällt seitlich mit dem Kopf auf den Boden. Die Bewegungen verlangsamen sich. Sie registriert, wie Leutnant Sowerbys Pistole ihr wie in Zeitlupe folgt und ihm dann aus der Hand gleitet, als hätte jemand dagegengetreten. Ein Schuss zerreißt die Stille. Erde spritzt hoch, wenige Zentimeter an ihrem Kopf vorbei, alles geschieht schleppend.

Wie gelähmt starrt sie zu Boden. Sowerby hat versucht, sie zu erschießen. Wie … warum … Leutnant Sowerby, ein Gesetzeshüter – er hat versucht, sie zu *erschießen*. Ihre Lippen formen das Wort: »Warum?«, doch sie bringt nur ein abgehacktes Keuchen hervor.

»Isabel!« Jack hockt sich zu ihr, die Pistole in der Hand.

Mir geht es gut, will sie sagen, doch ihre Zunge bewegt sich hilflos in ihrem Mund, denn hinter Jack lädt Leutnant Sowerby seine Waffe nach. Er ist schnell. Es dauert fünfzehn, höchstens zwanzig Sekunden, da hebt er den Lauf wieder an, und sie schreit: »Jack, pass auf!«

Ein zweiter Schuss kracht durch die Morgenluft, noch lauter als der erste. Er hallt in ihrem Kopf wider, prallt von ihrer Schädeldecke ab. Isabell erwartet, dass wieder Erde aufspritzt, doch stattdessen geschieht etwas Seltsames mit Leutnant Sowerbys Gesicht: Es verzieht sich seitwärts, fast so, als würde seine Miene versickern. Sein Kopf schlägt nach hinten, dann gibt es ein Geräusch wie ein Gurgeln, das zu einem furchtbaren Würgen wird, und er fällt auf den Rücken, reißt an seinem Hemd, das rot anläuft, viel roter als das von Jack, als er vor einem Monat angeschossen wurde. Leutnant Sowerbys Beine treten um sich, einmal, zweimal, dann ist er still.

»Isabel.« Jack legt seine Pistole auf den Boden und hilft ihr hoch. Sie ist benommen, zu benommen, um zu denken, sogar fast zu benommen, um zu stehen. »Bist du verletzt?« Er betupft ihren Kopf mit einem Taschentuch. Auf dem Stoff sind Blutstropfen, so rot wie Leutnant Sowerbys Hemd, doch es sind nur wenige. Allmählich klärt sich ihr Kopf.

»Mir geht es gut. Oh, Jack!« Sie klingt wie ein Möwe, denkt sie, ihre Stimme ist schrill, kann den Ton nicht halten, kreischt *Ja-a-ack*.

Er nimmt die Pistole, lädt nach und verstaut sie wieder in seinem Gürtel. Dann legt er die Hände auf ihre Schultern. Sie riechen nach etwas Beißendem, Bitterem – Schießpulver. »Hör mir genau zu, Isabel. Du musst sofort nach Hause gehen. Rede mit niemandem! Sie wissen nichts von dir – von unserer Verbindung. Wenn wir Glück haben, hat Leutnant Sowerby dich nicht erwähnt. Und wenn doch, hat er dich für unschuldig gehalten. Die Platzwunde am Kopf musst du als Beweis für meine Gewalttätigkeit dir gegenüber ausgeben. Erzähl, dass …«

»Nein, Jack! Nein, niemals!«

»Erzähl, dass ich dich bedroht habe, dass ich dich gezwungen habe, mir beim Schmuggeln zu helfen, und dass ich dich verletzt habe, weil du nicht gehorchen wolltest. Zeig die Wunde. Sie werden dir glauben, vielleicht kommen sie ja nicht mal zu dir – möglich, dass er gar nichts von dir gesagt hat. Geh auf keinen Fall zum Schiff und versuch nicht, jemanden aus der Mannschaft zu treffen, zumindest nicht in nächster Zeit. Du könntest beobachtet werden, so wie von Leutnant Sowerby. Sie dürfen dich hier nicht finden.«

»Jack, ich kann nicht … Das kann ich nicht.«

»Doch, das kannst du. Für mich.«

»Aber …«

»Ich muss gehen.«

»Nein, Jack! Es tut mir so leid. Bitte, bitte verzeih mir! Das ist alles meine Schuld – ich habe ihn hergeführt – Gott weiß, dass das nicht meine Absicht war, aber …«

»Das weiß ich. Mach dir deswegen keine Sorgen, Isabel, aber ich *muss* verschwinden. Geh nach Hause. *Jetzt.*«

»Können wir nicht …« In ihrem Kopf dreht sich alles. »Können wir ihn nicht verstecken? Niemand braucht es zu erfahren. Wenn wir einfach …«

»Wir haben keine Zeit«, sagt Jack. »Du hast ihn gehört. Ein Festnahmetrupp ist auf dem Weg hierher.«

»Aber es gibt keine Zeugen.«

»Sowerby war hier, um mich zu verhaften. Er liegt tot vor meiner Tür und hat eine Kugel in der Brust. Glaubst du, die kümmern sich darum, dass es keine Zeugen gibt?«

»Das Schiff!« Ihre Stimmung verbessert sich leicht. »Wir können doch auf der *Rapide* entkommen.«

»Und wohin? Ich habe all meine finanziellen Mittel in die Fracht gesteckt – solange ich die nicht verkaufe, habe ich kein Geld. Außerdem bleibt uns keine Zeit, die Mannschaft zu versammeln und das Schiff seeklar zu machen. Das Kommando ist jeden Moment hier. Ich muss jetzt verschwinden, sonst ist es zu spät.«

»Dann gehe ich mit dir.«

»Das tust du nicht«, antwortet er scharf. »Wenn man mich findet, werde ich gehängt. Ich bin jetzt ein Mörder. Keine Geschworenen werden mich mehr freisprechen, selbst wenn sie wollten. Wahrscheinlich gäbe es nicht mal Geschworene. Und wenn sie dich bei mir fänden, würde dich dasselbe Schicksal erwarten. Das lasse ich nicht zu. Das steht außer Frage.«

»Jack …«

»*Nein.* Es war ein Fehler. Ich hätte dich da nie mit hineinziehen dürfen.«

»Aber wohin gehst du? Sag mir zumindest das, damit ich dir schreiben kann – damit ich dich vielleicht besuchen kann.«

»Das kann ich dir nicht verraten. Wenn ich es dir sagte und du würdest verhört, würden sie es vielleicht aus dir herausbekommen.« Er wischt ihre Tränen weg und fügt hinzu: »Es ist am besten, wenn du es nicht weißt.«

»Nein! Jack …«

»Auf Wiedersehen, Isabel.« Er legt ihr die Hand in den Nacken und küsst sie heftig auf den Mund, dann dreht er ab und marschiert zum Stall.

»Warte!«, ruft sie und läuft ihm nach, doch er schnallt Myra bereits den Sattel an. »Geh nach Hause!«, ruft er und hievt sich aufs Pferd. Dann drückt er ihm die Absätze in die Flanken, schnalzt mit der Zunge und prescht im Galopp davon. Isabel steht in der Stalltür und sieht unter Tränen zu, wie Jack immer kleiner wird, bis er nicht mehr zu sehen ist, über die Straße verschwunden. Der Geruch von Pferdeäpfeln und Heu bohrt sich in ihre Nase. Am liebsten würde sie sich ins Stroh fallen lassen und weinen, bis sie keine Tränen mehr hat, aber das geht nicht. Sie muss nach Hause gehen. *Für mich*, hat Jack gesagt. Sie hofft, dass die Männer vom Steueramt nicht nach ihr suchen. Wenn doch, muss sie ihnen etwas vorspielen. Für Jack.

Sie geht los. Setzt einen Fuß vor den anderen. Leutnant Sowerbys Leiche liegt neben der offenen Haustür. Die Blutlache um ihn herum ist so rot wie die Rosen im Garten. Er ist nicht rasiert – das fällt ihr erst jetzt auf. Über seine blassen runden Wangen ziehen sich blonde Stoppeln. Blut klebt daran, und er hat Blut auf der Lippe, das schon nicht mehr rinnt. Sie hat ihn nie gemocht, aber jetzt fühlt sie eine Mischung aus Mitleid und Abscheu, an der sie fast erstickt. Es riecht nach ihm, nach seinem Blut. Der Geruch ist stärker als der der Blumen. *Er wollte mich umbringen*, erinnert sie sich. *Er wollte Jack umbringen.*

Einen Fuß vor den anderen. Der Tau ist fort. Die Straße verschwimmt im Staub. Hinter ihr brechen die Wellen rauschend an den Felsen, schlagen an und fallen zurück, schlagen an, fallen zurück, ein nie endender Rhythmus. Die See ruft sie, aber ihr fehlen die Worte zum Antworten.

15. Kapitel

Sie ist immer noch unterwegs. Das ist gut; es bedeutet, dass irgendwo ein Ziel ist, ein Ort zum Ankommen; es bedeutet, dass sie nicht am Straßenrand sitzt und weint. Sie ist auf dem Küstenpfad. Er ist trocken. Durch das warme Wetter sind die Bäche, die von weiter oben aus den Klippen kommen, fast ausgetrocknet. Einen Fuß vor den anderen setzen. Sie muss nachdenken. Es muss etwas geben, das sie für Jack tun kann. Sie hat das alles verschuldet – jetzt muss sie es wiedergutmachen.

Sie hatte es ihm gestehen wollen. *Ich liebe dich. Vorher habe ich es nicht herausbekommen, aber jetzt.* Sie wollte es ihm sagen, und jetzt wird sie ihn vielleicht niemals wiedersehen. Sie denkt an das leere Cottage in Helford, das auf sie wartet. An das kalte, leere Bett unter den Dachsparren. An das nagende Gefühl, nicht zu wissen, wo er sich befindet und ob er in Sicherheit ist.

Sie läuft schon längere Zeit, hat ungefähr die Hälfte des Wegs zurückgelegt. Demnach muss sie Roskorwell vor einer Stunde verlassen haben. Ungefähr sechzig Minuten, seit sie Jack zuletzt gesehen hat. Fünfundsiebzig, seit er Leutnant Sowerby erschoss. Fast hat sie jetzt die Stelle erreicht, wo sie vor zwei Wochen auf den Leutnant traf, als sie auf dem Weg nach Roskorwell war und er sie besuchen wollte. Wie sie seine Aufdringlichkeit schon damals verabscheute, sich über die von ihm verschuldete Verzögerung ärgerte, wie groß ihre Angst war, das Schiff zu verpassen.

Jetzt hasst sie sich selbst dafür, nicht gesehen zu haben, was Jack die ganze Zeit klar war: dass Leutnant Sowerby weitaus scharfsinniger war, als sie dachte. Er folgte ihr und deckte Jacks Identität auf, es ist ihre Schuld, und jetzt liegt Leutnant Sowerby in einer Blutlache tot auf Jacks Türschwelle, alles wegen ihr.

Sie muss das wiedergutmachen. Es muss irgendetwas geben, irgendwen … *Harriet.* Sie wird zu Harriet gehen und sagen … Sie weiß nicht, was sie sagen wird, noch nicht, aber sie wird sich etwas ausdenken. Es hätte ein Unglück gegeben. Besser: ein Missverständnis. Leutnant Sowerby hätte Jack für den Kapitän des Schmugglerschiffs *Rapide* gehalten. *Können Sie das glauben, Harriet? An welchen Wahnvorstellungen der arme Mann litt, bevor er seine Pistole gegen sich selbst richtete?*

Es könnte funktionieren. Leutnant Sowerby hatte schließlich seine Pistole in der Hand und hat einen Schuss abgegeben. Er hält sie immer noch in der Hand, es sei denn, die Männer von der Reiterstaffel, die Jack verhaften sollten, haben sie entfernt. Harriets Ehemann, Sir Hugh, ist stellvertretender Lordleutnant von Cornwall. Harriet wird ihm die Geschichte schildern – Leutnant Sowerby furchtbar verwirrt, eine schreckliche Tragödie, Mr. Carlyon zu Unrecht beschuldigt und so weiter. Sir Hugh wird bestimmt helfen können, nicht wahr, solange Isabel die Geschichte glaubhaft erzählt?

Aber Harriet wird wissen wollen, warum sie in Roskorwell war. Sie muss einen Grund dafür anführen können. Hatte sie Mr. Carlyon besucht, um seinen Rat zu erbitten? Nur in welcher Frage? Vielleicht, wie man die alte Sardinenhütte in einen Stall umbauen kann? Ja, das wird sie sagen. Sie muss schnell zu Harriet, bevor sich die wahre Geschichte verbreiten kann. Auf der Stelle dreht sie um und bleibt schlagartig stehen. Jacks Hirschlederhose – sie hat sie noch an. *Verdammt*, denkt sie, so wie die Männer auf dem Schiff manchmal fluchen: *Verdammt!* Sie kann nicht in Männerhosen an Harriets Tür klopfen. Es dauert mindestens eine weitere Stunde, nach Hause zu gehen und sich umzuziehen.

Isabel zieht die salzige Morgenluft in die Lunge und beginnt zu laufen. Selbst jetzt, selbst in dieser furchtbaren Situation, stellt sie fest, wie viel einfacher es ist, in Hosen zu laufen als in einem Kleid. Sie läuft, bis ihr der Atem im Hals brennt und ihre Seiten stechen, als würde jemand die Klinge eines Messers hineinbohren. Sie stürzt ins Cottage, reißt das Hemd über den Kopf und knüpft das Tuch auf, das die Hosen hält, schnell wie der Wind, lässt alles zu Boden fallen. Mit zitternden Händen schnürt sie ihr gestreiftes Baumwollkleid auf dem Rücken zu. Und schon ist sie wieder auf dem Pfad, Sand und Erde stieben hoch, und sie läuft zum Rhythmus seines Namens: *Jack, Jack, Jack!*

Auf dem letzten Stück kurz vor Weatherston zwingt sie sich, langsamer zu werden, die Auffahrt hinaufzugehen, statt zu rennen. Sie zieht sich eine Strähne ins Gesicht, um ihre Kopfwunde zu verdecken, wischt sich den Schweiß aus dem Gesicht, vom Hals; sie zwingt sich, ruhig zu atmen. Wenn sie ein wenig erregt aussieht, ist das in Ordnung, denkt sie. Das ist nur zu erwarten; es wird ihrer Geschichte über Leutnant Sowerbys Selbsttötung Glaubwürdigkeit verleihen.

Endlich nimmt sie die Stufen zum Eingang hoch und klopft. Die Türen sind verschlossen. Sie will erneut klopfen, als ein Diener öffnet und Isabel in das schwarz-weiße Heiligtum der Eingangshalle bittet. »Ich möchte zu Lady Darby«, sagt sie. Ihre Stimme hallt durch den Raum, eine Oktave höher als gewöhnlich.

Der Diener geht. Sie erwartet, dass er wiederkommt und ihr sagt, Lady Darby würde sie empfangen, doch stattdessen gehen die Türen zum grünen Salon auf, und Harriet selbst tritt in die Halle. Ihr Gesicht ist blasser als sonst, ihr Mund eine Rosenknospe, spitz und klein. Kann es sein, dass sie die Nachricht schon vernommen hat; kann sich die Geschichte so schnell verbreitet haben?

Isabel faltet die Hände, um ihr Zittern zu verbergen. »Harriet«, sagt sie und tarnt ihre Angst mit aufgesetzter Leichtigkeit. »Wie freue ich mich, Sie zu sehen!«

»Mrs. Henley«, erwidert Harriet mit einer Stimme, so gepresst wie ihr Mund. »Ich wünschte aufrichtig, ich könnte dasselbe sagen.«

Zuerst fällt Isabel Harriets Tonfall nicht auf. Oder vielleicht schon, doch die Worte kommen nicht bei ihr an. Ihr Kopf rast weiter, immer noch in dem Rhythmus, zu dem ihre Füße liefen: *Jack, Jack, Jack*. »Es hat ein Unglück gegeben«, sagt sie. »Jack – Mr. Carlyon, er hat … er ist in Schwierigkeiten. Er …«

»Jack? *Jack?* Wirklich, Mrs. Henley«, sagt Harriet, und jetzt nimmt Isabel die Stimme ihrer Freundin wahr: Sie trieft vor Enttäuschung und Missbilligung. Angespannt sagt Harriet: »Mir war nicht bewusst, dass Sie so vertraut mit Mr. Carlyon sind. Soweit mir bekannt war, haben Sie ihn nur einmal getroffen, und zwar hier beim Dinner in Weatherston. Aber nun wird mir klar, dass ich mich geirrt habe. Ich nehme an …« Sie zögert. »Ich nehme an, es sollte keine Überraschung sein angesichts der Nachrichten, die ich aus London erhalten habe.«

Ein Schwanken, ein Innehalten, dann platzt es aus Harriet heraus: »Ich dachte, wir seien Freundinnen, Isabel! Ich dachte, ich hätte in dieser Einöde endlich eine Freundin in meinem Alter und von meinem Stand gefunden! Wie konnten Sie mir das verschweigen? Wie konnten Sie zulassen, dass ich meinen Ruf beflecke, indem ich mich mit Ihnen abgebe, ohne mich darüber aufzuklären, aus welchem Grund Sie London verlassen haben?«

Darum geht es hier? Damit kann Isabel nichts anfangen, nicht jetzt. Sie kann nicht zulassen, dass die Gerüchte über James und sie sich zwischen Harriet und sie drängen und ihre einzige Möglichkeit gefährden, Jack zu helfen. »Harriet, was auch immer Sie gehört haben mögen …«

»Nein.« Harriet hebt abwehrend die Hände, als vertreibe sie ein gefährliches Wesen. Wieder schüttelt sie den Kopf. »Nein, Isabel. Ich komme mir so töricht vor. Natürlich sind Sie nicht ohne Grund hergekommen. Warum würde jemand freiwillig die Stadt verlassen und in diesen gottvergessenen Winkel der Welt ziehen, wenn er nichts zu verbergen hätte? Ich bin so ein Dummkopf.«

»Harriet«, presst Isabel hervor. »Sie sind kein Dummkopf. Glauben Sie mir, es gibt nichts …«

»Und was ist das jetzt mit Mr. Carlyon?«, unterbricht Harriet sie. »Wie können Sie so … so *liederlich* sein, Isabel? So völlig ohne Respekt vor der Moral und den Gesetzen Gottes?«

»Oh!« Durch den hämmernden Refrain in ihrem Kopf begreift Isabel allmählich. »So ist das nicht, liebe Harriet …«

»Nennen Sie mich nicht so!«

»Jack … Mr. Carlyon, meine ich, ist mein Verlobter. Ich weiß, dass es schnell ging, aber wir beide fühlen uns sehr stark zueinander hingezogen. Ich kann mein Glück nicht vor Ihnen verbergen, meine liebe Freundin, deshalb habe ich den mir vertrauten Namen verwendet, auch wenn ich das nicht hätte tun sollen – noch nicht. Aber Mr. Carlyon steckt leider in Schwierigkeiten, weshalb ich hergekommen bin, um Ihre Hilfe zu erbitten.«

»Gerne glaube ich, dass er in Schwierigkeiten ist, wenn er tatsächlich mit *Ihnen* verlobt sein sollte«, gibt Harriet zurück. »Sagen Sie, weiß er überhaupt, dass Sie in London mit einem gewöhnlichen Matrosen angebandelt haben? Der auch noch unter Ihrem verstorbenen Ehemann gedient hat? Haben Sie ihm das erzählt, bevor er Ihnen einen Antrag machte? Falls er das überhaupt getan hat, was ich sehr stark bezweifeln möchte.«

»Harriet, ich … nein, ich meine …«, stottert Isabel, unfähig, auf die Anklage ihrer Freundin zu reagieren. Harriet hat recht. Sie hat Jack nichts von James erzählt. Sie hätte es ihm sagen müssen, als er ihr den Antrag machte, das scheint jetzt wichtig. Doch tatsächlich ist nun nur noch von Belang, dass Jack den Häschern nicht in die Hände fällt, während Isabel versucht, die Situation zu bereinigen. *Bitte, Harriet, komm zur Vernunft und hilf mir!*

»Das dachte ich mir«, sagt Harriet. »Wie konnten Sie einen Freund von mir so schändlich behandeln, Isabel? Nun, seien Sie versichert, in dieser Hinsicht ist die Gefahr gebannt. Sir Hugh hat ihn von der Wahrheit unterrichtet.«

»Die Wahrheit? Was meinen Sie damit?«

»Mr. Carlyon hat uns vor weniger als zwei Stunden einen Besuch abgestattet.«

Mit offenem Mund sieht Isabel sie an. Ihr Atem kommt zu schnell, sticht ihr im Hals, der noch immer von der zurückgelegten Strecke nach Weatherston brennt.

Harriet fährt fort: »Er war hier, um einen Gefallen von Sir Hugh zu erbitten. Er hatte schlechte Nachrichten von Verwandten aus dem Norden erhalten und musste auf der Stelle dorthin. Er sagte, er wäre längere Zeit fort und bräuchte ein wenig Geld für die Reise. Er habe nicht genug Zeit, um sich etwas von der Bank auszahlen zu lassen, deshalb fragte er, ob Sir Hugh Interesse hätte, ihm Pferde abzunehmen. Sir Hugh war so freundlich, alle drei zu kaufen, die noch im Stall standen; mit dem vierten ist Mr. Carlyon gen Norden geritten.« Wie vor Ungeduld schnalzt Harriet mit der Zunge. »Wenn Sie wirklich seine Verlobte wären, würden Sie das doch alles wissen und nicht so völlig überrascht wirken, Isabel.«

»Aber ich *bin* seine Verlobte! Was haben Sie ihm gesagt?«

»Ich?« Harriet legt die Hand auf die Brust. »Ich habe Mr. Carlyon überhaupt nichts gesagt. Aber da ich gerade erst die Nachricht über Ihr schändliches Verhalten in London von meiner guten Freundin Violet Hartley erhalten hatte, war sie zuvorderst sowohl in meinem wie in Sir Hughs Kopf. Als Mr. Carlyon daher erwähnte, er schulde Ihnen Geld für die Nutzung Ihrer Hütte, und Sir Hugh bat, einen Teil der Summe für die Pferde Ihnen zukommen zu lassen, da verlor Sir Hugh keine Zeit, ihn genaustens darüber zu unterrichten, was für eine Frau Sie sind.«

Isabels Atem geht stoßweise. Das schwarz-weiße Rautenmuster des Fußbodens dreht sich unter ihren Füßen. Jack war hier. Sie möchte etwas sagen, doch ihre Kehle ist wie zugeschnürt.

Kühl sagt Harriet: »Sir Hugh hat mir erzählt, Mr. Carlyon sei empört gewesen, wie es jeder gewesen wäre, aber er hätte kein besonderes Interesse an der Nachricht gezeigt. Sie sehen also, ich glaube kein Wort davon, dass Sie seine Verlobte sind, Mrs. Henley. Wenn Sie es wären, hätte er sich anders verhalten. Ich bin der Überzeugung, dass Sie es auf ihn abgesehen haben, so wie Sie es auf den Matrosen abgesehen hatten, weil Sie eben so eine sind – ein Flittchen. Ich hoffe nur, Ihrem Ehemann ist das Wissen erspart geblieben, bevor er starb.«

»Das stimmt nicht!« Die Worte platzen aus Isabel heraus. »Nichts davon ist wahr! Ich …«

»Was sollen Sie auch sonst sagen? Ich möchte, dass Sie jetzt gehen, Mrs. Henley. Ich werde Sie nicht mehr in meinem Haus empfangen und Ihnen auch keinen Besuch mehr abstatten.« Als Isabel Harriet nur noch niedergeschlagen ansieht, sagt diese: »Auf Wiedersehen.« Sie wendet sich der Tür zum Salon zu und ruft: »Davis! Mrs. Henley möchte gehen. Bringen Sie sie doch bitte nach draußen.«

Harriets Konturen verschwimmen. Ihr Mund ist ein verwischter rosenroter Fleck. »Sir Hugh wird einen Mann mit der Pacht für die Hütte zu Ihnen schicken. Wenn Sie irgendwelchen

Anstand besäßen, würden Sie das Geld ablehnen. Mr. Carlyon wird nicht einmal da sein, um es zurückzunehmen. Aber ich vermute, Anstand ist ein Fremdwort für Sie.«

Harriet wendet sich ab und verschwindet durch die Tür in den grünen Salon. Die Fliesen in der Eingangshalle gehen ineinander über, und Isabel nimmt alles nur noch durch einen Schleier wahr: die Stufen zum Eingang, die Rosenbeete, einige mit so schweren Blüten, dass sie die Stiele nach unten ziehen, der Himmel schwer von ihrem Duft, die lange, gewundene Auffahrt.

Auf dem gesamten Heimweg rechnet sie damit, dass etwas passiert. Dass Harriet ihren Irrtum erkennt und ihr nachkommt. Dass Männer des Steueramts den Pfad entlangsprengen und sie zu den Ereignissen von Roskorwell befragen wollen. Sie wird in Jacks Armen in der Hängematte an Bord der *Rapide* erwachen und vor Erleichterung weinen.

Am Cottage macht ihr Herz einen Satz: Die Tür steht weit offen. Ist jemand da? Doch nein – sie hat sie selbst aufgelassen in ihrer Eile, zu Harriet zu laufen. Drinnen ist es kühl und dunkel. Es ist nichts zu essen da, nur ein Sack trockener Bohnen. Isabel bekommt eh nichts hinunter, deshalb stört es sie nicht. In der Küche hebt sie Jacks Hirschlederhosen, sein Hemd und das Halstuch auf. Sie faltet alles zusammen und legt es auf den Tisch. Danach schleppt sie sich durch die Wohnstube und die Hintertür hinaus in den Paradiesgarten. Dort hat sich nichts verändert. Vielleicht blüht ein wenig mehr Berufkraut an der Mauer, mehr auch nicht. Das Gras ist dasselbe, der Brunnen, die Bäume. Isabel setzt sich auf die weiß gestrichene Bank, zieht die Knie an und schlingt die Arme darum. Reglos hockt sie da. Wenn sie sich rührt, muss sie weinen.

Ein Rotkehlchen landet auf dem Tisch und pickt an einem Krümel oder an der abgeblätterten Farbe. Isabel beobachtet den

Vogel, bis er davonfliegt, sie lauscht dem Plätschern des Meeresarms am Fuß der Mauer und hört die Stimmen darin. *Komm heim*, rufen sie, doch sie hat kein Heim mehr, denn sie ist dort daheim, wo Jack ist.

Er fehlt ihr; schmerzhaft, eine Leere. Dabei liegt der Abschied erst wenige Stunden zurück. Sie weiß nicht, wie sie den nächsten Tag und den danach überstehen soll.

Doch am nächsten Tag weiß sie, wie es ihr gelingen kann – indem sie sich beschäftigt. Die rosagraue Dämmerung bringt ihr neue Klarheit. Zwar ist ihr nicht bekannt, wo Jack sich aufhält, er weiß jedoch, wo er sie findet. Wenn sich der schlimmste Sturm verzogen hat, wird Jack ihr vielleicht eine Nachricht zukommen lassen, wie sie ihn erreichen kann, wo auch immer er ist. Falls er sie bei sich haben will. Die Gerüchte über James und sie – nach allem, was sie mit Jack erlebt hat, werden sie ihm bestimmt nichts bedeuten. Nachdem sie zusammen in der Hängematte gelegen haben, nackte Haut auf nackter Haut. Vielleicht haben sie nie etwas bedeutet. Irgendwann wird Jack sich melden; daran wird sie sich festhalten. Bis es so weit ist, wird sie sich die Zeit mit Beschäftigung vertreiben.

Als Erstes muss sie essen. Die letzte Mahlzeit liegt über vierundzwanzig Stunden zurück, das fühlt sie in ihrem Magen wie eine schlummernde Übelkeit. Sie weicht die Bohnen ein und will den Ofen entfachen, um sie zu kochen, da stellt sie fest, dass ihre Zunderbüchse nicht im Cottage ist. Sie war in dem Bündel mit Gegenständen, die sie mit auf See genommen hat und die nun im Flur von Roskorwell liegen.

»Verdammt«, murmelt sie. Die Häscher des Steueramts werden das Bündel inzwischen gefunden haben. Können sie über irgendeinen Hinweis darauf schließen, dass es ihr gehört? Nichts, was darin war, trug ihren Namen, aber die Kleider sind von guter Qualität. Nicht viele Frauen in dieser Gegend haben solche

Kleider. Falls die Steuereintreiber kommen, wird sie ihnen die Geschichte erzählen müssen, die sie Harriet auftischen wollte.

Einen kurzen Moment lang überlegt Isabel, ob sie sich selbst beim Steueramt melden soll. Sie könnte an die Tür des Zollhauses in St Keverne klopfen und verlangen, mit Leutnant Sullivan zu sprechen. Aber nein, besser nicht. Ihre Geschichte ist voller Löcher – wahrscheinlich bräuchte er nur wenige Fragen zu stellen, um sie der Lüge zu überführen.

Jacks Hosen und das Hemd liegen noch immer auf dem Küchentisch. Isabel nimmt sie mit nach oben ins Schlafzimmer und schmiegt dabei die Wange ans Hemd. Es riecht nicht nach ihm, sondern nach ihr. Durch das kleine Fenster sieht sie, wie sich die Oberfläche des Flussarms kräuselt.

Der Anblick beruhigt sie, und sie spürt wieder die seltsame Vertrautheit des Meeres. Sie würde sich so gern daran erinnern, wie sie als Kind aus dem Wasser kam, doch ihre früheste Erinnerung ist die Seidenbluse ihrer Mutter, der Duft des Gartens in Hardwick – ein durchdringender Geruch nach Apfel – und wie ihr nasses Unterkleid über die Haut ihrer Knie scheuerte. Und noch etwas anderes – eine kühle, dunkle Ruhe in sich, seidenweich, tröstend wie die Hände ihrer Mutter. *Das Meer.* Könnte es wahrhaft möglich sein, dass sie im Alter von vier Jahren einen Schiffbruch überlebte, bei dem alle anderen an Bord starben?

Isabel schüttelt den Kopf und schiebt die Hirschlederhose und das Hemd unters Bett. In der Küche treiben die Bohnen im kalten Wasser. Welcher Tag ist heute? Freitag. Erst am nächsten Morgen auf dem Markt wird sie eine neue Zunderbüchse kaufen können.

Beim ersten Klopfen öffnet Mrs. Dowling die Tür. »Mrs. Henley! Da sind Sie ja wieder. Wie geht es Ihrer Verwandtschaft?«

Isabel registriert das freundliche faltige Gesicht ihrer Hauswirtin, die fragend hochgezogenen grauen Augenbrauen. »Meiner Verwandtschaft?«, fragt sie verständnislos. Im ersten Moment glaubt sie, Mrs. Dowling spreche über die Familie Du Pont in Frankreich. Woher sollte sie das aber wissen? Dann fällt ihr die Lüge wieder ein. Es scheint tausend Jahre zurückzuliegen, dass sie Mrs. Dowling erzählte, sie würde sich aufmachen, um ihre Verwandtschaft in Penzance zu besuchen. »Es geht allen gut, danke.«

»Sind Sie gerade erst zurückgekommen?«

»Spät gestern Abend«, lügt sie.

»Sie dürften nichts mehr zu essen im Haus haben«, sagt Mrs. Dowling und tritt beiseite. »Kommen Sie doch herein! Ich habe Brot und Käse da.«

»Oh, vielen Dank!«, sagt Isabel gerührt. »Das bezahle ich natürlich, Mrs. Dowling.«

»Dazu besteht keinerlei Notwendigkeit, meine Liebe. Mein Gott, nach einer solch langen Reise müssen Sie ja völlig ausgehungert sein. Haben Sie überhaupt irgendwas im Haus?«

»Ich habe noch Bohnen da«, sagt Isabel und geht in die große Küche mit der niedrigen Decke. »Nur scheine ich meine Zunderbüchse verlegt zu haben.«

»Herrje, Sie sind aber viel an der Sonne gewesen«, bemerkt Mrs. Dowling. »Ach, fast hätte ich's vergessen! Ich habe etwas Besonderes für Sie, Mrs. Henley. Letzte Woche konnte ich ein wenig vom besten Kaffee erwerben, und zwar zu einem sehr guten Preis. Ich mache Ihnen sofort eine Tasse. Hier ist ein wenig Brot, meine Liebe.«

Das Brot ist noch warm, der Kaffee heiß und mit mehr Zucker gesüßt, als Isabel sich selbst gönnt. »Wenn Sie den Kaffee mögen, könnte ich Ihnen welchen zu einem günstigen Preis besorgen«, bietet Mrs. Dowling an. »Ich habe ihn … nun, sagen wir, ich habe ihn abseits vom Markt gekauft.« Sie senkt die Stimme. »Er wurde von Frankreich herübergeschmuggelt, verstehen Sie?«

»Oh.« Isabel gibt sich entsetzt.

»Es ist schlechterdings unmöglich, vernünftigen Kaffee zum üblichen Preis zu kaufen«, erklärt Mrs. Dowling. »Lassen Sie mich doch wissen, ob ich welchen für Sie besorgen soll, wenn sich die Gelegenheit bietet.«

»Danke, ja. Es ist sehr guter Kaffee.«

Mrs. Dowling lächelt so breit, dass Isabel sieht, dass ihr hinten im Mund mehrere Zähne fehlen. »Ja, nicht wahr? Wo wir gerade von Schmugglern reden, haben Sie schon die Neuigkeit gehört?«

Allein bei der Bemerkung bekommt Isabel eine Gänsehaut. »Was für eine Neuigkeit?«, fragt sie und pustet auf ihren Kaffee, um ihr Interesse zu verbergen.

»Gestern in alle Früh gab es einen Mord unweit von hier. Ein Schmuggler hat einen Mann vom Zoll erschossen – auch noch einen Offizier. Können Sie das glauben? Ich habe es von Tom Holder im Gasthaus gehört.«

Mrs. Dowling schweigt, lauert auf Isabels Reaktion. Nach einer Weile sagt sie: »Was für eine schreckliche Geschichte.« Es klingt zu schwach, denkt Isabel, ihre Stimme ist so glatt wie die Oberfläche des dampfenden Kaffees.

Mrs. Dowling scheint das ebenso zu sehen, denn sie zieht die Augenbrauen hoch und sagt: »Nun, ich mag der Ansicht sein, dass die Preise ungerecht sind, aber ich halte nichts von Mord. Der Schmuggler ist geflohen, ein Mann namens Carlyon. Er ist Gutsbesitzer, hat ein eigenes Anwesen unten in Roskorwell. Das Steueramt ist auf der Suche nach ihm, die Marine ebenfalls.« Sie gibt einen zweiten Löffel Zucker in ihren Kaffee und rührt um.

Isabel pustet noch immer in ihre Tasse. Wenn sie sich zusammenreißt, muss sie vielleicht nicht weinen.

Mrs. Dowling fährt fort: »Oh, das können Sie ja auch noch nicht gehört haben: In der Flussmündung liegt eine Fregatte, die soll etwas gegen die Schmuggelei ausrichten. Nun, so erzählt man sich, aber der wahre Zweck scheint darin zu bestehen, Männer in den Marinedienst zu pressen. Tom sagt, er erlaubt seinem Sohn kaum noch, vor die Tür zu gehen – der Junge ist groß für sein Alter. Hätte ich einen Sohn, würde ich den gar nicht mehr nach draußen lassen.«

Isabel pustet kleine Luftstöße in den Kaffee und beobachtet die dadurch ausgelösten Wellen. In ihr brodelt es wie ein Kessel kurz vorm Überlaufen.

»Mrs. Henley?«, sagt Mrs. Dowling. »Sie sind furchtbar blass. Habe ich Ihnen mit meinem Gerede von Mord Angst eingejagt?«

Isabel sieht auf. »Nein, haben Sie nicht.« Sie umklammert das warme Porzellan ihrer Tasse. Soll sie es riskieren? Mrs. Dowling kennt jeden in einem Umfeld von einer Meile. Und sie ist vertrauenswürdig, oder nicht? »Mrs. Dowling, wenn Sie zufällig von dem Schmuggler hören sollten – ich meine, von Mr. Carlyons Aufenthaltsort, wären Sie dann so gut und gäben mir Bescheid?«

»Ob ich …? Aber warum?« Die alte Frau sieht Isabel mit offenem Mund an, hält die Tasse eine Handbreit unter ihrem Kinn. »Sie kennen den Mann?«

Isabel schluckt. »Mrs. Dowling, kann ich mich auf Ihre Verschwiegenheit verlassen?«

»Selbstredend, Mrs. Henley. Immer.«

»Mr. Carlyon ist mein Verlobter. Er hat den Offizier des Steueramts in Notwehr erschossen. Um mich zu retten.« Leise fügt sie hinzu: »Er ist der Mann, mit dem Joe Winters mich an jenem Tag im Fluss gesehen hat. Es ist sehr wichtig, dass ich erfahre, wo er ist.«

Mrs. Dowling schließt den Mund, öffnet ihn und schließt ihn erneut, wie ein Fisch. Als sie letztlich spricht, überrascht sie Isabel damit, dass sie keine einzige Frage stellt, sondern lediglich sagt: »Ich verstehe, dass es von äußerster Dringlichkeit ist, dass Sie Mr. Carlyon erreichen. Nun denn. Ich werde mich umhören und sehen, was ich in Erfahrung bringen kann.«

»Vielen Dank, Mrs. Dowling. Dafür bin ich Ihnen schrecklich dankbar.«

Die alte Frau trinkt ihren Kaffee, dann sagt sie vorsichtig: »Wissen Sie, was Sie da tun, meine Liebe? Wenn sie ihn finden, wird er gehängt.«

»Ich weiß.« Da kommen Isabel die Tränen, doch nur wenige. Sie wischt sie mit dem Ärmel fort. »Ich habe keine Wahl.«

»Sie lieben ihn, wollen Sie sagen«, folgert Mrs. Dowling und drückt leicht Isabels Hand. »Nun, ich weiß, wie das ist, auch wenn Mr. Dowling nie einer derart aufregenden Beschäftigung nachgegangen ist.«

Isabel lächelt erneut. »Das ist gut, Mrs. Dowling.«

»Das weiß ich, meine Liebe.«

Auf dem Heimweg trägt sie ein Stoffbündel, in das Mrs. Dowling ein Stück Brot, einen kleinen runden Käse, ein Stück Schinken und ihre Ersatzzunderbüchse gewickelt hat, in der noch genug Zunder für eine Woche ist. Als Isabel sich eine schlichte Abendmahlzeit aus Bohnen, Schinken und Brot zubereitet, verspürt sie ein wenig mehr Hoffnung. Mrs. Dowling kann vielleicht etwas in Erfahrung bringen, eventuell schickt Jack ihr auch eine Nachricht, entweder in einem Brief, durch jemanden aus seiner Mannschaft oder vielleicht über Tom Holder. Sie muss einfach nur warten.

Die Tage ziehen sich in die Länge, reichen bis tief in die Nacht. Isabel wartet drei Wochen, vier Wochen, fünf. Die Platzwunde an ihrer Stirn verheilt und hinterlässt nur eine kleine Narbe. Sie erhält keine Nachricht. Mrs. Dowling teilt ihr voller Bedauern mit, dass sie nichts über Mr. Carlyons Aufenthaltsort gewahr wird. Ebenso wenig Tom Holder, als Isabel im Shipwrights Arms vorbeigeht, um zu fragen, ob er vielleicht eine Nachricht von seinem Freund aus der Bucht habe. Das Steueramt klopft nicht an ihre Tür. Sie hört nichts von Harriet, erwartet das aber auch nicht. Isabel überlegt, ob sie ein paar Pächter von Jack besuchen soll, die auch zur Besatzung der *Rapide* gehörten, hat aber zu viel Angst, ungewollte Aufmerksamkeit auf die Männer zu ziehen.

Jeden Tag geht sie den Küstenpfad entlang, schaut aufs Meer und fragt sich, wo Jack ist. Ob er auch an sie denkt? Ob sie ihm so fehlt wie er ihr, als sei ein lebenswichtiger Teil von ihr verschwunden? Es erscheint ihr unvorstellbar, dass ihr nur wenige Wochen mit ihm vergönnt sein sollten und sie ihr ganzes Leben davor ohne ihn führte. Unvorstellbar, dass es noch einmal passiert.

Eines Nachts erwacht sie schweißgebadet, kämpft mit ihrer Decke und gibt einen dünnen, fast pfeifenden Schrei von sich. Im Traum war Jack gefasst und getötet worden. Beim Aufwachen weiß Isabel nicht mehr, wie er starb, doch dass er tot war, stand fest, und ihr Schrei, der im Traum begann, setzt sich in ihrem verwirrten Zustand fort, als sie die Augen in ihrem dunklen Schlafzimmer aufschlägt.

Als der Morgen kommt, wandert sie zu Frenchman's Creek und klettert zum Wasser hinunter. Es ist Ebbe, die Höhle im Fels ist vom Strand aus erreichbar. Die Schmuggelware ist noch da, alle Fässer, Kisten und Behälter. Im Moment würde niemand wagen, sie zu holen, nicht, solange die Zöllner mit einem Großaufgebot danach suchen.

Irgendwie erscheint ihr die Stille des Flusses und des zugewachsenen, selten benutzten Trampelpfads, der dorthin führt, gespenstisch. Falls Stimmen aus dem Wasser nach ihr rufen, hört sie sie nicht. Sie spürt kein Bedürfnis mehr zu schwimmen, nicht ohne Jack. Auf dem Heimweg sieht sie sich immer wieder über die Schulter um, hat das Gefühl, jemand verfolge sie. Das hohe Gras zischelt an ihrem Kleidersaum entlang. Hummeln huschen zwischen den Wildblumen umher, über ihr schreien Möwen. Das Wasser ist still – stiller, als sie es je gesehen hat. Würde man einen Stein hineinwerfen, würde er nicht die Wasseroberfläche durchbrechen, denkt sie, sondern sie wie einen Spiegel zerschlagen.

Eine weitere Woche vergeht. Inzwischen ist es Hochsommer geworden, und die Hitze peitscht Wolken hoch, bis es drei Nächte lang donnert. Isabel wartet noch immer. Und dann klopft es eines Abends, als es draußen noch hell ist, an ihre Tür, und als sie öffnet, steht Tom Holder vor ihr.

Ihr Herz macht einen Satz, die Worte sprudeln nur so aus ihr heraus: *»Ich freue mich so sehr, Sie zu sehen, Mr. Holder, kommen Sie doch bitte herein, ich hoffe inständig, dass Sie eine Nachricht für mich haben.«*

Ihre Worte schlagen Purzelbäume. Bei Tom Holder rufen sie ein Stirnrunzeln hervor. Isabel tritt zur Seite, um ihn durchzulassen, und er setzt sich an den Küchentisch. Spätabendliches Gold träufelt durch das Fenster herein, ein weiches Licht, das alles schöner erscheinen lässt, auch Tom Holders Gesicht: Seine hohe, gefurchte Stirn, die tiefliegenden Augen und die Art, wie sie von Isabel zur Arbeitsfläche und zurück sehen, all das hat etwas Edles. Dann erkennt sie, wie ernst er ist.

»Ist etwas passiert?«, fragt sie unsicher. »Geht es um Richard? Hat das Presskommando ihn erwischt?«

Tom Holder dreht langsam seinen Hut in den Händen. »Ich habe eine Nachricht von meinem Freund aus der Bucht.«

»Von Jack! Ich wusste es.« Am liebsten würde sie Tom Holders Hände in ihre nehmen und mit ihm durch die Küche tanzen.

»Sie haben ihn gefasst, Mrs. Henley.«

16. Kapitel

Tom Holder redet weiter, erklärt etwas, doch sie hört nichts als: *Sie haben ihn gefasst.* Isabel senkt den Blick auf ihre Hände. Wie seltsam, dass Jack sie noch vor wenigen Wochen gehalten hat. »Was?«, sagt sie nach einer Weile. »Bitte verzeihen Sie. Ich habe nicht richtig verstanden …«

»Ich habe gesagt, dass ich es bedaure, derjenige zu sein, der Ihnen die Mitteilung macht, Mrs. Henley. Mein Freund aus der … ach, zur Hölle … Jack konnte mir eine Nachricht übermitteln. Er hat eine Deckhand von der *HMS Hornet* bestochen, und der Junge hat mir den Zettel gebracht. Jack wollte nicht, dass er direkt an Sie geht, falls Sie unter Beobachtung stehen.«

»Könnte ich diese Nachricht bitte sehen?«

»Er hat mich gebeten, sie sofort zu vernichten und Sie über ihren Inhalt zu unterrichten.« Tom Holder redet schnell, als würde er einige auswendig gelernte Sätze herunterrasseln und hätte Sorge, einen zu vergessen. »Er wird auf der *Hornet* festgehalten, wo er nach den Gesetzen der Navy wegen Mordes angeklagt wird.«

Schwarze Flecken sammeln sich vor Isabels Augen. »Aber das kann nicht sein! Er ist doch gar nicht in der Marine!«

»Kapitän Hamer hat ihn nur zwangsrekrutiert, um ihm den Prozess zu machen. Es kümmert ihn nicht, dass das Verbrechen vorher begangen wurde. Außerdem hat er Jack gesagt, er würde persönlich dafür sorgen, dass er schuldig gesprochen wird und an diesem Freitag um drei Uhr nachmittags am Großmast aufgeknüpft wird.«

Gerade noch rechtzeitig dreht Isabel sich vom Tisch ab und erbricht ihr Essen auf den Boden. Tom Holder bietet ihr ein Taschentuch an. In ihren Augen brennen Tränen. »Aber das ist in drei Tagen«, flüstert sie.

»Das ist leider noch nicht alles. In der Nachricht stand, dass Kapitän Hamer beabsichtigt, mit dem Schiff für die Hinrichtung so weit den Fluss hinaufzusegeln, wie es geht, ohne auf Grund zu laufen. Weit wird das nicht sein; das Schiff ist zu groß. Kapitän Hamer will, dass die Leute in den Dörfern entlang dem Fluss aus ihren Häusern kommen und zusehen. Er will an Jack ein Exempel statuieren. Das hat er ihm selbst gesagt.« Tom Holder wischt sich den Schweiß von der Stirn. »Jack bittet Sie, nicht zu kommen, Mrs. Henley. Sie sollen versprechen, dass Sie nicht rausgehen und zusehen.«

Sie schüttelt den Kopf. Das kann nicht wahr sein. »Nein.« Ist das ihre Stimme? »Nein! Nein, nein, nein!« Sie krallt die Hände in die Haare, ihr Magen dreht sich erneut.

Schon George ist viel zu früh von ihr gegangen. Soll sie jetzt auch noch Jack verlieren? Was hat sie getan, dass Gott sie auf so grausame Weise bestrafen will? Weil sie vertrauliche Gespräche mit James geführt hat? Oder hat sie George vielleicht nicht genug geliebt? Wurde sie bei ihrer Geburt oder später verflucht, als jemand – *etwas* – sie aus dem Meer holte und allein und verängstigt auf die Straße nach Helford stellte?

Plötzlich erinnert sie sich. Nicht an viel – nicht an ihr Haus oder ihre Eltern oder dergleichen. Aber sie erinnert sich an die Angst. An das Ausgesetztsein. Wie sie dort stand und nicht wusste, wohin, wen um Hilfe bitten. In dem Bewusstsein, dass sie die, die sie am meisten liebte, niemals wiedersehen würde.

Diese Erinnerung ist nun präsent – eine Erinnerung aus Gefühlen.

Da ist noch etwas anderes. Ein Geruch. Tang, Salz, etwas Beißendes. Möwenkot vielleicht. Und Äpfel. Sie ging durch ein Holztor, nicht wahr? Das Tor kann sie jetzt vor sich sehen. Glänzend dunkelgrün gestrichen, als wäre die Farbe noch nicht getrocknet. Sie erinnert sich an ihre Hände, die ebenfalls einen grünen Stich hatten. Das Grün des Meeres. Und an die Arme ihrer Mutter, die Sicherheit, die sie ihr schenkten, und an die Stimme, die sie noch nicht kannte und die Worte sprach, die sie nicht verstand, auch wenn sie heute glaubt, es war: *Oh, du liebes Kind …*

Doch davor, vor den Armen ihrer Mutter, war die Angst. Bei dem Gedanken, Jack zu verlieren, spürt Isabel sie wieder. Sie kann nur noch flüstern, kann nicht aufhören: *Nein, nein, nein.* Tom Holder übertönt sie mit leicht erhobener Stimme: »Es tut mir furchtbar leid. Versprechen Sie es?«

Versprechen? Wovon redet er? Was soll sie versprechen? Jack zu lieben? Ihn von diesem Tag an zu haben und zu halten?

Vorsichtig wiederholt Tom Holder: »Versprechen Sie mir, dass Sie nicht hingehen und zusehen, Mrs. Henley? Es ist der letzte Wunsch eines Todgeweihten.«

Schwarze Flecken, überall in der Küche. Sie entstehen in den Ecken und breiten sich aus, drängen in ihr Sichtfeld. Isabel umklammert die Tischkante. »Ich verspreche es«, wispert sie. »Hat er noch etwas geschrieben?«

»Nur dies: Er bittet Sie, gut von ihm zu denken, und er sagt, lauschen Sie dem Meer, dann sind Sie niemals wahrlich allein. In ihm steckt ein kleiner Dichter, nicht? Was sonst noch …? Das war eine lange Nachricht, Mrs. Henley. Ah, ich weiß es wieder. Dick und Will Pengelly sind bei ihm. Das Presskommando hat sie geschnappt, aber Kapitän Hamer weiß nichts davon, dass sie Schmuggel betrieben haben. Abgesehen davon standen in dem Brief noch Anweisungen, was mit der Konterbande geschehen soll. Sie bekommen Jacks Anteil des Gewinns.«

»Ich will ihn nicht.«

»Mrs. Henley, ich kenne Ihre Situation nicht zur Gänze, aber ich rate Ihnen, das Geld anzunehmen. Jack möchte, dass Sie es bekommen. Es würde Ihnen ermöglichen, eher so zu leben, wie Sie es gewohnt sind.«

Noch immer hat sie das Taschentuch des Wirts in der Hand. Eine Ecke des Baumwollstoffs lugt aus ihrer Faust wie eine weiße Flagge. »Können Sie eine Nachricht zurückschicken?«

»Nein. Es tut mir leid, Mrs. Henley. Ich muss jetzt leider gehen. Das Wirtshaus muss geöffnet werden. Ich hätte Richard zu Ihnen geschickt, aber ich habe Sorge, dass die Presskommandos ihn nicht in Ruhe lassen. Außerdem war die Nachricht zu wichtig – er hätte sie vielleicht nicht korrekt wiedergegeben.«

Trotz des Nebels in ihrem Kopf sagt Isabel: »Kommen Sie denn zurecht, Mr. Holder?«

»Die wollen keinen in meinem Alter.« Er hält seine Mütze fest und sieht sie an. »Kommen *Sie* denn zurecht, Mrs. Henley?«

»Ja«, sagt sie und spürt, wie die Angst sie aushöhlt, bis ihre Arme und Beine leer wie die Glieder einer Porzellanpuppe sind. Das Einzige, was nicht hohl ist, ist ihr Kopf, in dem es dröhnt: *Jack, Jack, Jack.* Steif erhebt sie sich. An der Tür sagt sie: »Danke, Mr. Holder.«

Er setzt seinen Hut auf und tippt sich an die Krempe. »Tom für Sie, Mrs. Henley. Ich wünsche Ihnen für die nächsten drei Tage Kraft. Es wird bald vorbei sein.«

Als die Tür hinter ihm ins Schloss fällt, holt sie einen Eimer Wasser aus dem Brunnen und beginnt, mit automatischen Bewegungen den Boden zu wischen. Sie wäscht sich das Gesicht und zieht ein sauberes Kleid an, dann tritt sie vor die Haustür.

Die Sonne klammert sich an den Horizont, Sommer liegt in der Luft. Getrockneter Seetang säumt die Ufer des Flusses und die Strände der Buchten, an denen der Küstenpfad sie vorbeiführt.

Die Nacht legt sich über die Landspitze. Schwarz schimmert das offene Meer hinter der dunklen Masse der Fregatte. Leicht bewegt sich das Schiff in der Dünung, die Masten bohren Löcher in den Himmel. Eine Laterne im Heck schwingt hin und her, wirft einen goldenen Streifen aufs Wasser. In ihrem Licht gehen Gestalten über das Achterdeck – Körper ohne Gesichter. Isabel hört die Stimmen wie ein fernes Gemurmel übers Wasser. Es ist ein Geisterschiff, denkt sie. Beim Anblick des Hauptmasts, an dem Jack aufgeknüpft werden soll, packt sie die Angst.

Ein nicht allzu steiler Weg führt hinunter in eine seichte Bucht. Isabel setzt sich in den Schatten eines großen Felsens, Arme um die Beine, Kinn auf den Knien, Blick auf die Fregatte gerichtet. Dort ist Jack. Wenn sie das dunkle Wasser doch überqueren und an der Schiffswand emporklettern könnte, da, wo die Holztritte am Rumpf angebracht sind, dann könnte sie ihn sehen und mit ihm sprechen; sie könnte seine Hände durchs Gitter berühren, hinter welchem auch immer er festgehalten wird.

Sie könnte hinüberschwimmen. Es ist nicht weit. Selbst in ihrem Kleid würde sie das schaffen. Sie könnte die Stufen erreichen und versuchen hochzuklettern, aber man würde sie sehen. Sie würde gefasst und befragt werden. Jack würde sie nie zu Gesicht bekommen. Vielleicht würde das alles noch schlimmer für ihn machen. Wenn sie doch hinüberschwimmen und unsichtbar werden könnte, unbemerkt über das Schiff laufen könnte. Wenn sie ihn nur finden könnte, um ihm zu sagen: *Ich liebe dich. Ich hätte es dir sagen sollen, als ich Gelegenheit dazu hatte.*

Bis jetzt war sie zu leer, um zu weinen, doch beim Anblick des Schiffes lässt sie ihren Tränen freien Lauf. Sie weint lautlos –

um Jack, um das, was nun niemals sein wird, um den Vorwurf, der auf ihr lastet. Wenn sie doch an jenem Tag, als Leutnant Sowerby sie besuchen wollte, an dem Tag, als sie nach Frankreich segelten, nicht nach Roskorwell gegangen wäre! Wenn sie nur ihre Forderung zurücknehmen könnte, an Bord der *Rapide* mitzufahren.

Schwer drückt das Schuldgefühl sie nieder, nimmt ihr den Atem. Ein Teil von ihr würde am liebsten ins Wasser waten und sich ein Bett am Grund einrichten, die Brandung als Decke, und dort einschlafen, damit sie die nächsten drei Tage und den Rest ihres Lebens nicht ohne ihn durchleben muss. Ein anderer Teil will kämpfen. Wenn sie die Möglichkeit hätte, ein Schwert auf Kapitän Hamers Brust zu richten, würde sie nicht zögern, die Klinge hineinzustoßen.

Dann denkt sie: *Wie ist es so weit gekommen?* Wie kann ein Mann wie Kapitän Hamer, ein Kapitän der Königlichen Marine, wie ihr Vater einer war, bevor er sich die admiralsblaue Flagge am Besanmast verdiente, und wie George einer werden wollte – wie kann dieser Mann ihr Feind sein? Ihre Hand bewegt sich zum Hals, sie tastet nach der Trafalgar-Medaille, und in der ersten furchtbaren Sekunde glaubt sie, sie sei nicht da. Es ist, als hätte sie George erneut verloren, während sie dabei ist, Jack zu verlieren. Doch dann ertastet sie das geprägte Silber am Band, und ihre Hand schließt sich um die Abbildung von Nelson. Sie schluchzt lautlos.

Weiter dringen die murmelnden Stimmen vom Schiff herüber. Das Meer murmelt ebenfalls, doch es tröstet Isabel nicht. Nach gefühlten Stunden legt sie sich auf die Seite, die Knie angezogen, die Arme darumgeschlungen, die Wange im feuchten Sand. Kiesel drücken ihr in Schulter und Hüfte. Sie weint noch immer, nur ohne Tränen; sie hat keine Tränen mehr.

Einige Stunden später schlägt sie die Augen zur ersten Ahnung der Dämmerung auf. Es ist Flut; der Strand ist fast vollkommen unter Wasser. Langsam setzt sie sich auf, alles tut ihr weh. Sie streift Kieselsteine von ihrem Kleid und blinzelt ins Sonnenlicht, das auf die Flussmündung fällt. Aus den Umrissen an Deck sind Seeleute geworden; Isabel kann die Farben von Hemden und Mützen erkennen, die Eimer, die getragen werden, das Gestikulieren, wenn sie wie in der vergangenen Nacht mit gedämpften Stimmen sprechen. Im dünnen Morgenlicht sind sie nicht mehr so geisterhaft. Einer davon wird Kapitän Hamer sein, denkt sie, falls er nicht noch in seiner Kabine ist.

Die Männer an Deck werden schon länger zur Schiffsbesatzung gehören. Sie werden nicht desertieren, anders als die neuen Deckhände, die von der Straße oder von der Theke weg in den Dienst gepresst wurden. George hatte auch einmal Rekrutierdienst. Es gäbe nie genug Freiwillige, sagte er. Er bedauerte, dass das Presskommando ein, wie er sich ausdrückte, »notwendiges Übel« sei. Die neuen Deckhände, die, die sich nicht freiwillig gemeldet haben, werden hinter Schloss und Riegel sein, bis die Fregatte ihre Fahrt beginnt. Erst wenn das Schiff weit genug vom Ufer entfernt ist, werden sie herausgelassen werden. Wann wird das sein, fragt sich Isabel. Nachdem sie Jack gehängt haben?

Das Schiff ist so nah. Weniger als eine halbe Meile vom Ufer entfernt. Wenn Isabel jetzt riefe, könnte Jack sie vielleicht hören. Wenn sie hinüberschwämme … Aber nein, sie würde entdeckt werden. Wenn sie doch unsichtbar wäre, ein Geist unter Geistern. Das Meer murmelt, flüstert, singt. Wiegenlieder in einer uralten Sprache. Wenn doch nur …

Isabel schlägt die Hand vor den Mund und beißt in die Haut zwischen Daumen und Zeigefinger, um keinen lauten Schrei auszustoßen. Sie hat Georges Klage im Ohr und das Bedauern in seinem Gesicht vor Augen, als er erzählte, wie er das Presskommando angeführt hatte. *Ein notwendiges Übel. Nie genug Freiwillige.*

Jacks Hirschlederhose und sein Hemd – das ist es, das ist die Lösung. Sie wird sich freiwillig melden. Wird Jacks Hosen anziehen und sich das Haar abschneiden, damit es nicht mehr wie das einer Frau aussieht, und dann wird sie sich freiwillig melden, um zur Besatzung zu stoßen, und zwar als …

Sie erinnert sich daran, dass Jack an dem Tag, als sie lossegelten, sagte: *Sie wird einen ausgezeichneten Schiffsjungen abgeben, meint ihr nicht?*

Wenn sie ihre Rolle gut spielt, wird es niemand merken, zumindest für einige Stunden. Als Freiwilliger wird sie nicht eingesperrt werden. Und als Schiffsjunge ist sie nicht wichtig. Niemand wird sie beachten – hofft sie zumindest. Ihre Jugend und Unerfahrenheit werden dazu beitragen, sie unsichtbar zu machen.

Wenn Dick Pascoe sich freiwillig melden würde, würden die Offiziere an Bord argwöhnisch werden, vermutet sie. Warum soll ein Mann in dem Alter an Bord wollen, ein Mann mit Familie, unterschiedlichen Fertigkeiten und einem Beruf? Dasselbe gilt für die anderen Mitglieder von Jacks Mannschaft. Doch wenn Isabel sich meldete, wäre es anders. Sie wird sich für fünfzehn ausgeben. Wenn sie sich das Haar über der Schulter abschneidet, geht sie für das Alter durch. Das Korsett wird sie sich so eng wie möglich schnüren. Der Stoff von Jacks Hemd, das ihr viel zu groß ist, wird die Wölbung ihrer Brust verbergen. Sie werden ihr glauben. Sie *müssen* ihr glauben. Es ist ihre einzige Chance.

Sie wird ein Junge auf der Suche nach einem Abenteuer sein, oder vielleicht ein Junge, der von zu Hause fortmuss. Zu viele hungrige Mäuler zu stopfen – so was in der Art. Sie beobachtet, wie das Schiff in der Dünung schaukelt. Sie wird hinüberschwimmen. So schwer ist das nicht, schon gar nicht in Jacks

Sachen; das Hirschleder seiner Hosen ist leicht, das Hemd noch leichter. Sie wird zum Schiff schwimmen und, dort angekommen, verkünden, dass sie sich freiwillig zum Dienst melde. Es wäre besser, wenn sie in einem Boot hingebracht würde, aber sie hat Sorge, dass derjenige am Ruder ebenfalls in den Dienst für seine Majestät gepresst würde, genau wie Dick und Will.

Wäre sie erst einmal an Bord, müsste sie genug Zeit haben, um Jack zu finden, bevor ihr Täuschungsmanöver aufgedeckt wird. Er wird im Schiffsgefängnis eingesperrt sein und höchstwahrscheinlich bewacht werden. Sie wird sich einfallen lassen müssen, wie sie ihn herausbekommt, doch fürs Erste ist es am wichtigsten, an Bord des Schiffs zu gelangen.

Ihr Gehirn macht einen Sprung. Was, wenn es ihr gelingt, Jack zu befreien? Was, wenn sie das Schiff gemeinsam verlassen – *und dann*? Vom Schiff zu fliehen, wäre nur der erste Schritt.

Isabel richtet sich auf und kraxelt zurück auf den Pfad. Als sie nach Helford kam, hatte sie den Vorsatz, für sich zu bleiben. Sie wollte niemanden wieder so nah an sich heranlassen. Das war ihre Absicht. Wie elendig sie daran gescheitert ist. Im Zeitraum von weniger als drei Monaten ist es ihr gelungen, Bekanntschaft mit dem halben Dorf zu schließen, sich mit einer Schmugglerbande anzufreunden, sich die Anerkennung der einzigen Frau zu verdienen und wieder zu verlieren, die ihre enge Freundin hätte sein können, und sich unsterblich in einen schmuggelnden Kapitän zu verlieben, der verurteilt ist, in zwei Tagen zu sterben. Wie froh ist sie, dass nichts aus ihrem Vorsatz geworden ist, trotz der Herzschmerzen und der Angst; wie froh ist sie, all diese Menschen zu kennen. Besonders jetzt, da sie jede Hilfe braucht, die sie bekommen kann.

Harry Tremaynes Haus am Ende des Anwesens von Roskorwell ist deutlich größer als die alte Sardinenhütte. Die Mauern sind weiß getüncht, Efeu hangelt sich zum niedrigen Schieferdach empor. Isabel musste bei zwei Cottages nachfragen, um das richtige zu finden. Bevor sie zur Haustür geht, schaut sie sich gründlich um, doch es ist niemand in der Nähe. Sie hofft, früh genug am Morgen gekommen zu sein, sodass Harry Tremayne noch zu Hause ist.

Nach dem zweiten Klopfen öffnet sich die Tür, und eine schmale grauhaarige Frau schaut zu ihr hoch. »Ja?«

»Mein Name ist Isabel Henley«, stellt sie sich vor. »Ich suche Harry Tremayne.«

Die Frau antwortet nicht, blickt Isabel nur stumm an. Sie betastet ihr Haar – es hat sich teilweise aus den Nadeln gelöst, Sand haftet daran. Isabel wirft einen Blick auf ihr Kleid und entdeckt noch mehr Sand und trockenen Seetang. Leicht errötend fragt sie: »Sind Sie Mrs. Tremayne?«

»Die bin ich«, sagt die Frau langsam.

»Könnte ich bitte mit Ihrem Mann sprechen? Es ist ziemlich dringend.«

Der Frau entfährt ein knochentrockenes Lachen. »Meinen Mann? Das könnte schwierig werden. Der liegt seit zwanzig Jahren unter der Erde.«

»Aber …«

»Harry ist mein Sohn.«

Harrys Stimme dröhnt durch den Flur. »Mutter! Wer ist da?«

»Eine Frau, die zu dir will. Es wäre dringend.«

Innerhalb von Sekunden ist Harry an der Tür. Er führt Isabel hinein. »Das mit Jack tut mir wirklich sehr leid. Oppy hat uns gestern spätabends die Nachricht gebracht. Sie verbreiten es überall – Kapitän Hamer will, dass am Freitag viele zusehen.« Er mustert Isabel von oben bis unten. »Was ist mit Ihnen geschehen, Mrs. Henley? Sie sehen aus, als hätte die Flut sie hereingespült.«

Sie wischt erneut den Sand von ihrem Kleid, bevor sie sich auf den mit Spitze verzierten Stuhl setzt, den Harrys Mutter ihr weist. »Ich habe die Nacht am Strand verbracht und bin hergekommen, kaum dass ich aufgewacht bin. Ich bete zu Gott, dass ich nicht verfolgt wurde.« Die Worte rieseln wie Sprühregen von ihren Lippen. »Darf ich Sie Harry nennen?« Als er nickt, fährt sie fort: »Ich brauche Ihre Hilfe, Harry.«

»Wir konnten die Ware noch nicht wegtransportieren, aber sobald das passiert ist, sorge ich dafür, dass Sie Ihren Anteil bekommen«, erwidert er.

»Deshalb bin ich nicht hier.« Es gelingt ihr nicht, die Verärgerung aus ihrer Stimme zu halten.

»Natürlich nicht«, sagt Harry. »Und wenn Sie denken, das wäre das Erste, was mir in den Sinn kommt, könnten Sie nicht stärker irren. Aber Jack hätte es so gewollt.«

Es klingt, als sei Jack schon tot. Ein Schauder läuft über Isabel hinweg, nicht vor Angst, sondern vor Wut – auf Kapitän Hamer, Leutnant Sullivan auf der *Swallow*, auf das gesamte Steueramt. Mrs. Tremayne bringt zwei Becher Dünnbier und je eine Scheibe Brot für Isabel und Harry. Das Brot ist dunkel, hat eine harte Kruste und eine weiche, feuchte Krume. Sie beißt ab, aber merkt, dass sie es nicht hinunterschlucken kann. Über den Rand seines Bechers hinweg sagt Harry: »Warum haben Sie die Nacht am Strand verbracht?«

»Ich habe die Fregatte beobachtet.« *Und geweint*, denkt sie, aber sagt es nicht. »Ich habe einen Plan, um Jack zu retten.« Das Brot in ihrem Mund ist wieder zu Teig geworden. Sie holt ihr Taschentuch hervor und tut so, als würde sie hineinhusten, nur um den Klumpen darin verschwinden zu lassen.

Harry sieht von seinem Bier auf. »Aber Sie wissen, dass er an Bord der *Hornet* gefangen gehalten wird, oder? Übermorgen wollen sie ihn …« Er verstummt.

»Ja, das weiß ich. Vielleicht gibt es eine Möglichkeit, ihn vom Schiff zu bekommen. Ich muss es versuchen – und ich brauche Ihre Hilfe.«

Harry beugt sich vor, die Ellenbogen auf die Knie gestützt, den Becher zwischen den Händen. »Heraus damit!« Mehr sagt er nicht, nur *Heraus damit*, in einem Ton, der ihr verrät, dass er alles tun würde.

In Isabel löst sich ein schwerer Stein. »Wie schnell können Sie die *Rapide* mit so wenig Besatzung wie möglich seeklar machen?«

»Mit einer Rumpfbesatzung würde ich sagen: in sechs, höchstens acht Stunden. Die Hälfte geht schon dafür drauf, die Leute zusammenzusuchen.«

»Liegt sie immer noch in Nelly's Cove vor Anker?«

»Ja.«

»Und könnten Sie in den nächsten drei Tagen in See stechen? Das Schiff muss seeklar warten. Ich weiß nicht, wie lange ich brauche.« Sie beißt ein klitzekleines Stück von der Brotkruste ab und kaut.

»Wofür?«

»Ich werde mich freiwillig zum Dienst in der Marine melden. Wenn ich an Bord des Schiffes bin, werde ich eine Möglichkeit finden, Jack zu befreien.« Sie atmet tief durch. Ihre Worte werden zu feinem Nebel. »Ich lasse nicht zu, dass er mir genommen wird – *uns* genommen wird. Ich werde ihn da rausholen oder … oder bei dem Versuch sterben.«

Ohne Jack werde ich ohnehin sterben, denkt Isabel. Sie weiß nicht, ob das stimmt. Nachdem sie George verlor, führte sie ihr Leben weiter. Jeden Tag fühlte sie das Stechen der Erinnerung, aber sie hat nicht aufgegeben. Diesmal weiß sie nicht, ob sie es schaffen würde. Vielleicht war einmal genug. Oder es gab zu viele Verletzungen in der Zeit zwischen George und Jack. Möglich, dass sie innerlich zu oft geblutet hat. »Kann sein, dass es nicht gut ausgeht, aber ich werde es versuchen«, sagt sie mit Nachdruck.

Harry sieht sie mit einem Ausdruck an, der halb Ungläubigkeit, halb Bewunderung ist. »Als der Kapitän sagte, sie wären stur, war das kein Witz.«

»Das hat Jack gesagt?«

»Ich glaube, er meinte es als Kompliment.«

Sie lächelt. Es ist ein mattes, schwaches Lächeln, aber es ist das erste Mal, dass sie sich zu einem durchringen kann, seit Tom Holder ihr die Nachricht überbracht hat. »Ach ja?«

Harry lehnt sich auf seinem Stuhl zurück, zwirbelt seinen Bart, die dunklen Augen auf Isabel gerichtet. »Warum fragen Sie ihn nicht selbst, wenn Sie ihn sehen?«

Am liebsten würde sie ihn für diese Frage küssen. »Vielleicht tue ich das.«

Harrys Lächeln verschwindet. »Es gibt nur ein Problem. Die Papiere. Die vom Kapitän wurden sicher eingezogen – das Haus wurde durchsucht –, und ich habe keine. Wir können ohne segeln, aber dann gelten wir als Piraten.«

»Was sind das für Papiere?«, fragt Isabel.

»Eine spezielle Lizenz, um trotz der Blockade französische Häfen anlaufen zu dürfen, außerdem der Nachweis, dass das Schiff im Schifffahrtsregister eingetragen ist. Der Heimathafen der *Rapide* ist Penzance.«

Sie nickt. »Ich versuche, mir etwas einfallen zu lassen. Aber wir könnten auch ohne fahren?«

»Lieber wäre es mir mit«, erwidert Harry. »Aber wenn es nicht anders geht, tun wir's. Ich sorge dafür, dass die *Rapide* bis zum Einbruch der Nacht seeklar ist.«

Als Isabel sich erhebt, steht auch Harry auf. An der Tür dreht sie sich noch einmal zu ihm um. »Danke, Harry.«

»Viel Glück, Buccatochter.«

»Danke. Das werde ich brauchen.«

Die Tür zum Shipwrights Arms ist verschlossen, die Fensterläden sind jedoch nicht zugeklappt. Es ist eine halbe Stunde nach Mittag. Isabel klopft an, und als niemand aufmacht, schaut sie durchs Fenster hinein. Drinnen bewegt sich ein Schatten, offenbar ein Mensch. Dann wird die Tür aufgeschlossen, und Richard lässt sie hinein. »Könnte ich bitte mit deinem Vater sprechen?«, fragt Isabel, und Tom Holder kommt aus dem hinteren Teil. »Was kann ich für Sie tun, Mrs. Henley?«

Sie erklärt, dass sie ein Pferd braucht. »Entweder heute Abend oder morgen. Vielleicht sogar erst Freitagmorgen.« Sie weiß nicht, wie lange es dauern wird, Jack zu befreien. »Es muss gesattelt sein, damit man jederzeit losreiten kann. Ich verspreche Ihnen, dass Sie es nach einem Tag zurückbekommen. Eventuell kann ich jemanden damit zu Ihnen schicken, oder Sie können es aus Nelly's Cove abholen.«

Tom Holder kratzt sich am Kopf. »Sie können ein Pferd haben, gewiss, wenn ich es zurückkriege.«

»Bekommen Sie. Versprochen.«

»Nun gut. Die Stute steht ganz links im Stall. Ich lasse das Tor offen. Sie heißt Rosie-May und ist die Schnellere von unseren beiden. Wollen Sie mir sagen, wofür Sie sie brauchen?«

»Es ist besser, wenn Sie es nicht wissen«, erwidert Isabel.

»Wenn es Freitag wird, müssen Sie besonders vorsichtig sein. Da erwarten wir viele Gäste.« Er verzieht das Gesicht. »Ich würde das Gasthaus gerne als Zeichen des Respekts schließen, aber das hilft Jack auch nicht, oder?«

Wieder zieht ihr die Kälte unter die Haut. »Ich verstehe«, sagt Isabel, und nach einer kurzen Pause: »Ich hoffe sehr, dass ich Ihnen das Schauspiel vorenthalten kann, Tom.«

Er strahlt sie so an, dass er zehn Jahre jünger wirkt. »Das sind die besten Nachrichten, die ich je gehört habe. Ich freue mich, wenn ich am Freitag kein einziges Glas Ale verkaufe.«

Tom zeigt ihr das Pferd, einen hübschen, stämmigen Ackergaul, der, wie er betont, ohne Weiteres zwei Personen tragen könne. Isabel bedankt sich und fragt, ob sie sich von ihm oder Richard eine Mütze leihen könne. Tom Holder verschwindet kurz; als er wiederkommt, hat er eine blaue Strickmütze in der einen und einen Brief in der anderen Hand. »Hätte ich fast vergessen. Der kam heute Morgen mit der Post.«

Sie nimmt den Brief und betrachtet den kleinen strukturierten Umschlag, die elegante Schrift.

»Ich glaube, der ist aus Frankreich«, sagt Tom Holder und weist auf den verschmierten Stempel: *Roscoff.*

Er muss von Madame Cuvelier sein, denkt Isabel. Halb vom Wirt abgewandt schiebt sie den Brief ins Mieder ihres Kleids. Dann nimmt sie die Mütze entgegen und schätzt die Größe ab.

»Die ist von Richard«, sagt Tom Holder.

»Danke, Tom.« Sie verabschiedet sich und hastet die Straße hinunter zu Mrs. Dowling. Es ist Ebbe, in der Luft liegt der Geruch des trocknenden Seetangs. Ihre Schuhsohlen klatschen auf den unbefestigten Weg, sie schwitzt in der schon jetzt heißen Sonne. Glücklicherweise öffnet ihre Hauswirtin bereits nach dem ersten Klopfen die Tür.

»Ich habe leider keine Zeit hereinzukommen«, sagt Isabel. »Ich möchte Ihnen nur sagen, dass ich wieder auf Reisen gehen werde und dass ich, auch wenn es ein wenig dauern dürfte, sicherstellen werde, dass die Miete für das Cottage vollständig bezahlt wird.«

»Ich habe die Nachricht über Mr. Carlyon gehört«, bemerkt Mrs. Dowling.

»Ja«, sagt Isabel mit fester Stimme und streichelt über Georges

Medaille. »Es ist furchtbar traurig.« Vielleicht liegt es daran, wie sie es sagt; möglicherweise schimmert die Hoffnung hindurch, oder sie spricht die Worte zu beiläufig aus.

»Das ist es.« Mrs. Dowling sieht ihr in die Augen, und es beginnt ihr zu dämmern. »Und diese erneute Reise werden Sie allein antreten?«

Isabel beißt sich auf die Unterlippe. »Ich hoffe, dass mich jemand begleiten wird, der mir sehr lieb und teuer ist.«

Mrs. Dowling nickt. »Es freut mich ungemein, das zu hören, auch wenn ich es nicht vollends verstehe. Brauchen Sie noch irgendetwas für diese Reise? Etwas zu essen, zu trinken; vielleicht Wäsche?«

»Nur Ihre guten Wünsche, Mrs. Dowling, bitte.«

»Die begleiten Sie natürlich«, sagt die ältere Frau und legt die Hand auf Isabels Wange. »Ach, Sie gutes Mädchen.« Sie schnalzt mit der Zunge und schüttelt den Kopf. »Warten Sie kurz.«

Mrs. Dowling verschwindet in der Dunkelheit ihres Hauses. Kurz darauf kommt sie mit einem Gegenstand aus cremefarbener Wolle zurück. »Nehmen Sie das mit«, sagt sie und drückt es Isabel in die Hände. »Auf der Straße kann es sehr kalt werden. Oder auf See.«

Die Wolle ist unglaublich weich und in einem komplizierten Lochmuster gestrickt. Isabel hält das edelste Schultertuch in den Händen, das sie je erblickt hat. Sie streicht damit über ihre Wange, spürt seine Weichheit. Es riecht schwach nach Lavendel. »Das kann ich nicht annehmen. Es ist viel zu gut.«

»Nehmen Sie es bitte!«, beharrt Mrs. Dowling. »Meine Mutter hat es für mich gestrickt. Ich habe es an meinem Hochzeitstag getragen. Ich hoffe …« Sie schaut hoch, über Isabels Schulter, zum Flussarm hinunter. »Ich hoffe, es besteht die Möglichkeit, dass auch Sie es an Ihrem tragen.«

Mit zugeschnürter Kehle erwidert Isabel: »Ich danke Ihnen, Mrs. Dowling. Falls … falls ich es nicht auf meine Reise mitnehmen kann, wird es im Cottage auf Sie warten. Es hängt davon ab, wohin mich meine Reise führt, verstehen Sie? Es ist möglich, dass es irgendwohin geht, wo ich weder das Tuch noch sonst etwas mitnehmen kann …« Mrs. Dowlings Gesichtsausdruck lässt sie verstummen. Sie hatte nicht vorgehabt, so herumzustottern, dass sich die Wörter überschlagen und ihre Hände herumfuchteln, als wollten sie mitreden. »Ich bin mir ganz sicher, dass alles gut wird«, sagt sie.

Mrs. Dowling schnalzt noch mal mit der Zunge. »Seien Sie bitte vorsichtig.«

»Das bin ich. Danke für alles, für all die vielen Dinge, die Sie mir in den letzten Monaten beigebracht haben.«

Die Falten im Gesicht ihrer Hauswirtin verziehen sich, bis sie wieder lacht. »Genau, wo wären Sie sonst ohne mich? Sie konnten ja nicht mal ein Feuer zum Brennen bringen.«

Isabel senkt den Blick auf das Schultertuch in ihren Händen und lächelt. »Oder Brot backen.«

»Oder Ihre Kleidung waschen. Dies Kleid muss auch gewaschen werden, nicht wahr? Da ist überall Sand.«

»Ich muss gehen. Danke, Mrs. Dowling.«

»Ich wünsche Ihnen alles Gute, Mrs. Henley. Passen Sie auf sich auf.« Mrs. Dowling zögert, dann fügt sie schnell hinzu: »Wenn Sie irgendwann Hilfe oder Schutz brauchen sollten, denken Sie dran …« Sie zeigt in Richtung Fluss.

»Der Bucca?«, fragt Isabel ohne Ironie. Es mag nur eine Geschichte sein, vielleicht aber ist es mehr. Unwichtig – sie braucht alle Hilfe, die sie bekommen kann, selbst die von Fabelwesen. Besonders die. »Ich denke dran«, sagt sie, schon auf dem Gartenpfad zurück zur Straße, eine Hand zum Abschied gehoben, darin Richards Mütze, in der anderen das Schultertuch. Sie marschiert schnell, rekapituliert die Stufen ihres Plans. Das Schiff und das Pferd – beides steht bereit. Die Schiffspapiere … Sie weiß nicht genau, was sie damit machen soll. Sie scheinen ihr ein unwichtiges Problem zu sein. Harry hat gesagt, sie könnten auch ohne segeln.

Das Wichtigste ist, Jack von der Fregatte zu bekommen. Das Pferd ist genau richtig, denkt sie. Rosie-May. Ein eleganter Name für ein behäbiges Tier. Aber stark; es sah aus, als sei es das kräftigste Pferd an der gesamten Küste.

Als Isabel den Kiesweg zu ihrem Cottage einschlägt, denkt sie noch immer an das Pferd, weshalb sie umso überraschter ist, als sie ein Pferd vor ihrem Haus erblickt, das das absolute Gegenteil von Rosie-May darstellt: ein glänzender Araberhengst, der unzufrieden damit scheint, an der jungen Eiche neben der Tür festgebunden zu sein. *Buttons.* »Harriet?«, ruft sie.

17. Kapitel

Der Fluss plätschert gegen die Steinmauer. Abgesehen davon ist alles still. Selbst das Pferd scheint den Atem anzuhalten. »Harriet?«, ruft Isabel erneut, dann hört sie Schritte auf dem schmalen Weg neben dem Haus, und Harriet erscheint sonnengeküsst und lächelnd. »Ich habe Ihren wunderbaren kleinen Garten genossen, Isabel«, sagt sie, als wäre alles wie immer, als hätte Isabel die Begegnung in Weatherston vor sechs Wochen nur geträumt.

Sie sieht Harriet an und erwidert ungewollt: »Besonders hübsch ist er im Sommer, finden Sie nicht?«

»Oh, ja, alle Blumen stehen in Blüte. Möchten Sie … Möchten Sie vielleicht Rosen von uns? Ich lasse Ihnen gerne welche von Campbell bringen, die könnten Sie hier einpflanzen. Vielleicht um den Brunnen herum? Wäre das nicht bezaubernd?«

Noch immer starrt Isabel Harriet an. Warum stehen sie hier, geben vor, alles sei gut, und reden über Pflanzen? Leise sagt sie: »Harriet, warum sind Sie hier?«

Harriet senkt den Blick auf die Füße, dann geht sie, als würde sie Unterstützung suchen, zu ihrem Pferd und tätschelt ihm den Hals. »Ich habe die Nachricht gehört. Ich bin gekommen, um Ihnen zu sagen, wie leid es mir tut. Wenn Sie wirklich mit ihm verlobt sind … nun ja. Keine Frau sollte den Menschen verlieren, den sie liebt, schon gar nicht zweimal. Selbst wenn Sie charakterlich nicht dem entsprechen, was ich erhofft hatte, und Mr. Carlyon das Verbrechen verübte, für das er angeklagt wird.« Dann sieht sie Isabel an. »Es heißt, es gebe keinen Prozess.«

»Er wird an Bord der Fregatte wegen Mordes angeklagt«, erklärt Isabel. Am liebsten würde sie schreien. »Kapitän Hamer garantiert einen Schuldspruch.«

»Fürwahr«, sagt Harriet, und ihre Hand fliegt zur Stirn. »Aber er hat doch den armen Leutnant Sowerby umgebracht, etwa nicht? Als ich das hörte, musste ich schrecklich weinen.«

Isabels Hände werden zu Fäusten, verdeckt von Mrs. Dowlings wollenem Hochzeitstuch. »Der *arme* Leutnant Sowerby hat versucht, mich zu erschießen.«

Harriet erblasst. »Wie bitte?«

»Ihr armer Leutnant Sowerby wollte Jack von hinten erschießen. Und behaupten, er hätte Jack getötet, als der sich der Festnahme entziehen wollte.«

»Aber woher wollen Sie das alles wissen, Isabel?«

»Weil ich dabei war. Als ich mich vor Jack gestellt habe, hat Leutnant Sowerby auf mich angelegt. Er hat mich verfehlt, um ungefähr so viel.« Sie zeigt Harriet mit Daumen und Zeigefinger sieben Zentimeter, nicht mehr. »Da hat Jack ihn erschossen. Er hat Sowerby umgebracht, um mich zu retten. Das einzige andere Verbrechen, das er begangen hat, ist das Schmuggeln von Konterbande. Dafür sollte er vor ein Zivilgericht gestellt werden, aber das hatte weder Leutnant Sowerby vor noch wird es Kapitän Hamer tun.« Isabel seufzt, die Hand auf der Tür. »Wenn Sie mich jetzt bitte entschuldigen würden. Ich habe zu tun.«

Harriet streicht über ihre linke Wange, entfernt etwas, das Isabel nicht erkennen kann. »Gewiss. Entschuldigen Sie, dass ich Sie gestört habe. Ich … wenn diese Nachricht aus London nicht gekommen wäre … Wir hätten gute Freundinnen sein können, nicht wahr?«

»Was für eine Freundin lässt zu, dass jemand ohne Prozess verurteilt wird?«, faucht Isabel. »Das frage ich Sie, Harriet! Was für eine Freundin tut so etwas?«

»Sprechen Sie von Mr. Carlyon? Aber …«

»Ich spreche von mir selbst. Wer auch immer Ihnen diese angeblichen Neuigkeiten aus London erzählt hat, hat sich geirrt. Ja, es gab Gerüchte über mich. Ja, deswegen bin ich fortgezogen, wenn auch nicht nur deshalb. Ich konnte es nicht ertragen, dass so über mich gesprochen wurde. Aber das Einzige, was ich mir habe zuschulden kommen lassen, war, mich mit einem Mann unterhalb meiner gesellschaftlichen Stellung anzufreunden. Hätte ich das nicht tun dürfen?« Sie zuckt mit den Schultern, es kümmert sie nicht mehr, zumindest nicht Harriets Meinung. »Vielleicht nicht. Gewiss hat es die Grenzen des Anstands strapaziert und war den ganzen Ärger nicht wert, den es verursacht hat. Aber ich habe nie etwas anderes getan, als mich mit ihm zu unterhalten und … und spazieren zu gehen, Herrgott im Himmel! Es gab nie irgendeine vertrauliche Geste, die über reine Freundschaft hinausging. Sie haben keine Vorstellung, wie einsam ich war, nachdem ich George verloren hatte.«

»Vielleicht weiß ich es doch«, sagt Harriet leise.

Isabel überhört es; ihre Empörung kocht zu hoch. »Und trotzdem haben Sie sich entschieden, dem erstbesten Brief zu glauben, den Sie erhielten. Sie haben mich nicht danach gefragt, haben mich nichts erklären lassen. Unsere Freundschaft war für Sie vorbei, bevor sie angefangen hatte. Und jetzt stehen Sie hier und behaupten, wir hätten gute Freundinnen sein können. Was für eine Unverfrorenheit! Freundschaft ist mehr, als bei einer Tasse Tee über Gärten zu plaudern. Seit ich in Cornwall bin, habe ich einige wahre Freunde gefunden, und ich bedaure sagen zu müssen, dass Sie nicht dazugehören.«

Harriet wendet sich ihrem Pferd zu, tätschelt es wieder. Mit stockender Stimme sagt sie: »Ich reite besser zurück. Sir Hugh wird mich erwarten.«

»Auf Wiedersehen!« Isabel wartet nicht darauf, dass Harriet verschwindet. Sie geht ins Haus und wirft die Tür hinter sich zu, legt Mrs. Dowlings Schultertuch zu einem Häufchen fein gesponnener Wolle auf den Tisch, zusammen mit Richards Mütze aus deutlich gröberer Wolle, und stampft die Treppe hoch in die Schlafkammer. Es war töricht, das Tuch zu akzeptieren. Selbst wenn alles nach Plan verlaufen sollte, wird sie keine Möglichkeit haben, es bei ihrem Unternehmen mitzunehmen. Sie kann es nicht mit an Bord der *Hornet* schleppen, und sie wird nicht zum Cottage zurückkehren, bevor die *Rapide* in See sticht. Sie wird das Schultertuch für Mrs. Dowling zurücklassen müssen. Es war ein so freundlich zugedachtes Geschenk; hoffentlich wird Mrs. Dowling ihre Entscheidung verstehen.

Die Uhr in der Schlafkammer zeigt Viertel nach zwei. Isabel bleiben noch achtundvierzig Stunden und fünfundvierzig Minuten. Beim Anblick ihres Betts taumelt sie kurz. Sie beugt sich vor, stützt die Hände auf die Matratze und atmet tief durch, um sich und den Raum zu stabilisieren. Hier hat sie ihn zum ersten Mal gesehen. Hier sagte er: *Ich glaube, ich bin in guten Händen*, mit diesem besonderen Lächeln. Trotz seiner Schmerzen lächelte er sie so an.

Allmählich hört der Boden auf zu schwanken. Isabel wischt sich über die Stirn und kniet sich in den Spalt zwischen Bett und Wand. Jacks Hirschlederhosen, sein Halstuch und sein Hemd sind da, wo sie sie versteckt hat, zu einem kleinen Stapel zusammengelegt. Die Kleidung riecht nach ihr, aber Jack hat sie einmal getragen. Plötzlich, unerwartet, steigen ihr Tränen in den Hals. Sie schluckt sie hinunter – sie hat keine Zeit zum Weinen.

Wieder in der Küche nimmt sie das größere der beiden Messer aus der Holzkiste auf der Arbeitsfläche, das sie immer benutzt, wenn Fleisch zu schneiden ist, und prüft mit dem Finger die Klinge. Sie hofft, dass es scharf genug ist. Nie zuvor hat sie sich die Haare abgeschnitten.

Sie nimmt eine Faust voll und setzt das Messer an, bereit, das Büschel auf Höhe ihrer Schulter abzutrennen. Nein, denkt sie … es muss kürzer sein, sie wird ihr Haar auf Kinnlänge bringen. Die stumpfe Seite der Klinge dem Gesicht zugewandt drückt sie sie in die Haare, doch es passiert nichts. Stattdessen gleitet ihr das Knäuel aus der Hand. Wieder packt sie mehrere Strähnen und säbelt sie langsam ab. Das Ergebnis ist ungleichmäßig, aber kurz. Sehr, sehr kurz. Auf dem Boden liegen eine Menge Haare. Ein wenig sehen sie wie Seetang aus. Dünner, sandfarbener Tang.

Isabel greift sich die nächste Faust und sägt daran herum, da klopft es an der Tür. Vor Schreck lässt sie das Messer fallen. Wie festgewachsen steht sie da und wagt kaum zu atmen. Ist das Zollamt nun doch erschienen, um sie zu befragen? Aber warum, wenn Jack längst gefangen ist?

Wieder klopft es, dann ertönt Harriets Stimme: »Isabel? Bitte öffnen Sie die Tür!«

Sie hebt das Messer wieder auf. Wenn sie keinen Laut von sich gibt, verschwindet Harriet vielleicht wieder.

»Isabel?«

Es kratzt ihr im Hals. Sie versucht, ein Husten zu unterdrücken, doch schließlich löst es sich hinter vorgehaltener Hand.

»Isabel? Bitte, ich muss mit Ihnen sprechen!«

Nein, musst du nicht, denkt sie. Nicht jetzt.

Sie hört, wie sich Hände an der Tür zu schaffen machen, dann hebt sich der innere Riegel. Wenn sie doch nur ein Schloss angebracht hätte!

Harriets Gesicht in der Tür ist blass. Als sie Isabel entdeckt, steht Erleichterung hineingeschrieben. »Ah, da sind Sie! Ich wusste, dass Sie zu Hause sind. Ich habe im Garten nachgesehen.« Harriet drückt die Tür weiter auf, tritt hindurch, entdeckt das Haar auf dem Boden, das Haar in Isabels Hand, das Messer. Sie schlägt die Hände vor den Mund. »Oh! Was *machen* Sie da?«

»Das geht Sie überhaupt nichts an.«

»Sie schneiden sich die Haare ab!«, ruft Harriet und kommt näher. »Oh, aber das machen Sie ja ganz falsch.«

»Ich … was? Wie bitte?«

»Sie nehmen zu große Büschel. Deshalb wird es so ungleichmäßig«, erklärt Harriet. »Sie haben regelrecht daran herumgesäbelt, nicht wahr?«

»Gesägt wohl eher.«

»Wenn es ein bisschen ordentlicher aussehen soll, nimmt man immer nur eine kleine Strähne und schneidet sie flugs ab.« Harriet hebt eine Haarsträhne an, die nicht breiter als ein Strick ist. »Nicht mehr als das hier. Warten Sie, ich mache das. Hinten schaffen Sie das niemals selbst.«

Bevor Isabel protestieren kann, nimmt ihr Harriet das Messer ab und beginnt, ihr die Haare zu schneiden. »Woher können Sie das?«, fragt Isabel. »Sie waren nicht zufällig im letzten Leben ein Barbier?«

Harriet kichert. »Das wäre was gewesen! Ich habe mir einmal ziemlich viele Haare abgeschnitten. Es war viel schwieriger, als ich gedacht hatte. Anfangs habe ich ergebnislos daran herumgesägt, bis mir klar wurde, dass ich es in kleine Abschnitte aufteilen muss.«

»Danke«, sagt Isabel, als die ersten Strähnen zu Boden fallen. »Warum haben Sie sich die Haare abgeschnitten?«

»Ach, das war eine Form von Protest, weil meine Eltern mich Sir Hugh versprochen hatten. Da war ich vierzehn. Ich dachte, wenn ich mir die Haare abschneide, würde Sir Hugh mich nicht mehr wollen.« Sie kichert wieder. »Armer Sir Hugh. Ich muss furchtbar ausgesehen haben. Selbst habe ich es nicht gesehen – meine Eltern haben mir ein Jahr lang verboten, einen Spiegel zu benutzen, bis zur Hochzeit. Bis dahin war es wieder etwas länger geworden. Sir Hugh störte es nicht im Geringsten.«

»Sie waren noch sehr jung«, bemerkt Isabel.

Harriet zuckt andeutungsweise mit der Schulter. »Nicht viel jünger als Sie.«

Beide schweigen. Man hört lediglich das Raspeln des Messers in den Haaren. Auf den Steinfliesen liegt bereits ein kleines Häufchen zu Isabels Füßen. Die Prozedur lässt sie seltsam unberührt, als würde ihre Angst um Jack alle anderen Sorgen ersticken.

»Ich hätte es schlechter treffen können«, sagt Harriet. »Sir Hugh war immer gut zu mir.«

»Sie hätten einen Marineoffizier heiraten können, der mit zwanzig Jahren fällt. Oder sich mit einem Schmuggler verloben.«

Harriet lächelt. »Wie sehr ich die Vorstellung verabscheut habe, ihn zu heiraten! Armer Sir Hugh, er hat es hoffentlich nie gemerkt. Er war so viel älter als ich und so furchtbar streng und abweisend. Das ist er sicherlich immer noch; Sie haben ihn ja kennengelernt.« Harriet lässt das Messer sinken. »Sehen Sie, Isabel, auch ich weiß ein wenig über Einsamkeit. Ich erlebe sie jeden Tag in meiner Ehe.«

»Das tut mir leid«, sagt Isabel ungewollt.

Harriet schneidet weiter. »Ja, nun, mir auch. Es tut mir leid, dass ich Sie nicht um eine Erklärung gebeten habe, als ich den Brief erhielt. Sir Hugh war furchtbar wütend, dass ich mich mit jemandem abgegeben habe, der so einen … es tut mir leid, wenn ich es ausspreche, aber so war es: der so einen beschädigten Ruf hat. Er sorgte sich, das könnte auf mich abfärben. Ich … ich dachte, ich sei seiner Meinung, aber in den letzten Wochen haben Sie mir gefehlt, und ich sehe jetzt ein, dass ich Ihnen unrecht getan habe, als ich Ihnen keine Gelegenheit gab, Ihre Seite der Geschichte zu schildern.«

»Ich war heute sehr barsch zu Ihnen«, sagt Isabel. »Dafür entschuldige ich mich, Harriet.«

»Das hatte ich verdient«, erwidert Harriet. »Ich bin nur noch einmal zurückgekommen, um Ihnen das zu sagen. Aber niemals hätte ich erwartet, dass ich Sie dabei überrasche, wie Sie sich die Haare abschneiden. Sie können von Glück sagen, dass ich hereingekommen bin. Spätestens wenn Sie versucht hätten, die Haare hinten zu kürzen, hätten Sie sich verletzt.«

»Wollen Sie denn gar nicht wissen, warum ich sie abschneide?«

Harriet macht sich an Isabels Hinterkopf zu schaffen. »Sie werden Ihre Gründe haben. Ich gestehe, dass meine Neugier geweckt ist, doch ich habe das Gefühl, das Recht verwirkt zu haben, Sie danach fragen zu dürfen. Es gibt allerdings etwas, das ich Sie gerne fragen würde, auch wenn ich nicht weiß, ob Sie darauf antworten mögen.«

»Bitte sehr!«, sagt Isabel und verlagert das Gewicht von einem Bein aufs andere. Mit der Hand stützt sie sich auf dem Küchentisch ab und streicht über die Wolle von Mrs. Dowlings Schultertuch.

»Lieben Sie ihn?«

Es ist seltsam, wie nur drei Wörter das Wasser in ihr ansteigen lassen können. Sie kämpft mit sich, um nicht wieder zu weinen. »Ja«, sagt sie. »Ja, ich liebe ihn.«

»So wie Ihren Mann?«

»Mehr.« Isabel wartet auf das beißende Schuldgefühl, doch es stellt sich nicht ein. George und sie waren noch Kinder, denkt sie, jedenfalls beinahe. Sie hatten einfach wenig Zeit, um einander kennenzulernen. Mit Jack ist es anders. So, wie sie miteinander sprechen, erscheint es ihr, als hätten sie mehrere Jahre des Einvernehmens in einem Zeitraum von wenigen Wochen untergebracht.

»Und liebt Mr. Carlyon Sie?«

»Ja.« So einfach – und sie ist völlig überzeugt davon, obwohl er es nie ausgesprochen hat.

Harriet hinter ihr seufzt. »Ich beneide Sie, Isabell.«

»Sie beneiden mich? Sie haben den Verstand verloren.«

»Ich beneide Sie sicherlich nicht um die Situation, in der Sie sich befinden. Ich kann mir kaum vorstellen, wie verzweifelt Sie angesichts von Mr. Carlyons drohendem Schicksal sein müssen. Bloß ... ich habe immer davon geträumt. Von der wahren Liebe.« Wieder ein Kichern, diesmal kurz und ein wenig flach. »Ich bin ein Dummerchen, nicht wahr? Ich habe auch an Märchen geglaubt, sehr lange sogar. Manchmal denke ich, ich muss noch ein wenig erwachsener werden. Das sagt Sir Hugh oft: Ich sei in vielerlei Hinsicht noch wie ein Kind. Aber wissen Sie, das teile ich nicht mit Sir Hugh: Liebe. Es gibt einen gewissen Grad an Zuneigung, aber nicht andeutungsweise das, was Sie mit Mr. Carlyon verbindet. Ich wünschte ... ich wünschte, ich könnte Ihnen irgendwie helfen.«

Isabel atmet geräuschvoll ein. »Sie würden mir helfen?«

»Wenn ich könnte.«

»Könnte ...« Sie traut sich kaum zu fragen. »Könnte Sir Hugh Jack nicht begnadigen?«

»Ach, Isabel. So viel Macht besitzt Sir Hugh nicht. Und selbst wenn, würde er es wohl leider nicht wollen.«

Isabels Gedanken rasen durch die verschiedenen Schritte: das Schiff, das Pferd, Jacks Kleidung, die Geschichte, die sie an Bord der *Hornet* erzählen wird, dass sie sich freiwillig zum Dienst meldet ... »Da wäre etwas«, sagt sie. Es dauert bis zum Ende des Haarschnitts, alles zu erklären.

»Sie wollen, dass ich eine bestimmte Genehmigung fälsche?«, fragt Harriet schließlich und wirft das Messer klirrend auf den Küchentisch. »Sie wollen, dass ich das Gesetz breche, um einem Schmuggler zu helfen? Sie leugnen doch nicht, dass er ein Schmuggler ist, oder?«

»Nein«, erwidert Isabel. »Aber ihn ohne Prozess wegen eines Mordes zu hängen, der in Notwehr verübt wurde, stellt auch einen Verstoß gegen das Gesetz dar. Sie selbst müssen beurteilen, welches Verbrechen Ihnen abscheulicher erscheint.«

Eine Weile schweigt Harriet. Ihre Wangen auf der blassen Leinwand ihres Gesichts sind rosiger als sonst; ihr rosenroter Mund bewegt sich, als würde sie beten. Schließlich sagt sie: »Ich mache es, unter einer Bedingung: Sie schreiben mir, wenn Ihnen die Flucht gelungen ist. Berichten Sie mir von all Ihren Abenteuern. So kann ich sie durch Ihre Briefe miterleben, liebe Isabel.«

»Das tue ich. Versprochen«, sagt sie.

»Diese Dokumente, müssen die auf Mr. Carlyons Namen ausgestellt sein?«

»Ja, und sie müssen das Siegel Ihres Mannes tragen.«

»Nun denn. Kann ich sie Ihnen morgen bringen?«

»Nein, könnten Sie sie bitte so schnell wie irgend möglich zu Mr. Harry Tremayne nach Roskorwell befördern? Er wohnt in dem weißen reetgedeckten Cottage am Rande des Anwesens. Ich werde nicht hier sein.« Isabel zieht den Stapel mit Jacks Kleidung zu sich herüber und klappt die Hosen auseinander.

Verwundert sieht Harriet die Freundin an. »Sie wollen diese Kleidung tragen?«

»Ja«, erwidert sie. »Sie gehört Jack.«

Harriet zuckt zusammen. »Wollen Sie damit sagen, dass Sie und er … nein, ich möchte es gar nicht wissen.« Dann lächelt sie andeutungsweise. »Vielleicht fragen Sie sich, warum Sir Hugh und ich kinderlos sind. Er ist zu alt für diese Dinge, sagt er.«

»Das tut mir leid, Harriet.«

»Es ist wohl gut so, denke ich.«

Mit der linken Hand befühlt Isabel ihr Haar. Es reicht ihr nur noch bis zum Kinn. Noch nie hat sie ihr Haar so kurz getragen, seit ihrer Kindheit nicht mehr. »Danke, dass Sie mir das Haar geschnitten haben. Ich hätte mir wahrscheinlich das Ohr abgetrennt.«

Mit leiser Stimme sagt Harriet: »Isabel, was genau haben Sie vor?«

Sie sieht der Freundin in die Augen und fragt sich, ob sie ihr vertrauen kann oder ob sie sofort zu ihrem Mann laufen und ihm alles erzählen wird. Doch sie braucht Harriets Hilfe – sie hat sie bereits mit hineingezogen, als sie sie um die Schiffsdokumente bat. Isabel fasst einen Entschluss. »Ich will mich bei der Marine Seiner Majestät freiwillig zum Dienst melden.«

Harriet stößt einen spitzen Schrei aus. »Niemals! Isabel, haben Sie eine Vorstellung, was Sie da tun?«

Sie erklärt es ihrer Freundin. Als sie fertig ist, leuchten Harriets Wangen wie polierte rote Äpfel, und ihre Augen glänzen, als hätte sie Fieber. »Oh, wie unsagbar kühn!«, ruft sie und klatscht in die Hände, als hätte sie gerade das Ende eines aufregenden Theaterstücks gesehen.

»Jetzt möchte ich im Spiegel sehen, ob ich als Junge durchgehe«, sagt Isabel.

»Ziehen Sie erst die Hosen an«, rät Harriet ihr. »Und Sie brauchen eine Waffe.«

Isabels Blick schießt hoch. »Eine Waffe?«

»Sie wollen sich doch nicht ohne aufmachen, oder? Sie müssen in der Lage sein, sich zu verteidigen. Ich sehe ein, dass Sie keine Pistole und kein Schwert mitnehmen können, aber zumindest das hier sollten Sie einstecken.« Harriet hebt das Fleischmesser vom Tisch und hält es Isabel hin.

Sie nimmt es entgegen, dreht es in der Hand und inspiziert die Klinge. »Wahrscheinlich haben Sie recht. Daran hatte ich nicht gedacht.« Isabel prüft Jacks Hosen: Zum Glück haben sie Taschen. Sogar tiefe.

»Was würden Sie nur ohne mich tun?«, sagt Harriet. »Ihr Haar würde absolut furchtbar aussehen. Aber was ist das?« Sie nimmt Mrs. Dowlings Schultertuch vom Tisch, das gestrickte Lochmuster gleitet von ihrer Hand. »Oh, Isabel, das ist ja edelste Qualität! Woher haben Sie das? Aus London?« Harriet streicht über die Wolle, als sei es Buttons glänzender Hals.

»Das war das Hochzeitstuch meiner Hauswirtin«, erklärt Isabel. »Sie dachte, ich hätte möglicherweise Verwendung dafür.« Zum ersten Mal errötet Isabel in Harriets Gegenwart. Und zum ersten Mal begreift sie das Ausmaß von Harriets Abhängigkeit hinter den »dornigen Hecken«, wie ihre Freundin sie nennt. Jetzt versteht Isabel, was Harriet meinte, als sie ihr ihren Neid gestand.

»Es ist schlichtweg wunderschön. Hat sie es selbst gestrickt?«

»Nein, ihre Mutter. Aber ich werde es nicht behalten können.« Isabel nimmt Harriet das Tuch wieder ab, faltet es und legt es andächtig auf den Tisch.

Harriet versucht, ihr bei den Schnüren hinten an ihrem Kleid zu helfen, aber da sie damit keine Erfahrung hat, geht es langsamer, als wenn Isabel es selbst macht. Das Kleid fällt wie ein Wasserfall aus Baumwolle zu Boden. Oben im Schlafzimmer hält Harriet den Spiegel so, dass Isabel sich in kleinen Bruchstücken sehen kann: hier ein Teil vom Bein in Hirschlederhosen, dort das schwingende kinnlange Haar, und die blaue Strickmütze vervollständigt das Bild.

Alles außer der Mütze ist zu groß: Sie hat die Hemdsärmel aufgerollt und die Hosen oben mit dem Halstuch zusammengebunden. Es ist sonderbar, wieder Jacks Kleidung zu tragen. Die glücklichste Zeit ihres Lebens hat sie in diesem Hemd und den Hosen an Bord der *Rapide* verbracht, aber auch die verzweifeltste, nachdem Jack Leutnant Sowerby erschossen hatte.

Harriet mustert sie aufmerksam. »Täuschend echt«, sagt sie. »Vielleicht möchten Sie ein wenig gebeugter stehen, die Schultern ein wenig nach vorne nehmen, so.« Sie macht es vor. »Nur um sicherzugehen, dass niemand unter dem Hemd die Form Ihres Körpers erkennt. Außerdem macht eine unsichere Körperhaltung noch mal jünger.«

»Sie erheben die Täuschung ja zu einer regelrechten Kunstform, Harriet«, bemerkt Isabel.

Harriet kichert. »Dazu hatte ich ausreichend Gelegenheit im Zusammenleben mit Sir Hugh. So, wann haben Sie zuletzt gegessen?«

»Ich bekomme nichts hinunter. Nicht jetzt.«

»Wie ich mir gedacht hatte. Sie müssen essen, Isabel, sonst sind Sie zu schwach, um Mr. Carlyon zu retten.« Harriet legt die Hände auf die Wangen und schüttelt den Kopf. »Ich kann nicht glauben, was ich gerade gesagt habe. Nicht zu fassen, was wir hier tun.«

Es gefällt Isabel, dass Harriet sagt: *Was wir hier tun*, so als müsste sie, Isabel, es nicht allein bewerkstelligen.

»Ich koche Ihnen eine Kanne Tee«, verkündet Harriet entschlossen. »So schwer kann das nicht sein.«

»Im Ofen brennt kein Feuer. Das dauert viel zu lange.«

»Warum hat man denn das Feuer ausgehen lassen?«, ruft Harriet. Dann begreift sie. »Ah, gewiss. Dann vielleicht ein Plätzchen oder eine Scheibe Brot?«

»Ich habe noch ein Randstück da. Danke, Harriet.« Isabel schielt auf die Uhr in dem Kasten aus Walnussholz. Nur noch wenige Minuten bis drei Uhr.

Harriet rafft ihre Röcke. Oben auf der Treppe wirft sie einen

Blick zurück auf die Tür. »Was für eine seltsame kleine Schlafkammer.«

Der Küstenpfad ist feucht; es hat kurz, aber heftig geregnet, während Isabel im Haus war. In den grünen Tunnel fallen Tropfen und helle Lichtflecken. Die Luft ist schwül, aber in der dünnen Lederhose bleibt Isabel bemerkenswert kühl.

Als sie aufbrach, hatte Harriet etwas Verlorenes. Sie wartete nicht, bis ihre Freundin auf Buttons davonritt, sondern marschierte sofort los. Nun, da sie sich verkleidet hat, will sie ihre Rolle auch spielen. In ihr rumort eine Mischung aus Hoffnung und Furcht.

Kurz bevor sie die Bucht erreicht, bleibt sie mit einem furchtbaren Gedanken stehen. Was, wenn die *Hornet* verlegt wurde? Sie beginnt zu laufen, flach atmend, gefangen in ihrem Korsett, das sie so fest wie möglich gezurrt hat, um ihre Brüste abzubinden. Noch zwei Kehren, dann eine, und da liegt das Schiff, Gott sei Dank, ein Wachposten in der Flussmündung, die Segel eingeholt, die Takelage in Teilen unerwartet locker.

Nach Luft ringend schlüpft Isabel aus ihren Schuhen und stellt sie am Strand ab, bevor sie ins Wasser geht. Die flache Klinge in ihrer Tasche drückt beim Schwimmen gegen ihre Hüfte. Jacks Hemd umgibt sie wie eine Wolke. Das Meer ist kalt, aber nicht so kalt, wie es war, als sie mit Jack in Frenchman's Creek schwamm.

Der Tanz ihrer Nerven wird schwächer; die See beruhigt sie, wie immer. Sie ist nun weit vom Ufer entfernt, das Wasser unter ihr ist nachtschwarz. An Bord des Schiffs erklingen Stimmen, und als Isabel hochschaut, sieht sie, dass sich entlang dem Schanzkleid ein kleiner Auflauf gebildet hat. Rufe und ausgestreckte Finger: Ihr ist, als würden die Männer ihre Verkleidung durchschauen. Kurz schließt sie die Augen, ohne langsamer zu schwimmen, und bestärkt sich in ihrer Entschlossenheit. Sie ist ein Junge im Alter von fünfzehn Jahren, der Hunger hat wie ein geprügelter Hund, mahnt sie sich. Sie ist nicht mehr Isabel Henley.

Vielleicht war sie es nie, denkt sie plötzlich. So, wie sie sich jetzt fühlt, könnte sie ewig weiterschwimmen, ohne zu ermüden; wie sie die kühle Umarmung des Meeres genießt, die Heimkehr in seine weiten Arme – vielleicht ist sie doch jemand, der sie nie geglaubt hat zu sein. Eine Tochter der See.

Während sie dem Schiff näher kommt, schweben ihr wieder die Worte entgegen: *Komm heim. Schwimm.* Es ist die Stimme des Flusses, der Strömung, des Winds und der Möwen.

Sie kann jetzt nicht darauf hören. Sie muss sich auf die Fregatte konzentrieren. Als sie wieder hochschaut, kann sie die Gesichter der an Deck versammelten Männer erkennen. Manche sind glatt von der Jugend, andere vom Alter gefurcht, helle und dunkle Antlitze darunter, eins mit einer Augenklappe, und alle sind ihr zugewandt, als sie die letzten fünf Meter zum Schiff zurücklegt. Aus der Nähe ist die Fregatte viel größer, als Isabel gedacht hat. Doppelt so hoch wie die alte Sardinenhütte ragt der Rumpf über ihr auf, das glänzende Holz von Stückpforten durchbrochen. Entlang der Wasserlinie klebt ein Festmahl aus Tang und Entenmuscheln. Sie ist nahe am offenen Meer, und was Isabel für leichtes Schaukeln gehalten hat, entpuppt sich hier als heftiges Rollen.

Sie schwimmt zu den aufgesetzten Stufen am Rumpf nahe dem Bug, doch beim ersten Versuch, nach der untersten Sprosse zu greifen, taucht sie unter. Gerade noch rechtzeitig hält sie die Luft an, und als sie wieder an die Oberfläche kommt, wirft ihr einer der Männer an Deck ein Seil zu. »Hier!«, ruft er.

Das Seil windet sich wie eine wütende Schlange. Isabel streckt die Hand danach aus, strampelt im Wasser, doch das Seil entgleitet ihr. Gerade als sie glaubt, erneut unterzutauchen, schließen sich ihre Finger um den groben Hanf. Sie hievt sich hoch, ihre Füße rutschen über die Sprossen der Leiter.

Entlang dem Schanzkleid bricht Jubel aus, sie fühlt ihn in ihrer Brust, eine sich ausbreitende Wärme, als würde sie von der Besatzung der *Rapide* angefeuert. Wieder rollt das Schiff, aber diesmal rechnet sie damit und verharrt, wartet, bis die *Hornet* sich wieder aufrichtet. Als Isabel sich hochzieht, verbrennt das Seil ihre Hände, und sie spürt die Anstrengung in jedem einzelnen Muskel.

Oben angekommen packen schwielige Pranken nach ihren Armen. Ein Paar gehört dem Mann mit der Augenklappe. Er sagt: »So, mein Junge, da hätten wir dich.« Sein Mund besteht nur aus Zahnfleisch. Die Besatzung hievt Isabel über das Schanzkleid und setzt sie auf den Füßen ab. Wieder rollt das Schiff, und sie geht die Bewegung mit, verlagert das Gewicht und findet die Balance. Die Männer recken die Hälse, um einen Blick auf sie zu erhaschen, triefnass an Deck. Der Wind reißt an ihrem Hemd, sie zieht mit beiden Händen am Saum, damit es nicht hochschlägt. Als sie den Kopf hebt, schaut sie auf eine Messerspitze.

18. Kapitel

Das Messer liegt in der Hand eines jungen Offiziers. Nach seiner Uniform zu urteilen, einer blauen Wolljacke mit Kupferknöpfen, cremefarbenem Hemd und knielangen Hosen, ist er Fähnrich zur See, wie George es war. Das Messer gleicht ebenfalls einem, das George besaß: ein Dolch mit einer geschwungenen Klinge und einem, so vermutet sie, mit Perlmuttarbeiten verzierten Heft, das sie in der überraschend fleischigen Hand des Fähnrichs nicht sehen kann. Das Haar des jungen Mannes ist dunkler als das von George, aber seine Augen sind ähnlich graugrün und stehen weit auseinander. Er muss ungefähr so alt sein wie George, als er starb.

Wenn alles anders gekommen wäre, hätte vielleicht George jetzt hier gestanden und seinen Dolch auf den Eindringling gerichtet. Der Gedanke schmerzt. Es ist der erste derartige Schmerz seit längerer Zeit – sie war zu sehr damit beschäftigt, sich Sorgen um Jack zu machen. Auch ist die Annahme unzutreffend, da George weiter aufgestiegen wäre, besonders nach Trafalgar; er wäre kein Fähnrich geblieben.

»Geben Sie an, warum Sie auf diese Weise an Bord eines Schiffes der Marine Seiner Majestät kommen!«, befiehlt der Offizier.

Wasser tropft aufs Deck. Isabel starrt auf ihre nackten Füße. Sie will sich das Haar aus dem Gesicht streichen, hat aber Angst, die Bewegung könnte sie verraten. Sie hätte vor dem Spiegel üben sollen. Welche Geste weist sie als Frau aus; welche Gewohnheit könnte sie verraten? Alles hängt nun von ihren schauspielerischen Fähigkeiten ab. Sie will sich nicht ausmalen, was mit Jack geschieht, wenn sie versagt.

Beim nächsten Rollen des Schiffs hält sie wieder das Gleichgewicht. Neun Tage auf der *Rapide* haben ihr viel beigebracht; sie kippt nicht um. Das Schiff riecht auch wie die *Rapide*: nach mit Sand und Meerwasser geschrubbtem Holz, nach feuchtem Hanf und Kleidung, die dringend gewaschen werden müsste.

»Nun?«, fährt der Fähnrich sie an, weil sie einfach nur dasteht und den Blick auf ihre Füße richtet. Sie darf nicht vergessen, die Stimme zu senken. »Nenne den Grund, Junge!«

»Ich möchte mich freiwillig zum Dienst melden, Sir«, sagt sie, nicht zu hoch, nicht zu unsicher. Sie hebt die Hand zum Mund, kaut am Nagel ihres kleinen Fingers. Dann fällt ihr Richards Mütze ein. Sie zieht sie ab und hält sie vor die Brust.

»Du möchtest was? Sprich lauter!«

»Mich freiwillig melden, Sir. Mich der Besatzung anschließen.«

Fast die gesamte Crew hat sich eingefunden und sieht zu. Einige lachen, einer ruft: »Noch dümmer als ich, Junge!«

»Ruhe!«, brüllt der Fähnrich und fügt etwas freundlicher hinzu: »Augen geradeaus, wenn ein Vorgesetzter mit dir spricht. Du meldest dich freiwillig zum Dienst in der Marine Seiner Majestät?«

»Jawohl, Sir.« Endlich schaut sie hoch und hält seinem Blick stand. In ihr verwandelt sich alles in Wasser. *Bitte glaub mir.*

Der Fähnrich ist noch sehr jung, so wie George. Verglichen mit Jack ist er ein Junge. Der Gedanke kommt ihr ungebeten. Er ist ungerecht gegenüber George, der nie zu einem richtigen Mann heranwachsen konnte. Und jetzt steht sie hier und täuscht Georges Kameraden, um einen Mann zu retten, der die

Franzosen und ihre Revolution gar nicht so entsetzlich findet, der entgegen den königlichen Gesetzen Konterbande schmuggelt. Alles ist auf den Kopf gestellt, doch ihre Gefühle verbieten ihr, etwas anderes zu tun, als die Täuschung weiterzuführen, Jack zu suchen, ihn zu retten. »Ich würde gerne in die Marine Seiner Majestät eintreten, Sir, sehr gerne.«

»So gern, dass du nicht auf das Presskommando warten konntest, ja? Du wolltest so dringend an Bord kommen, dass du *rüberschwimmen* musstest?« Beim Sprechen schiebt der Fähnrich seinen Dolch zurück in die Lederscheide an seinem Gürtel.

Isabel lässt die Schultern nach vorn sacken, wie Harriet es ihr geraten hat, und sagt leise: »Ich hatte Hunger, Sir. Und ich hatte Sorge, dass der das Presskommando führende Offizier mich vielleicht nicht haben will.«

»Wie in Gottes Namen kommst du auf so etwas? Die nehmen jeden!«, ruft einer der Männer, und ein anderer schreit: »Die würden deine Oma mitnehmen, wenn sie könnten!«

Der Fähnrich dreht sich um und brüllt: »Ruhe da, oder ich notier mir eure Namen!« An Isabel gewandt sagt er: »Und wie heißt du, Bursche?«

Sie hatte sich doch etwas überlegt, oder? Sie sucht in ihrem Gehirn herum, bis es ihr einfällt … »Jack«, sagt sie, zu leise.

»Jack, und weiter?«

»Jack … Dowling, Sir. Aus Helford, Sir.«

»Nun, Jack Dowling aus Helford, wenn du so viel Hunger hast, dass du keinen Tag länger warten konntest, um dich zu empfehlen, dann bringe ich dich am besten zu Leutnant Knighton.«

»Leutnant Knighton ist auf Landgang, Sir«, sagt ein trübsinnig wirkender Mann in einem schwarz-blau gestreiften Hemd neben dem Fähnrich.

»Gut. Ist er das, Bryant. In dem Fall musst du wohl zum Kapitän«, sagt der Fähnrich zu Isabel. Schmunzelnd fügt er hinzu:

»Brauchst keine Angst zu haben – der wird dich schon nicht fressen. Vielleicht hast du sogar Glück. Kann sein, dass der Kapitän dich eher aufnimmt als Leutnant Knighton. Der kann es nämlich nicht leiden, wenn zu viele Landratten in der Besatzung sind. Wie alt bist du?«

»Fünfzehn, Sir.«

»Komm mit!«

Erst jetzt, als sie dem Fähnrich die Laufplanke hinunter zum Achterdeck folgt, spürt Isabel eine gewisse Erregung, nicht groß genug, um ihre Nervosität zu dämpfen, die ihre Beine in Gallert verwandelt, doch sie ist da. Sie hat es bis hierher geschafft. Sie ist an Bord des Schiffs. Jack ist in der Nähe. Isabel muss ihre gesamte Willenskraft aufbringen, um dem Fähnrich zu folgen, anstatt loszulaufen und Jack zu suchen. Vielleicht hört er in diesem Moment ihre Schritte an Deck …

Die *Hornet* ist mindestens fünfmal größer als Jacks Kutter. Ein Labyrinth aus Takelwerk zieht sich über die Masten, das Oberdeck glänzt, und das Achterdeck erhebt sich hoch über dem Hauptdeck. Erneut kommt Freude in ihr auf, diesmal nur, weil sie an Bord eines solchen Schiffes ist. Die Vorstellung, darauf zu segeln, geht ihr durch den Kopf. Sie versteht, warum George die Marine liebte – vielleicht mehr als seine Frau.

»Hier entlang, Junge«, unterbricht der Fähnrich ihre Gedanken. Er geht vor ihr durch eine Tür neben den Stufen zum Achterdeck. Das Fleischmesser, das tief in der Tasche von Jacks Hirschlederhosen steckt, reibt bei jedem Schritt an Isabels Hüfte. Sie treten in einen schmalen Gang mit Türen an beiden Seiten und einer weiteren Tür im Schott geradeaus. Schwer hängt der Geruch von Holzpolitur in der Luft; die Türen glänzen wie gebürstetes Kupfer. Der Geruch von Kaffee zieht durch den Korridor. Der Fähnrich bleibt vor der Tür im Schott stehen und klopft an. Auf eine barsche Antwort von innen schiebt er den Kopf hinein und sagt: »Ich bringe einen Freiwilligen, Sir.«

»Kann das nicht Leutnant Knighton übernehmen, Withers?«

»Der ist auf Landgang, Sir.«

»Verstehe. In dem Fall bringen Sie ihn herein. Ich hoffe, Sie haben einen anständigen Matrosen für mich.«

»Leider nicht, Sir.« Withers macht einen Schritt zur Seite und hält Isabel die Tür auf.

Sie tritt in die Kapitänskajüte, die von beachtlicher Größe ist, verglichen mit Jacks Kammer an Bord der *Rapide*. Keine Spur von einer Hängematte; sie sieht einen edlen glänzenden Esstisch mit Stühlen, in einer Ecke einen Notenständer und einen großen Schreibtisch aus Mahagoni, hinter dem Kapitän Hamer sitzt und sie mustert, eine Feder in der Hand, als sei er gerade dabei, ein Sonett zu verfassen. Er ist vielleicht zehn Jahre älter als Jack, hat einen kräftigen Kiefer und ein gutmütiges Lächeln, das von dem piratenhaften Funkeln in seinen Augen Lügen gestraft wird. Seine graumelierten Haare sind auf die Weise zurückgebunden, wie es vor zehn oder zwanzig Jahren in der Marine beliebt war.

Eine Erinnerung regt sich in ihrem Hinterkopf – an genauso eine Kabine, irgendwo, mit Heckfenstern, die auf die in der Sonne glitzernde Bucht gingen, an genauso einen Tisch und einen Kapitän. Das Schiff ihres Vaters? Nur einmal hat sie ein Schiff von Admiral Farnworth besucht, die *HMS Leander*, da war sie acht Jahre alt. Sie weiß nicht mehr, wie die Kapitänskajüte dort aussah; sie erinnert sich nur an den Blick aus den Heckfenstern auf das perlende Gewässer und an ihren Wunsch, zur See zu fahren. Und sie erinnert sich an die Kombüse, an die großen dampfenden Töpfe des Smutje und seinen lodernden Ofen sowie an die kleinen Ecken, in denen sie sich versteckte, weil sie das Schiff nicht verlassen wollte.

Allmählich wird ihr bewusst, dass sie den Kapitän anstarrt. Schnell senkt sie den Blick, so wie es ein ärmlicher Junge von fünfzehn Jahren tun würde.

»Was soll das, meinen Teppich hier so nass zu machen?« Kapitän Hamers Stimme ist tief und volltönend. Sie weckt etwas in Isabel, die weitere vage Spur einer Erinnerung, doch bevor sie Gestalt annehmen kann, löst sie sich auf.

»Ich heiße Jack Dowling, Sir«, sagt sie. »Ich würde gerne zur Besatzung Ihres Schiffes gehören.«

»Guck mich an, wenn ich mit dir rede, Bursche. Wieso siehst du aus wie eine ertränkte Katze?«

Withers schaltet sich an. »Er ist rübergeschwommen, Sir.«

Der Kapitän mustert Isabels Gesicht weitaus eingehender als der Fähnrich. Die Spitze seiner Feder schwebt kurz unter seiner Unterlippe, seine Augen sind überschattet. Sie muss dem Drang widerstehen, ihren Blick wieder zu senken. Nach einer Weile taucht der Kapitän seine Feder in das Tintenfass. »Du bist sehr mutig. Dir ist aber bewusst, dass wir für gewöhnlich nicht müßig in einer hübschen kleinen Bucht wie dieser liegen, ja? Wir ziehen in den Krieg, Junge. Wenn du der Besatzung des Schiffs beitrittst, kannst du schon in der nächsten Schlacht sterben.«

Wie George. Immer noch hat Isabel Richards Mütze in der Hand; die andere tastet nach der Medaille, versteckt unter Jacks Hemd. Sie konnte die Vorstellung nicht ertragen, ohne sie aufzubrechen. Sie hebt das schwarze Band an und schlingt die Finger um Lord Nelsons silberne Silhouette. »Jawohl, Sir«, sagt sie leise.

»Diese Aussicht entmutigt dich nicht?«

Sie gibt sich beschämt. »Nicht mehr, als an Hunger zu sterben, Sir.«

Der Kapitän nickt. »Also daher die Kühnheit.« Er kneift die Augen zusammen, als wollte er durch ihr Hemd und ihre Haut und Sehnen spähen und sehen, was darunter verborgen ist. »Du hast Hunger, ist es das?«

»Zu Hause sind viele Mäuler zu stopfen. Ich wurde losgeschickt, um für mich selbst zu sorgen, Sir.«

»Und du konntest nicht in ein Bergwerk oder fischen gehen? Das machen sie hier doch, oder?«

»Ja, Sir. Nein, Sir.« Ein Atemzug, dann: »Ich … ich … mir gefällt das Abenteuer, Sir.« *Bitte glaub mir. Bitte, bitte, bitte.* Sie muss den Kapitän überzeugen. Wenn man sie zurück an Land schickt … Nein, daran darf sie nicht denken.

»Ach, tut es das?«, sagt Kapitän Hamer langsam. Er scheint keine Antwort mehr zu erwarten. Stattdessen betrachtet er sie weiter, und der Argwohn in seinem Blick wächst. Sie umklammert die Medaille fester, zieht aus ihr die Kraft, ruhig zu bleiben, stehen zu bleiben, als wäre diese Situation völlig normal. Der Angst in ihr wachsen Krallen. Merkt der Kapitän etwas? Warum sieht er sie so an, als würde ihn etwas an ihr stören?

Schließlich sagt er: »Wir halten auf diesem Schiff nichts von Diebstahl, Bursche.«

»Diebstahl?« Verwirrt macht Isabel einen Schritt auf den Schreibtisch zu. Augenblicklich zieht Withers seinen Dolch und richtet ihn auf sie. »Stehen bleiben!«

Kapitän Hamer sagt: »Danke, Withers, aber das ist kaum nötig. Ja, Diebstahl. Das schätzen wir nicht bei den Streitkräften. Dafür muss man Spießruten laufen. Weißt du, was das ist, Bursche? Da stellen sich die Männer am Laufdeck auf und schlagen dich, wenn du vorbeigehst. Sehr unangenehm. Sie hauen gern fest zu. Sie mögen keinen Dieb an Bord, weil ihre Besitztümer dann nirgends sicher sind.«

»Was … warum … Ich habe doch nicht …«, stottert sie.

»Die Hosen sind sehr fein für einen Jungen wie dich. Hirschleder, nicht wahr? Ich habe keinen großen Sinn für Mode, gebe ich zu, aber ich würde sagen, sie gehören einem Gentleman. Die sind viel zu groß für dich.«

Das Schiff legt sich schwer auf die Seite, und Isabel stellt die Hüfte aus, um nicht das Gleichgewicht zu verlieren. Als sie Kapitän Hamer wieder in die Augen sieht, merkt sie, dass er es mitbekommen hat. Ihre Gedanken rasen, aber greifen ins Leere. Was soll sie sagen? Dass die Hosen Jack gehören? Sie würde neben ihm aufgeknüpft werden. »Ich …«

»Du kannst keine Rechenschaft darüber ablegen, nicht wahr? Und was ist das da am Hals?«, fragt der Kapitän und wedelt mit der Hand. »Was du ständig anfasst?«

Sie öffnet die Hand und schaut auf Georges Medaille. Das Silber glänzt in der durch die Heckfenster fallende Sonne. Kaffeeduft zieht ihr in die Nase, stechend und bitter. Vor dem Kapitän auf dem Schreibtisch steht eine silberne Kanne. Sie hat immer mit George im Garten gesessen, mit einer ähnlichen Kanne auf einem schmiedeeisernen Tisch und einer Porzellantasse, die vorne und hinten mit Vergissmeinnicht verziert war. Das Kaffeeservice war eines von vielen Hochzeitsgeschenken gewesen.

»Die Hosen haben meinem Vater gehört, Sir«, sagt sie langsam. »Er ist in Trafalgar gefallen. Meine Mutter kann uns sechs nicht mit ihrer Witwenrente ernähren.«

Kapitän Hamers Mundwinkel ziehen sich hoch. Er wirkt fast erleichtert, als hätte er gehofft, dass dieser Schiffsjunge besser ist, als er angenommen hat. »Ist das so? Und das ist also seine Trafalgar-Medaille, ja?«

»Ja, Sir. Meine Mutter hat sie hinterher bekommen. Sie hat sie mir geschenkt, als Erinnerung an meinen Vater.«

»Darf ich sie mal sehen?«

Isabel nestelt am Band herum, die Finger steif vor Aufregung. Schließlich reicht sie die Medaille dem Kapitän, der sie ehrfürchtig hochhält, bevor er sie zurückgibt.

»Hm. Ich bewundere deinen Mut, Junge, hier einfach rüberzuschwimmen«, sagt Kapitän Hamer. »Und dein Vater hat unter Lord Nelson gedient, ja?«

»An Bord der *Neptune*, Sir«, antwortet sie und knüpft das Band wieder um ihren Hals. Sie hofft inständig, dass Kapitän Hamer nicht Kapitän Freemantle kennt, der die *Neptune* befehligte, oder welche von dessen Offizieren. »Als Unterleutnant, Sir«, fügt sie hinzu. Es wäre klüger gewesen zu sagen *als Großtoppsgast* oder *als Bootsmannsmaat* oder einen anderen eher anonymen Posten an Bord eines Kriegsschiffs zu nennen, aber das würde nicht die kostspielige Machart ihrer Lederhosen erklären.

»Du scheinst von einfallsreicher Art zu sein. Kommst ganz nach deinem Vater, nehme ich an. Ich schätze, das erklärt auch deine Ausdrucksweise. Ich muss zugeben, die hat mich einen Augenblick lang verwirrt.«

Innerlich stößt Isabel einen Fluch aus, auf den Dick Pascoe stolz gewesen wäre. Sie hat nicht daran gedacht, sich eine andere Sprache zuzulegen; sie wüsste nicht mal, wie. Wahrscheinlich hat sie in ihrer Eile, zu Jack zu gelangen, noch andere Dinge übersehen. Was, wenn ihr gesamter Plan daran scheitert?

Kapitän Hamer fährt fort: »Du kannst gut schwimmen, das hast du schon bewiesen, aber was kannst du noch? Wir brauchen hier erfahrene Deckhände, keine kleinen Jungen, die kaum aus den Windeln sind.«

»Ich kann nähen und … und Sachen reparieren«, sagt Isabel.

»Kannst du schreinern?«

»Ein bisschen. Meine Mutter hat mir immer Aufträge gegeben. Mein Vater hat mir auch ein wenig Navigation beigebracht, Sir.« Wieder holt sie tief Luft. »Bitte, Sir. Ich mache alles.«

»Er hat dir Navigation beigebracht? Dann musst du mir mal zeigen, wie du dich da auskennst«, sagt Kapitän Hamer. »Wir wollen uns bald auf den Weg machen.«

Vor Schreck steigt ihre Stimme gefährlich hoch. »Wirklich, Sir?«

»Nur in die nächste Bucht. Bevor wir richtig Segel setzen, haben wir da noch etwas zu erledigen. Von dort geht es nach Gibraltar und dann weiter auf Station nach Ostindien. Was hältst du davon, nach Indien zu fahren, Junge?«

»Das würde mir sehr gut gefallen, Sir«, sagt sie aufrichtig. Nach Indien segeln – das ist der Stoff, aus dem die Träume sind. Mit Jack an ihrer Seite könnte sie das vielleicht, denkt sie. Zusammen mit ihm könnte sie überallhin.

Vielleicht hört Kapitän Hamer die Sehnsucht in ihrer Stimme. »Nun«, sagt er. »Du machst einen eifrigen Eindruck. Dann ist es beschlossen. Ich nehme dich als Schiffsjungen für die Dauer unserer nächsten Fahrt mit. Erweise dich als würdig, dann wird vielleicht ein fähiger Seemann aus dir.« Er reibt sich das Kinn, die Augen auf Isabel gerichtet. »Vielleicht kann ich irgendwann einen Freund überzeugen, dass er dich auf Deck bei den Fähnrichen schlafen lässt. Bei mir ist es schon zu voll, aber ich finde, ich muss etwas für den Sohn eines Kameraden tun, der in Trafalgar gefallen ist. Hm. Wir werden sehen. Fürs Erste bekommst du eine Hängematte, drei Mahlzeiten am Tag und täglich eine Portion Grog. Deine Heuer kannst du nach Hause zu deiner Mutter schicken.«

An Fähnrich Withers gewandt sagt er: »Bringen Sie ihn zu den Besantoppmännern, Withers, da soll er schlafen. Hast du Hunger, Bursche?«

»Ja, sehr, Sir.«

»Gleich ist Wachwechsel, dann gibt es Mittagessen.«

Kapitän Hamer nimmt seine Feder und schreibt damit etwas auf das Blatt Papier vor sich. Dann macht er, die Augen weiterhin auf das Blatt gerichtet, eine auffordernde Bewegung mit der Feder und sagt: »Und jetzt fort mit dir. Du hast eine Pfütze auf meinem Teppich gemacht.«

Isabel verharrt an der Tür, von Gefühlen überwältigt. Dies ist der Mann, der Jack ohne Prozess zum Tode verurteilt hat, und gleichzeitig bietet er ihr drei Mahlzeiten am Tag, eine Hängematte zum Schlafen und die Möglichkeit zum Aufstieg. Nun … nicht ihr; er stellt das alles einem armen Jungen in Aussicht, der seinen Vater verloren hat, einem Jungen, der Hunger hat, der Hilfe bei der Unterstützung seiner verwitweten Mutter braucht.

Sie öffnet den Mund, um etwas zu sagen, hat jedoch Angst, dass der Konflikt zwischen dem immer noch in ihrer Brust schwelenden Hass und dem warmen Mantel drum herum zum Ausbruch kommt, weswegen sie, als der Kapitän leicht gereizt »Fort mit dir, habe ich gesagt« schnarrt, nur »Danke, Sir« sagt und geht.

Fähnrich Withers bringt sie zum Kanonendeck, wo er ihr die Besantoppmänner vorstellt, die gerade nicht Wache halten. Zu sechst sind sie in den engen Raum zwischen den gestauten Hängematten und den Kanonen gedrängt. Die Luken der Stückpforten sind geöffnet. Im dadurch einfallenden Licht beäugen die Männer Isabel misstrauisch, bis Withers erwähnt, dass ihr Vater unter Lord Nelson bei Trafalgar gedient hat. Da ändert sich die Stimmung schlagartig. Sie versprechen, ihr das Handwerk so beizubringen, wie ihr Vater es sicherlich gewollt hätte. Noch möge sie ein Schiffsjunge sein, aber wenn sie sich anstrenge, könne sie in einem Jahr ein Toppsgast wie sie sein.

»Du hast doch keine Angst vor der Höhe, oder?«, fragt ein Mann mit derselben Art von Tintenzeichnungen auf den Armen wie Dick Pascoe.

Sie wollen wissen, auf welchem Schiff ihr Vater war. »Auf der *Neptune*«, flüstert sie und senkt den Blick auf ihre Füße. »Wäre besser, du lässt dir ein Paar Schuhe machen«, sagt der Mann mit den Zeichnungen. »Terry Burks, der Artilleriemaat, macht dir erstklassige, wenn du bereit bist, dafür zu zahlen.«

Ein Mann mit hellrotem Haar namens Red Will, der ein Stück Holz zu einer Meerjungfrau schnitzt, meint, er hätte einen Cousin, der in Trafalgar war. Schon bald unterhält er das Deck mit dessen Geschichten.

»Kap'tän Hamer ist ein guter«, schließt Red Will nach einem längeren Epos über die Seeschlacht von Kopenhagen. »Als Kapitän ein richtiger Kämpfer, immer auf die Prise aus. Er hat nur aus einem Grund noch nicht die blaue Flagge, und zwar weil man ihn in der Admiralität nicht so gut kennt.«

»Er nimmt lieber die Verfolgung von einem Franzosen auf, der doppelt so groß ist wie wir, als auf irgendeinem Ball in London auf König und Vaterland anzustoßen«, sagt der Mann mit den Tintenarmen. »Ich frage euch, wer von beiden tut mehr für den Sieg?«

Red Will sagt: »Diese Sache mit den Schmugglern könnte das Blatt wenden. Das Zollamt hat die Kontrolle verloren. Wenn unser Kapitän dem Schmuggel ein Ende setzen kann, wird die Admiralität ihn auszeichnen, das sage ich euch.«

»Das wäre gut für uns alle«, bemerkt ein Mann mit einem Zopf so lang wie der von Isabel, bevor Harriet ihr die Haare abschnitt. »Aber wenn er ein Schiff ersten Ranges bekommt, müssen wir Blockadedienst machen.«

»Und wenn Frieden ausbricht, Gott bewahre, dürfen wir an Land Ziegel stapeln«, sagt der Mann mit der Tinte auf den Armen.

»Hoffen wir, dass keins von beidem geschieht«, knurrt Red Will über seine hölzerne Meerjungfrau gebeugt.

Isabel hört ihrem Gespräch nur halb zu. Sie muss eine Möglichkeit finden, sich zu entfernen. Doch wie? Nachdenklich dreht sie Richards Mütze in den Händen, dann sagt der Mann mit dem langen Zopf zu ihr: »Erzähl uns mehr von deinem Vater in Trafalgar!« Isabel schaut auf und stellt fest, dass alle Männer sie anstarren. Leise sagt sie, sie würde lieber nicht über ihn sprechen.

Der Mann mit dem Zopf sagt: »Ach komm, *eine* Geschichte!«, aber Red Will stößt ihn an und sagt: »Komm, Paddy, lass die Maus in Ruh. Ist übel, wenn man seinen Vater verliert.«

Danach nennen die Männer sie »Maus«, weil sie so still ist. Sie ist froh darüber, denn so kann sie nachdenken, statt zu reden. Sie muss Jack finden. Er wird im Schiffsgefängnis eingesperrt sein, vermutet sie, im Bau, wo auch immer der ist. Irgendwo auf dem Unterdeck oder im Laderaum vielleicht.

Langsam trocknet ihre Kleidung. *Jacks Kleidung*, denkt sie. Allmählich hat sie das Gefühl, die Sachen würden ihr gehören. Um sie herum unterhalten sich die Männer leise; das Meer seufzt unter den Stückpforten. Vielleicht kann sie sich davonschleichen, wenn die Männer Wache halten. Aber was, wenn sie es merken? Wenn sie Alarm schlagen? Wenn sie nach ihr suchen, verliert sie ihre einzige Möglichkeit, Jack zu retten. Alles in ihr – ihr Herz, ihr Kopf – will zu ihm.

Plötzlich erschaudert die *Hornet*. Ein schleifendes Geräusch dröhnt durch den Rumpf. Auf dem Oberdeck ertönen Stimmen. Sie singen. Isabel kann die Worte nicht ausmachen, aber sie haben einen Rhythmus, der von einem Geräusch begleitet wird, als würden tausend Hämmer auf das Schiff einschlagen.

»Die sind dabei, die Ankerwinde zu drehen und den Anker aufzuholen. Das heißt, es geht los«, sagt Red Will. »Geht bloß den Fluss hoch, aber das ist dein erstes Mal, Maus. Willst du nicht lieber an Deck?«

»Darf ich?«, fragt sie und unterdrückt ein Schaudern bei dem Gedanken, dass sie zum Ort von Jacks Hinrichtung segeln. Das ist gut, redet sie sich ein. Das könnte ihre Chance sein.

Red Will sieht von seiner Meerjungfrau auf. »Soll ich dir den Weg nach oben zeigen?«, bietet er an. Sein Messer fängt das Licht ein und wirft es in sein Gesicht, sodass sein roter Teint noch stärker leuchtet.

»Den finde ich selbst«, sagt sie. »Aber danke.«

Sie huscht davon, mit ihrem neuen Namen, Maus, den sie sich zu eigen macht: Sie muss klein, leise, unsichtbar sein, wie eine Maus, wie ein Geist. Dies ist ein Geisterschiff, und sie ist ein Geist, der darauf herumspukt, um ihren geisterhaften Geliebten zu finden. Ihr gesamter Plan hängt davon ab, dass sie Jack aufspürt, ohne entdeckt zu werden. Jacks Leben hängt davon ab. Und wahrscheinlich auch ihr eigenes.

Sie stiehlt sich über die gesamte Länge des Unterdecks, dann steigt sie zum darunterliegenden Deck hinab, schleicht am Schiffsarzt und dem Krankenzimmer vorbei in den Laderaum. Der Geruch von Holz und Meer vermischt sich hier mit dem Gestank des Bilgenwassers. Das Licht ist so schwach, dass sie warten muss, bis ihre Augen sich an die Dunkelheit gewöhnt haben. Der Laderaum ist leer bis auf ein lautes Ächzen, das von vorn nach achtern verläuft. Die meisten Matrosen sind an Deck. Der einzige Mann, auf den sie trifft, kommt aus einem der Lagerräume und ignoriert sie. Sie hält den Kopf gesenkt, die Schultern hochgezogen.

Lange Minuten vergehen, zehn, zwanzig, vielleicht mehr. Sie hat jedes Zeitgefühl verloren. Es ist furchtbar dunkel im Laderaum; dunkel und leer, so wie sie sich fühlte, als Tom Holder ihr erzählte, dass Jack gehängt würde. Doch noch ist es nicht so weit. Sie muss ihn nur finden. Sie ist so nah dran.

Isabel dringt weiter vor, achtet darauf, nicht ins Bilgenwasser zu treten, das sich durch den Rumpf drückt. Sein Geruch setzt sich in ihrem Hals fest; sie kann ihn schmecken. Am liebsten würde sie rufen: *Jack, wo bist du?* Sie stellt sich vor, wie er antwortet, sie anleitet wie damals, als er ihr auf der *Rapide* das Navigieren zeigte und ihre Hände auf den Sextanten legte.

Zwei weitere Türen öffnen sich zu Lagerräumen. Sie sind voller Getreidesäcke und Fässer unbekannten Inhalts. Isabel schleicht an ihnen vorbei. Es dauert zu lange. Vielleicht sollte sie doch rufen. Gerade will sie es tun, da hört sie ein Geräusch weiter vorn im Bug. Stimmen. Leise, ruhig, aber der höhlenartige Laderaum trägt sie ihr zu, über das Ächzen des Schiffes hinweg. Lautlos wie ein Mäuschen nähert Isabel sich der Tür.

Sie versteht nicht, was gesprochen wird. Sie will hinüberstürzen und die Tür aufreißen, weiß jedoch nicht, wer dahinter ist oder ob der Raum bewacht wird. Dort scheint ein weiteres Lager untergebracht zu sein. Vor Anspannung dreht sich ihr Magen. Sie kauert im Dunkeln hinter eine große Rolle Tauwerk, beobachtet die Tür und den Frachtraum, bis sie überzeugt ist: Hier gibt es keinen Wachposten. Hier ist niemand, der sie aufhält.

Sie legt die drei Schritte, die sie von der Tür trennen, so schnell zurück, dass sie über ein Stück Seil stolpert. Ein lautes Poltern: Ihre Schulter schmerzt vom Aufprall auf das Holz. Die Tür gibt nicht nach. Isabel hält den Atem an. Jedes Geräusch hier unten wird weit getragen, doch niemand kommt. Die Stimmen hinter der Tür sind verstummt. Dann sagt jemand laut: »Gib uns das Essen rein, Morley, hörst du!«

Der Türgriff ist ein Eisenring. Sie dreht ihn und hört, wie sich der Riegel innen hebt. Dennoch bleibt die Tür verschlossen. Sie stemmt die Schulter dagegen, drückt.

Die Stimmen dahinter sind wieder leise. Sie warten. Im Holz ist ein Spalt, so breit wie ihr Finger. Sie späht hindurch, doch der Raum ist so dunkel, dass sie nichts erkennen kann. Vorsichtig ruft sie durch den Riss: »Jack?«

Es folgt ein Scharren, dann stöhnt eine Männerstimme – es ist nicht Jack, denkt sie, sondern ein anderer. Noch einmal ruft sie, jetzt lauter: »Jack?«, und nun kommt jemand auf die andere Seite der Tür, und der Laderaum beginnt sich zu drehen. Ihr ist schwindelig vor Hoffnung und Sehnsucht, und dann hört sie seine Stimme hinter den Holzplanken der Tür, keine drei Zentimeter entfernt: »Isabel?«

Sie dachte, sie würde ihn niemals wiedersehen. Sie dachte, er würde sterben. Sie weint und lacht zugleich, sie jubiliert – ihr Herz jubiliert. Es ist wie Schwimmen, wie ein müheloses Schweben, geborgen im Meer. »Jack, ich bin's«, sagt sie, und er lacht ebenfalls. »Ich träume, oder nicht? Isabel.« Ihr Name klingt wie ein Seufzen. »Wie geht das? Wie hast du das geschafft?«

Aufstieg, Absturz. »Jack, dieses Gerede über mich – über mich und den Seemann, das stimmt nicht.«

»Hast du gedacht, das würde mich kümmern? Ganz London hätte sich zu dir ins Bett legen können, ich würde dich immer noch begehren.«

Mit vor Erleichterung schwachen Beinen lehnt sich Isabel gegen die Tür. »Ich bin hier, um dich rauszuholen«, sagt sie, und bei den Worten dämmert ihr wieder, in welcher Lage sie sich befindet. Jack ist hier, aber sie muss ihn befreien. Mit beiden Händen umklammert sie den Eisenring an der Tür, dreht und ruckt daran, bis sich das Eisen in ihre Hände drückt. »Hör zu, Isabel«, sagt Jack. »Die Tür ist abgeschlossen. Du wirst sie nicht aufbekommen. Normalerweise ist da ein Wachmann. Er holt gerade unser Essen, wird aber jeden Moment zurück sein. Du musst auf der Stelle verschwinden.«

»Was? Nein! Ich bin hier, um dich rauszuholen.«

»Wenn er dich hier findet … Wenn die erfahren, dass du dabei warst, als ich Sowerby umgebracht habe, und dass du auf dem Schiff warst, als wir Schmuggelware an Bord hatten, wird auch dir der Prozess gemacht. Wenn sie dir Leid antun würden oder schlimmer … Das könnte ich mir nicht verzeihen. Hör mir bitte zu! Ich weiß nicht, wie du es geschafft hast, aber du musst gehen, Isabel.«

»Red nicht so einen Unsinn. Wie viele seid ihr da drin?«

»Mit mir neun, aber …«

»Jack! Ich habe diesen Weg nicht auf mich genommen, um …«

»Hör mir zu«, unterbricht er sie. Er spricht schnell. »Wir haben keine Zeit. Ich liebe dich. Hörst du das? Ich liebe dich; ich liebe dich. Ich hätte es in die Nachricht schreiben sollen, aber es ist besser, wenn ich es dir jetzt sage. Es ist ein Wunder, dass du hier bist. Es lässt mich darauf vertrauen, dass es einen Gott gibt. Ich bin jetzt bereit, oder so bereit, wie ein Mann nur sein kann.«

»Hör bitte auf! Ich flehe dich an.«

Er überhört sie und fährt fort: »Ich wünschte, es wäre anders. Es wird dir wehtun. Ich wollte nie, dass du so etwas noch mal durchmachen musst. Es tut mir leid, Isabel. Du musst nur wissen, dass ich dich liebe. Ich liebe dich bis zu meinem letzten Atemzug. Ich bin so dankbar, dass ich es dir noch sagen kann, aber jetzt *musst* du gehen.« Schweigen; sie bringt keinen Laut hervor. Dann sagt er in drängendem Ton: »Versprich mir, dass du jetzt gehst.«

»Hör auf! Red nicht so etwas.« Die Worte platzen aus ihr heraus. »Ich besorge den Schlüssel. Jack, ich werde nicht gehen … Ich lasse dich hier nicht zurück.« Sie muss wieder weinen. Dann flucht sie vor sich hin, und er lacht leise hinter der Tür.

»Was für eine Ausdrucksweise. Ich nehme an, das hast du auf der *Rapide* gelernt«, sagt er. »Geh bitte. Ich bin jetzt bereit. Ich musste es dir nur sagen; es war das Einzige, was mich noch zurückgehalten hat. Du wirst das schaffen.«

»Werde ich nicht. Nicht ohne dich.«

»Du bist stärker, als du glaubst, Buccatochter.«

Die Nutzlosigkeit ihrer Tränen bringt sie wieder zum Fluchen. Ihre Gedanken hetzen voran. Sie spürt das Fleischmesser zwischen ihrer Hüfte und der Tür, und wie aus dem Nichts hat sie einen voll ausgereiften Plan im Kopf. Das unbewachte Gefängnis hat sie durcheinandergebracht, mehr nicht. Sie wusste schon vorher, dass es nicht so leicht sein würde, die Gefangenen zu finden. Natürlich wäre die Tür verschlossen. Es ist schließlich ein Gefängnis, nicht wahr, oder zumindest ein Laderaum, der zu einem Gefängnis umgewandelt wurde – natürlich wird der bewacht.

Harriet hatte recht, als sie ihr sagte, sie solle eine Waffe mitnehmen. Isabel wird sich hinter dem Tauwerk verstecken und den Wachmann mit dem Messer zwingen, die Tür zu öffnen. Wenn es sein muss, wird sie ihn verletzen und ihm die Schlüssel abnehmen. Sie hofft, es zu schaffen. Es ist eine harte, dunkle Hoffnung.

»Jack, ich habe einen Plan.« Ihre Wörter überschlagen sich. »Ich habe nicht nachgedacht – es war niemand hier, aber ich habe einen Plan. Ich gehe jetzt, bleibe aber in der Nähe. Ich hole dich heraus. Vertrau mir. Du brauchst nur …«

Ein Geräusch hinter ihr, halb Scheppern, halb Stampfen.

»Isabel!«, ruft Jack, und dann wird sie ein zweites Mal gegen die Tür geworfen, diesmal mit der rechten Schläfe. Mit pochendem Schädel dreht sie sich um und blickt in den Lauf einer Pistole.

19.
Kapitel

Der Mann, der die Pistole in der Hand hält, sieht aus, als würde er zum Frühstück Schuhnägel vertilgen. Nur gut zwei Zentimeter größer als Isabel hat er muskulöse Arme, die kurz davor scheinen, den grob gewebten Leinenstoff seines Hemds zum Platzen zu bringen; sein mächtiger Hals wird jeden Moment den eng geschnürten Kragen zerreißen. Sein Bart ist so rot wie der von Red Will von den Besantoppsgasten, und trotz des spärlichen Lichts glänzt sein kahler Kopf vor Schweiß. Neben ihm steht ein großer Eisentopf. Der beißende Geruch von Kohl vermischt sich mit dem Gestank des Bilgenwassers.

Isabel rechnet damit, dass der Mann sie anschreit, doch seine Stimme ist unerwartet sanft. »Was machst du hier unten bei den Ratten?«

Sie hat Mühe, ihn trotz des Ächzens und Knarrens des Schiffs zu verstehen. Den Rücken an die Tür gedrückt legt sie die Handflächen auf das Holz. Jack ist direkt hinter ihr. Er hält den Mund, um die Verbindung zwischen ihnen nicht zu offenbaren. »Es tut mir furchtbar leid. Ich bin neu hier, heute erst an Bord gekommen. Der Kapitän hat mich als Schiffsjungen angeheuert. Ich wollte hoch ans Deck und muss irgendwo falsch abgebogen sein.« Ihre Stimme ist abwechselnd hoch und tief. Es fällt ihr nicht schwer, verängstigt zu klingen. »Es ist furchtbar dunkel hier unten. Ich wäre Ihnen dankbar, wenn Sie mir sagen, wie ich zurück an Deck komme. Ich hatte nichts Böses im Sinn, das verspreche ich.«

Der Wachmann lässt sie ausreden, dann sagt er: »Schwachsinn! Ich hab gesehen, wie du mit den Gefangenen geredet hast. Du bist doch der Bursche, der rübergeschwommen ist, nicht? In der Kombüse haben sie eben von dir geredet. Wenn der Kap'tän dich gerade erst aufgenommen hat, wird er froh sein, dass er dich wieder loswird, wenn ich dich melde. Es sei denn, er lässt dich mit den Ratten im Bau einlochen, wenn er erfährt, dass du einen falschen Grund genannt hast, um an Bord zu kommen.« Er gestikuliert mit seiner Pistole herum, weist ihr den Weg zurück zur Leiter. »Da entlang. Mal sehen, was der Bootsmann zu deinen Lügen sagt.«

Der Laderaum wird düsterer, die Geräusche lauter. Sie klingen Isabel in den Ohren, im Kopf, erschweren ihr das Denken. »Bitte ...« Sie hasst es zu betteln. Sie muss betteln. »Bitte, Sir, melden Sie mich nicht. Ich ... ich habe meinen Vater verloren und nichts zu essen zu Hause und ...«

»Genug davon«, sagt der Wachmann. »Darüber hättest du nachdenken sollen, bevor du dich hier runtergeschlichen hast. Ich habe mit eigenen Augen gesehen, wie du mit den Landratten da drin geredet hast. Weißt du, dass ein Mörder dabei ist?« Er kneift die Augen zusammen. »Oder hast du vielleicht mit ihm gesprochen?«

»Habe ich nicht, ich schwöre. Bitte ...«

»Es reicht.« Dem Wachmann geht so plötzlich die Geduld aus, als würde ein Faden reißen. »Ich bringe dich jetzt zum Bootsmann.«

Wenn sie vom Schiff befördert oder eingesperrt wird, ist Jack verloren. Sie hat es so weit geschafft. Er ist direkt hinter ihr. Sie kann ihn beinahe berühren, halten, küssen. Er wird gehängt werden, und sie kann nichts dagegen tun. Tränen laufen ihr übers

Gesicht, in die Mundwinkel, den Hals hinunter. Hier unten ist es so laut – der knarzende, knarrende Lärm des Schiffes, das sich durchs Wasser kämpft. Isabel kann nicht denken. »Bitte!«, sagt sie noch mal, aber versucht nicht länger, ihre Stimme tiefer klingen zu lassen oder sich wie ein fünfzehnjähriger Junge zu geben. Es ist nur noch sie, Isabel, die jetzt bettelt. »Bitte, ich flehe Sie an.« Der Wachmann betrachtet sie genauer. »Bitte«, sagt sie. »Dann erzähle ich Ihnen auch die Wahrheit.«

»Kann ich dir nur raten, und zwar sofort.«

»Ich bin tatsächlich kein Schiffsjunge. Ich bin ein Mädchen. Eine … eine Frau.« Durch ihr Schluchzen kommt das letzte Wort holprig heraus.

Der Mann lässt die Pistole sinken, geht einen Schritt näher an sie heran und mustert sie im schwachen Licht. Eine Röte kriecht von seinem Hals zu den Kieferknochen; der Schweiß läuft an seinen scharf geschnittenen, hageren Wangen hinab. »Bei Gott, das stimmt! Wie zum Teufel konnte mir das entgehen? Jetzt ist es mir so klar wie der Tag. Was in Gottes Namen denken Sie sich dabei, so gekleidet an Bord zu kommen? Hatten Sie wirklich vor, mit uns zu segeln?«

Sie erwidert schnell: »Ich bin an Bord gekommen, um … um meinen Bruder zu sehen. Er wurde in den Dienst gepresst. Er ist alles, was ich noch habe auf der Welt, Sir, und er … er ist vielleicht ein ganzes Jahr lang fort. Ich wollte nur mit ihm segeln. Bitte, ich flehe Sie an, melden Sie mich nicht! Ich möchte nur bei meinem Bruder sein.« Sie fährt sich mit der Hand übers Gesicht. »Ich kann arbeiten, Sir, das verspreche ich Ihnen. Ich arbeite härter als all die Burschen.«

Der Wachmann lacht und steckt die Pistole zurück in seinen Gürtel. Isabel zwingt sich, die Waffe zu vergessen, als er sagt: »Wer ist denn Ihr Bruder?«

»Will. Will Pengelly.«

»Aye, der ist hier. Und Sie sind Will Pengellys Schwester, ja?«

»Ja. Ich heiße Isabel Pengelly.« Es gelingt ihr gerade so, unaufgeregt zu sprechen.

»Nun, Isabel Pengelly, Sie sind ein großes Risiko eingegangen. Ich nehme an, ich könnte Sie beide mitten in der Nacht davonlassen, aber ich müsste es auf meine Kappe nehmen, wenn wir einen frisch rekrutierten Mann verlieren würden. Genauso wenig können Sie bleiben. Wo wollen Sie denn schlafen, wenn die Männer direkt neben Ihnen in ihren Hängematten liegen? Ganz zu schweigen davon, dass eine Frau an Bord Unglück bringt. Das ist das Letzte, was wir brauchen.«

»Bitte, Sir. Ich flehe Sie an …«

»Hören Sie auf zu betteln, ja? Ich habe keine andere Wahl, ich muss Sie melden. Sie werden wieder an Land gebracht, das steht außer Frage. Aber weil ich selbst eine Schwester habe und sie mir so viel bedeutet wie Ihnen Ihr Bruder, gewähre ich Ihnen einen kurzen Moment, um sich von ihm zu verabschieden. Wenn er in den Dienst gepresst wurde, muss er ja ganz plötzlich verschwunden sein.«

»Ja, Sir, es war furchtbar plötzlich. Ich habe erst am nächsten Tag erfahren, dass er fort ist.«

»Hören Sie, sorgen Sie sich nicht um Ihren Bruder. So schlecht ist das Leben hier gar nicht. Sie werden ihn wiedersehen, und er wird Ihnen seine Heuer schicken, da bin ich mir sicher, also werden Sie keinen Hunger leiden.« Er schlägt mit der Faust gegen die Tür und ruft: »He, Will Pengelly? Versprichst du, deiner Schwester die Heuer zu schicken?«

Einige Sekunden verstreichen, dann ertönt Wills Stimme laut und klar. »Das verspreche ich, Sir. Bitte, ist meine Schwester bei Ihnen? Wie kann das sein?«

»So sieht es aus. Wie heißt deine Schwester, Will Pengelly?«

Ein verzweifelter stiller Moment, dann: »Ach, das muss Isabel sein. Ich habe nur eine Schwester.«

Der Wachmann grinst. »Richtig. Hoffentlich weißt du zu schätzen, was sie auf sich genommen hat, um dich zu sehen, Bursche.« An Isabel gewandt sagt er: »Wir gehen gleich in einer kleinen Bucht im Fluss vor Anker. Ich gebe Ihnen fünf Minuten mit Ihrem Bruder, dann bringe ich Sie zum Bootsmann. Er schickt Sie mit einem Trupp an Land, dann müssen Sie nicht noch mal schwimmen.« Laut lachend fügt er hinzu: »Gut, dass die anderen es dann mit eigenen Augen sehen! Die würden mir nicht glauben, wenn ich es ihnen erzähle. Und der Kapitän ist auch drauf reingefallen, was?«

Du doch auch, bis ich's dir erzählt habe, denkt sie, aber sagt: »Danke, dass Sie mir erlauben, meinen Bruder noch mal zu sehen, Sir. Ich bin Ihnen so dankbar.«

»Zur Seite, Schwester von Will, damit ich die Tür aufschließen kann.« Er wendet ihr halb den Rücken zu, langt unter sein Hemd und greift zu einem Schlüssel an einem Lederband. Er führt ihn ins Schloss; es klickt. Isabel schiebt die Hand in ihre Tasche, zentimeterweise, bis sie die Finger um das Heft des Fleischmessers schließt.

Der Wachmann drückt die Tür einen Spaltbreit auf, die Hand auf der Pistole im Gürtel. »He, Will Pengelly!«, ruft er. »Komm raus zu deiner Schwester, auch wenn du sie vielleicht nicht erkennst, so, wie sie angezogen ist.« Er lacht wieder und fügt nüchterner hinzu: »Du hast fünf Minuten. Ihr Übrigen, wenn es irgendwelchen Ärger gibt, lasse ich euch alle an der Gräting auspeitschen, habt ihr verstanden?«

Ihr schlägt das Herz bis zum Hals. Das Schiff rollt stöhnend, die Tür schwingt nach außen auf. Der Wachsoldat weicht einen Schritt nach hinten aus, um nicht von der Tür getroffen zu werden, und fasst an den Griff seiner Pistole, als anstelle von Will

Jack aus dem Laderaum kommt. Sein Haar ist strähnig, seine Wangen ziert der Bartwuchs von mehreren Tagen, doch seine Augen ruhen stechend einen kurzen Moment auf Isabel.

Der Wachposten setzt an: »Das ist nicht …«, doch da wirft sich Jack schon mit seinem vollen Gewicht auf ihn. Der Wächter taumelt nach hinten, Jacks Faust trifft ihn seitlich am Kopf. Die anderen acht Männer kommen aus dem Gefängnis, und in der allgemeinen Verwirrung sieht Isabel, wie der Wachsoldat seine Pistole aus dem Gürtel reißt, wie sein Finger sich um den Abzug krümmt und sich die Mündung hebt, bis sie aus weniger als dreißig Zentimetern Entfernung direkt auf Jacks Brust zeigt. Es ist, als wäre sie wieder auf der Schwelle von Roskorwell und sähe, wie Leutnant Sowerby zum Schuss ansetzt. Mit einem erstickten Schrei zieht sie das Fleischmesser aus ihrer Tasche und stürzt sich auf den Wachposten.

Als sie zusticht und die Klinge mit aller Kraft versenkt, spürt sie einen furchtbaren Widerstand, dann hört sie ein Grunzen, gefolgt von einer Stille, die so laut ist, dass alle anderen Geräusche in den Hintergrund treten.

Sie starrt auf das Blut an ihren Händen. Auch das Messer ist blutig. Selbst im schwachen Licht des Laderaums glänzt es dunkel. An den Ärmeln ihres Hemds ist Blut, ebenfalls an dem Hemd, das Jack trägt. Es ist dorthin gespritzt, hat so weit gesprüht. Der Wachmann klappt zusammen wie eine Marionette ohne Fäden, er fasst sich an den Bauch, und ein grauenvolles Stöhnen dringt aus seinem Mund. Er hat das blutigste Hemd von allen.

»Nein«, stößt Isabel aus, doch sie hört nichts, nur die Stille in ihren Ohren, laut wie Donner. »Nein. Nein, das wollte ich nicht«, sagt sie. »Ich wollte nicht … Ich wollte nicht … ich …«

»Isabel«, dringt Jacks Stimme durch den Lärm. »Wir müssen verschwinden.«

»Ich … das wollte ich nicht.« Sie starrt auf das Messer. Ihre Hände erinnern sich an das Gefühl, an den Widerstand von Hemd, Fleisch und Sehnen, als sie es in den Wachsoldaten stieß. Sie spürte etwas Hartes – vielleicht eine Rippe. Die Klinge drang nicht so tief ein, wie sie gedacht hatte. Dabei hatte sie sie gar nicht versenken wollen.

Jacks Hände legen sich um ihre. »Ich weiß, dass du das nicht wolltest. Er wird nicht daran sterben. Es ist nur die Seite, so wie bei mir, als ich angeschossen wurde, erinnerst du dich? Das ist dieselbe Stelle. Das tut verd…« Er verschluckt das Wort und fährt fort: »Es tut unglaublich weh, aber der Schiffsarzt wird ihm helfen. Wir müssen gehen. Komm!«

»Er hat recht, Mrs. Henley. Wir müssen gehen«, sagt Dick Pascoe und versucht, Isabel wegzuführen. Der auf seinen Arm gestochene Bucca bewegt sich, doch sie bleibt reglos stehen. Ihre Füße haben Wurzeln geschlagen, die tief ins Schiff reichen. Das Messer zittert in ihren Händen, die sie ineinander verschränkt, schwarz vor Blut, Jacks Hände darumgeschlungen. Der Wachposten liegt auf dem Boden. Er gibt keuchende Geräusche von sich, als sei er in eine Winterlandschaft getreten und die Kälte raube ihm den Atem.

»Komm, gib mir das Messer!« Jack biegt ihre Finger auseinander und nimmt es ihr ab. Zu ihrem Entsetzen wischt er es an seiner Hose ab, bevor er sich zu den anderen umdreht. »Ich schlage vor, wir gehen nach achtern. Wenn wir schnell sind, können wir ins Wasser springen, bevor jemand begreift, was passiert ist.«

Einer der Männer sagt: »Ich kann nicht schwimmen.«

»Dann hast du leider Pech«, sagt Jack. »Folg mir oder versuch es allein. Ist mir egal.« Er wendet sich wieder Isabel zu und sagt, immer noch das Messer in der Hand, plötzlich voller Gefühl: »Den Rest meines Lebens werde ich versuchen, mich deiner Liebe würdig zu erweisen.«

Die Art und Weise, wie er sie ansieht, vertreibt die Dunkelheit, doch dann schielt sie wieder zum Wachsoldaten hinüber. Er schnauft noch immer; mit verschwitztem grauen Gesicht liegt er vornübergekrümmt auf den Holzplanken.

»Will, nimm das hier!« Jack reicht dem Jungen das Messer. Er kniet sich neben den Wachsoldaten und zieht dessen Hemd hoch. Der Mann sieht aus, als würde er jeden Moment das Bewusstsein verlieren. Jack löst sein Halstuch, ballt es zu einer Kugel und drückt es auf den Bauch des Wachpostens. Er nimmt ihm die Pistole aus der rechten Hand und legt sie auf den Stoffklumpen. »Drück da drauf, Morley. So fest du kannst. Der Schiffsarzt ist gleich hier unten.«

»Carlyon, du Bastard«, gurgelt der Wachposten und schließt die Augen. »Ich hoffe, du schmorst in der Hölle.«

»Immer schön draufdrücken.« Jack schiebt die Pistole in den Bund seiner Hosen. Dann steht er auf und sagt: »Komm, Isabel!«

Will legt ihr die Hand auf die Schulter. Er sieht fünf Jahre älter aus als noch vor wenigen Wochen, als sie gemeinsam nach Frankreich segelten. »Mrs. Henley, verzeihen Sie, wenn ich das sage – vielleicht möchten Sie es im Moment nicht hören, aber Sie haben das Richtige getan.«

Wie kann das richtig sein?, denkt sie, aber als Jack erneut mahnt: »Komm!« und an ihrer Hand zieht, geben ihre Füße endlich nach, als ob Will die Ketten durchtrennt hätte. Sie stolpert hinter Jack her, Will und zwei von den anderen Männern, Dick Pascoe und der Rest folgen ihnen.

Ihre Hände sind glitschig vom Blut des Wachsoldaten. Sie muss sie an ihren Hosen abwischen, sonst kann sie sich auf dem Weg hoch zum Unterdeck nicht an der Leiter festhalten. Übelkeit steigt in ihr auf, als sie erst die eine und dann die andere Hand abstreift, doch dann sieht sie Jack an, der vor ihr die Leiter hinaufsteigt, und denkt: *Da ist er.*

Sie hat es nicht gewollt, das mit dem Wachposten. Sie hatte nicht vor, den Mann zu verletzen, aber er drohte Jack zu erschießen. Und wäre sie nicht hier, hätten sie ihn gehängt. Sie dachte, sie hätte ihn verloren, doch er ist da, er lebt, und die Übelkeit verschwindet, und sie bereut, was sie getan hat – wird es immer bereuen –, aber sie würde es nicht rückgängig machen, selbst wenn sie könnte.

Vor ihnen liegt noch ein langer Weg. Sie geht ihn im Kopf durch: aufs Unterdeck, aufs Oberdeck, der lange Sprung hinunter ins Wasser, zurück ans Ufer, dann das Pferd, Rosa-May, aus Tom Holders Stall holen. Der Ritt nach Nelly's Cove, Segel setzen auf der *Rapide*. Bei jedem dieser Vorhaben können sie gefasst werden. Jeder Schritt mag ihr letzter sein.

Jack hat das Unterdeck erreicht und kauert sich an den Rand der Luke, blinzelt ins Licht und streckt ihr die Hand hin. Isabel nimmt sie, und als er ihr hindurchhilft, sagt sie: »Ich liebe dich. Ich will, dass auch du das weißt.«

Er lächelt sie an, so wie damals, als sie sich zum ersten Mal sahen, vor fast drei Monaten und mehreren Leben, und erwidert: »Ich weiß das. Aber sag es noch mal, wenn ich so antworten kann, wie ich gerne möchte.«

»Wie denn?«, fragt sie, und er grinst, unerwartet und überwältigend, dann zieht er sie an sich und sagt: »Ich glaube, du weißt, was ich meine.«

Jack küsst sie heftig und viel zu kurz. Er riecht genauso wie bei ihrer letzten Begegnung, nach Meer und ein wenig nach Schweiß, diesmal noch nach etwas anderem – der Geruch des Laderaums. Seine Bartstoppeln kratzen sie am Kinn. Dann lässt er sie los und fragt mit Blick auf Dick: »Alle da? Dann los.«

Isabel folgt Jack übers Deck, ebenso Will, Dick und die anderen sechs in den Dienst gepressten Männer. Ohne Fragen zu stellen, nehmen sie seine Führung an, denkt Isabel; sie widersprechen nicht, sondern folgen ihm einfach. Er hätte einen guten Offizier abgegeben, so wie ihr Vater und George, wenn nicht alles anders gekommen wäre.

Die Luft ist schwerer geworden; die Fregatte fühlt sich kleiner an, als sei der hölzerne Rumpf geschrumpft und sie müssten sich hindurchquetschen. Das Unterdeck ist voller Männer. Die zehn gehen gesenkten Kopfes an ihnen vorbei, so wie Isabel es zuvor getan hat. Geister unter Geistern. Niemand beachtet sie. Oben auf dem Deck wird die Schiffsglocke viermal geschlagen, ein durchdringendes *Kling-kling*, das sie noch von den Besuchen auf dem Schiff ihres Vaters kennt. Das Läuten löst einen Tumult aus, die Männer klettern Leitern hoch, Füße donnern über sie hinweg.

»Vier Glasen in der ersten Hundewache«, erklärt Jack leise. »Wachwechsel und Abendessen für die Männer, die nach unten kommen. Wir haben Glück; wir hätten es nicht besser abpassen können.« Er zieht die Pistole des Wachmanns aus seiner Hose und drückt sie an seine Brust. Die anderen folgen ihm zur nächsten Leiter. Will tut es ihm mit dem Fleischmesser aus dem Cottage gleich. Jack gibt der Gruppe ein Zeichen, ihm zum Oberdeck zu folgen. Dort angekommen schreit ihnen ein Bootsmannsmaat in einem blauen Decksmantel ins Gesicht: »Auf eure Posten! Beeilt euch, ihr räudigen Landratten, sonst zieht euch der Bootsmann das Fell über die Ohren!« Der Speichel des Mannes spritzt auf Isabels linke Wange. Sie muss sich zusammenreißen, um den Tropfen nicht wegzuwischen.

»Aye, Sir«, sagt Dick Pascoe, während sie an dem Mann vorbeihasten. Sie eilen über das Laufdeck, als wollten sie auf ihre Posten. Die Sonne steht noch immer hoch an einem mit Wolken beflockten Himmel, das Meer ist eine strahlend blaue Leinwand, fast türkis, die sich vom Bug des Schiffs bis ans Ufer erstreckt. Die Küste besteht hier aus hoch aufragenden Klippen, dazwischen eine Bucht, hinter der Biegung des Flusses gerade so auszumachen. Es ist nicht die seichte Bucht, aus der Isabel das Schiff vorher beobachtet hat, sondern eine tiefere. Sie sind noch ungefähr eine Drittelmeile davon entfernt. Das ist Bosahan Cove, denkt sie, oder eine andere Bucht am Küstenpfad, die sie erkennen würde, wenn sie von oben hinunterschaute, statt quer über den Fluss zu sehen.

Fast haben sie das Heck erreicht, da ruft jemand: »Da bist du ja, Maus! Wir haben dich schon gesucht!«

Red Will winkt vom Besanmast herunter. »Hier oben!«

Isabel wird ein wenig langsamer, doch Jack packt ihre Hand und zieht sie weiter.

»Hoho, Maus!«, ruft ein zweiter Besantoppsgast, dann eine dritte Stimme: »Stehen bleiben! Ihr da, stehen bleiben!« Ein Bootsmannsmaat versperrt ihnen den Weg. Er wirkt draufgängerisch und zu allem bereit.

»Lauft!«, schreit Jack. Er biegt nach links und reißt Isabel mit sich übers Deck, geradewegs aufs Schanzkleid zu. Sie sind nur noch wenige Schritte davon entfernt. Alle rennen, Jack und Isabel, Dick Pascoe und Will Pengelly, die sechs anderen Männern, die mit eingesperrt waren, der Bootsmannsmaat, der sie aufhalten will, und noch mindestens zehn weitere Mitglieder der Schiffsbesatzung. Einige der Toppsgasten, die schon auf ihre Posten geklettert waren, kommen wieder herunter.

»Haltet sie! Das sind Gefangene!«, ruft jemand – ein Offizier, glaubt Isabel, ist sich aber nicht sicher; denn alles verschwimmt miteinander, Hemden und Uniformen, und hochgereckt über dem Pulk reflektieren die Klingen von einem Schwert und zwei Entermessern die strahlende Sonne.

Zwei Zwangsrekrutierte springen über Bord in die Tiefe. Ein dritter, der Mann, der sagte, er könne nicht schwimmen, lässt sich zurückfallen. Auf dem Deck wimmelt es von Offizieren und Matrosen, die alle zum Schanzkleid wollen. Es fällt ein Schuss, gefolgt von einem Schrei. War Isabel es selbst oder jemand anders? Jack zieht an ihrem Arm, ihre Füße stolpern über das sich neigende Deck, und vor ihr ist das Schanzkleid und dahinter das sichere wartende Meer, nur noch vier Schritte entfernt, drei …

Eine Hand landet auf ihrer Schulter. Ihre Finger entgleiten Jacks Hand. Ihre Kehle ist mit Eis gefüllt. Der Bootsmannsmaat, der sie schon vorher aufhalten wollte, lässt sie nicht weitergehen, sondern schlingt einen Arm um ihre Taille. Mit dem anderen drückt er die flache Seite seines Entermessers gegen die weiche Haut an ihrem Hals. Er riecht nach Grog. »Stehen bleiben!«, ruft er. »Oder ich schlitze den Burschen auf!«

In der plötzlichen Stille stürzen sich mehrere Männer auf Jack, doch er wirft sich aufs Deck und rollt sich zur Seite. Sofort springt er wieder auf die Füße. »Ich bin der, den ihr wollt. Den Jungen braucht ihr nicht.«

»Nein!«, schreit Isabel, doch der Bootsmannsmaat herrscht sie an: »Schweig!«

Jack macht einen Schritt nach vorn, ist jetzt weniger als einen Meter von ihr entfernt. Locker lässt er die Arme hängen, die Pistole in seiner rechten Hand zeigt zu Boden. Aus dem Augenwinkel verfolgt Isabel, wie ein weiterer Zwangsrekrutierter aufs Schanzkleid klettert. Das Platschen, als er aufs Wasser trifft, durchbricht das Schweigen. Mehrere Crewmitglieder stürzen an die Seite des Schiffs. Ein Leutnant und zwei Fähnriche kommen vom Achterdeck heruntergeeilt. »Was ist hier los, Hancox?«, ruft der Leutnant schon aus der Ferne.

»Diese Gefangenen versuchen zu fliehen, Sir!«, brüllt der Bootsmannsmaat zurück. Er drückt die Klinge noch etwas fester an Isabels Kehle, sie bekommt keine Luft. Sie kann sie zwar spüren, aber nicht einatmen.

Ohne nachzudenken, greift sie mit beiden Händen zum Entermesser und drückt es von ihrer Kehle fort. Gierig saugt sie Luft ein. Die scharfe Klinge schneidet ihr tief in die Handflächen; der Schmerz raubt ihr den Atem. Erneut drückt ihr der Bootsmannsmaat den Stahl in die Haut. Dann fällt ein zweiter Schuss, und das Entermesser rutscht nach unten. Isabel beugt sich vornüber und würgt. Hinter ihr fällt der Bootsmannsmaat aufs Deck, die linke Hand an der rechten Schulter. Blut sickert ihm durch die Finger.

Da Jack keine Zeit zum Nachladen hat, wirft er die Pistole aufs Deck und greift zum Entermesser. »Komm!«, ruft er Isabel zu, und schon ist sie wieder auf den Beinen und läuft los. Blut tropft von ihren Händen. Diesmal ist es Jack, der unvermittelt stehen bleibt. »Will!«, schreit er.

Isabel schnellt herum. Jack ist zurück in der Mitte des Decks, um Will zu helfen, der sich mit dem Fleischmesser gegen einen doppelt so großen Gegner zu wehren versucht, der sein Entermesser schwingt, als sei es eine Nähnadel. Will blutet am rechten Bein und hüpft herum, um nicht noch einmal verletzt zu werden, da wirft sich Jack mit dem Entermesser des Maats auf Wills Gegner. »Lauf!«, ruft er ihm zu. »Nimm Isabel mit!«

Doch als Will ihre blutende Hand packt und Isabel über das Schanzkleid ziehen will, zuckt sie vor Schmerz zusammen und schüttelt ihn ab. »Nicht ohne Jack!«

Sie bekommt kaum mit, dass der Anker herabgelassen wird, so sehr konzentriert sie sich auf Jack, dessen Gegner jeden Schlag pariert. Die beiden bewegen sich so schnell und schwerelos, dass es ist, als würde man zusehen, wie der Wind mit einem Blatt spielt. Isabel kann nicht sagen, wer von beiden der Wind ist und wer das Blatt; sie schenken sich nichts. Starr vor Anspannung sieht sie zu, sieht die Konzentration in Jacks Gesicht, während der Kerl mit dem Entermesser grinst, als hätte er großen Spaß.

Die Männer an Deck verfolgen das Ganze zusammen mit ihr. Niemand schreitet ein, um einem von beiden zu helfen, obwohl sie nur wenige Schritte von der Außenwand des Schiffes entfernt sind. Geräusche lenken Isabel ab: Weitere Offiziere kommen vom Achterdeck die Treppe hinunter, Kapitän Hamer allen voran.

»Jack, sie kommen! Wir müssen verschwinden!«, ruft Isabel. Jack sieht zu ihr herüber, dann in die Richtung, in die sie zeigt. Der Mann mit dem Entermesser schlägt zu, und diesmal kann Jack den Angriff nicht kontern. Die Arme ausgestreckt, taumelt er rückwärts. Die Spitze der Klinge verfehlt ihn nur knapp.

Isabel ringt nach Luft, schwach vor Erleichterung, und in dem Moment stolpert Jack über das Bein eines Mannes hinter ihm. Sein Entermesser fällt zu Boden, seine Hände wollen sich an etwas festhalten, dann fällt er. Isabel sieht zu, als würde es nicht wirklich geschehen, als sei es nicht wirklich Jack, der mit dem Kopf aufs Schanzkleid schlägt und wie ein Stein über Bord fällt. Es schrillt in ihren Ohren, und darunter mischt sich ein unnatürlich hoher Ton, und sie begreift, dass sie es selbst ist, sie schreit mit weit aufgerissenem Mund. Es dauert vielleicht drei Sekunden, dann katapultiert sie sich in die Luft.

20.
Kapitel

Sie weiß nicht, wie es geschieht, ob sie springt oder läuft, Menschen zur Seite stößt oder alles zugleich. Sie weiß nur, dass sie auf einmal selbst am Schanzkleid ist und es überwindet, das Gesicht nach vorn gerichtet, die Arme ausgestreckt.

Das Eintauchen blendet sie. Die Welt besteht nur noch aus Weiß; Schaum und Blasen. Die Wunden in ihren Händen stechen. Als sich das Wasser klärt, wird auch ihr Kopf klarer. Sie dreht sich zum Grund und schlägt mit den Beinen. Unter ihr ist eine Gestalt, durch das Wasser verzerrt, durch den Schiffsrumpf teilweise dem Blick entzogen.

Wieder fliegt sie – jetzt nur unter Wasser. Sie schwimmt, als seien ihren Beinen Flossen gewachsen, als hätte sie Kiemen und würde Wasser wie Luft atmen. Der Fluss ist hier nicht sehr tief; das Schiff hat nur rund vier Meter Tiefgang, kurz darunter ist der Grund. In weniger als einer Minute ist sie unten, doch das Ausbringen des Ankers hat das Flussbett aufgewühlt, im Wasser steht eine große Sandwolke.

Im trüben Fluss kann sie Jack nicht mehr sehen. Ist er unter das Schiff geraten? Aufflackernde Panik droht sie zu lähmen, doch sie schlägt stärker mit den Beinen, schiebt die Benommenheit von sich. Kiemen und Flossen, langsame, tiefe Wasseratmung. Blind tastet sie unter dem Rumpf herum, befühlt das Flussbett. Steine, Algen, Pflanzen, eine Kreatur, groß und glitschig. Ihre Finger streifen etwas Weiches. Stoff, denkt sie, und jetzt setzt sich der Sand und sie sieht klarer. Jacks Augen sind geschlossen, sein Gesicht ist entspannt, wie im Schlaf. Sein Haar bildet einen Kranz um seinen Kopf.

Sie begibt sich hinter ihn und schlingt die Arme um seinen Oberkörper. Er ist schwer, selbst unter Wasser. Isabel zerrt an ihm, drückt sich mit den Knien vom kieseligen Bett des Meeresarms ab. So gelingt es ihr, Jack in eine Sitzposition zu hieven. Er ist so schwer. Wie soll sie ihn nur zurück an die Oberfläche tragen? Wieder kriecht die Panik an sie heran, doch der Fluss umschwebt sie wie eine Wolke, wie Luft, und dann schießt sie los, kräftig stoßen sich ihre Füße vom Grund ab. Oder vielleicht sind es nicht ihre Füße, sondern ihr Schwanz, der gegen das Flussbett peitscht, und es ist eine andere Art von Treten – ein Schlagen von Flossen. Die Stimme des Meeres ruft im Strudel der Strömung: *Komm heim! Schwimm!*

Sie schwimmt, Jack in den Armen. Er ist Totlast. Das Wasser hilft ihr, ihn zu halten, wie mit tausend eiskalten Händen. Schließlich bricht sie durch die Wasseroberfläche und dreht ihn auf den Rücken. Keuchend glaubt sie in den ersten flüchtigen Sekunden, dass sie Wasser zum Atmen braucht, nicht Luft. Dann erfüllt Luft ihre Lunge, und sie schwimmt weiter und schaut Jack ins Gesicht.

Sie hat keine Gewissheit, ob er noch lebt. Er *muss* leben. Etwas anderes will sie sich nicht vorstellen. Das Schiff ist direkt über ihr. Köpfe schauen hinunter. Isabel kann sie nicht deutlich erkennen; sie sieht nur Jack, das Blut, das ihm an der Stelle aus dem Kopf sickert, wo er auf dem hölzernen Schanzkleid aufgeschlagen ist, das in die Haare und das Gesicht hinunterrinnt. Es läuft erschreckend schnell – wegen des Wassers, redet Isabel sich ein. Sie glaubt, dass er noch atmet, aber weiß es nicht genau.

Ihr Blick klärt sich ein wenig. Einer der Männer auf dem Schiff richtet seine Pistole auf sie, aber schießt nicht. Von dort oben wird es schwer, sie im Wasser zu treffen. Die Entfernung ist ziemlich groß. George hat ihr einmal erzählt, wie schwer ein Ziel zu treffen sei, wenn es sich nicht direkt vor einem befände. Aus dem Grund würden Fähnriche immer noch Dolche tragen, erklärte er.

Mit einer Muskete könnte man besser zielen, denkt Isabel. Die Marine verwendet Musketen im Gefecht, hat aber keine an Bord, wenn das Schiff vor Anker liegt. Die Franzosen schießen ebenfalls mit Musketen – George wurde von einer getötet. Vielleicht ist Isabel eine Französin. Vielleicht war sie damals auf jenem Schiff, das Schiffbruch erlitt. Das ist nun einerlei. Jetzt ist nur wichtig, dass sie Jack in Sicherheit bringt.

Auf der Fregatte wird ein Beiboot zu Wasser gelassen. Isabel schaut über die Schulter; das Ufer kommt näher. Ein Mann steht auf dem Sandstreifen der Bucht und winkt herüber. Dick Pascoe. Er geht ins Wasser, watet ihr entgegen. Sie schwimmt schneller. Als noch ungefähr ein Drittel der Strecke zurückzulegen ist, hustet Jack plötzlich und öffnet prustend und spuckend die Augen.

»Isabel.« Seine Stimme ist rau. Wie sehr sie deren Klang liebt – das Staunen darin, die Kraft. Sie möchte weinen, aber kann nicht. Sie muss weiterschwimmen.

Er dreht sich in ihren Armen, und ungefähr zehn Sekunden lang treiben sie zusammen, treten im Wasser. Dann hören sie ein Platschen. Jack sagt: »Sie kommen«, und als Isabel an ihm vorbei nach hinten schaut, entdeckt sie das Boot mit den Männern, die sich in die Riemen legen.

Jack wischt sich das Blut vom Kopf, und sie schwimmen weiter, im selben Rhythmus. Dick kehrt zurück an den Strand. Als sie stehen können, waten sie ans Ufer. Dick packt Isabels

Arm, und erst da merkt sie, dass sie vor Müdigkeit torkelt. In ihrem Kopf ist noch immer die Stimme, die sie im Wasser hörte: *Schwimm. Komm heim.* Das Wasser ruft sie, blauweich und kühl. Die Sonne blendet. *Komm heim …*

Dick reißt sie zurück in die Gegenwart. »Wo ist Will?«, fragt er.

»Ich habe ihn zuletzt an Deck gesehen.« Sie wischt sich Wasser, Haarsträhnen, die Anziehungskraft des Meeres aus den Augen.

»Ich habe sie«, sagt Jack und schlingt die Arme um Isabel. Obwohl es nicht kalt ist, zittert sie.

Dick erklärt schnell: »Alle anderen sind runter, nur Kimbrel nicht. Kann nicht schwimmen, der arme Bursche. Und Will.«

»Verdammt«, sagt Jack und sieht, die Hand schützend über die Augen gelegt, zur Fregatte hinüber. »Wenn er nicht gesprungen ist, haben sie ihn in ihrer Gewalt. Gott sei Dank wissen sie nicht, dass er ein Schmuggler ist.«

»Er hat versucht zu fliehen«, wirft Isabel ein. »Er wurde verletzt.«

»Es gibt einen Arzt an Bord. Hoffentlich wird Will nicht für seinen Fluchtversuch bestraft – jeder Zwangsrekrutierte würde die Gelegenheit wahrnehmen, und sie haben jeden einzelnen bitter nötig. In jedem Fall können wir jetzt nichts tun; bis das Schiff Segel setzt, wird er wieder im Bau sitzen. Kommt. Das Beiboot ist bald hier.« Als sie den Strand hocheilen, sieht sich Jack nach Isabel um und ruft: »Bist du unverletzt?«

Sie ruft zurück, das sei sie, ballt die Hände zu Fäusten und versucht, nicht zusammenzuzucken. Ihre Schuhe sind dort, wo sie sie zurückgelassen hat. Beim Anziehen wendet sie sich von Jack und Dick ab. Mit den Schnitten in den Händen ist es nicht leicht, den Weg hochzusteigen.

»Wohin jetzt, Kap'tän?«, fragt Dick, oben auf der Klippe angekommen.

Bevor Jack antworten kann, sagt Isabel: »Harry Tremayne hat die *Rapide* seeklar in Nelly's Cove.«

Dick starrt sie an, als hätte sie gerade gesagt, Harry Tremayne wolle mit ihnen zum Mond fliegen.

»Ist das dein Ernst?«, fragt Jack.

»Harry hat gesagt, dass er das Schiff heute Abend fertig hat. Im Shipwrights Arms wartet ein Pferd auf uns. Aber nur eins.« Isabel schaut zurück zur *Hornet.* Das Boot, das sie verfolgt, hat den halben Weg zwischen Schiff und Ufer zurückgelegt.

Jack nimmt sie in die Arme und küsst ihr nasses Haar. »Du bist ein Genie.« Noch ein Kuss, dann sagt er: »Ich meine, wir sollten auf das Pferd verzichten. Es kann nicht drei Personen tragen, und wir wären gezwungen, die Straße zu nehmen. Lasst uns lieber durch den Wald gehen.« Er spricht schnell. Das Boot kommt näher. »Was meinst du, Isabel?«

Der Wald nimmt sie auf wie zuvor das Wasser, verschluckt sie in einem grünen Meer. Sie brechen durchs Unterholz. Isabel hält die Hände nah am Körper. Die Schnitte in den Handflächen brennen, ihr Atem ist schwer. Sie wünscht sich, sie hätte Zeit, ihr Korsett zu lockern. Regelmäßig sieht sich Jack nach ihr um, als könne er nicht glauben, dass sie da ist.

Ihre Hände schmerzen, ihre Muskeln schreien, ihre Gedanken kehren immer wieder zu dem Wachmann zurück, zusammengekrümmt im Laderaum, und zum Messer, leuchtend rot in ihren Händen. Das Bild lässt sie trotz des lauen Sommerabends frieren, und dennoch … *Und dennoch* kann sie sich nicht erinnern, je glücklicher gewesen zu sein. Trotz allem. Selbst in der ersten Nacht mit George nach ihrem langen stürmischen Hochzeitstag fühlte sie sich nicht so. Selbst nicht an dem Tag, als er nach einem Jahr auf See zurückkam. Nicht mal in der letzten Nacht, die sie mit Jack in der Hängematte an Bord der *Rapide* verbrachte, spürte sie annähernd die verzweifelte Freude, die sie jetzt durchströmt.

Die Lücken zwischen den Bäumen werden blau, dann grau, dann dunkel, die Stämme schwarze Umrisse vor der einbrechenden Nacht. Von ihren Verfolgern sehen sie nichts. Einmal hören sie Stimmen hinter sich, jedoch so fern wie ein Echo längst gesprochener Worte.

Nach einem anstrengenden zweistündigen Marsch lassen sie den Wald hinter sich. Bis ins Mark erschöpft überqueren sie das Feld zu Nelly's Cove, jetzt langsamer; der Halbmond leuchtet ihnen den Weg. Als sie sich dem Rand der Klippe nähern, sieht Isabel das Schiff: ein Schatten vor dem Meer, die eingeholten Segel wie Blutkrusten an den Masten; der hölzerne Rumpf zu einem tiefen Aschgrau abgestumpft. Kaum erscheinen die drei oben auf dem Kliff, setzt sich an der *Rapide* ein Ruderboot in Bewegung, und dreißig Minuten später erklimmen sie das Deck, dann ist Harry da, umarmt einen nach dem anderen und sagt: »Kap'tän, wir dachten, wir hätten dich verloren«, und: »Mrs. Henley, es ist mir eine Ehre, wieder mit Ihnen zu segeln.«

»Isabel«, sagt sie lächelnd. »Isabel bitte, Harry.«

»Will hat es nicht vom Schiff runtergeschafft«, sagt Jack. »Haben wir genug Besatzung zum Segeln?«

»Wir sind zu acht, euch drei eingerechnet, Kap'tän.«

»Gut.« Jack hebt die Stimme: »Auf Station zum Segelsetzen! Toppleute, entert auf!«, und dann: »Auslegen und klarmachen!«

»Holt den Anker ein!«, ruft Harry Jacks Befehlen hinterher.

»Ist jedem bewusst, dass wir ohne Dokumente fahren? Sind trotzdem alle bereit?«, fragt Jack.

Harry grinst. »Für den Kap'tän würden sie's tun, aber es ist nicht nötig.«

»Meine Papiere wurden eingezogen. Ich habe keine mehr.«

Harry tauscht einen Blick mit Isabel. »Entschuldigung, aber das ist nicht so, Kap'tän. Auf dem Schreibtisch liegt ein ganzer Satz Papiere und wartet.«

Jack, der zugesehen hat, wie die Segel gesetzt werden, sieht Harry fragend an. »Wie meinst du das?«

»Geh's dir ansehen, Kap'tän. Ich denke, sie reichen für unsere Zwecke.«

Als der Wind in die Segel fährt, durchläuft ein Schaudern das Schiff. Isabel folgt Jack in die Kajüte. Auf dem Schreibtisch liegt ein Satz Dokumente, zusammengebunden mit einem gelben Seidenband und mit einem Tintenfass beschwert. Daneben wartet ein in cremefarbenen Nesselstoff geschlagenes Päckchen.

»Das ist wirklich ungewöhnlich«, murmelt Jack und untersucht die Papiere im Licht der Laterne.

»Ist alles in Ordnung?« Isabel achtet darauf, das Päckchen nicht mit dem geronnenen Blut an ihren Händen zu berühren.

»Woher hast du die bekommen?«

»Von Harriet«, antwortet sie.

Jack lacht. »Lady Darby hat sie uns besorgt? Mit Sir Hughs Siegel?«

»Sie hat mir auch geholfen, die Haare abzuscheiden.« Isabel schlägt den Nesselstoff zurück. Darin liegt gefaltet Mrs. Dowlings Hochzeitstuch, darauf eine Nachricht. In schnörkeliger, geschwungener Schrift steht da: »Liebe Isabel, ich nehme an, dass Sie dies brauchen werden. Ich wünsche Ihnen beiden alles Glück der Welt. Mögen Sie nie in einem Garten mit dornigen Hecken leben. In Liebe, Ihre Freundin H.D. P.S.: Ich habe diesen Brief gefunden, als ich Ihr Kleid zusammengefaltet habe. Da er nicht geöffnet war, hielt ich es für das Beste, ihn beizulegen.«

Isabel legt den Nesselstoff mit dem Schultertuch darin vorsichtig auf Jacks Schreibtisch und achtet wieder darauf, die Wolle nicht zu beschmutzen. Dann hebt sie das Blatt Papier hoch. Darunter liegt ein kleiner Umschlag aus cremefarbenem Strukturpapier mit dem Poststempel von Roscoff. Sie bricht das

Wachssiegel und zieht den Brief heraus. Jack prüft noch immer die Schiffspapiere. Isabel wendet sich von ihm ab und liest im Mondlicht, das durch das Oberlicht fällt:

Meine liebe Mrs. Henley,

wie versprochen schreibe ich Ihnen in Hinblick auf Ihre mögliche Familie, la famille Du Pont. Zwar habe ich noch keine Informationen über lebende Verwandte oder den Nachlass dieser Familie, bin aber auf eine höchst kuriose Geschichte gestoßen. Ich habe sie von verschiedenen Seiten gehört; es gibt ein paar Variationen, aber im Großen und Ganzen lautet sie folgendermaßen:
Vor langer Zeit, in den Tagen von Tristan und Isolde, gab es eine Frau, die sich der Legende nach auf einen Wassergeist einließ. Aus dieser Verbindung entstand ein Kind, das den Namen Du Pont erhielt, denn das Mädchen bildete eine Brücke zwischen unserer Welt und dem Meervolk. Der Sage zufolge besitzen die Nachfahren dieses Mädchens die Fähigkeit, sich auf Wunsch oder in Zeiten großer Not – in dem Punkt unterscheiden sich die Geschichten – in Wassergeister zu verwandeln, doch wenn sie zu lange in ihrer Geistergestalt bleiben, können sie nicht wieder Mensch werden. Ein Mitglied jener Familie, ein gewisser Jean-Jacques Du Pont, der 1712 das Zeitliche segnete, liegt in der Kathedrale von Saint-Pol-de-Léon begraben. Ich habe Monsieur Du Ponts Grab besucht und dort die in Stein gemeißelte Darstellung eines Wassergeists gefunden.
Ich hoffe, Sie halten mich nicht für überspannt, weil ich Ihnen diese Geschichte wiedergegeben habe. Es ist nur eine Legende, die in unserem Zeitalter der Vernunft vielleicht keinen Platz mehr hat. Da Kapitän Carlyon jedoch den Bucca in Verbindung mit Ihrem Auftauchen in Cornwall erwähnte, erschien mir dies ein zu großer Zufall, um ihn zu ignorieren.

Ich hoffe, Sie beehren uns bald wieder in Roscoff. Wenn Sie mögen, zeige ich Ihnen gern die Kathedrale.

Mit den wärmsten Grüßen,
Ihre Freundin Lucie Cuvelier

Sie lässt den Brief sinken, und der Ausdruck *in Zeiten großer Not* will ihr nicht aus dem Kopf. Draußen rauscht das Wasser gegen den Schiffsrumpf. Sie muss nur kurz daran denken, schon spürt sie es: die kühle Umarmung des Meeres, das Atmen unter Wasser, das Peitschen ihres Schwanzes. Erinnerungen schweben so nah heran, dass sie sie greifen kann. Es sind Erinnerungen, von denen sie nichts ahnte.

Ein aufgewühltes Meer und eine so tiefsitzende Angst, dass nicht einmal die Stimme, die nach ihr ruft, sie lindern kann. Es ist eine Stimme, die sie sehr gut kennt, sie ruft einen Namen, den sie seit Jahren nicht mehr gehört hat: Aurélie. Dann das Saugen des Wassers, kalt und dunkel, um sie herum. Alles ist still. Über ihr tobt der Sturm, doch unter der Oberfläche ist sie sicher. Die Angst verlässt sie. Ihr Kleid ist ein Segel, ein Schleier. Es umblüht sie. Schuppen blitzen, und eine Stimme sagt: Aurélie, es ist Zeit zu schwimmen. Hände heben sie zurück an die Oberfläche. Sie will nicht, aber die Hände sind beharrlich.

Verlasst mich nicht, sagt sie in Worten aus Wasser. Die Stimme fließt, ebbt ab, wirbelt: Ich muss deine Maman finden. Hat ihr Vater diese Worte gesprochen oder das Meer selbst? Der Ozean atmet tief ein. Er will sie ausspucken, zurück in eine Welt, in der alles hart und harsch und hell ist. Ich will nach Hause, sagt sie, doch die Stimme des Meeres antwortet: Schwimm, mein Kind.

»Was hast du da?« Jack legt ihr eine Hand auf die Schulter.

Isabel faltet den Brief zusammen und schiebt ihn in die Tasche ihrer Hosen. Dann lächelt sie ihn an. »Nichts.«

Die Erinnerungen halten sie fest, aber hier ist Jack, der sie ebenfalls hält.

Als er nach ihrer Hand greift, entdeckt er die Schnittwunden. »Mein Gott, Isabel!« Er nimmt ihre Hände in seine und untersucht die Handflächen. »Warum hast du mir nichts gesagt?«

»Es war keine Zeit. Ist schon gut, die Schnitte sind nicht tief. Siehst du? Das Blut ist schon getrocknet.«

»Es wäre gut, wenn Rowell hier wäre, um einen Blick drauf zu werfen.«

»Es tut nicht weh. Jedenfalls nicht sehr. Ich kann immer noch in Frankreich zu einem Arzt gehen, wenn es sein muss. Da fahren wir doch hin, oder?«

»Wenn du magst. Wir können überallhin fahren. Mit diesen Papieren können wir jeden Hafen der Welt anlaufen. Wohin möchtest du denn gern?«

»Mit dir überallhin.«

Er lächelt und küsst sie. Sie fragt: »Wie geht es deinem Kopf?«

»Auch gut.« Er wirft einen Blick auf das Oberlicht. »Ich habe noch ein wenig Geld vom Verkauf der Pferde, und im Flussbett liegen ja noch die Brandyfässer, die wir über Bord geworfen haben, als die *Swallow* uns verfolgte – die will ich bergen. Damit kann ich die Besatzung bezahlen, aber ich kann nicht sagen, wann mich die Einnahmen von unserer letzten Fahrt erreichen.« Er gibt ihr noch einen Kuss. »Es stört dich nicht, noch etwas länger ein bisschen arm zu sein, oder? Es wird so sein, als fingen wir noch einmal von vorn an.«

»Das ist nicht schlimm, oder? Das habe ich auch gemacht, als ich nach Cornwall kam.«

Jack lacht. »Und schau, wohin es dich geführt hat. Du hast einen Tag Zeit, um dir ein Ziel zu überlegen. Fürs Erste fahren wir mit dem Nordostwind.«

»Du lässt mich wirklich entscheiden?« Sie denkt an all die

Orte, die La Pérouse in seinem Buch beschrieben hat. Aber vielleicht sollten sie zuerst nach Frankreich segeln und von dort aus weiter, denkt sie. Vielleicht kann sie dort noch mehr über die Familie Du Pont und die Geschichte erfahren, von der Lucie Cuvelier in ihrem Brief schrieb. Irgendwann wird sie Jack davon erzählen. Im Moment gehören die Erinnerungen ihr allein.

»Dieses Privileg hast du dir mehr als verdient.« Jack führt ihre linke Hand an seine Lippen, ohne die Schnittwunde zu berühren, und küsst sie sacht auf die Fingerspitzen. »Isabel«, sagt er in demselben staunenden Tonfall wie an Bord der Fregatte, als sie ihn aus dem Gefängnis befreite.

Als das Schiff die Bucht verlässt, schwankt der Boden unter ihnen. »Du solltest an Deck sein«, sagt sie. »Und ich möchte auch dort sein, um zu sehen, wie wir losfahren.«

»Solange ich dich dabei halten darf«, sagt er.

Oben an Deck stehen sie im Heck des Schiffs, Jack legt ihr von hinten die Arme um die Taille, drückt das Kinn in ihr Haar. »Verzeihst du mir?«, fragt er.

»Das, was mit Leutnant Sowerby passiert ist? Ja.«

»Dass ich dich in all dies hineingezogen habe. Du hast gesagt, du willst keinen Ärger.«

Sie lächelt. »Jetzt stört es mich nicht mehr so sehr.«

»Zu Sowerby hast du gesagt, ich sei dein Verlobter. Darüber habe ich viel nachgedacht. Hast du das ernst gemeint?«

»Allerdings. Ich würde dich gerne heiraten, Jack, nur lass mir noch ein bisschen länger meine Freiheit. Könnten wir einander nicht erst einmal so lieben wie jetzt?«

»Als Mann und Frau, meinst du, statt als Ehepaar?«

»Ja. Wenn du das nicht sonderbar findest.«

»Ich sehe keinen Grund, der dagegenspricht.« Er drückt ihr einen Kuss aufs Haar. Sie hört das Lächeln in seiner Stimme. »Weißt du, ich habe es dir schon einmal gesagt, aber ich möchte dir etwas versprechen. Auch wenn wir heiraten, werde ich deine Freiheiten nicht beschneiden.«

»Das weiß ich.«

»Gut. Es ist mir wichtig, dass du das weißt, Isabel.«

Sie wendet sich zu ihm um, will ihn küssen. »Wenn Will doch hier wäre. Ich hoffe, es geht ihm gut.«

»Hoffen wir, dass Kapitän Hamers Bedarf an Männern wichtiger ist, als ein Exempel zu statuieren und Will für seinen Fluchtversuch zu bestrafen. Niemand dort weiß, dass er ein Schmuggler ist; er wurde in den Dienst gepresst. So etwas will niemand …« Jack unterbricht sich und fährt fort: »So etwas will *fast* niemand, sollte ich sagen«, und Isabel weiß, dass er an George denkt, der für die Marine lebte und auch dafür starb. Der Gedanke schmerzt nicht mehr so wie früher. Ihre Hand tastet nach Georges Trafalgar-Medaille, doch sie kann sie nicht finden. Ihre Finger suchen den Hals ab. Das schwarze Band ist verschwunden. Ihr Herz setzt einen Schlag lang aus. Jack sagt: »Will ist ein guter Matrose. Wenn er sich zurückhält, wird er zurechtkommen. Wer weiß? Vielleicht steigt er sogar auf.«

»Meine Medaille«, sagt Isabel und fühlt unter dem Hemd nach. »Georges Medaille.«

»Was ist damit?«

»Sie ist weg. Das Band muss gerissen sein.« Sie wartet auf den Schmerz, auf das hohle Stechen, aber es kommt nicht. Sie ist weiterhin furchtbar zufrieden.

»Das tut mir leid, Isabel«, sagt Jack. »Ich weiß, wie viel sie dir bedeutet hat.«

»Schon gut.« Seltsamerweise ist es mehr oder weniger so, als wäre mit dem zerrissenen Band auch jenes Seil gekappt worden, das sie bislang noch am Ufer hielt.

Leise sagt Jack: »Als ich im Wasser war, hätte ich schwören können, dass eine Meerjungfrau zu mir geschwommen kam. Ich habe sie gesehen. Sie war so schön wie du, mit wallendem Haar und Augen wie deinen und den wilden kleinen Sommersprossen, die du am ganzen Körper hast. Sie hatte einen Schwanz aus silbernen Schuppen, und ihr Atem war wie die Strömung des Meeres. Ich hätte schwören können, dass sie mich an die Oberfläche gebracht hat.«

Isabel spürt seinen Atem in ihrem Haar. Lachen perlt aus ihr heraus. »Du warst bewusstlos«, sagt sie. »Wie kannst du sie gesehen haben?«

»Sie war eine Erscheinung, so wie du«, sagt Jack und küsst sie erneut. Fest schlingt er die Arme um Isabel, als wollte er sie nie mehr loslassen. Leise lachend fügt er hinzu: »Habe ich dir schon mal gesagt, dass du das eigensinnigste Wesen bist, das ich kenne? Ich kann es nicht fassen, dass du mich von diesem Schiff geholt hast.«

»Was soll ich sagen?«, entgegnet sie. »Ich bin die Tochter meines Vaters.«

»Des Admirals?«, fragt er, und sie lächelt. »Vielleicht«, sagt sie.

Sie lehnt sich gegen ihn, ihre Hände umgreifen seine Arme. Sie fühlt die Schnittwunden nicht mehr. Das offene Meer ist dunkles Silber im Licht des Monds; der Himmel überflutet von Sternen. Nelly's Cove entschwindet ihrem Blick, dann die Klippen und das Land, bis es nichts mehr gibt außer diesem kleinen Schiff auf dem grenzenlosen Ozean, einem starken Wind in den Segeln und seinen Armen, die sie halten, bis auch die Nacht verschwindet. Im Heulen des Windes, im Rauschen der Wellen ruft eine Stimme nach ihr. *Komm heim*, ruft sie, und Isabel flüstert zurück, so leise, dass nur sie es hören kann: *Ich komme.*

Danksagung

»Die Tochter der See« ist zutiefst von der Kultur und Landschaft Cornwalls inspiriert, deshalb möchte ich vor allem den Menschen dort dafür danken, dass sie unsere Familie seit vielen Jahren so freundlich aufnehmen.

Ohne die folgenden Menschen, denen ich nicht genug danken kann, würde es dieses Buch nicht geben: meine unvergleichliche Agentin Madeleine Milburn, der ich dafür danke, an Isabels Geschichte geglaubt zu haben. Deine Ermutigung, deine Ideen und Anmerkungen waren von unschätzbarem Wert.

Ich danke auch meinen brillanten Lektorinnen Clare Hey bei Simon & Schuster UK sowie Susanna Porter bei Ballantine. Es ist eine unglaubliche Freude, mit euch zu arbeiten. Danke für eure angeregte Phantasie, Klugheit und Unterstützung. Ein großes Dankeschön auch an Meredith Pal bei Penguin Canada.

Bedanken möchte ich mich ebenfalls bei Genevieve Barratt, Jess Barratt, Aneesha Angris, Olivia Allen, Alice Twomey und Pip Watkins von Simon & Schuster UK sowie bei Anusha Khan, Jennifer Hershey, Kim Hovey, Pam Alders, Cassie Gitkin, Jessie Bright, Katie Horn und Sophie Normil von Ballantine, die alle dazu beigetragen haben, »Die Tochter der See« zur Welt zu bringen. Außerdem bei Valentina Paulmichl, Hannah Kettles, Hannah Ladds, Meghan Capper, Casey Dexter, Georgia McVeigh, Rachel Leoh, Saskia Arthur und allen anderen bei MMA, die »Die Tochter der See« haben wahr werden lassen.

Liz Fenwick und Bex Hogan, ich danke euch für eure Freundschaft, für eure Ratschläge und die Bereitschaft, eure Liebe zu Cornwall mit mir zu teilen. Jane Yang, danke, dass du mich als Freundin und Reisegefährtin auf dem Weg zu meinem Debüt begleitet hast. Das Schreiben kann ein einsames Unterfangen sein, aber das war es für mich weniger, dank meiner großartigen Autorenfreunde online wie offline – insbesondere Hannah Gold, Beach, Ellie Sandall und der Rest der Autorengruppe Stamford Writers sowie Ellie Levenson und Rebecca Fallon, die ebenfalls 2026 ihr Debüt veröffentlichen.

Ich bedanke mich auch bei meinen wundervollen Freundinnen und Freunden in Cambridgeshire für zahllose Tassen Kaffee, Abende im Pub, Gespräche und Späße. Bei meinem Vater, der mir so sehr fehlt und der Bücher genauso liebte wie ich, und bei meiner Mutter, der ich dafür danke, die lebenslange Liebe zum Lesen in mir geweckt zu haben. Des Weiteren bei meinen Brüdern und ihren Familien, weil sie da sind, sowohl für mich als auch für unsere Eltern.

Und zu guter Letzt danke ich meiner eigenen Familie: Brandon – der Jack für meine Isabel –, ohne dich hätte ich es niemals geschafft. Danke, dass du an mich geglaubt hast. Wir sind das beste Team der Welt! Noortje, Emma und Sebastian, ihr verblüfft mich jeden Tag mit eurer Freundlichkeit, eurem Humor und eurer Phantasie. Eure Liebe und Ermutigung haben mich in Schwung gehalten. Danke. Und danke an Luna und Sophie, ihr außerordentlichen Golden Retriever, dass ihr mich beim Schreiben begleitet habt.